铁葫芦

DIANA GABALDON

OUTLANDER

异乡人

谜一样的武士

［美］戴安娜·加瓦尔东 著
林家任 郭虹均 译

百花洲文艺出版社

图书在版编目（CIP）数据

异乡人. 谜一样的武士 /（美）加瓦尔东著；林家任，郭虹均译. — 南昌：百花洲文艺出版社，2015.11
ISBN 978-7-5500-1562-3

Ⅰ. ①异… Ⅱ. ①加… ②林… ③郭… Ⅲ. ①长篇小说—美国—现代 Ⅳ. ①I712.45

中国版本图书馆CIP数据核字（2015）第260832号

出 版 者　百花洲文艺出版社
社　　址　南昌市红谷滩新区世贸路898号博能中心1期A座20楼　邮编：330038
电　　话　0791-86895108（发行热线）　0791-86894790（编辑热线）
网　　址　http：www.bhzwy.com
E-mail　bhz@bhzwy.com

书　　名　异乡人. 谜一样的武士
作　　者　（美）戴安娜·加瓦尔东
译　　者　林家任　郭虹均
责任编辑　余　茳
经　　销　全国新华书店
印刷装订　北京鹏润伟业印刷有限公司
开　　本　880mm × 1230mm　1/32
印　　张　13
字　　数　361千字
版　　次　2016年6月第1版
印　　次　2016年6月第1次印刷
定　　价　36.00元
书　　号　ISBN 978-7-5500-1562-3

赣版权登字：05-2016-30

如发现图书质量问题，可联系调换。质量投诉电话：010-82069336

献 给

我的母亲杰奎琳·赛克斯·加瓦尔东

——教会我阅读的人

前　言

总是有人失踪。问问警察吧。或者，问问记者。对记者而言，失踪事件就是衣食来源。

年轻女孩离家出走。年幼的孩子失散流离，再也回不到父母身边。家庭主妇走投无路，抓起买菜钱搭上出租车去往车站。国际金融家改名换姓，消失在进口雪茄的烟雾之中。

许多失踪的人最终被找到了，不论生死。失踪，毕竟是有理由的。

通常是这样。

目 录

第一部分　因弗内斯，1945

第一章　新的开始

这里不像是可以让人消失的地方，至少第一眼望去不是。贝尔德太太的这个地方就和一九四五年苏格兰高地的无数家庭旅馆没两样，干净、幽静，墙上贴着褪色的花壁纸，地板发亮，盥洗室还有一部投币式热水器。矮矮胖胖的贝尔德太太人很随和，并不在意向来书不离身的弗兰克用成堆书册和纸张占满她那布满玫瑰雕花的起居室。

我走出屋子，在前厅碰到贝尔德太太。她粗短的手搁在我臂上，轻拍我的头发，将我拦下。

“哎呀，兰德尔太太，你不能就这样出门！来，我帮你卷一下。好了，这样好多了。我表妹告诉我，她试了一种新的烫发方式，烫发效果非常漂亮，简直跟做梦一样，也许下回你该试试。”

我不忍心告诉贝尔德太太，我这一头浅棕色鬈发之所以乱七八糟，完全是天生的缺陷，而非烫发器制造商的疏失。一头大波浪鬈发的她，从来不用忍受这种乖张的发质。

“好，贝尔德太太，下次我会试试。”我说了谎，“我正要到镇上和弗兰克碰头，我们会回来喝杯茶。”在她还来不及探查我乱七八糟的外貌还有哪些缺点之前，我低头穿过大门，沿着小径往下走去。在英国皇家军队当了四年护士之后，我终于能穿上轻柔的亮色棉质印花连衣裙，好好享受脱离制服和物资配给的日子。不过这身连衣裙绝对不适合穿越多刺的石楠丛。

我本来就没打算整天往荒地上跑。我只想每天睡到日上三竿，漫长慵懒的下午也和弗兰克躺在床上，不过，可不是睡觉。但是贝尔德太太勤奋地在房门外吸扫地板，实在让我们很难维持慵懒缠绵的心情。

“那一定是全苏格兰高地最脏的地毯。”当天早上我们躺在床上听着廊道上惊人的吸尘器声响，弗兰克如此评断。

“几乎跟我们房东的思想一样脏。也许我们应该去布莱顿。”我附和着说。在弗兰克前往牛津担任历史教授的职位之前，我们选择到苏格兰高地度假，因为比起英国其他地方，这里没怎么受到激烈战火的侵扰，而且也不像其他较受欢迎的度假胜地感染到那么多的战后狂喜。

我想，我和弗兰克心照不宣，都认为在苏格兰高地重建我们的婚姻有特别的意义。七年前，大战爆发前不久，我们结婚时曾在这里度过两天的蜜月假期。我们觉得这里是安静平和的庇护所，能让我们重新发掘彼此，却不知道这里最受欢迎的户外运动是高尔夫和垂钓，而最受欢迎的室内运动则是聊八卦。若有哪个地方的雨下得像苏格兰这么多，人们肯定都会成天躲在屋子里。

“你要去哪儿？”弗兰克的脚移出床外时我问道。

“我不想让可爱的老太婆对我们失望。”他在古老的大床边坐起身子，开始轻轻地上下弹跳，大床发出规律而刺耳的嘎吱声。大厅里回荡的声响突然停了下来。在跳了一两分钟之后，弗兰克大大地发出一声戏剧性的哼叫声，随后往后瘫倒，反弹的床垫弹簧发出一声砰响。我咯咯笑着，把脸埋进枕头，免得打破门外屏息的寂静。

弗兰克对我挑挑眉。“你应该发出陶醉的呻吟才对，而不是咯咯笑。她会认为我不是好情人。”他低声责备我。

“如果你期待听到陶醉的呻吟，那你得撑久一点，两分钟只能得到咯咯笑。”

“你这个不体贴的小荡妇。我来这里是为了好好休息的，记得吗？”

“懒骨头。你得卖力一点才能让你的家族开枝散叶。”

弗兰克对家谱的狂热是我们选择到苏格兰高地度假的另一个原因。根据他随身搬来运去的那些纸卷中的某一张脏碎纸片，弗兰克的某个恼人的先祖在十八世纪还是十七世纪的中期，好像跟这地区的什么事情有点关系。

“如果我膝下无子，让家族在我这里断了血脉，那么毫无疑问，罪魁祸首一定是外面那位不屈不挠的旅馆女主人。毕竟我们结婚都八年了，就算你受孕时没有人在场见证，也没人会怀疑小弗兰克不是合法婚生子。”

“如果我们真的怀了他的话……”我悲观地说。我们在出发到苏格兰高地休养前一周又失望了一回。

“这里的空气让人心旷神怡，饮食又健康，我们一定办得到。”

我们昨天的晚餐是炸鲱鱼排，午餐是腌鲱鱼肉，而现在正从楼梯间飘上来的浓烈气味大声宣告，今天的早餐会是烟熏鲱鱼。

“除非你打算再来一次安可演出来陶冶贝尔德太太，否则你最好快点穿好衣服。你不是十点钟和牧师有约吗？”雷金纳德·韦克菲尔德博士是当地的教区牧师，他手上有一些非常有意思的受洗登记资料要给弗兰克看，更别提他发现的那些破烂军令文件，或其他诸如此类的东西，上面可能提到了弗兰克恶名昭彰的祖先。

“你那个曾曾曾曾曾祖父叫什么名字来着？就是那个在什么起义的时候把这个地区搞得一团糟的那位，是叫威利还是沃尔特？我记不得了。”

“事实上，他叫乔纳森。”

我对弗兰克的家族史一点兴趣都没有，对此他倒显得心平气和，不过还是随时处于备战状态，准备抓住我稍稍流露一丝丝兴趣的时机，一口气将兰德尔家先祖的一切及血脉关系告诉我。他扣上衬衫扣子，眼里流露出狂热演讲者的炙热光芒。

“乔纳森·沃尔弗顿·兰德尔。沃尔弗顿是他母亲的舅舅，他继承了这个名字，而沃尔弗顿是出身苏塞克斯的低阶骑士。不过，乔纳森是以‘黑杰克’这个威猛的绰号闻名的。他在从军时得到这个名号，那时他大概驻扎在此地吧。”我脸朝下，扑通躺进床里，假装在打鼾。弗兰克无视我的反应，自顾自地继续他的学究解说。

“他在三十年代中期花钱买了军衔，噢，我是指十八世纪三十年代，而后担任龙骑兵队的队长。根据梅表妹送来的那些旧信，他在部队里表现得还挺不错。他的弟弟依循传统，成了助理牧师，这对家里的次子来说是个好选择，不过目前我对他所知不多。反正杰克·兰德尔因为一七四五年和先前的优异表现，极受桑德林汉姆公爵的赏识。你知道，在这段时间，詹姆斯党正发起二度起义。美王子查理以及那批人[①]，你知道吧？”他抓住听众的无知滔滔不绝讲了起来，而这个听众就是我。

“我不完全确定苏格兰人明白他们输了那场战役，昨晚我清楚地听到吧台那位先生称我们是‘萨森纳赫’（Sassenach）[②]。”我插嘴道，坐起身子，试着捋顺头发。

“噢，有何不可呢？这个字只是‘英格兰人’的意思，最糟也不过是指‘外地人’，这两个身份我们都是啊。”弗兰克平静地说。

“我知道这个字的意思，我不满的是他吐出这个字眼儿的口气。”

弗兰克把手伸进抽屉，想找腰带：“他只是在生气我跟他说麦芽啤酒太淡了。我告诉他，真正的苏格兰啤酒得在酿造时把一只旧靴子丢进

① 1688年，詹姆斯二世在“光荣革命”中遭罢黜，潜逃至法国。此后多年间，仍有许多人支持詹姆斯二世及其子夺回王位，是为詹姆斯党，尤以苏格兰詹姆斯党势力最为庞大。1745年，詹姆斯二世之孙“美王子查理”（Bonnie Prince Charlie），即查尔斯·爱德华·斯图亚特，率领苏格兰詹姆斯党发起规模庞大的二度起义，一度攻至英格兰北方，但仍在第二年的一场战役中遭歼灭，美王子查理出逃法国。（书中注释均为译者注）

② Sassenach是苏格兰盖尔语单词，意为外地人、外人，即英文书名outlander，特指英格兰人，常带贬义，后文根据语境翻译成外地人或英格兰人等。

酒桶里，而且最后还得用破烂的旧贴身衣物滤渣。”

“啊，难怪那么贵。”

“我说得比较婉转，不过，那只是因为盖尔语里没有特指内裤的词汇。”

我伸手拿自己的裤子，被他的话迷住了：“为什么没有？古盖尔人不穿内裤吗？”

弗兰克斜眼看着我：“你没听过那首老歌吗，关于苏格兰男人在裙子底下穿什么的那首？”

“大概不会是男士的及膝内裤吧。也许你跟牧师碰面时可以问他，我也到街上去找个穿苏格兰裙的当地人来问问。”我干巴巴地说。

“嗯，尽管去找吧，克莱尔，但别被人给逮住了。圣吉尔斯学院的院长可不会喜欢噢。”

* * *

结果，镇上广场根本没有穿苏格兰裙的男人在闲逛或光顾四周的店家，倒是有许多人在采购日常用品，大多数都是贝尔德太太那样的家庭主妇，既多嘴又八卦，身上硬挺的印花衣服带着舒适的暖意塞满店铺，足以抵御清晨户外的冰寒雾气。

我没有自己的房子要打理，不需要买什么东西，不过，倒是很享受随意逛逛、浏览最近刚填满商品的货架，享受看到众多商品能再度发售的单纯乐趣。之前国内一直在执行物资配给制度，像鸡蛋或肥皂这样最日常的东西都时有缺货，像“蓝色时分”古龙水这样的小小奢侈品更是缺货已久。

我的目光在一面塞满家居用品的橱窗上流连，窗内有绣花茶布、茶托、茶壶、玻璃杯，以及叠得老高、极为家常的锡制派盘，还有一组三件的花瓶。

我从未拥有过花瓶。我在战时当然住在军医护士区，最早是在彭布罗克医院，之后则是在法国战场的驻扎地。但在更早之前，我们从没在一地住得够久，久到有正当理由去买这类东西摆在家里。我想，要是我真有这样的花瓶，在我拿雏菊走近瓶子之前，兰姆叔叔早就用一些古陶碎片把花瓶给塞满了。

昆汀·兰姆·比彻姆，他的考古系学生和朋友称他为“昆”，他的学术圈，那个他奔波、演讲、安身立命的地方，则称他为“比彻姆博士”，但是对我来说，他永远是兰姆叔叔。

他是我父亲唯一的兄弟，也是我当时唯一在世的亲人。我五岁时父母死于车祸后，兰姆叔叔被我绊住了。当时他正准备前往中东，却不得不放下手头的准备工作，安排我父母的葬礼、处理我父母的遗产，以及安排我进入寄宿学校。当时我非常排斥到寄宿学校读书。

兰姆叔叔不喜欢跟人起任何形式的冲突，但当他非得扳开我紧握车门把手的肥短手指，把我从山脚下沿着阶梯拖进学校时，他生气地大叹一口气，最后无奈地耸耸肩，把我刚买不久的草编圆帽从车窗丢出去，同时做了决定。

“可恶的小鬼。”我们开车快速离开，他从后视镜看着草帽轻快地滚远，咕哝地抱怨道，“反正我也不喜欢看到女人戴帽子。”他目光朝下、眼神锐利地瞪着我。

“就一件事，不准拿我的波斯古墓人偶跟娃娃玩！要玩什么都可以，唯独那个不行。听懂没？”他的语气很吓人。

我心满意足地点点头，接着便和他一起去中东、南美，以及十几个散布世界各地的考古研究地点。我从他的学术期刊草稿中学会了读写，也学会挖粪坑和烧开水，以及许多和出身高贵的年轻姑娘形象不相符的工作，直到我遇上这位俊美的黑发历史学者，当时他来向兰姆叔叔讨教某个和古埃及宗教行为有关的法国哲学问题。

即使在婚后，弗兰克和我还是过着低阶教职员的流浪生活，在欧陆间往返开会，居无定所，直到大战爆发。随后他得去英国军情六处的军训处及情报单位任职，而我得接受护士训练。虽然我们结婚已近八年，但牛津的新居却是我们第一个真正的家。

我把皮包紧紧夹在臂下，大步踏进店里，买下了那组花瓶。

＊＊＊

我在高街和葛瑞赛德路的交叉口与弗兰克碰头，我们同时到达。他对着我买的东西挑起眉来。

“花瓶？太好了，也许你从现在开始就不会把花放进我的书里了。”他微微笑着说。

“那不是花，是标本。而且建议我研究植物的人也是你啊。现在我不必再做护理工作，可以找点事情来做。”我提醒他。

“没错。”他开心地点点头，“可是我不懂，为什么每次打开参考书的时候，都会有绿绿的东西掉到我大腿上。你放进《杜斯衮古城与河岸》里的那个可怕棕色易碎物是什么？”

“那是羊角芹，对治疗痔疮很有效。”

“是为我即将到来的老年做准备吗？克莱尔，你真是体贴又细心呢！”

我们笑着穿过大门，弗兰克退到我身后，让我先走上窄小的阶梯。

他突然攫住我的手臂：“小心！你绝不会想踩到这东西。”

我小心翼翼地抬着脚，最后一阶的阶面上是一大摊棕红色的污渍。

“真奇怪，我看到贝尔德太太每天早上都会把这阶梯由上到下刷洗一遍啊。你觉得这会是什么东西？”我问道。

弗兰克倾身向前，看着阶面，细细地嗅闻。

“别碰！我想，这是血。”

“血！”我倒退一步，退回走道，“谁的血？你觉得，贝尔德太太会不会发生了什么意外？”我紧张地朝屋子内望了一眼。除非发生什么天大的灾难，否则我无法想象这位有洁癖的旅馆女主人会放任一大摊血在台阶上干掉，而且我猜想，血迹已经在那儿好一会儿了。大厅里会不会藏着一个疯狂的斧头杀人狂，正等着发出让人背脊发凉的尖叫声跳到我们身上。

弗兰克摇摇头，踮起脚尖，从篱笆望向隔壁的花园。

“我想不是。柯林瑟家的门阶上也有同样的血渍。”

“真的吗？”我挨近弗兰克，两人一起有点心虚地从篱笆望过去。苏格兰高地看起来不怎么适合大屠杀，可是我觉得这些杀人狂在挑选作案地点的时候哪会有什么符合逻辑的标准。“这实在……实在太恐怖了。你觉得发生什么事了？”隔壁房子内完全没有任何人的迹象。

弗兰克皱眉思考着，接着灵光乍现，朝自己大腿拍了一下：“我想我明白了！你等等。”他冲出大门，小步跑下阶梯，留我独自一人站在门阶旁。

不一会儿，他回来了，脸上带着肯定的神色。

“对，就是了，一定是这样。这排房子每一间都有。”

“有什么？都有杀人狂造访过吗？”我语气有点激烈，对于弗兰克突然留我独自和这一大片血渍做伴还是很紧张。

他笑了出来：“不是，这是某种仪式的牲礼。真有意思！”他手脚着地，趴在草地上兴致勃勃地盯着血迹猛瞧。

这听起来并没有比杀人狂好多少。我在他身旁蹲下，皱起鼻子闻着。这摊血还没吸引来苍蝇，不过已经有几只行动缓慢的苏格兰高地蚊虫绕着血打转。

“你说这是‘某种仪式的牲礼’是什么意思？贝尔德太太是虔诚的教徒，她的邻居也都是啊。这里可不是德鲁伊之丘或什么的。”

弗兰克站起身子，挥挥手拍掉裤子上的碎草末：“我的小姑娘，你只知道这些。在这个世界上，除了苏格兰高地，没有任何地方会在日常生活中融入如此多的古老迷信和魔法。不管贝尔德太太是不是教徒，她都相信古老歌谣的内容，她的所有邻居也都是。”他用擦得锃亮的鞋尖指了指地上的血渍，一脸开心的模样，解释道："这是黑公鸡的血。这些房子都是新的，你看，是组合屋。"

我冷冷看着他道："如果你觉得这样就能解释所有问题，你最好再想一次。这跟房子是新是旧有关系吗？还有，所有人到底跑哪儿去了？"

"我猜，他们都到山下的酒吧去了。我们过去瞧瞧，如何？"弗兰克抓住我的手臂，领着我穿过大门，朝山下的葛瑞赛德路走去。

"在古代，以及不是那么久远的年代，大家在盖房子时都会按照习俗杀个东西埋进地基下，以安抚地灵。你知道的，'他该把长子搁入地基下，把稚子摆进大门底'，这首歌谣就跟山一样古老。"他边走边解释。

这段歌词让我吓得抖了起来："既然这样，那我觉得他们以鸡代人还真是既现代又开明。你是说，因为这排房子还算新，底下没埋过东西，所以居民现在做点补救？"

"对，正是如此。"弗兰克似乎对我的进步十分开心，还拍了拍我的背，"根据牧师所说，很多当地的民谣都相信，之所以会有战争，部分原因是大家都数典忘祖，把传统的防护措施给抛弃了，例如在地基下埋入献祭品，或者在壁炉内烧掉鱼骨头——当然，什么鱼都可以烧，除了黑线鳕鱼。"他喜滋滋地补上这句，"你知道不可以烧黑线鳕鱼的骨头吗？不然之后永远都抓不到这种鱼了。人们只能烧黑线鳕鱼之外的鱼骨头。"

"我会记在脑子里。快告诉我，怎么做才不会再看到鲱鱼，我马上动手。"

他摇摇头，沉浸在他巨大的记忆库之中，在那学者般的短暂出神片刻里，他和周围世界脱了轨，只忙着把各方知识串联起来。

"我不懂鲱鱼，不过，要是不想看到老鼠的话，你可以绑一束凌风草，'家有凌风草，老鼠不见了'。把尸体埋在地基下，虽然很多当地鬼魂就来自地基下。"弗兰克心不在焉地说着，"你知道高街尽头的那栋蒙特爵罗大宅吗？那里就有幽灵。房子兴建时，有个工人被杀了献祭给地灵，时间大概是十八世纪吧。离现在也不算太久。”他“很体贴地”补了最后这句。

“故事是这样的，建筑工人奉屋主之命筑起一道墙后，一块石砖从墙头掉下来，砸中了某个工人，也许是个不讨人喜欢的家伙被选中当牲品。于是他就被埋进地下室，而这幢屋子的其他部分就建在他的尸体上。除了他的忌日和四个古老节日之外，他的灵魂一直都在他被杀的地下室里徘徊着。”

“古老节日？”

“也就是新年除夕、仲夏、五朔节、万圣节这几个古老节日。”他依然心不在焉地解释道，“据说，不管是德鲁伊人、宽口陶器人，或者早期的皮克特人，都保有太阳或火焰祭典。无论如何，幽灵鬼魂在这神圣的日子里会被放出来，可以随心所欲地四处游走，为恶或行善。”他若有所思地揉着下巴。

“五朔节快到了，日子也接近春分。下回你经过教堂墓地时，眼睛最好放亮点。”弗兰克眨了眨眼，我明白他出神的时刻已经结束了。

我笑了：“那么，这地方有很多有名的幽灵？”

他耸耸肩：“我不知道。我们下回见到牧师再问问他，如何？”

事实上，我们没多久就见到了牧师，当时他正在镇上的酒吧里和许多居民喝着淡啤酒，庆祝屋子刚刚办完净化仪式。

在做这么异教徒的行为时被逮到，牧师似乎觉得有点尴尬，但很快就神色如常，仿佛他只是把这当成带有历史色彩的当地习俗，就像在圣派翠克节戴上三叶草一样。

“真是非常迷人啊！”他脱口而出。我内心轻叹，就像一听到画眉啁啾就认出这是什么鸟一样，我听出了这句话是召唤学者的前奏曲。弗兰克听到同类的灵魂呼唤，马上定了下来，跳起知识分子的求偶之舞。没多久，他们就深入地谈起远古迷信和现代宗教之间的原形和比较。我耸耸肩，自顾自穿过人群，往吧台走去，两手各执一杯白兰地调酒，走了回来。

经验告诉我，要在这类讨论中转移弗兰克的注意力有多困难，因此我只抓起他的手，让他用手指握住玻璃杯脚，然后放任他去。

我看到贝尔德太太坐在一张窗边的深深长椅里，正和一位年纪较长的男士享受一品脱苦啤酒。她向我介绍这位男士是克鲁克先生。

“兰德尔太太，这就是我跟你提过的那位对植物花草无所不知的人。”因为有人作陪和酒精的作用，贝尔德太太的眼神灼灼发亮。

“兰德尔太太对花花草草很有兴趣，她会把它们放进书里压着。”贝尔德太太对她的同伴说，而他则半礼貌半重听地歪头侧耳听着。

“真的吗？”克鲁克先生扬起一道白眉，兴味盎然地问道，“我有一些压制植物标本的工具，是我侄子从学校来这儿度假时带给我的，可是我没敢告诉他，我从来就不用这种东西。我会把植物吊着风干，放进框里、纱袋或者瓮子里干燥。我就搞不懂，为何要把这些野生的东西压扁呢？”

“这个嘛，也许是为了观赏。兰德尔太太用锦葵花苞和紫罗兰做了几个漂亮的小东西，也可以放进框里挂在墙上看。”贝尔德太太好心地插嘴说。

“嗯——”克鲁克先生满是细纹的脸上透露出他怀疑这个建议的可行性，“那么，如果这些东西能派得上用场，你就尽管拿去用吧，我也不想这么扔掉那些工具。不过我得说，我还真用不上。”

我向克鲁克先生保证我会很开心地使用这些工具，而且如果他可以带我去看看这地区何处可以发现罕见植物，我会更加开心。他像只年迈的红隼倾着头、眼神犀利地看了我好一会儿，最后终于决定相信我对植物的兴趣确实出自真心。我们约好次日清晨碰面，到当地的灌木丛走走。我知道弗兰克当天打算到因弗内斯当地的市政厅查一些史料，而我乐得有借口不陪他一起去。对我来说，这个记录和那个记录不都非常相似嘛。

没多久，弗兰克向牧师致意告别，我们便陪着贝尔德太太一起回去。我不太想提到门阶上的鸡血，但弗兰克可受不了这么沉默，热切地向贝尔德太太问起这个习俗的背景。

“我想这应该是很古老的习俗吧？”弗兰克边用手杖拂过路边的杂草边问道。

路边的藜草和五指草已经开花，我看到金雀花饱满的花苞，再过几个礼拜它们就会绽放了。

“噢，对啊。兰德尔先生，这习俗比任何人所知的都要老，甚至可以回溯到巨人时代。”贝尔德太太像鸭子一样摇摇摆摆、步履轻快地走着。

“巨人？”我脱口问道。

“是啊，就是菲昂和他的勇士团。”

“盖尔人的民间传说，英雄，你知道的。这传说也许源自挪威，从这一带开始，沿着海岸到西边的地区，有许多习俗都受挪威影响，有些地名都还是挪威语，根本不是盖尔语。”弗兰克兴味盎然地说。

我翻了翻白眼，感觉他又要滔滔不绝了，不过贝尔德太太倒是亲切地微笑着鼓励他，说他讲得完全正确。她说自己曾到过北方，见过“兄弟岩”，那也来自挪威，不是吗？

“公元前五百年到一三〇〇年的这段时间，挪威人从北方航行至此有数百回之多。你知道，就是那些维京人，而且他们把自己的神话传说也带了过来。那里真是神话的国度，而这些东西似乎就在这里扎了根。”弗兰克眼神迷蒙地望向地平线的远方，仿佛在风起云涌间看到了龙形船。

这我相信。黄昏的暮光洒下，暴风雨将临。云层背后的骇人亮光透了出来，建筑物笼罩在这样的光线中，甚至这条路上全新的房子都古老、阴森得一如矗立在百英尺之外历经日晒雨淋的皮克特族巨石。这块巨石守卫着它标示出来的这个十字路口已有千年之久。

今晚似乎适合紧紧关好门窗，待在屋子里。弗兰克没有舒服地待在贝尔德太太的客厅欣赏珀斯港的幻灯片，他选择依约前去和班布里奇先生喝雪莉酒。班布里奇先生是对当地史料很感兴趣的律师。我还记得前次和他碰面的经验，因此决定留在家里和珀斯港做伴。

“尽可能在暴风雨开始前赶回来，还有，代我向班布里奇先生致意。”我吻了弗兰克，向他道别。

“嗯，当然，当然。”弗兰克小心翼翼地避开我的眼神。他耸起肩，穿上大衣，抓起门边架上的伞离开了。

我随后关上门，但没闩上，这样他回来时便可直接进门。我走回起居室，心中暗想弗兰克毫无疑问会假装自己没有妻子，而班布里奇先生会乐得跟他合演这场戏。不过，这我就不能怪他了。

我们昨天下午登门拜访班布里奇先生，起初一切都很顺利。我表现得娴静有礼，聪明又谦逊，而且打扮朴素，梳洗整齐——完全就是完美的教授夫人该有的形象，直到茶送上来的那一刻。

我翻过右手掌，可怜兮兮地细细看着横过四根手指根部的大水疱，但这毕竟不是我的错，谁叫班布里奇先生这位鳏夫选了便宜的锡茶壶来泡茶，而不是适当的陶壶。但那也不是律师先生的错，他试着表现出彬彬有礼的样子，央求我倒茶。更不是壶把的错，这壶把上的布已经磨得见底，让我在执起茶壶时直接碰到滚烫的壶把。

不，我决定了。放掉茶壶完全是正常反应，而让茶壶掉在班布里奇先生的大腿上则不过是意外。我总得找个地方放掉茶壶吧。我大叫着“真他妈的该死”，这句话盖过了班布里奇先生心里的呐喊，也让弗兰克的视线越过司康饼瞪着我。

当班布里奇先生从惊吓中回过神之后，表现得很有风度，关心起我的手是不是被烫着了。弗兰克解释说我用语粗俗是因为我这两年来都在战地医院工作，他也不予理会。“恐怕我妻子从美国人那儿学了一些，呃，生动的表达方式。”弗兰克面带紧张的笑容说道。

“真的，当我取出他们身上的炮弹碎片时，他们说的话都会很‘生动’。”我用吸满水的餐巾包住手指，咬着牙。

班布里奇先生婉转地试着想把话题拉回到无害的历史上，他说他一直对各时代认定的各式粗话甚感兴趣，例如“Gorblimey”是“Godblindme”这句誓言在近代的讹用①。

“是啊，当然了。”弗兰克对于能改变话题满心感激，“不必加糖，克莱尔，谢谢你。那么‘Gadzooks’呢？‘Gad’这个部分很明显，可是‘zook’……”②

“这个嘛，你知道……我有时会想，这个字可能是一个古苏格兰字的讹用，就是‘yeuk’，‘痒’的意思。这有点道理，对吧？”律师先生插话道。

弗兰克点点头，让他额前那撮与他学者形象不相符的头发垂了下来，他自然地将头发拨了回去：“这些粗话的演变真是有意思。”

“是啊，而且还在不断推陈出新。”我说着，小心翼翼地用夹子夹起一小块方糖。

“噢！您在您的那个，呃……战地经验里，可曾听过什么样有趣的用语变化？”班布里奇先生有礼地问道。

“噢！有的。我最喜欢的一句话是跟一个美国佬学来的，这人叫威廉森，我想是从纽约来的。每次我帮他换病服，他都会说这句话。”

“哪句话？”

我动作利落地把一块方糖放进弗兰克的咖啡中。

“罗斯福去死。”

---

① Gorblimey是英国人常用的咒骂，如同中文的“该死”“见鬼”。Godblindme的意思是“老天瞎了我的眼”，用于发誓时，如“若我撒谎，让老天瞎了我的眼”。

② Gadzooks是语气比Gorblimey温和一些的咒骂，如同中文的“天哪”。Gad来自God（神）。

* * *

在和贝尔德太太共处一段平静又不失愉快的时间之后，我回到楼上，趁弗兰克回来之前梳洗一下。我知道他雪莉酒的酒量只有两杯，应该没多久就会回来。

屋子外头起风了，卧室里的空气似乎布满静电，我拿起梳子梳过头发，头发却因此纠结，还以令人恼火的角度乱翘。我晚上都会梳几百下头发，但决定今天就免了。在这样的天气里，我只想勉强去刷个牙。我的脸颊上紧紧黏着几撮头发，我试着弄顺拨回时，这些发束还是死命黏着。

大水壶里没有水，弗兰克为了和班布里奇先生碰面而梳洗时把水全用光了。我也不想自找麻烦再去厕所装水，于是拿起“蓝色时刻”，大方地倒了一些在掌心，在香气挥发之前迅速搓磨几下，赶紧用来顺一顺头发。我在发梳上也倒了一点，用梳子把蜷曲的发束梳回耳后。

“这样可好多了。”我心想，同时对着斑驳的镜子左右摆头，看看成果。润泽的水汽驱散了我发梢的静电，发浪现在浓密闪亮地滑过我的脸庞，而且酒精挥散之后也留下了一丝愉悦的香气。我想弗兰克会喜欢，“蓝色时刻”是他最喜欢的味道。

这时，近在咫尺的地方突然亮起一道闪光，紧接着雷声轰隆，所有的灯光霎时熄灭了。我低声暗骂几句，开始摸黑把手伸到抽屉里。

我记得在哪里看过蜡烛和火柴……这儿供电经常出状况，蜡烛是苏格兰高地的所有家庭旅馆和正式旅馆不可或缺的“配备”，甚至在那些熏着忍冬花香的高雅旅馆内，我也看到蜡烛插在饰有晶亮坠饰的雾面玻璃烛台上。

贝尔德太太的蜡烛可实用多了，虽然是水电工人照明用的一般白蜡烛，但是抽屉里有好多根，而且还有三盒火柴。在这节骨眼儿上我可没打算挑剔蜡烛的风格。

我在蓝色的陶制烛台上插好蜡烛，就着一道闪电的亮光将烛台摆在梳妆台前，然后在房内各处走动，点燃其他蜡烛，直到整个房间都充满柔和摇曳的烛光。非常浪漫，我心想。我镇定地扳下电灯开关，这样电力恢复时才不会在某个不合时宜的时刻坏了气氛。

蜡烛烧了不到半寸，弗兰克就推门进来了。随他上楼梯而起的一阵风结结实实地吹熄了三根蜡烛。

他身后的门砰的一声关上，又吹灭了另外两根。弗兰克盯着霎时的幽暗，伸手理了理凌乱的头发。我起身，重新点燃烛火，微微抱怨他突然进门的鲁莽。直到我点好蜡烛，转身问他要不要喝点东西时，才发现他脸色苍白，神情不安。

“怎么了，看见鬼啦？”

“嗯……我不确定我见到的是不是鬼。”他缓缓说着。

弗兰克心不在焉地拿了我的发梳，抬手整理起自己的头发。当“蓝色时刻”的气味扑近他的鼻孔时，他皱了皱鼻子，又把梳子搁了下来，转而动手找寻他的口袋小梳。

我朝窗外瞥了一眼，外边的榆树正前后猛烈地晃着。虽然外边的狂风大作很刺激，值得一看，但屋子另一侧某处有扇松脱的窗子正砰声大响，这让我觉得我们或许还是应该把窗子关紧。

“对鬼来说，这风吹得有点猛。他们不是喜欢墓地那种静悄悄、雾蒙蒙的夜晚吗？”

弗兰克窘笑着说：“好吧，我想只是因为班布里奇刚刚说的故事，加上我多喝了点雪莉酒。没事的，也许吧。”

这下我可好奇了。“你到底看到什么了？”我往梳妆椅上坐下去，手肘半抬，伸手取过威士忌问着。弗兰克随即接过酒。

“没什么，真的。只是个男人，就在外头的路上站着。”他边说边动手给自己斟了一小杯，却给我两小杯的量。

“什么！就在房子外面吗？那一定是鬼没错了。我无法想象有哪个活人会在今晚这样的天气里站在户外。”我笑着说。

弗兰克拿起水壶要往杯子里倒水，壶里却没半滴水流出来，他用责备的眼神看着我。

“别那样看我，是你自己把水用光的。不过，我倒不介意我这杯威士忌不加水。”我摆摆动作，假装啜饮一口。

弗兰克看起来一副急着要下楼去盥洗室取水的样子，不过还是打消了念头，继续说他的故事。他小心翼翼地啜吸着酒，好像杯里装的是硫酸，而不是上等的格兰菲迪单一麦芽威士忌。

“他就站在外头，倚着围墙，站在靠这一侧的花园边。我想……”他迟疑了一下，低头望着酒杯，“我认为，他是抬头看着你的窗子。”

“我的窗子？太不寻常了！”我禁不住微微发抖，虽然有点太迟，我还是走过去关紧窗户。弗兰克的话没停下，边说边跟着我穿过房间。

“是的，我自己都可以从底下看到你。那时候你在梳头，而且还因为发尾乱翘开口骂了几句。”

“要是这样，那家伙也许是在看笑话。”我口气很冲地说。弗兰克微微笑着，伸手轻抚过我的头发，摇摇头。

“不，他没笑。事实上，他看起来像是正为什么事而非常悲伤。我看不清楚他的脸，我是从他的站姿判断的。我走到他身后，但他动也不动，于是我礼貌性地开口问他需不需要帮忙。起先他好像没听到我的话。我心想，风声这么大，也许他真的没听到。所以我又说了一次，而且伸手打算拍拍他的肩膀，好让他注意到我。可是在我碰到他之前，他突然转头和我错身而过，走回路上。”

“这听起来有点粗鲁，但并不很阴森啊。他长什么样子？”我喝干了杯中的威士忌说着。

“大块头，还是个苏格兰人，穿着一整套苏格兰高地服装，连裙子前面的那个皮袋子都有。而且，他的格纹斜披肩上有一枚我见过的最漂亮的胸针，是公鹿奔驰的图案。我想问他这东西是从哪里得来的，但他在我开口前走掉了。”弗兰克皱着眉头回想。

我走向书房，又倒了一杯酒：“这样的装扮在这地方也不算不寻常，是吧？我有时也会在镇上看到有人这样穿。”

“嗯……”他似乎很怀疑，“不，奇怪的不是他的服装。但是我敢发誓，当他和我错身时，我们的距离很近，近到我应该感到他擦过我的衣袖才对，可是并没有。而且，我实在太好奇，还转过身子看他走远。他走在葛瑞赛德路上，但就在快走到转角时，他……消失了！这时我才感到背脊蹿起一股寒意。”

“也许你稍微走了一下神，而他刚好走进阴影里，那个街角的树挺多的。”

“我发誓我的目光从没离开过他。”弗兰克咕哝着。突然，他抬起头说：“我知道了！虽然那时候我不明白，不过现在我想起来为何觉得他很怪了。”

“什么？”我对鬼魂的话题已经有点厌倦，只想找点有意思的事情做，比如，上床睡觉。

“风吹得那么猛烈，但是他身上的衣料，你知道，就是裙子和斜披肩，除了他走动时有些摆动之外，在风吹时却一动也不动。”

我们俩瞪大眼睛看着彼此。

“嗯，这就有点恐怖了。”我终于说出口。

弗兰克耸耸肩，把这件事抛到脑后，突然微笑着说：“至少下回见到牧师时有故事可以告诉他了。也许那是这地方家喻户晓的鬼魂，牧师还会告诉我这鬼魂的骇人历史。不过，现在是就寝时间了。”他瞄了一下手表。

“的确是。”我咕哝着。

我从镜子里看着弗兰克脱下衬衫，伸手取衣架，就在解开中间的扣子时，他突然停了下来。

“克莱尔，你的军医院有不少苏格兰人吧？在战场上或者彭布罗克。”他突然迸出这个问题。

“当然了。”我有点困惑地答道，“我在法国亚眠战场的战地医院接触过很多希佛斯和卡梅隆军团的人，之后我们在康城也收过很多戈登军团的苏格兰人。他们绝大多数都是好人，通常都很刚毅，可是打针时就吓得像懦夫似的。”我特别想到了某个人，笑着回答。

“我们有个伤兵，一个非常下流的老家伙，希佛斯第三团的风笛手。他受不了打针，特别是屁股针。他会先痛苦挣扎好一阵子，才让别人拿着针筒靠近他。即使要打针了，而且得是肌肉注射，他还是会试着要我们打在手臂上。”我想起了奇森下士，笑了出来，“他告诉我：‘如果我得光着屁股趴下来，小姑娘必须在我下边，而不是拿着别帽针那么大的针头站在我背后。’”

弗兰克稍稍笑了，但神情有点不安，一如他听到我的不那么文雅的战地故事时惯有的反应。我看到他的神情，便向他保证道：“别担心，我不会在你学校的教职员休息室说这故事。”

弗兰克笑了开来，走向坐在梳妆台前的我，站在我身后，吻了吻我的头顶。

“别担心，不论你说什么故事，教职员休息室里的人都会很爱你。嗯……你的头发闻起来真香。”

“你喜欢吗？”

他没回答，只是把手滑向我的肩膀，捧住我纤薄睡衣底下的双乳。从镜子里我能看到我们的头上下交叠着，他的下巴搁在我的头顶。

“关于你的所有一切，我都喜欢。你知道吗，你在烛光下看起来好美。你的双眼就像水晶杯里的雪莉酒，肌肤跟象牙一样明亮。克莱尔，你是个烛光女巫。也许我该永远把灯关掉。”他声音沙哑地说。

“这样在床上就很难读书了。”我的心跳开始加速。

“那么，我想想有没有更好的事能在床上做。”他咕哝着。

“真的吗，比如呢？”我站起来，转过身，双臂环住他的颈子。

稍后，我们在闩上的窗板后相拥，我从弗兰克的肩上抬起头：“刚刚你问我在工作上有没有碰过苏格兰人，为什么那样问？我是说，你一定知道我曾接触过，医院里各式各样的人都有啊。”

他动了动，伸手向下轻抚我的后背。“嗯……没什么，真的。只是，只是当我看到外头那个家伙时，我突然闪过一个念头，他也许是……”弗兰克迟疑了一下，把我抱得更紧些，“呃，他可能是你照顾过的病人。也许……也许他听说你到这里度假，所以过来看看你……诸如此类的。”

“要是这样，他何不直接进到屋子里说要见我？”我实事求是地追问。

“这个，也许他特别不想碰到我。”弗兰克不经意地说。

我推开他的手肘，瞪着他。房里还留了一支烛火，足够我看清楚他的脸。他撇过头，假装随意把目光飘向那幅贝尔德太太认为和墙壁甚为相衬而挂上的查尔斯·爱德华王子石版画。

我抓住他的下巴，将他的头转过来，面对着我。他装出讶异的样子，瞪大眼睛。

“你这是在暗示，你在外头见到的那个男人是……是我的……”我顿了一下，想找个确切的字眼儿。

“联系对象。”弗兰克帮我说出来。

“恋爱对象。”

“不是，当然不是。”他这句话一点说服力都没有。他把我的手从他脸上移开，试着吻我，但这次轮到我撇过头去。弗兰克勉强将我推倒，好让我躺在他身旁。

“这不过是……克莱尔，你也知道，都已经六年了。这段时间里，我们只见过三次面，而且最后一次才相处了一天。大家都知道医师和护士在紧急时刻处在很大的压力下，如果……如果真有怎样，也不奇怪，我可以理解的。你也知道，就是那种自然而然发生的……”

我挣脱了，从床上跳起来，打断弗兰克这番胡言乱语。

“你认为我对你不忠吗？”我质问道，“你是不是这么想的？如果是的话，那么你可以马上离开这个房间，最好滚出这栋房子。你怎么敢这样含沙射影地说我！”

我怒气冲冲地说着。

弗兰克坐起身子，伸出手来想安抚我。

“你别碰我！你只要告诉我，是不是看到外头恰好有个男人抬头朝我的窗子看，就认为我和某个病人有染？”我厉声追问。

弗兰克离开床，伸出双臂抱住我。虽然我像岩柱动也不动，他还是继续抱着，用他知道我会喜欢的方式轻抚我的头发，摩挲我的肩膀。

“不，我没想到这些事。”弗兰克语气坚定地说。他将我拉近一点，而我虽然没有软化到回抱他，却也稍稍放松了一些。

过了好长一段时间，他对着我的发间低声咕哝：“克莱尔，我知道你不会做出这种事，我只是想说，我很爱你，即使你真的做了……也没关系，不管你做什么，都阻挡不了我对你的爱。”弗兰克捧着我的脸，他只比我高四英寸，可以直直望进我的眼睛。他轻柔地说：“原谅我，好吗？”他的吐纳混合着格兰菲迪威士忌的香气，温热地袭上我的脸，而他饱满、诱人的双唇却令人不安地闭合着。

外头闪过的另一道闪电预告了暴风雨即将扑袭，而雷雨正击打着屋顶的石瓦。

我缓缓将双臂搁在他的腰间。

“慈悲不能勉强，而是如同甘霖，从天上降下尘世……”我引用了莎士比亚的话。

弗兰克笑了出来，往上看了看。天花板上一层层的水渍预告了今晚我们没办法睡个干爽的觉了。

“如果这是你慈悲的示范，那我会讨厌你的报复。”外头雷声隆隆作响，就像迫击炮的攻击，仿佛在回应着弗兰克的话。我们俩都笑了，重修旧好。

没多久，我听着身旁弗兰克深沉而规律的呼吸声，开始胡思乱想。如我所说的，在我这一方，没什么证据可以证明我对不起他。可是，六年，就像他说的，可是一段很长的时间。

第二章 巨石矗立

正如先前所约，克鲁克先生隔天清晨七点准时过来接我。

“所以，我们准备去捕捉花毛茛上的露珠了吗，姑娘？”他眼神里带着长者的豪迈说。克鲁克先生骑了一辆年岁和他一样老迈的摩托车，载着我深入乡间。压制植物标本的用具紧紧绑在这具庞然大物侧边，好像拖船上的防撞缓冲设备。我们悠闲地晃过安静的乡间，在克鲁克先生摩托车轰隆怒吼的对比之下，这地方更显寂静了。突然，摩托车速度放慢，安静了下来。我发现，这位老先生真的对本地植物知之甚详，不仅知道什么植物可在哪儿找到，还明白植物的疗效以及调制方法。我真希望自己带了笔记本，好把所有细节全记下来！但现在只能一边把采集的标本收进沉重的压制器，一边留神听他沙哑、苍老的声音，竭尽所能把这些内容记在脑子里。

我们在一座奇特的平顶丘山脚附近歇脚，拿出打包的午餐。这座丘陵和邻近的多数小丘一样绿意盎然，也同样有凸岩和峭壁，不过却有个不同之处：丘陵上有一条古道，沿着一侧向上攀升，而后倏然消失在一块花岗裸岩之后。

“那上面是什么？看起来不像是适合野餐的地方。”我拿着火腿三明治指着古道问。

“啊，姑娘，那是纳敦巨岩，我们吃过饭，我就带你去那儿看看。”克鲁克先生朝那座丘陵望了一眼说着。

“真的吗？那儿有什么特别的？”

“噢，有。”他回答，但拒绝透露更多，只说等我见到就会明白。

那条路那么陡，我原本有点担心克鲁克先生能否爬上去，可是当我发现自己在他身后气喘吁吁时，所有忧虑都烟消云散了。最后，克鲁克先生还伸出他那嶙峋的手，一把将我拉上丘顶。

“就是这儿了。”克鲁克先生以地主之姿挥着手说。

“哇，是巨石阵！是个缩小版的巨石阵！”我开心地说。

因为战争，我最近一次造访著名的巨石阵所在地索尔兹伯里平原已是好几年前，不过当年我和弗兰克一结婚，马上就去看了那有名的巨石阵。我们像其他观光客一样，敬畏地在矗立的巨石间穿梭，看着祭坛石，目瞪口呆。（“早先的德鲁伊教徒就是在这里进行骇人的活人献祭……”一口伦敦腔的导游领着满车意大利游客，声音洪亮地说着，而每个意大利游客都尽责地拿着相机对着外形平凡无奇的石柱猛拍。）

弗兰克以他对精确的热爱整了整领带，让领带一丝不苟平整地往下垂着，我们甚至在石阵圈附近辛苦地走着，用脚步估量Y洞和Z洞的距离①，计算着高耸惊人的巨石阵最外围的沙岩圈上有多少楣石。

三个小时后，我们知道那里有多少个Z洞和Y洞（如果你想知道的话——共有三十九个，不过我自己毫不在乎到底有几个），但和五百年来在这儿爬来爬去的许多业余和专业考古学家相比，我们也找不到更多线索来证明这些结构的用途。

当然，我们最不缺的就是见解。只要和工作晋升有关，充分表达的个人见解通常会胜过词不达意的事实，这是我和学术界相处的心得。

这是神殿，或墓地，或天文观测处，或刑场（所以巨石阵另一端躺着一根命名失当的“屠宰岩”，有一半沉入自己的坑里），或露天市

① Y洞和Z洞是石柱圈最外围地上的呈同心圆分布的两圈坑洞。

场。我喜欢最后这个露天市场的推测，想象一下巨石文化时代的主妇挽着篮子在巨石门楣间穿梭，挑剔地看着刚运到的红土大口杯上的釉色，半信半疑地听着石器时代的面包师傅和贩售鹿骨铲和琥珀珠子的小贩的叫卖。

我能看到的唯一有违这项假设的，是祭坛石下的尸体，以及Z洞内火葬的遗骸。除非这些都是被控对客人偷斤减两的倒霉商人，否则把人埋在市场下方似乎有点不卫生。

山丘顶上这个缩小版的巨石阵并没有埋人的迹象。我说“缩小版”，仅是指眼前这片矗立的石圈只比索尔兹伯里那座巨石阵范围稍小一点，每根石柱还是有我两倍高，而且体积硕大无比。

在索尔兹伯里那座巨石阵，我还从别的导游口中听到，整个不列颠和欧洲各地都出现过这样的石圈。有些保存较好，有些较差，彼此的方位和外形都有些许差异，而所有石圈的起源和用途全都无人知晓。

当我在巨石间徘徊穿巡，不时停下脚步轻抚石柱，好像我的抚触能在这不朽的巨石上留下痕迹时，克鲁克先生就站在一旁亲切地笑着。

矗立的石柱有些已有斑驳痕迹，带着晦色，有些则夹嵌着斑斑片片的云母，以欣然的微微闪亮捕捉晨光。所有石柱都和周围从蕨地蹿升而起的石块明显不同。不论是谁建起这座石圈，也不论目的为何，这些人一定认为这件事重要到必须采集特别的石块并加以雕塑，然后运到此处竖立起来作为证物。可是这么大的石块如何雕塑，又怎么搬运呢？而且这些石块又是从怎样叫人无法想象的距离运到此地的呢？

我停下脚步，感谢克鲁克先生带我来看植物以及这地方，同时告诉他：“我丈夫看到这个一定会着迷，之后我再带他上来见识。”这位瘦骨嶙峋的老先生在小径顶端殷勤地伸出手臂，我往陡峭的山壁瞄了一眼之后，决定抓住他的手臂。他年纪虽大，但两腿站得可比我稳多了。

＊＊＊

当天下午，我从旅馆轻快地走向镇上，准备到牧师那儿接弗兰克。我走过星散四处的小屋舍，愉快地吸着苏格兰高地那令人微晕的气息，其中混杂着石楠、鼠尾草、金雀花的香气，以及随处飘散的炊烟和炸鲱鱼的浓烈香味。这座小镇安稳地坐落在一座从高地荒原拔地而起的陡峭岩壁的脚下，路旁的小屋看起来很可爱，战后的兴盛荣景如枝叶漫开，甚至连少说已有百年历史的牧师住宅，都在垂倾的窗框上漆了抢眼的亮黄色。

牧师的管家出来应门，她是个高挑纤细的女子，颈上戴着三圈人造珍珠项链。她明白我是谁之后，便热情地迎我进门，领我穿过一条狭长昏暗的走廊。走廊上罗列着暗褐色的人像雕塑，这些人生前可能都是名噪一时的人物，或者现任牧师珍视的亲人吧。不过，他们也可能是皇室人物，我在黑暗中只能依稀看到他们的样貌，难以细辨。

对比之下，从牧师的书房那一整面落地窗透射进来的光线，则照得我睁不开眼。壁炉旁摆了画架，架上搁着一幅画了一半的油画，画的是夜幕下的黑色峭壁。书房的窗子一定是在房子盖好多年之后才增设的，这幅画显示了窗户存在的理由。

在对面靠墙处，弗兰克和一位矮矮胖胖、穿戴着教士领的男人正惬意地研究着书桌上的凌乱纸片。弗兰克仅稍稍抬头一望，打个招呼，但牧师却彬彬有礼地暂停下来，急忙上前和我握手，圆润的脸上散发出令人舒服的欣悦之情。

他热情地拉着我的手，说：“兰德尔太太，真高兴能再见到您！您来得正巧，刚好能听听这个大新闻！”

“大新闻？”我朝桌上纸面的污痕和字样瞥了一眼，心里怀疑地计算着，这新闻的日期大约在一七五〇年，可不算是什么即时快报。

“没错，大新闻。我们正从古代军方公文里搜索您先生的祖先杰克·兰德尔的蛛丝马迹。”牧师倾过身子靠近了些，像美国电影的黑帮人物似的以嘴角说话，“我呢，从本地的史迹档案处‘借’了这批原版的公文。您不会泄露口风吧？”

我被逗乐了，答应他不会把这要命的秘密泄露出去，接着准备找一张舒服的椅子好好坐下，听听这来自十八世纪的最新秘辛。窗旁的摇椅看起来挺合适的，可是当我走近想将椅子朝书桌转过来时，却发现椅子上有人。一个满头蓬亮黑发的小男孩蜷缩在椅子深处，睡得正香。

“罗杰！”牧师走过来帮忙，他和我一样讶异。小男孩从睡梦中惊醒，吓得弹起身子，苔绿色眼睛睁得大大的。

牧师满是爱意地叨念着：“你这个小捣蛋在这里做什么？噢，看漫画又看到睡着啦？”他抓起色彩鲜艳的纸页递给小男孩：“罗杰，你先走开，我和兰德尔先生他们有事要谈。噢，对了，兰德尔太太，我忘了向您介绍，这是犬子罗杰。”

我有点惊讶。如果说我见过某个准备一辈子打光棍的人，那无疑就是韦克菲尔德牧师。不过，我还是握住这只礼貌伸出的小手，亲切地握一握，并忍住没把黏腻的手在裙子上抹两下。

韦克菲尔德牧师温柔地看着小男孩跑向厨房。

他吐露：“事实上，他是我侄女的孩子。他的父亲在英吉利海峡上空被击落，他的母亲死于德军的闪电轰炸，所以我收养了他。”

“您人真好……”我想起了兰姆叔叔，低声说着。他也是在德军闪电轰炸大英博物馆讲堂时丧命的，那是他的授课之处。我了解兰姆叔叔，他最高兴的，应该是隔壁侧厅的波斯古文物逃过一劫。

“哪有，哪有。屋子里有个年轻小生命也是好事。来，您请坐！”牧师羞窘地在一旁搓着手说。

没等我放下手提包，弗兰克就继续开讲了。他满腔热忱地说：“克莱尔，我们运气真是太好了。牧师找出了一大摞提到乔纳森·兰德尔的军方文件。”

牧师从弗兰克手中取过几张纸，观察着：“看来兰德尔队长似乎做了不少声名显赫的事。他负责守卫威廉要塞长达四年之久，不过似乎也花了不少时间代表英国国王骚扰英格兰与苏格兰边境交界处的乡间地区。”他小心翼翼地将纸堆分开，摊放在桌上，“这是不同住户和地主对他的投诉记录，内容包罗万象，从驻军骚扰女仆到夺窃马匹皆有，更别提其他‘羞辱行为，未详列’。”

这可逗乐我了。“所以，你的家族里有个‘赫赫有名’的偷马贼啰？”我对着弗兰克这么说。

他耸耸肩，神色平静自然：“他是他，我是我，这我可管不着；我只想把这历史找出来罢了。就那个特殊时期而言，这些怨言也没什么好大惊小怪的，通常英格兰人在全苏格兰高地都不受欢迎，军队更是惹人厌。不过，奇怪的是，这些民怨似乎没有引起任何后续动作，甚至最严重的民怨也是如此。”

牧师终于忍不住插嘴：“没错，当时对官员的行为没有像现在的标准去规范，他们可以为所欲为。不过这件事就怪了，这些民怨无人调查就结案，也没再被提起。兰德尔老弟，我怀疑你的祖先背后一定有靠山，保护他不被上头怪罪。”

弗兰克搔搔头，看着公文：“也许你说得对，真有个有力人士罩着他，也许是高级军官，甚至可能是皇室。”

“对，还有可能是——”

这时管家格雷厄姆太太走进书房，打断了正在兴头上的牧师。

“各位先生，我端了一些点心来。”格雷厄姆太太大声宣告，旋即把茶盘大剌剌地放在桌子正中央，牧师在这千分之一秒的空当里把他那些珍贵的文件从桌面上抢救出来。格雷厄姆太太颤颤巍巍地以黯淡的目光精明地打量着我。

“我只拿了两只杯子，因为我想兰德尔太太或许会想和我去厨房。

我这里有些东西……”我没等她把邀请的话说完，便欣然起身离开。我们才穿过通往厨房的门，背后随即响起弗兰克和牧师滔滔不绝的讨论。

我们喝的是青茶，杯中茶汤滚烫芳香，还有几片茶叶在茶水中浮转。

“嗯……上回品尝到乌龙茶已经是好久之前的事了！”我搁下茶杯时说。

格雷厄姆太太看我对她的茶点如此满意，也高兴地点头笑着。显然经历过某些风霜折磨的她，此时拿出一块手工蕾丝垫，铺在薄如蛋壳的茶杯底下，同时端上司康饼，上头还附了一大块凝脂奶油。

“是啊，战争期间我都拿不到乌龙茶。用这个来算命最好了，伯爵茶可不行，那种茶叶很快就会散开，根本读不出什么信息。”

“噢？您会用茶叶算命？”我很想笑。格雷厄姆太太顶着一头铁灰色的波浪短发，戴着三圈珍珠项链，怎么看都不像是替人算命的吉卜赛人。她喝下的茶汤清楚地沿着她纤长的颈子滑落，消失在微微发亮的珠子下方。

“哎呀，亲爱的，我当然会。这是我祖母教我的，而她是她的祖母教的。把茶喝掉吧，我来看看你的茶叶怎么说。”

格雷厄姆太太沉默了好长一段时间，其间不时倾着杯子对着光，或者用她枯瘦的手缓缓转着杯子，从不同角度观看。

她小心翼翼地放下杯子，一副杯子会在她面前炸开的模样。她蹙眉看着这谜一般的杯中物，嘴巴两侧的沟痕也跟着变深了。

她终于开口：“嗯，这个结果有点怪。”

“噢？”我依然想笑，不过也开始好奇起来，“我会遇到高大黝黑的陌生人，还是会远渡重洋？”

格雷厄姆太太发觉我语带嘲讽，轻轻笑着说：“也许会，也许不会。亲爱的，这就是奇怪之处，所有迹象都互相矛盾。这一片弯曲的茶叶代表旅程，但又有一片碎叶横亘在上方，这代表停驻。当然有陌生人出现，而且是好几个。如果我判读得没错，其中一位就是你丈夫。”

我开始稍微认真起来。经过六年的分离，加上六个月的相聚，我丈夫依然不过是个陌生人，只是我没办法理解这茶叶是怎么知道的。

格雷厄姆太太的眉头依然深锁。“孩子，让我看看你的手。”她说。

她握着我的手。她的手虽然瘦骨嶙峋，却意外地温暖。她低头望着我的手心，一股薰衣草的香气从打理整齐的灰白头顶飘散出来。她盯着我的掌心好长一段时间，不时以手指巡行某条掌纹，犹如沿着地图指示，循行在消失于尘沙拂洗、光阴销蚀的路径。

“嗯，怎么样？还是我的命运可怕到不宜揭露？”我试着保持轻快语调。

格雷厄姆太太怀疑地抬起头，满是疑虑地看着我的脸，但依旧握着我的手。她摇摇头，抿着嘴。

“不是，不是，亲爱的。你的命运并不在你的手掌，掌纹只是个种子。”她犹如禽鸟般的头往一边翘起，思索着什么，“你知道，人的掌纹是会变的，在你人生的另一个阶段，掌纹可能会和现在截然不同。”

“这我倒是不知道。我以为人生下来掌纹就是这样，定型了。”我急着想抽出我的手，“那这样看手相有什么用？”我无意失礼，但觉得这样细看手相实在颇为恼人，特别是紧接在茶叶占卜之后。

格雷厄姆太太出乎意料地微微一笑，将我的掌心合起：“哎呀，亲爱的。因为你的掌纹会说出你现在是什么样的人，这就是掌纹为什么会变化、也应该变化。有些人的掌纹是不会变的，就是那些悲惨到从不改变自己的人，不过这样的例子不多。”她捏捏我合起的手掌，轻轻拍了几下。“我想你不会是那样的人。对一个这么年轻的人来说，你的掌纹显示你已经历过许多变化。当然，这可能是因为战争。”她仿佛在自言自语。

我又好奇起来，于是心甘情愿地摊开手掌。

“那从我的掌纹判断，现在的我是怎样的？”

格雷厄姆太太皱着眉，不过没再执起我的手。

“我说不上来。这很奇怪啊，因为多数的掌纹都有相似之处，虽然我不会说看过一例就等于全部，不过，通常都有重复图样……”她突然迷人而古怪地露齿而笑，露出非常洁白但显然是人造的牙齿。

“你知道，我们就是这么算命的。我每年都会在教会的园游会上算命，也许该说战前曾在园游会上算命，我想现在又可以重操旧业了。我就坐在帐篷里，头上绑着头巾，插着从唐纳森先生那儿借来的孔雀羽毛，披着‘东方智者袍’，其实就是牧师的教服，满身孔雀羽毛，黄得跟太阳似的。一个女孩子走进来，我假装看她的手，却偷偷打量她的人，发现她的上衣短到胸口，身上有廉价香水味，耳环垂到肩上。我无须水晶球，就知道她明年园游会之前就会有小孩了。”格雷厄姆太太歇了口气，灰色眼眸里透出调皮神情，“如果我握着的手没戴戒指，那就先预言她快结婚了。”

我笑了出来，她也笑了。“所以，您根本不看手相，只检查戒指啰？”我说。

她露出惊讶的神情：“噢，当然要看手相啊！通常，这只是让你对待会儿会看到什么有心理准备。”她对着我摊开的手点着头，“不过，这图样我倒是从没见过。这根大拇指……”她往前倾，轻轻按了按我的指头。“拇指的掌纹变化不大，代表你是意志坚定的人，不会轻易妥协。”她对我眨了眨眼，“诸如此类的话，我猜你的丈夫也告诉过你了。”她指指我拇指根的肉丘。

“这是什么？”

“这叫‘维纳斯之丘’。”她拘谨地抿起双唇，嘴角却无法自抑地扬起，“如果是在男人身上，你可以说这代表他颇好女色。不过，对女人来说，意义就有点不同了。我说得委婉点，我猜你的丈夫可不喜欢离开你的床榻。”她低声咯咯笑着，笑声出乎意料地讳莫如深又带点淫猥，让我脸都微微涨红起来。

这位老管家又细细看着我的手，伸出食指这边刺刺、那边戳戳。

“这里，你看，很深的生命线，表示你很健康，而且可能也会一直这么健康。生命线中断，表示你的人生有剧变。不过，我们不都如此吗？但是你的生命线断得比我常见的更细碎，全都断成一小段一小段的。而你的婚姻线——”她又摇了摇头，“你的婚姻线岔了开来，这也不是不常见，而是意味着两段婚姻。”

我微微动了一下，但马上抑制住。不过格雷厄姆太太还是察觉到了，随即抬起头来。我想，她在这点上也许算是个颇为敏锐的算命者。为了让我安心，她顶着灰发的头摇了摇。

“噢，不是的，小姑娘。这不是说你的好丈夫会发生什么事，而只是说，如果这件事发生了……”她在说“如果”二字时轻捏了一下我的手，以示强调，“你是不会将此生余日浪费在哀悼中而独自憔悴的。这掌纹的意思是，如果你的初恋已逝，你是可以再度陷入爱河的人。”

格雷厄姆太太近视似的眯着眼，看着我的手掌，尖短的指甲轻轻在我深刻的婚姻线上滑动。“多数人岔开的婚姻线都是断裂、不连续的，你的却是分岔。你应该没有暗地结两次婚吧？”她面带淘气地抬头看着我。

我摇头大笑：“我哪儿来的时间啊？”接着，我翻过手心，露出手掌外缘。

“听人说，手掌外缘这些小记号表示会有几个孩子？”希望我的语调听起来很自然。我的手掌外缘是让我失望的平滑一片。

格雷厄姆太太朝我的手瞄了一眼，显示她对这个说法的不屑：“哼！等你生了一两个孩子，线可能就跑出来了。这就像你脸上的纹路，根本不能预示什么。”

“噢？不能吗？”听到她这样说，我可笑地松了一口气。我正打算问她横过我手腕底部的那条深线代表什么意义（会是自杀的倾向吗），韦克菲尔德牧师端着空茶杯走进厨房打断了我。他将杯子放在水槽旁的滴水盘上，开始笨手笨脚、东碰西撞地在橱柜里翻找，显然希望有人帮忙。

格雷厄姆太太马上弹起身子，挺身捍卫自己在厨房的神圣地位，动作敏捷地将牧师推到一旁，动手把茶具在准备端进书房的茶盘上摆好。牧师立即把我拉到一旁，好让出一条路来。

“兰德尔太太，您不妨到书房来和我们再喝杯茶吧？我们又有令人十分满意的新发现了。”

我看得出来，不管他们发现的东西是什么，牧师虽然外表镇定沉着，内心其实乐翻了，神情就像小男孩口袋里藏着癞蛤蟆似的。很显然，我得跟着去看看乔纳森·兰德尔的洗衣账单、修靴子的收据，或者其他诸如此类的“迷人”文献。

弗兰克无法自拔地深陷在一堆破纸片中，当我走进书房时，他也没抬头看我一眼。他心不甘情不愿地把纸片交到牧师肥短的手中，退到牧师背后，视线越过他的肩头盯着纸片瞧，好像无法忍受这些纸片暂时离开他的视线。

“所以？”我指着脏纸片，恭恭敬敬地说，“嗯，所以，的确非常有意思。”

事实上，纸上细长的手写字迹颜色褪得严重，又装饰得龙飞凤舞，看来并不值得我去判读其内容。不过有张文件保存得比其他破纸好些，页首有个像是纹章的东西。

我眯眼看着，这张纸上有一只褪色的花豹昂首蹲伏，图下是比手写字容易读懂的印刷字。“桑德林汉姆……公爵，是吗？”

牧师笑得更开心了，说道：“的确是，你知道，这头衔现在已经绝迹了。”

这我是不知道的，不过还是聪明地点点头，我对一头栽入新发现的狂热学者可不陌生。通常，你什么都不必做，只需每隔一段适当的时间点个头，说“噢，真的吗”或者“实在太有意思了”。

弗兰克在和牧师相互推辞一番之后，获得殊荣，得以把他们的新发现告诉我。显然，这些破烂纸片证明了弗兰克的祖先，恶名昭彰的黑杰克·兰德尔，不单是国王的英勇士兵，同时也是桑德林汉姆公爵信赖的密探。

“几乎算是个内奸密探了，兰德尔博士，您说是不是？”牧师优雅地把球传回弗兰克，后者接了球，开始讲起来。

“的确是。当然，这些措辞用得非常谨慎。”他干净的指头轻缓地翻着纸页。

“噢，真的吗？”

“由此看来，乔纳森·兰德尔受命在他辖区有名的苏格兰家族内掀起反皇情绪，把那些包藏祸心的准男爵或叛党领袖引出洞来。不过这也奇怪，桑德林汉姆自己不也疑似詹姆斯党吗？”弗兰克转头看着牧师，皱着眉露出询问的表情，而牧师光滑的秃顶也同样皱了起来。

“哎呀，我相信你说得对。不过，等等，我们来查查卡梅隆，他一定会提到桑德林汉姆。”牧师潜进架上塞满牛皮装帧书册的层层书海。

“实在太有意思了！”我低声说着，目光则流连在从书房地板到天花板的软木墙面上。

木板上贴满了各种奇特有趣的东西，大多是各式各样的纸片，天然气账单、信件、教区主教会议来的通知、散脱的小说内页、牧师字迹的纸条，还有像是钥匙、瓶盖或看似汽车零件的小东西用钉子和绳子固定在板上。

我随意浏览这些杂七杂八的东西，竖着一只耳朵聆听背后的争论。（他们最后认为，桑德林汉姆公爵曾经是詹姆斯党。）一张位于角落特别妥善地用四根钉子固定住的族谱图吸引了我。族谱顶端是一些十七世纪初的名字，但真正攫获我目光的，是族谱底部的这个名字：罗杰·W.（麦肯锡）韦克菲尔德。

他们最后口沫横飞地争论着公爵顶冠豹掌中是一朵莲花还是番红花，但被我打断了：“抱歉，请问这是您儿子的族谱吗？”

“呃？噢！哎呀，是的、是的。”牧师回过神，急忙走近，又微微笑起来。他温柔地将族谱从墙上取下，摊放在我前方的桌面上。

他解释道：“我希望他别忘了自己出身的家族。你看，这是个很古老的家族，可以回溯到十六世纪。”牧师粗短的食指几近虔诚地在这家族的谱系中移动着。

“我给他冠了我的姓。既然他住在这里，这样似乎合适些。但我不希望他忘了自己的出身。”他神色抱歉地皱着眉，“我自己的家族恐怕没什么丰功伟业好说的，都是牧师或助理牧师，偶尔出现几个卖书的，而且只能回溯到一七六二年左右。我们的族谱记录保存得不太好。”他摇摇头，对自己祖先的昏愚有点懊恼。

我们离开牧师家时，时间也晚了，他答应明天一早就把信带到镇上去誊写。在我们回贝尔德太太家的路上，弗兰克多数时间都在喋喋不休，开心地讲着奸细、詹姆斯党等。最后，他终于发现我的沉默无言。

“亲爱的，怎么了？身体不舒服吗？”他热情地挽住我的手臂，语调糅合着担忧与期待。

“没事，我很好。我只是在想……”我迟疑了一下，因为我们先前谈过这个话题，“我在想罗杰……”

“哪个罗杰？”

我不耐烦地叹了口气：“弗兰克，你实在是……这么健忘。就是韦克菲尔德牧师的儿子，罗杰。”

“噢，对对对。当然。”他含糊地回答，“讨人喜欢的小孩，他怎么了？”

“嗯……有很多像他那样的小孩。你知道，就是孤儿。”

弗兰克目光锐利地看着我，摇了摇头。

“不行，克莱尔。我也想，不过我曾告诉过你我对领养小孩的想法。只是说，这……我没办法对一个……对一个不是亲生的小孩有感情。没错，我就是这么荒谬又自私，但事情就是这样。也许未来我会改变心意，但是现在……”我们在难堪的无言中走了几步。弗兰克突然停下脚步，转身抓住我的手。

他嗓音沙哑地说：“克莱尔，我要的，是我们的小孩。对我来说，你是我在这世上最重要的人，我别无所求，只希望你快乐。但是，我，我希望把你留在身边。我怕一个和我们没有真正关系、从外面来的孩子会成为我们的介入者，而我憎恶这种情况。但是，能让你受孕，看到宝宝在你体内成长，见到孩子诞生，我会觉得这更像是……你的延伸，也是我的延伸。这是我们家庭真正的一分子。”他睁大双眼恳求着。

“好，我明白了。”我暂时自愿放弃这个话题。我别过身子，继续走着。

弗兰克冲了上来，拥我入怀。“克莱尔，我爱你。”他声音中的柔情淹没了我，我的头靠着他的夹克，感受着他的体温以及强而有力的手环抱着我。

“我也爱你。”我们相拥着站了一会儿，随着路上吹扫而过的风轻轻晃着。弗兰克突然缩回身子，低头微笑看着我。

他抚顺我被风吹到脸上的头发，语气轻柔地说：“况且，我们还没放弃希望，不是吗？”

我笑道：“当然没有。”

弗兰克抓起我的手，插进他温暖舒适的肘弯，我们转身，准备走回住处。

“再试一下吧？”

“好啊，有何不可？”

我们手牵着手，走回葛瑞赛德路。我们看到了皮克特人的“巴拉夫莫尔”石阵，就矗立在路端的角落，这让我想起先前的事情。

我大叫：“我忘了！我有刺激的东西要让你看。”弗兰克把我拉得更近，低头看着我，捏捏我的手。

他露齿笑道：“我也有。明天再让我看你的吧！”

* * *

不过，我们隔天有别的事要做。我忘了我们已计划好要到尼斯湖的“大峡谷”进行一日游。

驱车前往峡谷的路程遥远，所以我们赶在太阳升起之前早早起程。

我们在冻人的黎明时分赶赴等候在门外的车子。钻进车子后，我盖着毯子，舒服地放松身体，感到手脚渐渐回温，暖和起来。甜甜睡意伴随暖意到来，我幸福地倚着弗兰克的肩膀进入梦乡，我记得在我熟睡之前看到的最后画面，是司机先生的头映在晨光中浮现的红边。

我们抵达时，已经过九点了。弗兰克请来的导游在湖边等我们，旁边停着一艘小帆船。

“先生，这小帆船不赖吧。我们先乘一小会儿船，沿着湖岸到厄克特城堡去。我们可以在那儿吃点东西，然后继续航行。”导游是个面色阴沉的小个子，身穿一件经过风吹日晒雨淋的棉质衬衫和斜织长裤。他把野餐篮整齐地收进座位底下，然后伸出长茧的手，领我安稳上船。

天气很好，湖岸峭壁上生机蓬勃的翠绿朦胧地倒映在起波的湖面。我们的导游看似阴沉，其实十分健谈且知识渊博。他对着环绕在狭长湖上的小岛、城堡、遗迹，不断指点解说着。

他指着在树丛间隐约闪现的一堵滑面石墙：“那里，是厄克特城堡，或者说，是城堡的遗迹。这座城堡被峡谷女巫诅咒，目睹了一桩又一桩的不幸事件。”

我们从他口中听说了玛丽·格兰特的故事：她是厄克特城堡领主的女儿，而她的情郎唐纳德·唐是个诗人，波云亭家族的麦克唐纳之子。由于男方父亲有顺手把牛羊牵走的习惯（导游说，这是个古老且高尚的苏格兰职业），女孩的父亲于是禁止小两口见面。不过他们还是私下碰面。做父亲的听到风声，便设下陷阱诱引唐纳德前来赴约，唐纳德于是被城堡领主活擒。这年轻人被判死刑，他请求让自己像个男子汉一样被斩首，而不是像罪犯一样被绞刑处死。领主答应了他的要求，当年轻人被带往行刑台时，他不停重复着："恶魔会把领主拖走，唐纳德·唐不该被吊死。"他的确没被吊死，根据传说，他被剁下的头从行刑台上滚了下来，口中还说着："玛丽，拾起我的头啊。"

我抖了一下，弗兰克伸手抱住我。导游平静地说："还有一些残存的诗作流传下来，就是唐纳德·唐写的诗。"诗是这样说的——

明日我那无首身将处山巅，
你对我那哀凄的少女，
那眼神温柔而美丽的玛丽，
可有怜悯之心？

我握着弗兰克的手，轻轻捏着。

一则又一则关于背叛、谋杀、暴力的故事在这地方重复上演，这湖好像也赢得了它阴森不吉祥的名声。

"那水怪呢？"我望向湖面下方幽暗的深处，这儿看起来完全像适合水怪的好地方。

导游耸耸肩，朝湖里吐了口口水。

"这个嘛，这湖很诡异没错。一些故事煞有介事地说，这湖底深处的确曾住着古老、邪恶的东西，居民会用某些东西向他献祭，例如牛。有时候甚至把小婴儿放进柳条编成的篮子，丢进湖里。"他又吐了口口水，"有些人说这是个无底湖，在湖中心有个洞，这个洞比苏格兰高地任何东西都要深。另一方面呢……"导游眯起的眼睛更眯了一些，"几年前，有个从兰开夏来的家庭，急急忙忙地跑进位于因弗莫里斯顿的警察局，尖叫着说他们看到水怪从湖里跑上岸，躲在蕨草堆里。他们说这生物的样子很骇人，身上披着猩红毛发，长着吓人的角，嘴里还嚼咬着什么，血都从嘴里滴出来。”我吓得差点尖声大叫，但被导游伸手制止了。

“他们派去的警察回来了，说报案人形容怪物口里滴着血的确是非常精确的描述。”导游顿了一下，做足效果，“不过，是用来形容一头可爱的苏格兰牛的。这头牛正在蕨草堆里嚼着自己的反刍物！”

我们搭船航行过半个尼斯湖之后，才上岸享用迟来的午餐。用过餐后，我们直接搭车，沿着峡谷返家。沿途除了一只红狐狸之外，什么阴森的东西都没见到。这只红狐在我们转弯时抬着头、亮着眼看我们，嘴里咬着一只垂软的小动物。它跳到路旁，身手矫捷得犹如一道影子爬上了边坡。

当我们终于踏着蹒跚的步伐，爬上贝尔德太太门前的小径时，已是夜深时分。弗兰克在门阶前摸找着钥匙，我们依然搂着，笑谈今天的经历。

一直到更衣准备就寝前，我才想起要把那座在纳敦巨岩的缩小版的巨石阵告诉弗兰克。他一听，脸上的倦容就消失无踪了。

“真的吗？你知道在哪里？克莱尔，这实在太美妙了！”弗兰克笑了开来，而且开始念念有词地在行李箱里翻找。

“你在找什么？”

“闹钟。”他边回答边从行李中拿了出来。

“要做什么？”我惊讶地问。

“我想准时去看她们。”

“谁啊？”

“众女巫。”

“女巫？谁告诉你有女巫啊？”

“牧师。”弗兰克答道，显然对这个玩笑乐在其中，“他的管家太太就是其中之一。”

我想起高贵威严的格雷厄姆太太，嗤之以鼻地笑着说："你别胡说了。"

"事实上，不是女巫。苏格兰高地几百年来到处都有女巫，一直到十八世纪之前都还有焚烧女巫的行动，不过这是针对德鲁伊教徒，或者其他诸如此类的。我想明天那个并不是真正的女巫聚会，我是说，不是崇拜恶魔的那种。不过，牧师说，本地有个团体仍然会在古老的太阳日期间举行仪式。你知道，因为职业的关系，他不能对这类活动有太多兴趣，但牧师是个好奇心旺盛的人，也不想忽视这活动。他并不知道仪式在哪里举行，不过如果这附近有石圈，一定就是在那儿了！"弗兰克摩拳擦掌，满心期待，"真是幸运！"

* * *

在天色犹暗时起床去探险，这种事做一回算有趣，但连着两天都这么干，就有点被虐的味道了。

这一次没有附带毯子的暖暖车厢，也没有保温瓶，我睡意甚浓地跟在弗兰克身后踉跄地走上山头，沿路被树根绊住，脚趾还踢到石块。路上雾蒙蒙的，而且又冷，我的手深插在开襟毛衣口袋里。

我们最后奋力登上山顶，虽然巨石阵就在眼前，不过在黎明前的灰暗天光中，几乎看不到巨石。弗兰克直挺挺地杵着，欣赏眼前的景象，我则坐在一旁的石头上大口喘气。

"真漂亮。"他喃喃说着，安静而缓慢地走进石柱圈的外围，朦胧的身影消失在石柱的巨大阴影中。这些石柱虽然美丽，却也恐怖吓人。我抖了一下，不单是因为天气寒冷。不管是谁造了这些石柱，如果他们刻意要让人印象深刻，那他们还真有办法。

过了一会儿，弗兰克回来了。"现在还没有人。"他突然在我背后低声道，害我吓得跳了起来，"来，我找到一个可以躲着观察的地方。"

此时，东方地平线上开始升起一抹苍白灰茫的晨光，弗兰克领着我穿过他在小径尽头处的赤杨木丛里发现的树缝。此时天光虽暗，但亮度已足以让我不至于跌倒。树丛间有一处小小的空地，仅容我们肩并肩站着，不过从这里可以清楚地看见不到二十英尺之外的上山小径和石柱圈内部。我心想，弗兰克战时从事的到底是什么样的工作？这已不是我第一次这样纳闷，他显然对如何静悄悄地在黑暗中移动知之甚详。

我困得很，现在只想在舒适的草丛里蜷着身子睡个回笼觉，不过这里没有空间，所以我只能继续站着，朝陡峭的登顶小径窥视，等着即将来到的德鲁伊教徒。我的背扭伤了，双脚又痛，不过应该不必等太久。这时东方的天光转为淡淡的粉红色，我想，用不了半小时就要破晓了。

第一个出现的人走起路来几乎跟弗兰克一样无声无息，仅在她接近山顶时用脚踢走小圆石的时候，才发出细微的声响。接着，一头整齐灰发无声地映入眼帘，是格雷厄姆太太。果真如此！牧师的管家太太明智地穿着毛呢裙和羊毛外套，臂下夹着一捆白色的东西，犹似鬼魂一般悄然消失在一根矗立的石柱后。

其他女人紧接其后，三五成群，低声咯咯笑着、聊着走在小径上。等她们靠近石柱圈，一声“嘘”声随即让她们全静了下来。

我认出了几个人。现在走来的是镇上邮局局长布坎南太太，她的一头金发最近刚烫过，而且“巴黎之夜”的浓浓香水味阵阵飘来。我强忍住笑意，所以这是一群摩登的德鲁伊教徒啰！

她们共有十五人，全是女性，年纪从格雷厄姆太太这样的六十多岁到年轻的二十出头都有，我两天前还看到这个年轻女孩在镇上商店附近推着手推车呢。她们每个人都穿着适合在崎岖野地行走的衣服，臂下夹着一捆东西。短短交谈之后，大家各自消失在石柱或者草丛后，之后便换成一身白衣，空手、赤脚走出来。其中一人擦身走过我们藏身的树丛时，我还闻到了洗衣皂的气味，这才发现罩在她们身上的是床单。她们用床单裹住身体，再在肩头处打结固定。

她们在巨石圈外集合，从最年长到最年轻，依长幼顺序排成一排，静静驻足等候。东方天际的光芒变得更耀眼了。

当朝阳在地平线上现出顶缘时，女人们开始移动，缓缓在两根巨石间走着。领头者带着全员直直走进石圈中心，缓慢而庄严地转圈、再转圈，犹如绕圈行进的天鹅。

领头者突然停住，抬起双臂，往石柱圈中心一站。她面朝最东边的一对石柱抬起头，尖声高喊。声响虽然不大，但石柱圈外已能清楚听见。静止的雾气攫住话里的一字一句，回音从四面八方传来，仿佛这些话语发自岩石。

她们现在跳起舞了。不论领头者高喊什么，这些舞者都会跟着重复。她们互不碰触，但朝彼此伸出双臂，围着圈上上下下跳着，摆动身体。突然，圆圈裂为两半！七个舞者还是围成圈，依顺时针方向打转，另一组则朝反方向移动。这两个半圆以渐增的速度穿过彼此，有时会形成一个完整的圆圈，有时则形成两条交叠的线。领头人依然伫立在中央，一次又一次地以逝去许久的语言发出哀伤的尖锐呼声。

她们应该很荒谬，也许的确很荒谬。一群女人披着床单聚集在山顶，绕着圈打转，很多人身材又矮又胖，一点都不灵巧。不过，听到她们的呼喊声，还是让我背上寒毛直竖。

她们同时停了下来，转身面向升起的旭日，以两个半圆队形站着，并在这两个半圆之间让出一条小径。当太阳升上地平线，光芒在东方的石柱间泛流，朝阳的光束像一把利刃，从两个半圆之间切过，劈向巨石阵另一端的一道大裂口。

舞者静止了好一会儿，动也不动地站在光束两旁的暗处。接着，格雷厄姆太太以同样奇怪的语言说了些什么，不过这次是一般语调。她转过身子，挺直背脊，沿着光径走着，铁灰色的发浪在阳光中闪着亮光。舞者不发一语，逐一尾随在格雷厄姆太太身后。她们一个个走进主石之间的裂口，静静消失无踪。

随后，女人们像平常一样聊天大笑，取回衣物，成群走向山下，到牧师家里喝咖啡。这期间我们一直藏身在赤杨丛间。

“我的老天！还真是个奇景！”我拉拉身子，想舒缓一下背上、腿上的扭痛感。

弗兰克兴致勃勃地说：“太美妙了！简直是最不该错过的世界奇景！”他像蛇似的从树丛间滑溜出来，留我独自在一旁舒缓筋骨。他走进石圈，像猎犬一样搜索着，鼻子都快贴到地上了。

“你在找什么？”我有点迟疑地走进石圈问道。不过现在天光已明，石柱虽然还是有点吓人，但已不若晨光犹暗时那么令人恐惧。

“找记号。”弗兰克手脚趴在地上说，全神贯注地盯着秃秃的草地，“她们怎么知道要从哪里开始，又在哪里结束？”

我目光扫过地面：“这真是个好问题！我什么都没看见。”不过，我倒是看到一根高耸石柱的底端长着一株有趣的植物。是勿忘我吗？不，也许不是，这深蓝色的花朵中央还带着一抹橘色。这下我可好奇了，朝花朵走过去。听觉远比我灵敏的弗兰克此时跳了起来，快步向前抓住我的手臂，带我冲出石圈。一位今早的舞者紧接着从另外一端走进石圈。

是格兰特小姐。她在镇上大街经营一家卖甜点糕饼的小铺子，是个身材肥硕的小妇人，她的外貌真的挺适合这份工作的。格兰特小姐近视似的眯眼看着四周，接着伸手在口袋里摸找眼镜。她把眼镜架上鼻子，沿着石圈走着，最后终于扑向地上那只发夹，她就是回来找这个的。格兰特小姐把发夹夹回浓密、亮泽的发束，看起来不像是急着赶回去做生意的样子。她在一块大圆石上坐了下来，像亲密战友似的靠着一根巨石，轻松地点起一根烟。

弗兰克在我身旁无声地发出恼火的叹息：“唉，我们最好快点走。从她的样子看来，可能会在这里坐上一整个早上。反正我也没看到什么明显记号。”

“也许我们晚点可以再回来看看。”我还是对那株长有蓝色花朵的植物很好奇。

然而弗兰克现在深深陷在仪式的细节里，显然对石柱圈已经没有了兴趣：“是啊，好吧。”在下山的路上，他穷追猛打地追问，逼我尽可能回想早上那些呼喊声的确切字句，以及舞蹈的时间点。

终于，他心满意足地说：“是挪威语，这些字的字源是古挪威语，我几乎可以百分百地确定。不过，她们跳的舞……”他摇着头思索着。

“不……这舞蹈的年代更久远，这不是维京人的圈舞。”他挑剔地扬起眉来，好像我说了什么不该说的，“可是她们双线移动的图样，嗯……就像……有些毕克族的陶器上有类似的图样，不过这个嘛……嗯……”

弗兰克陷入学者式的沉思状态，不时喃喃自语，最后在山脚意外地被什么东西绊倒时才清醒过来。当他崴了脚、从只剩最后几步的小径狼狈滚下时，还挥着手大叫，最后跌落在一丛牛欧芹里。

我急忙随他跑下小径，不过当我到达时，发现他已经在摇晃的草茎间坐起来。

“你还好吗？”虽然我看他没事，但还是问问。

“我想是吧。”他头昏眼花地抬起手，把垂散的黑发往后捋顺，“我踢到什么了？”

我拾起游客丢下的沙丁鱼罐头。“就是这个。文明的丑恶证据之一。”

“呃。”他从我手上取过罐头，朝罐内瞥了一眼，接着往肩后一扔，“可惜罐头是空的。走了这么多路，我都饿了。这么晚了，我们回去看看贝尔德太太那儿有什么早餐可以吃吧？”

我为他顺了顺犹然垂下的发丝：“好啊。但我们或许可以晚点再吃……”我们视线相遇。

“啊。”弗兰克变了语调，他的手缓缓从我臂膀滑向颈侧，拇指轻柔搔拨着我的耳垂，“所以我们也许可以……”

“如果你不太饿的话。”我说。弗兰克伸出另一只手在我背后游移，他摊开手掌，轻轻将我朝他拉近，手指逐渐往下探索。他双唇微张，轻柔吐着气，埋入我连身裙的领口。他口鼻吐纳的温热气氲弹搔着我的乳尖。

弗兰克小心翼翼地让我在草地上躺下，牛欧芹如毛羽般的花朵像是绕着他的头浮飘着。他倾过身子，轻吻着我，边吻边解开我连身裙的扣子。他一次松开一颗，逗弄，停顿，然后手伸入衣内，戏玩我隆胀的乳尖。最后，他褪下我的衣物，让我上半身全然敞现。

“噢。”弗兰克的语气又变了，嗓音沙哑地说，“就像白色的天鹅绒……”这时他头上的发丝又垂了下来，不过这次他并没有拨回。

他以拇指完美地一拨，弹开我胸衣的钩扣，倾身向前，熟练地向我的双乳致意。接着，他直起身子，两手罩住我的双乳，手掌缓缓向下滑，在两座隆起的小丘间交会。他没有就此停住，反而轻柔地往外滑出，沿着我胸廓的线条游走，滑向后背。他的手再度往上，绕了一圈又向下滑动，直到我呻吟出声，向他迎去。他的唇沉落在我的唇上，手压抵着我，直到彼此的腰臀紧紧贴合。他倾过头来，轻柔地沿着我的耳缘细细咬啮。

在我背后爱抚的那只手越滑越低、越滑越低，却突然讶异地停住。他察觉到了。弗兰克抬起头低望着我，露齿而笑。

他模仿镇上警察的腔调问道：“现在这是怎么回事？还是该说，怎么没有那回事？”

我拘谨地答道：“我只是事先预备嘛。护士都被教导要准备好随时应对突发状况。”

弗兰克的手溜入我的裙底，沿着大腿向上滑移至我两腿间那柔软、无设防的温热之处。

他低声说：“说真的，克莱尔。你真是我见过最最最实际的人了。”

＊＊＊

当天晚上，我腿上摊着一本大书，坐在客厅的椅子里，弗兰克出现在我背后。

他问："你在做什么？"双手温柔地搁在我肩上。

我把手指插在纸页间，好记住自己读到的地方："在查那天看到的植物，就是我在巨石圈看到的那株。你看……"我快速地翻着书，"那植物可能是桔梗科或龙胆科，也有可能是花葱科。我想，紫草科是最有可能的，就是勿忘我那一类，不过，也可能是白头翁草类植物的变种。"我指了指书上一张白头翁的全彩插图，"我想，那绝对不会是龙胆科的植物，因为它的花瓣没那么圆。不过……"

"既然这样，何不再回去采集呢？克鲁克先生也许会把他的老爷车借给你，或者……有个更好的主意。你向贝尔德太太借车，这比较安全。从路边到山脚下只走一小段路而已。"他建议。

"接着，还要直直往上爬上大概一千码吧。倒是你，怎么会对那株植物感兴趣了？"我说，并转过身子抬头看着弗兰克。客厅的灯光以纤细的金边勾勒出他的头形，好像中世纪的圣人雕像。

"我在乎的不是植物，不过要是你真上去那儿的话，希望你在石柱圈外缘快速瞄一眼。"

"好吧。要看什么呢？"我体贴地问道。

弗兰克说："看看有没有火的痕迹。在我读的所有关于五朔节的资料中，总会提到仪式中的火，但我们今早看到的那群女人却完全没有用到火。我猜想，会不会她们前一晚就先起火，隔天再回来跳舞。虽然从历史惯例来看，牧牛人才应该是点火的人。"他又补上一句："石圈内没有燃烧过的迹象，不过我们还没检查圈外就离开了。"

我打了个哈欠，又说了一次："好吧。"连续两天早起，现在可要付出代价了。我合上书，站了起来："只要我明天不必在九点之前起床就可以。”

事实上，我到达石柱圈时已将近十一点了。当时天空飘着毛毛细雨，我没想到要带雨衣，因此全身湿透了。我草草检查了石柱圈外，那里要是真有火烧过的话，某人一定费了九牛二虎之力才把火焚的痕迹给除掉。

我没费多大工夫就找到了那株植物，就在我记得的所在，靠近最高的那根石柱的底端。我剪下几束须藤，暂时收在手帕里，打算回到贝尔德太太的小车里再妥帖处理，因为我把沉重的压制器留在了车上。

最高的这根石柱是裂开的，一条垂直的裂口将石柱切分成两块硕大的巨石。奇怪的是，这两大块巨石曾以某种方式被拉开。虽然你看得到两个石块的切面是相符的，中间却被二三英尺的间缝隔开。

此时，就在触手可及的某处，传来嗡嗡的低鸣声。我原以为这岩缝上端可能结有蜂窝，于是便把手搁在巨石上，想躲进缝里。

巨石开始尖叫起来。

我竭尽所能地赶紧缩回身子，慌忙之中还被草皮绊倒，狠狠地跌坐在地。我瞪着巨石，冷汗直流。

我没听过任何生物会发出这样的声音。这声音无法形容，我只能说如果你预期石头会开口尖叫的话，那就是这种声音。实在太骇人了。

其他巨石也开始咆哮起来。这时传来战场的嘈杂声响，还有力竭战马和濒死之人的哀号。

我猛力地摇摇头，想甩掉这声音，但嘈杂声响依然持续着。我踉跄地走着，摇摇晃晃朝石柱圈边缘走去。声音从四面八方围绕着我，让我头晕目眩，牙齿发疼，视线也开始模糊起来。

这时我已不知是自己走向主石间的裂缝，还是盲目地、偶然地飘过这魔音迷雾。

曾经有一回我在行驶中的夜车中睡着了，被车子的噪音和律动催眠，陷入一种安详的失重幻境。司机在过桥时开得太快以致车子失控，飘浮的梦境倏地变成车灯的炫目光照和高速坠落的恶心感。这样的急剧转变，很接近我现在的感受，不过这在一瞬间就结束了。

我的视线在单一的小黑点上聚合起来，接着全部消散，留下的不是黑暗，而是一片白灿灿的空白。我只能说我感觉自己在旋转，或者说身体被掏翻出来。这一切都真实无比，却不足以传达那种全身好像崩解，或者身体被抛出去狠狠撞向某个不存在之物的感受。

但事实上，没有东西移动，也没有东西产生变化。看似发生过的事情全没发生，然而我却经历了一股巨大的恐惧，这股恐惧之强烈让我忘了我是谁、身在何处、又在做什么。我身陷一团混沌的核心，意志或躯体皆无力抵抗。

我无法说自己真的丧失了意识，但我的确有一段时间毫无意识。当我跌坐在邻近山脚下的石头上，我才“清醒”过来，如果真可以用“清醒”这个字眼儿的话。我跌跌撞撞地走完最后几步路，最后在一处浓密的草丛间停了下来。

我觉得头晕、恶心，朝一排橡树苗爬去，倚在其中的一棵树上，好让自己稳定下来。邻近之处传来令人困惑的叫嚣声，这次虽然没有残忍、暴力的鸣声回响，却是人类冲突对战时才有的声音。

于是，我转头朝声音传来的方向望去……

第三章　林中男子

当我看到这群人时，他们正在一段距离外，两三个穿着格纹裙的男人鬼魅似的跑过一小块空地。远处有几声砰响，我在昏眩中辨出那是枪响。

枪响之后，五六个身着红罩衫和及膝半长裤的男子随即出现，手中还挥舞着火绳枪，我相当确定自己看到的是幻觉。我眨了眨眼，瞪大眼细看，在自己面前挥了挥手，伸出两根指头。所有景象历历在目，而且正确无误，我没眼花。我小心翼翼地嗅着，空气中有春日里树木的辛辣气味和脚边苜蓿的微香。这不是幻觉。

我摇摇头，没什么酸痛感，也不像有脑震荡。脉搏虽然跳得有点快，但还算平稳。

远方的呐喊声突然变了，出现一阵如雷的蹄踏声，几匹马朝我的方向冲来。穿着格纹裙的苏格兰人骑在马上，口中以盖尔语呼喊着。我敏捷地闪开了，这似乎证明，不管我的精神状况如何，身体机能可没受损。

我看到一个穿红罩衫的男人被逃窜的苏格兰人击倒，随后站起身子，在马群后方戏剧性地挥着拳头。啊，就是嘛，在拍电影啊！我自个儿缓缓摇着头，他们正在拍摄某种古装剧，就是那种“石楠地里的查理王子”之类的戏码，绝对错不了。

好吧，且不论艺术上的价值，要是拍片过程中出现了与史实不符的东西，剧组人员可不会感谢我。于是我折回林子里，打算沿着空地绕一大圈，走回我停车的路上。不过，路远比我想象的难走，这林子还很新，满是会钩住我衣服的矮树丛，我小心翼翼地在细长的树苗间穿行，边走还得边解开钩住我的带刺植物。

如果这男人是一条蛇，我一定会踩到他。他静悄悄地站在树间，似乎是群树之一，若非突然有只手伸出，抓住我的手臂，我根本看不到他。

我被拖回橡树丛间，我恼怒地疯狂捶打，我的嘴巴被捂了起来。不管抓我的人是谁，他的个头儿似乎比我高不了多少，但前臂显然甚为强壮。我闻到一股微淡花香，似乎是薰衣草的香味，而且还混杂着男人明显是汗臭的某种辛辣气味。不过，当沿途被我们挡开的树叶弹回原处时，我发现这双攫住我腰间的手掌和前臂很眼熟。

我扭着头，把捂住我嘴巴的手甩开。

我破口大叫："弗兰克！你到底在胡闹什么？"发现他在这里让我松了一口气，而这恶作剧的举动又让我生气，我夹在这两种情绪间，都快分裂了。方才在石阵间的遭遇让我心神不宁，现在我可没心情玩这烂游戏。

这双手松开我，但就在我转身朝向他之时，我发现有点不对劲。不对劲之处不单是陌生的古龙水味，还有更细微的东西。我呆若木鸡地杵着，感觉颈背寒毛直竖。

我低声道："你不是弗兰克！"

他兴致盎然地打量着我，同意我的判断："我的确不是。我有个表兄弟倒是叫这名字，不过，这位女士，我想您应该不是把我和他搞混了吧。我们两个长得可不太像。"

不管此人的表兄弟长相如何，他自己本身就可能是弗兰克的兄弟了。他们有着同样纤细的骨架，脸部线条轮廓分明，眉毛笔直，都有一双栗色大眼，而且深色的头发同样弧横在眉毛上方。

不过这个男人是长发，他将头发从正面拨过头顶，以皮绳系于后方。吉卜赛人似的黝黑肤色显示出他历经了数月——不！是数年日晒雨淋，而非弗兰克在苏格兰度假期间晒出的浅金色泽。

“你到底是谁？”我惶惶不安地问道。虽然弗兰克有许多近亲远亲，但他在不列颠这支系的亲人我都认识，而这群亲人当中并没有人长得像我眼前这个男人。而且，要是有任何亲戚住在苏格兰高地附近，弗兰克也会提及吧？他不仅会提及，还会坚持抱着一堆族谱和笔记登门拜访，热切地打探关于黑杰克·兰德尔家族历史的蛛丝马迹。

这个陌生人听到我的问题，挑起眉来。

“我是谁？这位夫人，我也想问同样的问题呢。而且，我想我更有资格发问。”他目光缓缓地从头到脚打量我，眼神带着傲慢，在我身上的碎花薄棉衫上游巡，而且带着消遣的诡异神色在我腿上打转。虽然我完全不懂他表情的意义，但这让我非常紧张。我朝后退了一两步，直到撞上一棵树才不得不停下来。

这个男人终于将目光移开，望向一旁。这就好像他将“禄山之爪”从我身上移开，让我松了一口气，到这时我才发觉自己竟然差点忘了呼吸。

他转身拾起扔在低矮树丛上的外套，拨掉散叶，准备穿上。

我大大倒抽了一口气。那是一件暗红色、无翻领、缀着长穗带且前方带着一排到底扣饰的外套。反折袖口的浅色软革内衬朝袖上延伸六英寸，一小卷金色穗带从一侧肩章上微微闪着光。这是一件龙骑兵外套，是官员的服装。于是，我想到，当然啦，他是个演员，跟林子另一头的那群人是同一伙的，虽然他系在腰带上的短剑似乎比我见过的道具要真实许多。

我抵着身后的树干，发现这树干稳固得令人安心。我把手交叉在胸前以保护自己。

“你他妈的到底是谁？”我再次质问，声音嘶哑得连我自己都能感到恐惧。

他一副没听到的样子，完全不理会我的问题，慢条斯理地系好外套下缘的挂剑环，整理完毕之后才把注意力放回到我身上。他将手搁在心窝上，嘲讽地对我鞠躬。

“这位女士，我是乔纳森·兰德尔，皇家龙骑兵第八队队长，在此听候您的差遣。”

我大叫一声，拔腿就跑，无视沿途荆棘、荨麻、石块和落木等物，穿过橡树和赤杨木的重重屏障，呼吸声在胸口嗞嗞作响。我听到身后传来咆哮声，可是惊恐得无法测知声音的方向。

我盲目狂奔，树枝刮伤了脸和臂膀，脚踝也在踩进洞里和绊到石子时崴了几下。我的脑子已经没有理性思考的空间，只想远远逃离这男人。

一股强大的力量攫住我后背，我整个向前扑倒，重重跌落地面，连体内的气都吐了出来。一双手粗暴地把我的背翻过去，乔纳森·兰德尔队长跪撑在我身上。他用力喘着气，佩剑也在追捕过程中弄丢了。他看起来既狼狈又脏污，而且彻底被激怒了。

他质问：“你跑成这样是什么鬼意思？”头顶上一大束浓密的暗棕色头发散开了，披散在眉梢上，狼狈不堪的模样让他看起来反而更像弗兰克。

他弯下身，抓住我的手臂。我还大口喘着气，挣扎地想脱开，但只落得让他越发靠近我。

他身子失去平衡，跌躺在我身上，再次将我压倒在地。意外的是，这动作似乎让他的怒气瞬间消失了。

他低笑道：“噢，小妞儿，你喜欢这样，是吗？那么，我非常乐意答应你的要求。不过碰巧你选的时机不太合适。”他的体重将我的臀部压抵在地，我的后背腰间因一颗小石子硌着而疼痛不堪。我扭着身体想摆脱这颗石子，但他的屁股用力磨着我的臀部，双手把我的肩膀压在地上。我气得张大了嘴准备开骂。

“你做什么……”我嘴巴才张开，他的头就一沉并吻了我，打断我的斥骂。他的舌头伸进我嘴里，毫不客气地以狎昵之姿探索起来，在我口中游走、深插、进出。接着，就像他突然动手那样，他的身子又瞬间缩了回去。

他拍拍我的脸颊："不错，妞儿。也许等我稍后有空时再和你好好来一下。"

这回我的呼吸调顺了，正是好时机。我直接对着他的耳洞放声尖叫，他猛然推开我，仿佛我将一条滚烫的铁丝插进他耳里。我抓紧时机抬起膝盖，朝他不设防的侧边猛撞过去，让他摔个四脚朝天，跌进土叶堆里。

我笨手笨脚地爬起来，他熟练地翻过身子，趋身上前来到我的身侧。我狂乱地环顾四周，想找条逃生之路，不过我们可是脸色涨红地抵着一面从苏格兰高地拔地而起的花岗岩山壁，而他正好把我堵在壁面的凹陷处，挡住了通向斜坡的通道。他伸出双臂把我抵在岩壁上，俊朗的深色脸庞混杂了愤怒与好奇。

他质问："跟你一块儿的人是谁？那个叫弗兰克的，他到底是谁？我的同伙里没这个人。他是住在这附近的某个家伙吗？"他又讪笑着说，"你身上没粪味，所以你不是佃农，而你的打扮看起来又比本地农人买得起的东西还贵一些。"

我咬着牙，握紧拳头，不管这个讨厌的家伙脑子里想的是什么，我都不懂。

"我完全听不懂你在说什么，但如果你现在让我走过去，我会很感激你的。"我用了我最亲切的护士口吻说着。这招通常对顽固的看护和年轻的实习医生很有用，不过在兰德尔队长听来，似乎只是笑话。我强忍住胸中那股如惊恐鸡群拍翅乱奔的恐惧和迷惑。

他缓缓摇着头，再次仔细审视我，接着自言自语道："小妞，我一直在想，当班的妓女怎么会穿着鞋呢？而且还是双好鞋。那么……"他看了看我脚上这双平凡的棕色便鞋。

"什么！"我大叫。

他完全不理会我的不满，把目光移回到我的脸上，然后突然踏步向前，伸出手指捏紧我的脸颊。我抓着他的手腕使劲地想拉开。

“放开我！”他的手指硬得像钢。他不顾我的奋力挣扎，将我的脸左移右摆，让午后渐逝的阳光映照在我的脸上。

“我敢说，这皮肤看起来像是淑女的脸。”他喃喃自语道，然后探身向前闻了闻，“而且你头发里还有法国的气味。”接着，他松开手。我气急败坏地揉着下巴，努力想抹去仍留在脸上的碰触感。

他若有所思地说：“其他的东西可能是用恩客的钱打点出来的。不过，你的言谈用语倒是很淑女啊。”

我怒道：“还真是感谢你啊！快滚，我丈夫正在等我。如果我十分钟内没回去，他会过来找我。”

“噢？你丈夫？”他语带嘲笑，脸上的仰慕之情略退，却并未全然消散，“那么，请问你丈夫尊姓大名啊？他人在哪儿？怎么会让自己的妻子不穿衣服就在荒林内乱走呢？”

我快要无法呼吸，快裂成碎片的脑子里有部分正试着弄清这整个下午发生的事。我的思绪正突破重围想告诉我，若是报出弗兰克的姓氏，只会招来更多麻烦。因此，我不愿回答他，只想闯过去。但他强健的手臂堵住我的去路，另一只手则朝我伸来。

此时，顶上突然传出嗞嗞声响，随即我眼前闪过一道模糊光影，传出砰声闷响。兰德尔队长躺在我的脚边，埋在一堆看似格纹旧布绑成的布团底下。一只坚硬如岩石的棕色拳头从布团底下伸出，然后砰的一声，这只带着些许骨节的拳头重重地垂了下来，那双穿着锃亮的高筒棕靴的腿也突然停止挣扎，静了下来。

我正盯着一双锐利的黑眼，一只暂时分散了兰德尔队长恼人的注意力的手正像个帽贝紧贴着我的前臂。

“你又是谁？”我讶异地说。我的救星（如果我愿意这么称呼）比我稍矮几英寸，身材瘦削，但从破烂衣衫中伸出的手臂却有团团结实的肌肉，整个身形就像由弹簧之类的弹力物质构成。他的样貌也不好看，脸上坑坑洼洼，眉头低垂，下颚削窄。

“走这边。”他急拉我的手臂，而我被一连串突发之事弄蒙了，竟也乖乖跟着走。

我的新伙伴急行穿过重重赤杨树，倏地急转，绕过一座大岩块，我们便突然出现在一条小径上。小径上金雀花和石楠生长繁茂，而且径道曲折，因此前方六英尺之外的路径便看不见了。不过这的确是一条小径无误，而且陡直地向上通往丘顶。

我们小心翼翼绕到丘陵另一侧之后，我才得以喘上几口气，调整呼吸和理智，开口问他我们要去哪儿。这个伙伴没给我答案，我提高嗓门又问了一次："我们到底要去哪里？"

让我十分讶异的是，他面容纠结地绕到我身边，把我推到路旁。正当我要开口抗议时，他出手捂住我的嘴，将我推倒在地，整个人压了上来。

又来了！我心里这么想着，身体使劲扭动抗拒想逃开。不过，就在我听见他早就听到的声音时，我瞬间便动也不敢动了。有人在我们附近前前后后地移动，同时还伴随着马蹄踩踏及水喷溅的声响。毫无疑问，这是英格兰人的声音。我奋力挣扎，想摆脱捂住嘴巴的手，张口就咬，牙齿深陷他的手掌。就在我发现他曾用手指拿过腌渍鲱鱼的同时，我的后脑勺儿也遭受重重一击，瞬时陷入一片黑暗。

＊＊＊

在朦胧的夜雾中突然出现一座石造小屋，屋上门窗紧紧闩着，仅透出一丝光线。我不知道自己昏迷了多久，无法判断这里和纳敦巨岩或因弗内斯镇相距多远。我们在马背上，我的手被系在鞍头，人安放在前座，而囚俘我的人则在我身后。这里没有路可走，所以行进速度颇为缓慢。

我想我没有昏迷太久，头上那一击除了造成脑后底处酸痛，既没让我脑震荡，也没有其他不适的影响。囚俘我的是个寡言男子，对于我的提问、要求、尖刻话语等，他仅以苏格兰发音的"嗯哼……"来回应。要是我对他的国籍有所怀疑，光是这个声音就足以将疑惑一扫而空。

随着马蹄踏过石块和金雀花，我也渐渐习惯户外昏暗的光线，因此当我从近乎漆黑之处踏进灯火通明的屋内时，着实吓了一跳。当炫目退去，我才明白，这整个房间仅仅是以炉火、几根蜡烛以及危险的老式油灯照明而已。

“默塔，你带的那是啥？”

一个獐头鼠目的男子抓住我的手臂，逼我对着火光看。

“杜格尔，从她说的话判断，是个英格兰小妞。”房间里有几个男人，全都直直盯着我。有些人的眼神透着好奇，有些则明显不怀好意。经历了下午这么多事，我身上衣物多处都给撕破了。我急忙低头检查，发现从衣服的裂口中能清楚看见胸部的弧线，我确定这群人也同样看得清清楚楚。收拢这些残衣破布只会招引更多目光，所以我打定主意反其道而行，随意从人群中找张脸，大胆地直盯着他瞧，希望可借此让我自己和这男人分心。

“嗬，美人儿，英格兰来的？”一个坐在火堆旁，外表肥胖、油腻的男子问道。他起身朝我走来时，手上还握着一大块面包。他用手背托高我的下巴，拨开我脸上的头发，几片面包屑落到我的衣领上。其他身穿格纹裙、留着络腮胡、闻起来满是浓烈汗味和酒气的男人，此刻也跟着聚拢。这时我才看见他们全都穿着格纹裙。即便是在苏格兰，这也挺怪的。难道我跌进了某个氏族的聚会，或某个团体的联谊会？

“小姑娘，过来这儿。”一个有着深色胡须的大块头男子坐在窗边桌旁招着手说。从他发号施令的神态来看，他似乎是这群人的首领。默塔领我向前时，这群人不情愿地让开，显然是尊重默塔身为擒获者的权利。

这个黝黑的男人反复仔细地打量着我，脸上没有表情。我认为他样貌俊秀，而且没有敌意。虽然双眉之间有几道紧绷的线条，却是一张让人无意违逆的脸。

“姑娘，你叫什么名字？”对一个体形壮硕的人而言，他的声音算是清亮，不是我预期的从浑厚胸膛发出的沉重低音。

“克莱尔……克莱尔·比彻姆。”当下我决定采用婚前的本姓。如果他们脑子里计划着拿一笔赎金，我不想让他们从我的姓氏推找到弗兰克。而且，在我探出他们是谁之前，我也不确定是否真的希望让这群样貌粗鲁的人知道我的身份。

“比彻姆？”他扬起浓眉，众人则讶异地骚动起来，“这是个法国姓氏，绝对是吧？”虽然我说这个姓氏时用的是一般的英语发音，但他却以纯正法语念出。

“是的，没错。”我有点讶异地回答。

“你是在哪里发现这姑娘的？”杜格尔来回踱步，对着正提着皮壶喝酒提神的默塔问道。

这个肤色黝黑的矮个子耸了耸肩：“就在纳敦巨岩脚下。她正和某个我刚好认识的龙骑兵队队长讲话。”接着他的眉毛高高扬起，又补上这句：“他们似乎对这位女士是不是妓女有些争论。”

杜格尔再次细细打量着我，从上到下把我的印花棉质连衣裙和鞋子的细部都审视了一遍。

“我知道了。那么这位女士在这场争论中的地位如何？”他问道，并在我不特别在乎的“女士”二字上特别加重语气以示嘲讽。我注意到他的苏格兰腔调不像默塔那么重，但口音还是让这两个字听起来像“尼士”。

默塔似乎暗暗觉得有趣，至少他薄唇的一角扬了起来：“她说她不是。那个队长看起来对这个问题想不太通，不过，他打算测试测试。”

“那么我们也可以来测试测试啊。”那个黑胡子的胖男人咧嘴而笑，手插在腰带上朝我走来。我急忙后退，尽可能躲得远远的，不过屋子这么小，我躲也躲不到哪里去。

“够了！鲁珀特。”杜格尔仍对我绷着脸，声音却带着威严。鲁珀特随即止步，脸上做出失望的滑稽表情。

“我不希望我们强暴妇女，而且我们也没时间做这档事。”听到这样的宣告，我心里着实开心，却也怀疑这背后的道德基础。面对其他人脸上公然的猥亵神情，我还是有点紧张。我愚蠢地觉得自己好像穿着底裤内衣出现在大众面前。虽然我不知道这群苏格兰高地土匪想找的是谁，要做什么，但他们似乎危险得很。我咬着舌，强忍着内心波涛汹涌的不雅之语。

“默塔，你认为呢？至少，她看起来不像是喜欢鲁珀特的样子。”杜格尔向俘虏我的人问道。

“这证明不了什么。”一个矮个儿的秃头男反对道，然后又补上一句，“他又没给钱。没给一些实际的甜头，你别期待会有女人接受鲁珀特这样的家伙。要先付哦。”这句话引来众友伴的大声欢闹。此时，杜格尔的头猛地朝着门急转，众人因这突如其来的动作安静下来。那个秃头男咧着的嘴还没收起，便遵命溜出门外没入一片黑暗。

默塔未随着众人嬉笑，反而皱紧眉头打量着我。他摇摇头，细长的刘海在额前晃着。

他坚决地说：“她不是。我不知道她是谁，在做什么，不过我可以拿我最好的衬衫打赌，她不是妓女。”我希望默塔最好的衬衫不是他身上穿的那件，这件衣服看起来一点押注的价值也没有。

“哎哟，默塔，你知道她是谁？你应该知道的呀，你都看过了嘛。”鲁珀特讪笑着，但随即被杜格尔硬生生打断。

“这我们之后再研究。今晚还有一大段路要赶，而且我们得先帮帮詹米，他这样没办法骑马。”杜格尔疾言厉色地说。

我缩回火堆旁的暗影处，希望不引人注意。那个叫默塔的人在领我进屋子之前已为我松绑，众人现在转而关注蜷坐在屋角凳子上的年轻男子，也许我可以趁他们在别处忙的时候溜走。在我进到屋子和接受质询期间，他几乎没抬起头来看上几眼，头一直低着，手紧抓着肩膀，痛苦地前后晃摇着。

杜格尔轻柔地推开这男子紧抓的手，有个人将他的格纹披肩往后拉，露出染上血痕脏污的亚麻衬衫。一个留着浓密髭须的矮小男子拿着一把单刃刀，从他背后走来，抓住衣领，从上横过胸口将衣服一路割到袖端，布片从肩处落下。

我和几个人都倒抽了一口凉气。这男子的肩膀受伤了，一道凹凸不平的伤口如犁田般横过肩上，血正恣意流到他胸前。但更吓人的是，他的肩关节处出现了一块骇人的隆起，而且手臂正以不可能的角度垂着。

杜格尔低声喃喃说道："嗯，脱臼了，可怜的家伙。"这年轻男子首度抬起头来，他的脸因为痛苦而扭曲，脸上还有红色短须残迹，但这是一张坚强、可亲的脸孔。

"火绳枪把我从马鞍上打下来，我着地时手伸了出来，全身重量都落在手上，接着咔嚓一声，就变这样了。"

"咔嚓声，没错。"留着短髭的男子说。从口音听起来，这男子是受过教育的苏格兰人，他正探看着年轻男子的肩膀，这让年轻人痛得脸都变形了。"这伤口不是麻烦事，子弹刚好穿过，伤口干净，血也流得顺。"这男人从桌上取过一小团脏布，用来止血，"不过，我不太清楚该怎么处理脱臼，我们需要一位大夫把骨头好好推回去。你这样没办法骑马，对吧，小伙子？"

火绳枪？大夫？我脑中一片空白。

年轻男子脸色苍白地摇着头："静坐着伤口就够痛了，我没办法骑马。"他紧闭着眼，牙齿用力咬住下唇。

默塔不耐烦地说："我们总不能把他丢在这里吧？虽然那些红衣英国兵在暗夜里搜寻的技巧不怎么灵光，就算把门窗紧闭，他们迟早还是会发现这地方的。詹米身上这个大窟窿可没办法让他假称是个佃农。"

"你别担心，我不是要丢下他。"杜格尔简短有力地说。

髭须男叹了口气："没办法，我们还是得试试用力把骨头推回去。默塔，你和鲁珀特抓住他，我来试试。"

我同情地看着他从手腕和肘弯处执起年轻人的手臂，开始逼他抬起。这角度真是大错特错，一定会把人折磨到疼痛不已。年轻人脸上汗如雨下，但他除了微微呻吟，什么声音都没发出。突然间，他往前昏了过去，还好几个人扶住了，他才不至于扑倒在地。

有人拔开皮酒瓶的塞子，抵住他嘴唇，劣酒的浓烈气味飘散到我这里。年轻人又噎又咳，但还是把酒咽下，几滴琥珀色的液体淌滴到他身上剩下的衣衫上。

“小伙子，再试一次，可以吗？”秃头男子这么问。“或者，换鲁珀特来试试……”他转向那个留有黑须的矮胖土匪建议道。

秃头男这么一说，鲁珀特便折折手，好像准备要抬起一根大树干。他抓起年轻人的手腕，直接想靠蛮力把关节推回去，但这个动作显然只会把这个年轻人的手臂像扫把柄般折断。

“不能这么做！”来自我护理专业的愤怒淹没了所有想脱逃的念头，我无视这群男人的讶异目光，迈步向前走去。

“你这是什么意思？”秃头男厉声说道，显然被我的出言干涉所激怒。

“我的意思是，如果你这么做，会弄断他的手臂。”我也厉声回答。“请让开。”我用手肘顶开鲁珀特，自己握住病人的手腕。年轻人和其他人一样讶异，但并未反抗。他的皮肤非常热，但我判断他并未发烧。

“得先把上臂骨调到正确角度，再滑回关节。”我拉高他的手腕将手肘内弯，一面如此咕哝着。这个年轻男子个头儿高大，手臂重得像铅块一样。

“接着是最糟的部分。”我警告病人。我捧着肘部，准备快速向上推。

他嘴角一阵抽动，但可不是微笑。“不会比现在还痛，你继续吧。”现在，我脸上也冒汗了。在黄金时机帮肩关节复位已是难事，在这个已脱臼好长一段时间、肌肉已肿胀的大男人身上动工，可得费上我全身的气力。这火堆又近得危险，希望我把关节用力推回去时，我们不会双双跌进火堆才好。

突然间，他的肩膀发出微微的“啪”一声，关节复位了。这病人一脸讶异，不可置信地伸手在肩上摩挲。

“不痛了！”他的痛苦解除，脸上展露出开心的笑容，众人也爆发出惊呼和掌声。

我因为使上全力而满身大汗，但对成果还是挺开心的：“你还会再痛起来。这伤处这几天会很敏感，一碰就痛，两三天内绝不可伸展关节。等到可以活动时，动作要非常缓慢。如果又开始痛起来，马上停止，而且要每天热敷。”

在我吩咐建议之际，我发现病人恭敬地聆听着，其他人则用惊讶或深感怀疑的目光盯着我。

“如你所见，我是个护士（nurse）。”我多少带着防卫解释着。

杜格尔和鲁珀特的目光落在我胸上，带着某种惊吓的迷惑牢盯在那儿。他们两人互看了一眼，接着杜格尔的视线又回到我脸上。

他对我扬起眉道：“尽管如此，就一个奶妈（wetnurse）来说，你似乎还有点治病的技巧。你能止住这小伙子伤口的血，让他可以骑马吗？”

我口气非常严厉地说：“可以，我能处理伤口，只要你有东西可用。不过你刚刚说奶妈是什么意思？而且你为什么觉得我会帮你？”

杜格尔不理会我的问题，转身以隐约听来像是盖尔语的语言对一个缩在屋角的女人说话。先前我被一大群男人包围，没注意到她。她的打扮很古怪，下半身穿着一条破烂长裙，上半身是一件长袖衫，但外头又套上一件紧身短上衣。全身上下都是脏的，连她的脸也是。我环顾四周，屋子里不仅没电，连室内水管也没有。也许这就是肮脏的原因。

这女人快速屈膝行礼，急忙走过鲁珀特和默塔身边，在炉边的上漆木柜中翻找，最后终于挖出一堆破烂碎布。

“不，这个不行。”我小心翼翼地指着那堆布，“伤口得先杀菌，接着才能用布包扎。如果没有无菌绷带，那至少得是干净的布。”

所有人的眉头全都扬了起来。“杀菌？”矮个头儿的男人谨慎地说。

“是的，杀菌。”我坚定地回答。我心想，虽然他的口音听似受过教育，脑袋却有点驽钝。“伤口上的所有脏东西都得清干净，我得用药品来抑菌、加速复原。”

“什么样的药？”

“比如碘酒。”看到眼前的脸庞一片茫然，我试着再说一次，“硫柳汞？石炭酸？或者，你们有酒精？”他们露出松了一口气的表情，我终于找到他们认得出的字眼儿了。默塔把皮酒瓶塞进我手里，我不耐烦地叹了一口气。我知道苏格兰人很“纯朴”，但默塔这样实在叫人难以置信。

我尽可能耐着性子说：“听好，你们何不直接带他到镇上去？村子又不远，而且那里一定有医生能照料他。”

女人瞠目结舌地看着我：“什么村子？”

那个叫杜格尔的大块头不理会我们的对话，小心谨慎地从窗帘边窥视外头的一片黑暗。杜格尔把窗帘拉回原位，悄悄走向门边。当他静静隐没在夜色中，所有人全都静了下来。

没多久，杜格尔带着秃头男子和一身冷冽的松香回来了。他摇摇头，以此回应众人脸上询问的神情。

“没有，没有追兵。我们得趁着安全的时候赶紧动身。”

杜格尔看到我，停顿了一会儿，思考着。突然间，他朝我点点头，他做了决定。

“她跟我们一起走。”杜格尔在桌上那堆破布里仔细翻找，挑出一条破布条。这破布看来曾是一条十分华贵的领巾。

不管他们要去哪里，髭须男似乎无意与我共行。

“怎么不把她丢在这里？”

杜格尔不耐烦地看了他一眼，丢给默塔去解释。

“不管红衣英国兵现在在哪儿，他们在天亮时就会赶到这里，而且看来天就要亮了。如果这女人是英国奸细，我们不能冒险把她丢在这里让她泄露我们的行踪。但如果她不是跟英国人一伙儿的，”默塔怀疑地看了我一眼，“我们也不能把这身打扮的落单女人丢着不管。”他神色又稍稍亮起，伸手指了指我的裙布，“而且她可能值点赎金，虽然她穿得少，不过那可是块好料。”

杜格尔突然插话：“而且，她在路上也许会有点用处，她似乎懂点医术。不过，詹米，我们现在没时间了，恐怕没办法让你先‘杀菌’再上路。”杜格尔拍拍年轻人的背，“你可以单手骑马吗？”

“可以。”

“好家伙。”杜格尔把油腻的布条塞到我手上，“这个，帮他包住伤口，动作快。我们马上要出发了。”他转头对着一个面容猥琐的家伙和那个叫鲁珀特的胖子喊道：“你们两个去备马。”

我嫌恶地丢回布条，抱怨道：“这我不能用，太脏了。”

大块头躲都没躲，只是抓住我的肩膀，深色大眼紧盯着我说：“快动手。”

接着他一把推开我，快步走到门边，随着两个亲信消失在黑暗中。

这可吓到我了，我赶紧铆尽全力包扎枪伤。基于我受过的医护教育，我不可能使用脏污的领巾。我忙着在布堆里找寻更合适的包扎物，以尽可能掩盖我心中的疑惑和恐惧。我快速翻找了一阵却徒劳无功，最后发现我裙摆缝边上已撕裂的人造丝边条。虽然这绝非无菌，却已远比手边现有的材料干净。

病人身上衣服的亚麻布料又旧又破，却依然惊人地硬挺。心中稍稍挣扎之后，我把他身上剩下的袖子撕开，随手做成吊腕带。我倒退几步，审视临时包扎的成果，不料直直撞上大块头，他方才已悄悄进门看着我们。

看来他对我的手艺颇为赞许：“做得好，小姑娘。来，我们准备好了。”

杜格尔递了一枚硬币给屋中那女人，然后把我推出屋外。詹米脸色依然苍白，慢慢地跟在后头。他从矮凳上站起，个头看起来颇高。杜格尔已经是个高个儿了，詹米站着又比他高几英寸。

黑胡子鲁珀特和默塔站在屋外，牵着六匹马，在黑暗中以盖尔语低声对马儿轻柔地说着亲昵的话语。这是个无月之夜，不过马具上的金属配件还是在星光下闪着银光。我抬头一看，惊讶地张大了嘴，夜空里满布我前所未见的熠熠生辉的亮光。我环顾周围的森林便明白了，少了邻近城市的光照，没了竞争的群星在这里统治了黑夜。

接着，我近乎僵直地停下来，感到一股比夜晚凉意更加冰冷的寒气。这里没有城镇的光亮。“什么村子？”屋里的那个女人曾这么问。我在战时已习惯了停电和空袭，没有灯光对我也没什么大不了，不过，现在是和平时期，没有战争，应该见得到几英里外因弗内斯镇上的灯光才对。

这群人在黑暗中都成了无形体的团团黑影，我想溜进树林，不过杜格尔显然猜到了我的想法，他抓住我的手肘，把我拉向马匹。

杜格尔下令：“詹米，你上马，这姑娘跟你一起。”他紧抓我的手肘说：“如果詹米无法单手控制，你就握住缰绳，但要注意跟紧我们。如果你想动什么歪脑筋，我就割断你的喉咙，懂吗？”

我点点头，喉咙干得回不出话。他的语气并不特别具有威胁性，但字字句句都让我深信不疑。我无意动什么“歪脑筋”，因为我根本不知道该做什么。我不知道我人在何处，身边这群家伙是什么人，为何要这么匆忙离开，又要去哪里，不过，我没有其他选择，只能跟着他们走。我担心弗兰克，他一定找我很久了，不过现在似乎不是提他的好时机。

杜格尔一定感到我点了头，因为他松开我的手，突然在我身旁弯下身子。我低头呆呆地看着他，直到他“嘘”了我一声，说：“你的脚，姑娘！脚踏上来。”他又嫌恶地加了一句：“你的左脚！”我急忙将踏错的右脚从他手上移开，改为左脚。杜格尔微微嘟囔了一声，把我推上马鞍，坐在詹米前面，詹米则用未受伤的手臂紧钩住我。

即便这种情况让我颇为窘困，我还是挺感谢这位年轻的苏格兰男子传递过来的温度。他闻起来有浓烈的燃木烟味、血味，以及未清洗的男人体味。夜里的寒意浸透我的薄衣，能够背倚着他，我也够高兴了。

就着缰辔闪出的微光，我们动身离开，迈入星光的夜晚。这群人彼此并无交谈，而是处于全面戒备的状态。我们一上路，马匹随即开始疾驰奔行。我被推挤碰撞得很不舒服，完全没有交谈的意愿，就连自言自语都意兴阑珊。

我的同伴虽然无法使用右手，导引马匹却似乎不成问题。我感到他的大腿在我腿后，间或移动、压挤着，指引马匹。我紧抓住短鞍边缘，好在马上坐稳。虽然我以前也骑过马，但绝不像这位詹米如此纯熟。

一段时间之后，我们来到某个岔路口，秃头男和杜格尔在此处低声商议，我们也停了下来。詹米放下马颈上的缰绳，让马儿漫步到路边庄稼地，然后松开缰绳的手开始左扭右拐，并转到我身后。

“小心，别那样扭，你的包扎会松掉。你要做什么？”我问。

“我想松开披巾，盖住你。”他回答，“你在发抖。不过我没办法单手松开披巾，你能否帮我松开领针上的扣子？”

经过一番拉扯和笨拙的动作之后，我们松开了披巾。他惊人地灵巧一转，旋开了披巾，披巾像条大围巾似的罩在他肩上。接着，他将巾尾披到我肩上，利落地固定在马鞍边缘，把我们两人暖暖地包裹起来。

“我们可不希望你在抵达之前就冻成冰。”

“谢谢你。”我对他的照护心怀感激，“不过，我们要去哪儿？”

我看不到他在我后上方的脸，不过，他顿了一下才回答：“小姑娘，说实话，我也不知道。我想，我们到达时就会知道答案了，呃？”至少他笑了一下。

* * *

我们行经的这段郊区有个东西看起来似乎挺眼熟的。我当然认得前头那块巨岩的形状，就是看似公鸡尾巴的那块。

“纳蒙公鸡岩！”我大叫一声。

“是啊。”我的护花使者对我的发现并不激动。

“英国人不是把此处当作埋伏地点吗？”我试着回想弗兰克过去几周花好几个钟头努力向我灌输、让我“大饱耳福”的无聊的当地历史，“要是附近有英国巡逻兵……”我犹豫了，不知道要不要说下去。要是附近有英国巡逻兵，我或许不该提醒这伙人。但万一遭了埋伏，我和我的伙伴一同裹在披巾里，也难以区别。接着我又想到乔纳森·兰德尔队长，不禁发起抖来。自从我穿过巨岩裂口，见到的每件事皆指向一个不合理的结论，那就是，我在林子内遇到的男人事实上是弗兰克六代前的祖先。我固执地奋力反抗这样的结论，却找不到其他符合种种事实的可能性。

我原以为自己不过是做了一个画面比以往都鲜明的梦，但兰德尔粗暴狎昵的吻和动手动脚，驱散了我原先的想法。默塔敲了我的头，这也不是想象，我头颅上的疼痛和大腿内侧因摩擦马鞍而造成的疼痛感，绝对不是梦境。对，还有血。我对人血再熟悉不过，也曾梦到过血，但从没梦到过人血的气味，而现在我仍能从背后这男人的身上闻到血液温热、浓烈的铜味。

“驾！”詹米对我们的马匹发出命令，催马赶上领队的坐骑。高大的暗影以盖尔语轻声交谈，马匹的步履慢了下来。

领队发出信号，詹米、默塔以及矮个儿的秃头男往后退去，而其他两人则朝右前方四分之一英里处的巨岩策马急奔。半月在空中露脸，月光已经亮得能让人分辨出路旁锦葵的叶子，不过巨岩缝中的暗影还是能藏进任何东西。

正当众人疾行的身影经过巨岩时，岩凹处闪出一道火绳枪击发的火光。我正后方传来一阵足以让人血液凝结的尖叫，我胯下的马匹也仿佛被尖棍猛刺般往前急跃。突然间，我们穿过石楠地，冲向巨岩处，默塔和另一人也跟在我们身边，令人寒毛直竖的尖叫和号吼劈开了夜里的空气。

我逃命似的紧靠住马鞍头，马匹在一大片金雀花丛边突然被勒住，詹米抓住我的腰，一把将我扔进花丛。这匹马再度猛烈地打转、弹跳，绕着南侧的石块转圈。马匹消失在岩影中时，我依稀看见马背上的身躯仍低伏在鞍上。等马儿再度现身时，它依然疾驰着，不过鞍上却空了。

巨岩表面有斑斑坑影，我能听见吼叫声和间歇的火绳枪响，却分辨不出我见到的动作究竟是人影，还是从岩缝中冒出的矮小橡树。

我花了点气力才从金雀花丛中脱身。我从发间、裙上拔下一朵朵多刺的金雀花，舔了舔手上的伤痕，心想现在到底该怎么办。我可以等着巨岩旁的激斗分出胜负。如果苏格兰人战胜，或说，至少有人幸存，我想他们会再回来找我；如果他们没打赢，我可以走近英国人，但英国人很可能会认为，既然我跟苏格兰人同行，那么我必定跟他们是一伙儿的。跟他们同伙要去做什么？我也不知道。不过从这群人在小屋里的行为来看，他们准备做的显然是英国人极度反对的事情。

也许在这场冲突中，两边都避开会比较好。毕竟我现在已经知道自己身在何处，即使我全程都得靠走，也还有机会回到我熟悉的村子或镇上。我决定朝路上走，不过沿路却被难以计数的花岗岩块绊倒，这些碎岩块都是纳蒙公鸡岩“生”下的小杂种。

虽然这条路我看得清清楚楚，月光却让路走起来十分不畅。我感觉不到深度，平坦的植被和尖凸的石头看起来高度都一样，使得我得愚蠢地抬高脚步避开实际并不存在的障碍物，然后让脚趾踢到凸起的岩石。我尽可能加快脚步，聆听身后有无追捕的声音。

当我走到路上，争战的声响已经消散。我知道站在路上未免太过醒目，但如果我想找到回镇上的路，就得沿着这条路走。我在黑暗中没有方向感，也从没向弗兰克学得他那靠星象侦测方位的伎俩。一想到弗兰克，我不禁要掉泪，于是我试着转移心思，打算弄清楚下午这一连串的事情。

这似乎很难想象，不过所有迹象都直指我身处某个依然受十八世纪晚期政治及习俗所控的地方。要不是那个名叫詹米的人的伤势，我还曾想整件事是某种古装演出。从伤口上遗留的痕迹判断，他的伤势的确像是由某种极似火绳枪弹之物造成的；而小屋里那群人也不像在演戏。他们一脸正经，他们的匕首和长剑都是真货。

也许这里是某个遗世独立的村落，村民正定期重演当地历史？我听说德国有这种事，但没听说苏格兰也有。而且你也没听过演员用火绳枪互射吧，对吧？脑子里那个理性的部分讥笑着，让我浑身不自在。

我回头看看巨岩，以确定自己的方位，接着抬头望向天际，霎时，我全身的血都冻结了。天上空无一物，只有如羽松针的漆黑暗影呼应着漫布的繁星。因弗内斯镇的光线呢？如果纳蒙公鸡巨岩如我所知的就在我背后，那么因弗内斯镇必定在西南方不到三英里处。而如果因弗内斯镇在那儿，那么在这个距离内，我应该能在上空见到镇上的光线才对。

我烦躁地摇着身子，抱着手肘抵御寒气。我来到了另一个时空——这时，我完全相信了这个叫人难以置信的想法。然而，因弗内斯已存在六百年之久了，这村子就在那里。但显然，镇上没有亮光，这情况无疑说明了镇上没有电灯。所以，如果我需要证据佐证的话，这就是另一项证据。不过，我究竟是要证明什么？

一道身影从黑暗中冒出，就杵在我面前，距离之近让我几乎撞上。我抑住尖叫，转身就跑，但一只大手抓住了我的臂膀。

“别怕，姑娘，是我。”

“我怕的就是这个。”出现的人是詹米，虽然我故意这么说，事实上我的确松了一口气。尽管詹米看起来同样危险，不过我不像怕其他人那样怕他。当然，一个原因是他还年轻，我猜他的年纪甚至比我小；此外，要我害怕一个才刚经手医治过的病人也很难。

“希望你没虐待你的肩膀。”我以医院护士长的责备语气说着。如果我的语气能撑起足够的权威感，也许就能逼他放我走。

“这点小伤不碍事。”他用完好的那只手揉了揉肩头。

这时他走入一片月光中，我看到他衣服前面有一大片血迹。我马上想到了动脉出血！可是他怎么还能站着？

我大叫：“你受伤了！你肩部的伤口裂开了，还是这是新的伤？快坐下，让我看看。”我把他往一堆石块推去，快速思索着紧急处理的步骤。除了我穿的衣物，手边没有敷布可用。我正要伸手撕下身上衬裙的残布碎条打算用以止血时，他笑了。

“小姑娘，别管它，这不是我的血。至少大多数不是。”他补上这句，小心翼翼地从身上拉下吸满血的布条。

“噢……”我觉得有点反胃，咽了一口口水，虚弱地说。

“杜格尔和其他人会在路上等着，我们走吧。”他轻抓着我的手臂，动作温和友善，而非逼我随他同行。我决定利用机会，止步不前。

“不，我不要跟你走！”

他停了下来，有点讶异我的反抗。“不，你得跟我走。”他似乎没被我的拒绝激怒。事实上，我拒绝再被绑架似乎让他觉得有点意思。

“要是我不从呢，你也会割断的我喉咙吗？”我质问，强迫他表态。

他想了想，冷静地答道：“不会。何必呢，你看起来也不重。如果你不走，我就把你拎起来，扛在肩上。你要我这么做吗？”他朝我踏了一步，我急忙往后退。我确信，他无论如何都会动手，不管这会不会让他伤势加重。

“不行，你不能这么做。会再伤到肩膀。”

虽然我看不太清楚他的表情，但我借着月光瞥见了他微笑时牙齿反射的微光。

“好吧，既然你不想让我受伤，那么我猜这就表示要跟我走啰？”

我努力想找个答案驳回去，但一时半刻也想不出来。他再度牢牢握住我的手臂，带着我朝路上走去。

詹米的手一直牢牢抓着我，在我踢到石块、绊到植物时拉我一把。在这石楠残株遍地的路上，他却步伐稳健得像是在大白天走平路。他体内一定有猫血，我坏心眼儿地这么想，难怪他可以在漆黑一片中鬼鬼祟祟地靠近我。

如詹米所言，其他人马已在不远处等着。他们全都在，显然没有折损或受伤。经过一番有损我尊严的扭打之后，我又被拎上马了。我的头不小心撞到詹米受伤的肩膀，他嗞的一声倒抽了一口气。

我刻意用霸道、多管闲事的口吻，掩饰自己又被囚俘的怨恨，以及撞到他伤口的自责之情。

“你活该。我告诉过你不要动关节，你却在乡野间打打闹闹，又在树丛和石头间追逐，现在你的肌肉大概也出现撕裂或瘀青了。”

他似乎被我的斥责给逗乐了。“这个可没得选。如果我不动肩膀的话，其他地方就永远没得动了。我一只手可以应付一个英国兵，两个也许也还可以，可是三个就不行了。”他有点吹牛地说。

“而且，等我们到了要去的地方，你还可以帮我再诊治一下。”他把我拉向他沾满血的衣服。

“哼，自以为是。”我冷冷答道，不安地扭着身子想和湿黏的衣料保持一点距离。他对马喝了一声，我们再度起程。这群人在打斗过后情绪高昂得惊人，沿途有说有笑。我警示可能有英军埋伏的微小贡献颇受赞扬，众人轮番喝着几个人随身携带的酒，向我致意。

他们给我递上酒，起初我因为担心没办法在马上坐稳而谢绝。我从这群人的言谈中拼凑出当时的状况——那是一群英军巡逻队，约莫十人，配有火绳枪和军刀。

某人将皮酒袋递给詹米，在他喝下时，我闻得到炙热的烧灼酒气。我并不渴，但是酒气的蜂蜜微香让我想起肚子极饿，而且已经饿了好长一段时间。我的肚子尴尬地发出大大的咕噜声，抗议我对它的忽略。

“嘿，詹米小伙子，饿了吧？还是你带了一大组风笛啊？”鲁珀特大喊着。他搞错了声响的来源。

“我猜，应该饿得可以把一整组风笛都给吞啦。”詹米体贴地担下鲁珀特的挖苦。

“你最好喝点，虽然这填不饱肚子，不过却能让你忘记饥饿。”他轻声对我说。

希望其他事情也能一并忘记——我举起皮袋，把酒灌了下去。

* * *

我的护花使者说得没错，威士忌燃起了一团小小的暖火，在我胃里舒服地烧着，模糊了饥肠辘辘的痛苦。我们相安无事地走了好几英里，轮流交换马缰和酒袋。接近一座荒废小屋时，护花使者的呼吸也逐渐变成断断续续的喘气。我们一路在马上摇摇晃晃的，现在突然变得更为不稳了。这我就不解了，如果我没醉，醉的人也不可能是他啊。

我大叫：“停下，救命！他昏过去了！”我记得我上一回没准备好就落马的情况，现在可不想再重演一次。

几道暗影回过头来围住我们，满是困惑地喃喃低语。詹米头向前垂着，身子像袋石块般滑落，幸好有人接住了他。其他人纷纷下马，帮着让詹米躺在空地上，我则自行爬下马。

“他还有呼吸。”有人说。

“嘿，这句话帮助还真大！”我回了对方一句，然后在黑暗中疯狂搜索他的脉搏。终于找到了，他的脉搏跳得虽快，但仍有力。我的手压在他胸上，耳朵贴近他嘴边，除了喘息声，还能感到规律的起伏。我直起身子。

“我想，他只是昏过去了。拿个鞍袋垫在他脚下，如果有水的话，带点过来。”我很讶异马上有人执行我的号令，而这个年轻人显然也对他们甚为重要。他呻吟着，张开眼，就像星空里的黑洞。他的脸在微弱的光线下好像骷髅，苍白的皮肤紧绷在棱角分明的眼眶上。

“我还好，只是有点晕。”他试着想坐起身子，我伸手搁在他胸膛上，将他推回去。

“静静躺着。”我命令道。我快速地触诊，接着跪起来，转向某个模糊的身影。从体形推测，他应该是这群人的首领，杜格尔。

“枪伤又开始流血了，而且这个傻瓜还有刀伤。我想这伤势不严重，但他流了不少血，衣服都湿透了，不过我不知道有多少血是他的。他需要休息静养，我们得在这里扎营，至少等到天亮。”但这个身影给了我否定的回答。

“不行。虽然目前这里英国驻兵已不敢再前进，但还得提防。我们还有十五英里的路要赶。”杜格尔的头一抬，观察着星象。

“至少还需走五个钟头，更可能要七个钟头。我们可以等你把血止住，包扎好伤口，不过，就只能这样。”

我不满地边咕哝着边开始动手，杜格尔轻声差遣其中一个黑影牵着马站在路旁警戒，其他人则低声交谈，喝着酒歇息一会儿。尖嘴猴腮的默塔过来帮我取水、撕布条、扶起伤者。尽管詹米口口声声说自己没事，但我严禁他自己移动身躯。

“你当然有事。”我厉声说，好发泄自己的恐惧和急躁怒气，“什么样的笨蛋会让自己被刀割了还不停下来疗伤？你难道看不到血流得有多严重吗？整晚在这乡下地方跑来跑去，打打杀杀，而且还从马上坠下，没死还真算你幸运……别动，你这讨厌的笨蛋。”我手上的亚麻布和人造丝布在黑暗中实在难以掌握，布料从我手上滑开、松脱，就像闪着肚白径直往水底深处钻的鱼儿。尽管夜里寒凉，汗水还是从我颈上冒出。最后我终于绑好了其中一端，伸手要去抓住不停从伤者背部滑落的另一端。

詹米动了一下，原本系好的这一头又松了。“给我回来，你这天杀的混账东西。”

大家吓得安静了好一会儿。“老天爷！我这辈子还没听过女人用这种字眼儿说话呢。”那个叫鲁珀特的胖子这么说。

“那你得见见我的格丽塞尔姑妈。”另一个声音说，引发大笑。

“你这娘们儿，你丈夫应该好好鞭打你才对。圣保罗说，‘女人要沉静学道，一味顺服……’”树下的黑影严厉地说着。

“管好你自己的该死的闲事，圣保罗也是！”我咆哮大叫，汗水沿着耳后滴落。我挥袖擦过额头，“把他翻向左边。”接着对我的病患警告：“要是我在系绷带时你敢动一下，我就勒死你。”

“噢，好的。”他温顺地回答。

我把最后一条绷带拉得太用力了，整个包扎全散了开来。

“天杀的全都给我去死！”我沮丧地捶地怒吼。大伙儿再度震惊得说不出话来，待我在黑暗中摸索散开的绷带时，众人又开始批评我说话用字不像女人了。

“杜格尔，也许我们该把她送去圣安妮修道院。”一个蹲在路边的人这么提议，“詹米以前满口脏话，连水手听了都脸红。但自从我们离开海岸之后，我再没听过他出口咒骂。四个月的修道院生活一定有些效果。小子，你现在不会再指着神明咒骂了吧？”

“如果你被惩罚在二月天的半夜只穿一件上衣躺在教堂冰冷石铺地板上三小时，当作忏悔，你一定也不会再开口。”我的病人说。

詹米接着又说：“这忏悔其实只有两小时，不过我得再花一个小时才能从地板上爬起来。我以为我的……呃，我以为我冻得都垂了，结果它可硬了。”大伙儿全笑了。

他显然觉得好多了。我虽然微笑着，但还是决绝地说：“你安静，不然我要让你痛不欲生。”詹米小心翼翼地摸着包扎处，我拍掉他的手。

“噢，这是威胁吗？我还要和你一起共享美酒呢！”他厚颜无耻地调笑着。

酒瓶在众人中传了一圈，杜格尔跪坐在我身旁，小心翼翼倾着瓶身好让病人喝到酒。纯威士忌辛辣、烧灼的气味飘散开来，我伸手拦住了酒瓶。

“别再喝烈酒了。他需要的是茶，不然最少也该是水，而绝不是酒。”

杜格尔从我手中取过酒瓶，全然不顾我所言，朝我病人的口中倒入一大口辛辣的液体，让他呛咳起来。等病人喘过气来之后，杜格尔又递上瓶子。

“住手！你想让他醉得站不起来吗？”我再次出手想夺下瓶子。

我被人粗鲁地用手肘顶到一旁。

“真是个爱生气的泼妇，对吧？”我的病人说着，声音听起来像是被逗乐了。

“少管闲事，娘们儿。今晚还有很长一段路要赶，他需要这东西，这样他才会有力气。”杜格尔命令道。

绷带刚系好他就想站起来了。我把他推躺回去，一只膝盖压在他胸上不让他乱动。“你不能走！”我抓住杜格尔格纹裙的褶边，粗鲁地扯着，口气凶暴地要他跪坐回我旁边。

“你看看这个。”我竭尽所能以护士的语气发令，同时把詹米那团被血浸透的破烂上衣重重搁在杜格尔手上。他嫌恶地惊呼一声，丢下衣服。

我执起杜格尔的手搁在伤者肩头：“看看这里，他斜方肌这里被某种刀直直刺入了。”

“是刺刀。”我的病人插进这句话。

“刺刀！你怎么不早说？”我大叫。

他耸耸肩，随即痛得稍微呻吟了一下，才又接着说：“我感到刀子刺进来，可是不知道有多严重。当时没那么痛。”

“那现在痛吗？”

“痛。”他简短地回答。

“很好。”我彻底被激怒了，“你活该，也许这刚好教你别到乡下乱跑、绑架年轻妇女，还有杀……杀人，还有……”我发现自己竟然荒谬地快掉下泪，于是住了口，努力把持住。

杜格尔对我们的对话变得不耐烦起来：“男子汉，你两脚可以跨在马侧吗？”

“他哪里也不能去！他应该到医院，他绝对不能……”我气急败坏地抗议。

一如往常，我的抗议无人理会。

“你能吗？”杜格尔再度问道。

“能，只要你把这姑娘从我胸口拉开，拿件干净的衣服给我就行。”

第四章　踏进城堡

如果你认为在夜里和一个负伤男子共骑一匹马，穿行十五英里路况大多不佳的荒野，身边又伴随着一群身穿格纹裙、全副武装的男人再平常不过，那么随后的路程倒算是平淡无奇。至少我们没遇见拦路的劫匪或疯狂的野兽，也没下雨。和我已经逐渐习惯的遭遇相比，这段路挺乏味无趣的。

破晓的晨光闪现，劈过雾蒙蒙的荒野。我们的目的地隐隐出现在前方，灰光勾勒出一座暗色的巨大岩石。

周遭不再静默荒芜，一些衣着粗俗的人三三两两走向城堡。他们往窄路两侧退让，好让马匹快速通过，同时目瞪口呆地看着我的奇装异服。

毫不意外，此处雾气甚浓，不过天光还足够亮，我看见一座横跨小溪的石桥。小溪流经堡前，向下流进四分之一英里外微微闪着暗光的湖中。

城堡敦实坚固，没有花哨的塔楼或锯齿状的城垛，看起来更像一间以厚石墙和高窄的窗子加强防御的普通屋子。几根烟囱冒出的烟雾飘过堡顶平滑的砖瓦，更添一片灰蒙蒙的印象。

城堡入口宽得足以让两辆马车并排而过。这我很肯定，因为在我们过桥时恰好两辆车正要通行，其中一辆牛车上载着大木桶，另一辆则装运着牧草。我们这一小群马队就堵在桥上，不耐烦地等这两辆车费力地通过城门。

先前在路边匆忙为我的护花使者重新包扎之后，我就没再和他说过话。除了马偶尔错步，晃得他不适地呻吟几声，他一直静默无语。当马匹走过滑溜的中庭石地，我硬着头皮开口。

“这是哪里？”我哑着嗓子问，声音因为寒气和久未开口而变得沙哑。

“理士城堡。”他简短答道。

理士城堡。很好，至少现在我知道自己人在何处了。我第一次知道理士城堡时，它是位于巴格伦南以北约三十英里外的一处景致如画的废墟。但现在这个地方更加“如诗如画”：城墙下有猪在翻土觅食，空气里弥漫着污水的臭味。我开始接受这个不可能的想法——我很可能身处十八世纪的某段时间。

我确定不管有没有被炸弹炮轰过，一九四五年的苏格兰没有一个地方会肮脏成这副德行。从院庭内人群说话的口音判断，我们绝对是在苏格兰。

“喂，杜格尔！你们这么早啊，没想到在大聚会之前就能看到你们。”一个衣着破烂的马夫，边跑上前来抓住领头马的马缰边大喊着。

我们这小队人马的领头者从马鞍上一跃而下，把缰绳交给这脏兮兮的年轻人。

“欸，是啊，我们这一路运气有好有坏。我去见我兄长，你能吩咐菲茨太太给这群弟兄吃点东西吗？他们需要吃点早餐，然后睡一觉。”

他朝默塔和鲁珀特招手，示意他们同他前去，随后三人的身影消失在一道尖顶拱门下。

我们其他人纷纷下马，全身冒着汗，在潮湿的中庭里等着。不管菲茨太太是何方神圣，我们又多等了十分钟，她才现身。一群好奇的孩子围聚在我们身边，推测我的来历和目的。正当几个比较大胆的孩子鼓起勇气，伸手来抓我的裙子时，一个身着暗棕色亚麻素衣、体形高大的肥硕女人嘘了几声，催促这群孩子快闪开。

“威利，亲爱的，看到你真开心。还有涅狄！”她衷心地给了这个矮个儿秃头男欢迎的一吻，差点儿把他扑翻。

“我猜你们一定想吃点早餐，厨房里有很多吃的，快去填饱肚子吧！”接着她转向我和詹米，却像被蛇咬了似的弹缩回去。她张大着嘴巴看着我，接着目光转向詹米，希望他能解释眼前这幻影是怎么回事。

“克莱尔，这位是菲茨吉本斯女士。”詹米的头朝我这儿略略抬了一下，又朝另一方微抬，然后补上这句——好澄清这不能怪他：“默塔昨天发现她的。杜格尔说，我们得把她带到这儿。”

菲茨吉本斯女士合起嘴，目光锐利地将我上下打量一番。虽然我装扮奇特，足以落人话柄，但她微微笑了一下，显然断定我像是个无害之人。虽然她口中缺了几颗牙，但笑得很真诚，还挽起我的手臂。

“那么就欢迎啦，克莱尔。跟我来，我们可以帮你找到更……嗯……更……”她看着我的短裙和遮不住脚的鞋子，摇着头说。

正当菲茨太太领着我离开时，我突然想起我的病人。

“噢，请等等，我忘了詹米。”

“他可以照顾自己啊。他知道去哪里找吃的，也有人帮他张罗床铺。”菲茨太太讶异地说。

“可是他受伤了。他昨天被枪打中，昨晚又被刀刺伤。为了骑马赶路，我先包扎了伤处，但没时间好好处理伤口。我现在得趁着他还没受感染去看看。”

“感染？”

“是的。我的意思是，呃，发炎。你知道，就是伤口会生脓、肿胀，然后发烧。”

“噢，我懂你的意思。不过，你是说你知道怎么处理吗？所以，你是个术士啰？是个‘比顿’。”

“诸如此类啦。”我站在刚飘下的冰冷细雨里，不知道这“比顿”是什么，也不想细谈我的医疗资格。菲茨太太似乎也是如此，她唤回正朝反向走远的詹米，挽着他一起领我们走入堡内。

光透过高窄的窗子照进来，朦胧地照映着冰冷狭窄的廊道。走过这段长长的廊道后，我们来到一间颇大的房间，里面摆了床铺和几张凳子，最重要的是，房里有火。

我暂且抛下病人，冲去“解冻”自己的双手。菲茨太太可能已经对寒冷免疫了，她引领詹米安坐在火堆旁的凳子上，轻轻褪下他上身的残衣破布，裹上从床上拿来的被子。她对着詹米受伤肿胀的肩膀发出啧啧声，轻轻拨弄我拙劣的包扎。

“这伤口需要先蘸水轻拭，再用药水清洗，以免……以免发烧。”我转身背着火堆。

“你需要什么？”菲茨太太简单利落地问道，她一定会是个好护士。

我绞尽脑汁地想着，抗生素出现之前大家用什么预防感染。而且，在天色刚亮的原始苏格兰城堡内，我有什么有限的药物可选。

“蒜头！”我得意扬扬地说，“我要蒜头，还有，如果有金缕梅的话我也要。还需要一些干净的布和一壶煮开的水。”

“好，我想这些我们可以找来，也来点紫草吧。要不要来点接骨木茶，还是洋甘菊茶？这小伙子看起来已经折腾了一整夜了。”

事实上，这年轻人已经累得说不出话，无力回应我们的讨论，只能被我们当作无生命的物体看待。

菲茨太太很快就回来了，围裙里塞满了好多蒜头、装了干草药的纱布袋，以及旧亚麻布条。她粗壮的手臂上挂着小小的黑铁壶，手上还拎着一大壶水，这一大壶水拿在她手里仿佛轻如鹅绒。

“亲爱的，现在你要我怎么做？”她兴高采烈地说着。我让她去煮水剥蒜，自己则检查着草药包里的东西。这里有我要的金缕梅，煮茶用的紫草和接骨木，还有我姑且认为是樱桃树皮的东西。

“止痛剂。”我回想起克鲁克先生在解释我们找到的树皮和草药时开心的喃喃自语。好，我们需要这个。

我把几瓣大蒜和一些金缕梅丢进开水，接着将布条加进这混合物。接骨木、紫草以及樱桃树皮，浸泡在火堆旁的一只小锅内。这些准备工作让我内心稍微平静下来，就算我不确定自己身处何地，或为何会出现在此地，至少我知道接下来的一刻钟要做什么。

我恭敬地说："谢谢你，菲茨太太。如果你还有事要忙，现在我可以自己来了。"这位身形硕大的女士笑了起来，胸部颤抖着。

"哎哟，姑娘，我没事可做了吗？我去拿点肉汤给你喝，如果你还需要什么，尽管叫我。"她晃着身子速度惊人地走向门外，忙自己的事去了。

* * *

我尽可能小心地拉开绷带，人造丝布片依旧黏在皮肉上，取下布片时干掉的血块微微裂开，伤口边缘渗出几滴血珠。詹米虽然纹丝不动、一声未吭，我还是为弄痛了他而道歉。

他微微笑着，不着痕迹地戏谑道："别担心，姑娘，我曾被人伤得更深，而且伤我的人可丑多了。"他身子往前倾，好让我用煮沸过的蒜汁清洗伤口，此时被子从他的肩上滑落下来。

当下我明白了。方才的话不管是不是恭维之词，他说自己曾被人伤得更深是赤裸裸的事实：他的确曾被人伤得更重。詹米的上背布满已褪色的白色交叉线痕，他曾被人残暴地鞭笞，而且不止一次。背上某些地方还有细小交错的银色疤痕，同一处皮肤历经数次鞭抽，已变得破碎不堪，甚至肌肉都翻了出来。

我在从事战地护理工作时，当然见过各式各样的伤害，不过詹米的这些伤疤背后似乎隐藏了异常残忍的事。我在见到詹米的伤痕时倒抽了一口气，他转过头来，看见我正睁大眼盯着他的伤疤。他耸了耸未受伤的那侧肩膀。

"英国兵干的。他们一个礼拜鞭打两次，要不是他们怕打死我，我倒希望他们这两次能在同一天打完。鞭抽死人可没啥乐趣。"

我试着在擦拭伤口时保持语气平静："我想不出谁会把这种事当乐趣。"

“想不到吗？你应该见过他。”

“谁？”

“把我背上的皮给剥了的那个英国兵队长。如果他还不够开心的话，至少也很满意。”他表情冷淡地说，“他叫兰德尔。”

“兰德尔！”我藏不住声音里的震惊。詹米冰冷的蓝眼睛直盯着我。

“你认识这个人？”他的声音听起来突然起了疑心。

“不，没有。只是先前曾听说有个家族叫这名字，很久以……呃……以前。”我紧张得连擦拭布都掉了。

“可恶，现在得再煮一次了。”我从地上捞起擦拭布，急忙走向火堆，试着用忙碌掩盖心中的困惑。这个兰德尔队长可真是弗兰克那位记录优良、叱咤沙场、颇受贵族褒奖的祖先？若真如此，和我亲爱的弗兰克有所关联的这人怎能在这年轻人背上留下如此骇人的疤痕？

我在火堆旁忙着朝锅内丢进几把金缕梅和蒜头，再把更多的布丢进去吸浸汤汁。我努力控制声音和表情，拿着擦拭布回到詹米那儿。

“你为什么被抽鞭子？”我突然开口。

这问题一点也不得体，但我很想知道原因，而且也累得顾不上婉转表达了。

他叹了口气，肩膀自在地动了动。他也累了，虽然我尽量小心翼翼、放轻力道，但还是弄痛了他。

“第一次是因为脱逃，第二次是偷窃——至少罪状上是这么说的。”

“你在躲避什么？”

“英国佬。”他讽刺地挑着眉，“如果你的意思是我从哪里逃走，那么是威廉要塞。”

“我猜也是英国人。你早先在威廉要塞干了什么事？”我用和他同样冷淡的语调问道。

他用没受伤的那只手揉了揉眉头：“噢，那个啊，我想是妨碍公务。”

“妨碍公务、脱逃、偷窃，听起来你是个危险人物哦。”我轻快地说着，希望可以转移他对我手中动作的注意。

这招至少稍见成效，他宽阔的嘴巴扬起一角，深蓝色的眼睛越过肩头望着我。

“噢，我的确是个危险人物。真奇怪，你怎么会认为与我共处一室是安全的，何况你还是个外乡人？”

“这个嘛，因为你现在看起来‘够’安全。”这绝非事实，他没穿上衣，身上尽是伤疤和血痕，脸颊满是胡楂儿，而且还因为整夜赶路熬红了眼，他看起来实在糟透了。不管他疲惫与否，若有需要，他看起来还是能做出一些坏事。

他笑了，是惊人、颇具感染力的低沉声音。

“就跟栖伏的鸽子一样无害。”他同意地说，“除了早餐，我现在饿得对什么东西都没有威胁性了。送盘燕麦饼来吧，否则后果如何我可不敢保证。哎哟！好痛！”

“抱歉。这刺刀刺得挺深的，而且伤口也脏了。”我低声说。

“没关系。”他虽然口中这么说，胡楂儿下青铜色的脸却已变得苍白。我试着把他导回谈话。

“你那妨碍公务究竟是怎么回事？听起来也不像什么重罪啊。”我若无其事地说。

詹米在我清洗更深的伤口时用力吸了一口气，双眼坚毅地紧盯雕饰的床柱。

“不管怎样，英国佬就是这么说的。我不过是为了保卫我的家人和财产，自己还差点送了命。”他闭上双唇，似乎不愿再多谈，但片刻后，他可能想把注意力转移到肩膀之外，于是再度开口。

“那是将近四年前的事，当时英国人正在威廉要塞附近的庄园征收物资，集结驻军粮食、运输用的马匹等。这举动不受欢迎，不过绝大多数的人还是会乖乖交出东西。有一小群士兵在官员的陪同下，带着一两辆马车到各处征收粮食和物品。那年十月的某天，兰德尔队长来到我们……”他突然住了口，瞥了我一眼，“……来到我们镇上。”

我点点头示意他继续说，目光仍注视着手头的工作。

“我们原以为英军不会到这么远的地方来，因为这地方离要塞有好一段距离，而且不易到达，但他们还是来了。”

他暂时合起眼：“那时我父亲不在，到邻村参加葬礼去了。当时已接近收割期，有好多工作要做，我跟其他人都在田里干活儿，所以家里除了两三个帮佣，只有我姐姐独自在家。那些女佣一看到穿着红军装的英国军，马上冲上楼，躲进被子里。她们认为英军是魔鬼派来的。她们说的倒是没错。”

我搁下手上的擦拭布，最棘手的部分已经完成，现在只需敷点膏药并好好包扎即可。少了碘酒或盘尼西林，为了避免感染，我能做的也只是这样了。这个年轻男子的眼睛依然紧闭，没注意到我已完成工作。

“我从后方朝屋子走去，打算到马房拿马具，听到屋内传来吼声和我姐姐的尖叫。”

“噢？”我试着让自己的语气尽可能平缓，不带冒犯之意。我真的很想知道关于兰德尔队长的事情，这个故事目前为止仍未消解我对他的原有印象。

“我冲进屋，穿过厨房，发现两个英国兵侵入家中的食物储藏间，袋子里塞满面粉和培根肉。我对着其中一人的头部猛打，连人带包地把另一人丢出窗外。接着我冲进房内，发现两个英国兵和我姐姐詹妮在房内。詹妮的衣服有几处被撕裂，其中一个英国兵的脸上还有抓痕。”

他张开眼，微微笑着，笑容里微带寒意：“我没停下来追问发生什么事，我们在房间里绕圈追逐，对付这两个家伙我表现得还不赖，直到兰德尔进来。”

兰德尔简简单单就止住了打斗，他拿枪抵着詹妮的头。詹米被迫投降，随即被这两个英国兵擒住。兰德尔神情愉悦地对他的俘虏笑着说：“哎呀，我们这儿有两只脾气火暴的猫，不是吗？我想，尝点苦头应该可以治治你的脾气，如果行不通的话，那么，你可是会见到另一只‘九尾猫'[1]哦。不过，对付另一只猫就要用另一种方法啦，我亲爱的小猫咪，你说是不是啊？"

詹米顿了一会儿，下巴动着："当时詹妮的手臂在背后被他抓住，不过他接着松手，把自己的手绕过去，从詹妮的衣服底下伸向胸部，就像……"他回想起此景，出其不意地微微笑了起来，继续说道："詹妮狠狠踩了他的脚，手肘用力往他肚子撞去。趁兰德尔弯着腰喘气，她转过身子，膝盖狠狠往他胯下一顶。"詹米的鼻子喷着气，开心地说。

"兰德尔被这么一击，手枪都掉了，詹妮打算去捡，不过抓住我的一个英国兵先把枪抢到手。"

我包扎完毕，一只手搁在他未受伤的肩上，静静地站在他身后。对詹米来说，说出所有事情似乎很重要，但我怕他一旦想起我在场会随即住口。

"等到兰德尔能喘口气说话之后，他下令把我们拖到屋外。他们脱掉我的上衣，把我绑在马车辕杆上。兰德尔整个人暴怒到极点，用他刺刀的刀面抽打我的背。你可能会觉得，这伤会让穿衣变得有点不便。这刀面稍微刺伤了我，不过兰德尔没持续抽打太久。"

原本开心的短促鼻息消失了，我手底的肩膀也因为紧张而变得僵硬。"兰德尔停了手，转向被龙骑兵抓住的詹妮。他问她是想继续看我受刑，还是跟他一起进屋子里开心开心。"詹米的肩膀不安地颤抖着。

"我没办法动，但大声对詹妮说我没受伤，至少不太严重，所以她不必跟他走，除非他们在她面前割断我的喉咙。

"他们在我身后抓住詹妮，所以我看不见，不过从声音听来，她朝他脸上吐了口水。詹妮一定是吐了口水，因为兰德尔接着就抓住我的头发，把我的头往后拉，刀子架在我的喉头。

"'我有个想法，想采纳你方才的建议。'兰德尔的声音从齿缝间冒出，刀子刺穿我的皮肤，血冒了出来。"

---

①指带有九条鞭尾的鞭具。

“我看得到刺刀就在面前，还有血滴落在马车下的尘土上形成的图样。”詹米的声音就像陷在梦境里，我明白他因为疲倦和痛苦，已陷入某种近似催眠的状态，可能甚至不记得我的存在。

“我朝我姐姐大喊，告诉她我宁死也不愿她被这种人渣玷污。兰德尔把刀从我喉头上移开，把刀锋插进我齿间，所以我叫不出声音来。”

詹米揉揉嘴，仿佛仍尝得到钢铁的苦味。他停了下来，两眼直瞪着前方。

“接着发生了什么事？”我不该说话的，但我得知道后续如何。

他像刚从睡梦中醒来，晃着身子，大手疲倦地揉按着颈背。

詹米突然开口：“詹妮跟他一起进了屋子，她以为兰德尔会杀了我。也许没错，之后我就不省人事了，因为一个龙骑兵用火绳枪托敲昏了我的头。醒来时，我双手被反绑，和一群鸡被关在马车里，摇摇晃晃地往威廉要塞前进。”

“原来如此。我很难过，这一定是很恐怖的经历。”我静静地说。

詹米突然微微笑了，他疲倦的茫然感已消失：“噢，是啊，鸡可不是什么好旅伴，特别是路途漫长的时候。”他意识到伤口包扎已经完成，肩膀畏缩地试着动了几下。

我警告他：“别动！”我朝桌上看了一眼，以确定还有剩余的干布条可用。“你真的不可以动肩膀。事实上，我正准备把你的手臂靠着身体绑着。别动！”

他没再说话，而且当他知道这不会造成疼痛后，我感到手底下的身子也稍微放松了。我察觉到自己和这个陌生的苏格兰男子之间有一种诡异的亲密感，我想，部分是因为他告诉我的骇人故事，另一部分则是我们在漫漫长夜中，一路昏沉无语身体相依的骑马经历。除了我丈夫，我没和多少男人共寝过，不过我先前曾注意到，若要和他人共寝，我是说，真正睡着，还真需要这样的亲密感。这好像梦境从你体内流出，和他的梦境交融在一起，而后两人一起交叠在一张无意识的罩毯下。我想，这是某种返祖回溯吧？在较古老、原始的时代（就像现在？我的某部分意识这么问道），在有旁人在场的情况下入睡是一种信赖的表现。如果双方彼此互信，单纯的睡眠能比身体交合更让人感觉亲密。

包扎完成了，我帮詹米穿上粗麻衣，把伤肩上的衣服调得宽松点。詹米站起身子，单手把衣服塞进格纹裙内，低头对着我微笑。

“克莱尔，谢谢你。你的手好巧。”他伸出手来，好像要触摸我的脸，不过他似乎打消了念头，手挥了挥，又放了下来。显然他也感受到了那股奇特亲密感的起伏波涛。我匆匆移开视线，手挥弹着，摆出“这没什么”的姿势。

我的目光环视房内，入眼的是被烟熏黑的壁炉、狭长无光的窗子，还有结实的橡木家具。没有电器设备、没铺地毯，床架上也没有亮闪闪的铜柱头。

事实上，这里就像……十八世纪的城堡。但，弗兰克呢？我在树林里遇到的那个男人和弗兰克相似到让我不安，但詹米对兰德尔的描述在各方面又和我所知的个性温柔、性好和平的丈夫截然不同。那么，如果这件事是真的，就连我也开始相信这是真的，那么就有各式各样的可能性了。兰德尔，这个我从族谱上认识的男人，品行不见得和他的子孙全然相似。

不过，我当下担心的是弗兰克。如果我身在十八世纪，那弗兰克人在哪里？要是我回不去贝尔德太太的家庭旅馆，他会怎么办？我还能再见到他吗？想起弗兰克是压垮我的最后一根稻草。自从踏进巨石阵，我平凡的生活就不复存在了。我被人攻击、威胁、绑架，一路颠簸，已经超过二十四小时没有好好进食、睡觉。我试着把持住自己，嘴唇却开始抽动，眼眶不能自抑地泛出泪来。

我转向炉火，掩饰着自己的表情，不过太迟了。詹米执起我的手，语音轻柔地问我怎么了。火光在我金色的婚戒上闪耀着，我悲从中来，开始啜泣。

“哦，没事，等会儿就会好的，真的。是因为……我的……是我的丈夫。我不……”

“啊，姑娘，你丈夫刚过世吗？”詹米的声音充满同情的忧虑，让我完全失控。

“不……对……我是说，我不……对。我想我成了寡妇了。”情绪和倦意涌来，我瘫倒在詹米身上，歇斯底里地啜泣。

这小伙子心地善良，没有唤人来帮忙或者困惑地退缩，反而坐了下来，以未受伤的那只手紧紧揽住我，让我坐在他腿上，然后轻轻摇着我，用盖尔语在我耳边温柔地说着话，轻抚我的头发。我随即臣服在恐惧和心碎的困惑下悲苦地哭着，但是当詹米搓抚我的颈子和背部，让我感到他宽大温暖的胸膛时，我慢慢静了下来。我渐渐停止啜泣，疲惫地依偎在他肩膀的弧弯里。我感到他的手指在我耳后轻柔摩挲，耳里听着我不懂的话语，迷迷糊糊地想着：“难怪他对马很有一套。”如果我是马，我也愿意让他驾着我到任何地方。

很不幸，就在我冒出这个荒唐念头的同时，我也惊觉这个年轻男子可不是真的完全精疲力竭。事实上，情况突然变得极为尴尬。我从他大腿上跳开，咳了几声，清清喉咙，还用衣袖擦擦眼睛。

“对不起……这个……我的意思是……谢谢你为我……可是我……”我结结巴巴，满脸火热地退开。他的脸也有点涨红，但并不慌乱狼狈。他伸手握住我的手，把我拉回去，然后小心翼翼地把手放在我下巴下方却不碰触到我，让我抬头面对他。

他轻声说：“你不必怕我。只要我在你身边，你也不必怕这里的其他人。”詹米放开手，转身朝向炉火。

“姑娘，你需要喝点热的，再吃些东西。肚子里填点东西比什么都有效。”他说得完全正确。詹米试着用单手倒肉汤的动作让我笑了起来，于是我上前帮忙。他说得对，食物真的有效。我们一起静默地啜饮着肉汤，吃着面包，暖意和饱足感让我们逐渐舒缓下来。

最后，詹米站起来，捡起落在地上的被子。他把被子扔回床上，示意我上床去。“睡一下吧，克莱尔，你累坏了，而且过不了多久有人可能要和你谈谈。”

这句话提醒了我处境危险，但我已经累得无法顾及。我仅在口头上客气了一下就占了床，我从没见过像这张床这么诱人的东西。詹米向我保证他可以自己再找张床。我一头栽进堆得高高的被子，在他尚未踏出门时就已沉沉睡去。

第五章　麦肯锡家族

我在满心困惑中醒来，依稀记得某件事非常不对劲，却又想不起来是什么。事实上，我这一觉睡得太熟了，熟得一度连自己是谁都记不得，更别提自己身在何方。我身子很暖，但房间四周却刺骨冰寒。我试着钻回棉被，不过把我吵醒的声音依然在一旁喋喋不休。

“来，姑娘，你得起床了，快起来！”这低沉的声音像牧羊犬的吠声一样和蔼地威吓着。我不甘不愿地微微睁开一只眼睛，透过眼缝见到一座棕衣大山。

菲茨太太！我看到她，吓得完全清醒，所有记忆全都涌回。所以，这些事还是真的。

我裹着毯子御寒，摇摇晃晃爬下床，迅速冲向炉火。菲茨太太手上捧着一碗热汤已经在一旁等着了。我啜饮着肉汤，感觉自己好像大轰炸后的幸存者，看着她把一堆衣物摆在床上。这里有衣边饰有薄蕾丝的淡黄色亚麻长衬衣、质地颇佳的棉衬裙、两件棕色外裙，以及淡柠檬黄的紧身胸衣。最后还有棕色条纹的羊毛袜和黄色拖鞋。

菲茨太太不容我抗议，催促我脱下“不得体”的衣物，监督我换装。她朝后一站，满意地打量自己的杰作。

“我就知道，黄色很适合你，姑娘。这颜色跟你的棕发很搭，还可以衬托你金色的眼睛。别动，你还需要一点缎带来点缀。”她从像是麻布袋的口袋里翻出缎带和首饰。

我讶异得无法反抗，只得让她将我侧边鬓发用淡黄色缎带朝后绑住。菲茨太太对我缺乏女人味、不得体的及肩短卷发再次发出啧啧感叹。

“哎哟，老天爷，我亲爱的，你脑子里在想什么，怎么把头发剪得这么短？你这是在假扮什么吗？我听说有些姑娘旅行时会这么做，好隐藏自己的性别，免得被天杀的英国兵骚扰。我说啊，这时代连姑娘走在路上都不能安心了。”她手没停下，在我身上这儿拍拍那儿摸摸，塞好发卷或整理裙褶。最后我终于打扮得让她称心如意。

“好了，这样很好。你现在还有时间吃点东西，然后我就得带你到他那儿去。”

“他？”不管这个“他”是谁，很可能都会拿些难题问我。

“咦？当然是麦肯锡啊，不然还会有谁？”

还会有谁？我模糊地想起，理士城堡位于麦肯锡家族的领地，族长当然也叫麦肯锡。我开始理解这队人马为何要彻夜驰马赶到这城堡，这地方对受英军追赶的人而言是个稳妥的安全之处。任何英国军官只要有一丁点常识，都不会带领人马深入这个氏族的领地。他们如果这么做，就等于甘冒丧命的风险，因为他们一踏入领地最外围的树丛就可能受到伏击。而且，英军也只有在人马规模够大时才敢走到城堡门口。我努力回想英军是否到过这么远的地方，却突然明白这座城堡最终的命运并不如我眼前即将到来的事情那么重要。

面对菲茨太太带来的薄饼和燕麦粥早餐，我毫无胃口，仅把这些食物弄碎，假装吃过了，好争取时间细细思量。当菲茨太太回来领我到麦肯锡那儿时，我已经胡乱地在心中拟出个粗略的计划。

* * *

城堡的领主在一段石阶尽头的房间接见我。这是一间塔楼房，呈弧状，斜倾的墙面满是画作和挂毯。城堡其他地方虽然有些光秃秃的，但似乎已算舒适，不过这房间倒是奢华地摆满了家具，处处皆有装饰，房里还燃着温暖的炉火、烛光，抵御着堡外的细雨。城堡的外墙仅有适合抵御攻击的高窄的窗子，内墙倒是装设了新的长框窗，好让光线透进室内。

我一踏进房里，目光随即被一只巨大的金属鸟笼吸引。这只从地面顶到天花板的鸟笼配合着墙壁弧线，精巧打造而成，笼里有十数只玲珑小鸟：山雀、彩雀、颊白鸟，还有几种莺类。我走近观赏，映入眼帘的是鸟儿浑圆流畅的身躯和亮珠般的眼眸。鸟雀在橡树、榆木、栗树的叶间飞跳着，就像映衬在绿色丝绒上的珠宝。这些细心照料的树就生长在笼底的盆子里。笼内的鸟儿轻快飞跃蹦跳着，相互交谈的愉悦吵闹声不时被拍翅疾飞的响声和树叶的沙沙声给打断。

"这些小东西挺忙的，不是吗？"一阵低沉、愉悦的声音从我背后传来，我的微笑僵在脸上，转过身来。

科拉姆·麦肯锡和他的弟弟杜格尔一样体宽额高，而杜格尔身上那股逼人的英气在他身上却显得更加熟润宜人，且丝毫不减其旺盛的生命力。科拉姆的肤色更深，眼睛颜色偏鸽灰色而非栗色，同样给人以深刻的印象。只要科拉姆站得离你近些，你就会觉得不自在。不过，此刻我的不安，则是因为眼前这副头形优美、身形颀长的身躯下，却是一双令人震惊的粗短弯腿。这个理当是六英尺之躯的男子身高竟不及我的肩膀。

他的目光停驻在鸟儿身上，巧妙地让我有时间恢复正常神色。他必定已经习惯初次见到他的人会有何种反应。我环顾房间，猜想他在这里接见新访客的频率。这里显然是个圣所，是不被环境友善对待的人自我建构的世界。

"欢迎您，女士。"他微倾着身子说，"我叫科拉姆·坎贝尔·麦肯锡，是这座城堡的领主。我从我弟弟那儿得知，他……他在离此地一段距离之处和你偶遇。"

"如果你想知道详情的话，是他绑架了我。"我不是不想让彼此的谈话维持热络的气氛，但我更希望离开这座城堡，回到竖立着巨石圈的山丘。不管我到底发生了什么事，倘若说哪里会有答案，那答案一定就在那里。

这位领主的浓眉微微抬起，线条优美的唇笑出了一弯弧线。“这个嘛，也许没错。”他同意道，“杜格尔的性子有时候的确是……嗯……冲动了些。”

我挥挥手，优雅地反对这个说法：“哎，我想这中间可能有些误会。我若是能回到……回到他带走我的地方，那么我会十分感激。”

“嗯……”科拉姆依旧扬着眉，指着一张椅子。我不情愿地坐下来，他朝其中一个仆人点点头，这人随即穿门离去。

“我差人去拿点喝的给你，提振一下精神……比彻姆女士，对吗？我知道我弟弟和他手下发现你……呃……处于某种麻烦当中。”科拉姆似乎刻意掩藏笑意。我很好奇他们是怎么向他形容我衣不蔽体的情况的。

我深吸一口气，准备吐出构思已久的话。为了挤出这些话，我回想弗兰克告诉我的他在受军官训练时曾上过的关于对抗侦讯的课程。就我记忆所及，基本原则是要竭尽所能地贴近事实，仅改动需要保密的细节部分。讲师解释说，这样在杜撰出来的故事中，才能尽量降低说溜嘴的概率。好吧，我们就来看看效果如何。

“唉，没错。如您所见，我被人攻击了。”

他点点头，脸上露出感兴趣的光芒：“呃，被谁攻击呢？”

要说实话。“我被英国兵攻击，特别是其中一个叫兰德尔的人。”

科拉姆听到这个名字，尊贵的面容霎时一变，尽管神色依旧带着兴趣，但他嘴部线条却添了几分紧张，连嘴角的皱纹都变深了。这显然不是陌生的名字。这位麦肯锡氏族的领主稍微坐直身子，双手手指相互推抵着。他的目光越过指端，谨慎地看着我。

“啊，请多说点。”

于是，老天保佑，我又多说了点。既然科拉姆会向杜格尔求证，那么我便把苏格兰人和兰德尔手下冲突的情节仔仔细细地向他交代，也把我和兰德尔之间对话的实情大致交代出来，因为我不知道那个叫默塔的男人到底听到了多少。

他全神贯注地一边听着一边点着头，更加投入了。

“嗯，不过你怎么会出现在那个地方？那地方离通往因弗内斯的路可有一大段距离。我猜，你应该是要去哪儿搭船吧？”

我点点头，深吸一口气。现在我们只得进入捏造的世界了，真希望当初我曾仔细聆听弗兰克讲述拦路劫匪的事，不过我还是得尽我所能。我说自己是来自牛津郡的寡妇（目前为止都是真的），和男仆一起上路，准备到法国（法国似乎远得够安全，不会被戳穿）的远亲那儿去。我们被劫匪攻击，我的仆人可能已经被杀或逃跑了，我自己则骑马蹿进树林，却在离大路一段距离的地方被抓到。虽然我成功地逃离土匪魔爪，但也被迫舍弃马匹和所有财物。当我在林子里乱走时，还和兰德尔队长及他的手下起了冲突。

我稍稍坐回身子，对这个故事满意得很，所有可检验的细节都是简单利落又真实。科拉姆的脸上只有礼貌性的专注表情，在他正要开口问我问题时，门外恰好传来微微的沙沙声。在抵达城堡时，我曾于中庭见过这个人。现在他就站在门边，手上拿着一只小皮盒。

麦肯锡族长优雅地致歉说他会马上回来继续我们极为有趣的对话，然后便留我一人仔细欣赏笼中鸟雀。

门在背后一关上，我马上走到书架旁，手指滑过皮革装帧的书册。这面书架上大概有二十多本书，另一面的架上更多。我飞快地翻找书本的首页，有些书没有出版日期，而那些标有出版日期的，时间都介于一七二〇年到一七四二年之间。科拉姆·麦肯锡显然喜爱奢华物品，但是房内其他物件并未特别显示他是个古物收藏者。这些书的装帧都是新的，没有裂损迹象，书中的纸页也没有污痕。

这回，我顾不得平时会有的顾忌，厚着脸皮翻找这张橄榄木桌，同时竖直耳朵注意归返的脚步声。

我在正中央的抽屉中找到了我想找的东西，一张写了一半的信。这封信虽是以流畅的手写字迹写成，但由于信中特殊的拼字和通篇没有标点符号，实在难以阅读。信纸是新的，很干净，而且墨水黑得很鲜明。不管字迹能否分辨，纸页最上方的日期却字字如灼火般映到我眼里：一七四三年四月二十日。

当科拉姆稍过片刻回来时，他发现他的宾客坐在窗旁，双手高贵有礼地在腿间紧扣着。我之所以坐着，是因为腿软撑不住身子；双手交扣，是为了隐藏让我难以把信塞回原处的颤抖。

科拉姆带了一些提振精神的饮料来，盘中有几杯麦酒和涂了蜂蜜的燕麦饼。我小口咬着食物，胃腹却剧烈翻搅，难以吞下任何东西。

科拉姆简单地为自己的离席致歉后，对我悲惨的遭遇表达了同情。接着他坐直身子，眼带推测地看着我，问道："但是，比彻姆女士，我弟弟的手下怎么发现你只穿着内衣到处乱走？这些土匪应当不会'骚扰'你，而更应该是把你扣留下来，索讨赎金才对。我的确曾耳闻有关兰德尔的某些事迹，但一个英国军官竟会侵犯迷途旅人倒是让我讶异。"

"噢？不管你听过他什么传闻，我敢说他这个人什么事都干得出来。"我厉声说。我在编造故事时竟忽略了交代衣着的细节，想着那个叫默塔的男人是在我们相遇的哪个时间点碰到我和兰德尔的。

"嗯，也许，也许。这人的确恶名昭彰。"科拉姆说。

"也许？难道你不相信我说的话？"我这么问，是因为这位麦肯锡氏族首领的脸上显现了一丝细微但确定的怀疑神色。

"女士，我不是不相信您。"他平和地回答，"不过，我带领麦肯锡家族二十年来，可不是没有学到不可尽信耳闻之事。"

"好，要是你不相信我的话，那你认为我天杀的到底是谁？"我质问道。

科拉姆眨了眨眼，回想我刚刚说的话。接着他线条刚毅的脸又恢复了坚定的神情。

"这，我还得观察。不过，在这同时，您仍是理士城堡的贵宾……”他扬起手，优雅地遣回我。一直待在门边的仆从走向前来，显然是要带我回房。

科拉姆没再多说一字，不过他可能也说了。当我离开时，这些字句就回荡在我身后的空气中，清清楚楚，好像他真的说出了口：“……直到我查出你究竟是何方神圣。”

第二部分　理士城堡

第六章　科拉姆的大厅

被菲茨太太唤作“小亚历克”的年轻男孩过来领我去吃晚餐。晚餐地点在一个狭长的房间内，房内各边都设了与墙等长的桌位，川流不息的仆役托着木盘和壶罐从房尾的拱门忙进忙出。初夏的夕阳从高窄的窗子透了进来，当天光淡去，沿墙脚托着火炬的烛架上也燃起了火光。

窗间的墙面挂着布幔和格纹布，各式家徽和格纹为石墙增添了斑斑色彩。相形之下，在布饰下方聚餐的这些人，衣着多是日常的灰棕色，或穿着颜色较柔和的浅棕淡绿的格纹猎裙，适合隐身在石楠地里。

当小亚历克领着我走向房间深处时，我能感到好奇的目光从背后穿透，不过，多数用餐者的目光还是礼貌地维持在餐盘上。此处似乎正在举行某种小典礼，众人开心地从餐盘上自行取食，或拿着木盘到房间另一端，那儿有两个小伙子在大壁炉前转动尖叉上的烤羊。房内有四十多人，负责接待和上菜的仆役也有十来人，屋子里满是大声交谈声，多数说着苏格兰盖尔语。

科拉姆早已安坐在前头大桌处，粗短的腿藏在刮痕累累的橡木桌下。他优雅地对我点点头，招手示意我到他左侧和一位丰满美丽的红发女子同坐。科拉姆向我介绍，那是他的妻子利蒂希娅。

“这是我儿子，哈米什。”科拉姆这么说着，一手放在一个年纪七八岁、面容俊秀的红发男孩肩上。小男孩的目光从盘子移开，看着我，快速对我点头示意。

我兴味盎然地看着这孩子，他就像所有我见过的麦肯锡家族男子，颧骨宽扁，眼窝深邃。事实上，若非发色差异，他可说是他叔叔杜格尔的缩小版，而杜格尔就坐在他旁边。杜格尔向我介绍身旁两个十来岁的女孩玛格丽特和埃莉诺，这两个女孩咯咯笑着，互相戳着彼此的身体玩儿。她们是杜格尔的女儿。

杜格尔快速而友善地对我微微一笑，随即在他女儿伸过汤匙前取走盘子，递到我面前。

“嘿，小姑娘，你真没礼貌。客人先用！”他责备道。

我略带迟疑地拿起递过来的牛角汤匙，不确定端上的食物会是什么，因此看到眼前盘里盛装的是一排我熟悉得不得了的家常菜烟熏鲱鱼时，我不禁稍稍松了口气。

我从没试过用汤匙吃鲱鱼，但也没看到任何长得像叉子的东西，心中隐约想起叉匙在这时还不普及。

从别桌用餐者的举止判断，汤匙若是派不上用场，那么他们会用更方便的匕首切肉去骨。我没有匕首可用，只能细细嚼食。我向前倾着身子想舀起鲱鱼，却发现年轻的哈米什的深蓝双眼带着责备之意盯着我。

“你还没说谢词。”哈米什严厉地说，小小的脸皱成一团。他显然认为我若非道德败坏的家伙，就是不知廉耻的异教徒。

“呃，也许你愿意慷慨地为我祷念一下餐前谢词？”我鼓起勇气说。

哈米什像矢车菊的眼睛惊讶地瞪着，不过考虑一下之后便点头答应。他动作利落地合起双手，环顾桌边，确认每个人在他低头前都态度虔诚。满意之后，哈米什开始吟咏——

有人有肉不可食，
有人可食不可得，
我们有肉亦可食，
因此吾当谢主恩，阿门。

从我虔诚交叉的手往上看去，我看到了科拉姆的目光，我对他微微一笑，以示对他儿子沉着态度的赞许。他忍住自己的笑意，严肃地对儿子点点头。

“年轻人，你说得真好。可以把面包递过来吗？”

每个人都专心认真地吃着东西，席间的交谈仅止于偶尔要求多添点食物。我发现自己食欲不佳，一部分是因为处境造成的惊吓，另一部分呢，毕竟我对鲱鱼真的毫无兴趣。不过，烤羊肉倒是十分美味，面包也可口，新鲜又香脆，还有大块的新鲜无盐奶油团在里面。

“我进来时没见到麦克塔维什先生，希望他的状况好些了。”在用餐的短暂休息间隙我说道。

“麦克塔维什？”利蒂希娅细致的眉毛在浑圆的蓝眼上抬高。我虽然没看到，但可以感到身边的杜格尔向上看了一眼。

“就是小詹米。”杜格尔简短回答，接着目光又落回手中的烤羊肉。

“詹米？为什么？这小伙子怎么了？”她面颊丰润的脸庞因为担忧而皱了起来。

“亲爱的，他没怎样，只是有点小擦伤。”科拉姆安慰地说，目光望向他弟弟：“杜格尔，那他人在哪里？”我猜想，科拉姆的黑色眼眸里也许带有怀疑的意味。

他的弟弟耸耸肩，目光依然停留在碟子上：“我派他到马厩去帮老亚历克照顾马了。我考虑过所有地方，那里看来最适合他。”杜格尔抬起头，目光迎上兄长，“你还有其他想法？”

科拉姆似乎有点怀疑：“马厩？嗯……你现在就这么信任他？”

杜格尔的手大剌剌地朝嘴上一抹，伸手拿了一块面包：“科拉姆，如果你不赞同我下的令，那你可以自行决定。”

科拉姆的嘴唇稍稍一抿，但只说“不，我想，他在那儿会干得不错”，就继续用餐了。

我心里有些疑问，马厩怎么会是身受枪伤之人的合适去处？但我不愿在这群人面前提问，暗自决定明早去找他们口中的年轻人，确认他是否受到最妥善的照顾。

我谢绝了端上来的布丁，声称太过疲倦想先告退，不过这绝非搪塞之词。当科拉姆说“那么，晚安了，比彻姆女士，明早我派人带你到‘厅堂’来”，我几乎已经精疲力竭得无法注意“厅堂”是什么。

一个仆人好心地为我执火引路，陪我一路沿着走廊摸索回房。她把手中的蜡烛架立在我房内的桌上，柔和的烛光在沉重的石墙上摇曳着，让我一度有被葬进土里的感觉。她一离开，我旋即把刺绣窗帘拉开，这种感觉才被吹入室内的冰凉空气吹散。我试着细想发生过的每件事，但我的脑子拒绝思考，只想入睡。我滑进被子，吹熄蜡烛，看着明月缓缓升起而入眠。

* * *

这天早上来唤醒我的，还是大块头的菲茨太太。她带了满满一排似乎是出身良好的苏格兰淑女所能买到的化妆用品，有用来加深眉毛和睫毛颜色的铅梳，一罐米谷粉和鸢尾草根粉，还有一根我没见过、但猜测应该是炭棒的东西，以及一只装在附盖瓷杯里的法国胭脂，杯上还有一排贴了金箔的天鹅图样。

菲茨太太还带来了绿条纹罩裙、丝质紧身上衣以及黄色的棉线袜，这和她昨天给我穿的衣服不同。不管科拉姆口中的“厅堂”是和什么有关，看起来会是个特殊场合。我本想坚持穿自己原有的衣物，不过一想到胖鲁珀特对我衣着的反应，就打消了这念头。

况且，尽管科拉姆显然有意把我留在堡内，但我还是挺喜欢他的。“那我们就等着瞧吧！”我努力在脸上涂脂抹粉时心里做如是想。杜格尔不是提到我医治的那个年轻人在马厩吗？马厩里应该有马，我可以骑马逃跑。我决定等厅堂的事情一结束，就去找詹米·麦克塔维什。

科拉姆口中的“厅堂”原来就是我昨晚吃饭的饭厅。这地方摇身一变，桌椅板凳全被推往墙边靠着，放在前头的主桌被搬走，换上一张饰有雕纹的坚固的暗色木椅，罩着麦肯锡家族的格纹布（我猜一定是），那布纹是墨绿和黑色格子交错着白色及淡红色的格线。厅堂墙上装饰着冬青树枝，石灯架上则披散着新鲜的灯芯草。

一个年轻的风笛手正在空椅后吹奏小风笛，笛声呜呜。他附近站了几个人，我猜是科拉姆的亲信：一个穿着格纹裤和罩衫的窄脸男子倚墙站立；一个穿着上好锦缎外套的矮个儿秃头男，坐在放了墨水瓶、鹅毛笔和纸张的小桌子旁，显然是抄记员之类；两个身穿格纹裙的健壮男子，一看就知道是守卫；房间另一头站着的男子，块头之大我前所未见。

我有点畏惧地看着这个巨人，他额上的粗糙黑发低得都快抵到突出的眉毛，卷起的衬衫袖子下露出的粗大前臂同样也有浓毛覆盖。他不像我见到的多数人，除了袜头上的一把小短刀，似乎没有其他武器。在华丽的格纹长筒袜上方，浓密的黑卷毛覆盖了整条大腿，让我差点儿辨识不出隐藏在腿毛之中的短刀柄。宽腰带围住的腰一定有四十英寸，但腰间却没有短刀或长剑。这个巨人虽然体形高大，脸上表情却很可亲，而且看来正在和窄脸男说笑。和他高壮的伙伴相比，窄脸男就像是木偶。

风笛突然发出前导似的爆响，开始奏响，刺耳的嘎响紧随而至，最后终于响起成调的乐音。

厅里已有三四十人，所有人的打扮看起来都比前晚的食客更为费心。众人纷纷转头朝向厅堂尾端，响起的乐音堆叠出气氛。一会儿之后，科拉姆进场了，而他的弟弟杜格尔则隔着几步之遥随行其后。

这两位麦肯锡家的男人身着墨绿格纹裙和剪裁精良的外衣，显然都为这场典礼刻意打扮了。科拉姆的外套是淡绿色，杜格尔则是赤褐色，两人胸前都横披着格纹巾，以镶了珠宝的胸针固定在一侧肩头。科拉姆的黑发披散而下，并仔细上过发油，垂卷在他肩头。杜格尔的头发依旧绑着辫子束在背后，发色和他外衣的赤棕色缎布极为相配。

科拉姆缓步走过厅堂，对两侧的众人点头微笑。我环视整座大厅，看到他座椅附近还有一座拱门。科拉姆大可以走那个门进场，而非这个远在厅堂另一端的入口。从入口到座位这长长一段路，显然是刻意要“夸耀”他歪扭的双脚和笨拙的晃摆行姿。同样刻意安排的还有科拉姆和他高大挺拔弟弟的对比。杜格尔沿路目不斜视，直直跟在科拉姆身后走向木椅，紧站在椅后。

科拉姆入座，等了一会儿，接着举起一只手，风笛声便在哀凄的呜声中渐渐变弱，“厅堂聚会”开始了。

我很快就明白这是理士城堡内的固定集会，领主会在此处对地主和佃农进行律法裁定，聆听各案件并调停争讼。这个集会是有议程的，秃头的抄记员大声念出名字，各个团体则依序站向前去。

虽然有些案子是以英语表达，但多数仍以盖尔语进行。我注意到盖尔语里用了非常多的翻眼和跺脚动作来加强语气，这让我难以从参与者的举止判断案件的严重程度。

当时我猜想一个穿着老旧、格纹裙前挂了一只由全獾制成的庞大皮毛袋的家伙，一定是在指控他的邻居谋杀、纵火又偷妻。只见科拉姆扬起眉，以盖尔语快速地说了些话，原告与被告双方随即笑出声来。原告揉着眼，最后点点头，朝他的死对头伸出手。抄写员快速记下，鹅毛笔就像老鼠脚似的飞快地刮搔着纸页。

我是议程上的第五顺位。我想，这个顺位排序是经过仔细算计的，好向群众表明我出现在理士城堡内的重要性。

为了方便我了解，我登场时是以英语对话。

抄写员喊道：“比彻姆女士，可否请你向前？”

菲茨太太肥厚的手多事地把我往前一推，我跌跌撞撞地来到科拉姆面前，而且笨拙地像我见到的其他女人一样行了屈膝礼。他们给我穿的鞋子看不出左右脚之别，都只是长椭圆形的样板皮革罢了，要优雅地移动实在很难。当科拉姆从座位起身致意时，群众间掀起一阵好奇的骚动。他向我伸出手，我顺势握住，以免跌个狗吃屎。

行过屈膝礼后，我站直身子，心中暗暗咒骂脚上的鞋子，然后我发现自己竟盯着杜格尔的胸膛瞧。杜格尔身为“捕获”我的人，我将以何种身份登场显然取决于他——我究竟是来客还是囚俘，就看他怎么看待了。我带着些许兴趣，等着这对兄弟如何解释我的出现。

杜格尔正式向科拉姆鞠躬：“阁下，我们祈求您能宽容与怜悯这位亟须援助与庇护的女士，来自牛津的英国淑女，克莱尔·比彻姆女士。她受拦路劫匪所害，仆从也遭残杀。比彻姆女士逃躲到您领地内的树林，被我和我的部下发现而救回。我们恳求理士城堡对这位女士提供庇护，直至……”他顿了一下，嘴角挖苦似的扭着，“直至她的英国亲属得悉她的行踪，并准备安全引渡回国为止。”

我没忽略杜格尔特别强调“英国”这字眼儿，而且我确信厅堂里每个人也都没漏听。所以，他们虽然包容我，但我还是被怀疑、监控。要是他说的是“法国”，我应该会被视为较友善的人，最坏也不过是个立场中立的闯入者。看来，离开这座城堡可能远比我所想的困难。

科拉姆优雅地向我弯腰致意，殷勤大方地说欢迎我来到他的“寒舍”云云。我再次屈膝行礼，这回比较成功，接着在众人一片好奇但多少较为友善的目光下退回队伍里。

目前为止，厅里的案件主要和群众的利益有关。观众窃窃私语，等着轮到自己上场。我的现身得到众人好奇的低语和审视，我想，嗯，还有肯定。

不过厅里现在掀起一阵激烈的骚动，一个强壮的男人走向空地，手上还拖着一个小姑娘。她约莫十六七岁，面容漂亮却板着一张脸，黄色长发以蓝色缎带系在脑后。她跌跌撞撞地走进空地，独自站着，而男人则站在她背后挥舞着双臂，以盖尔语对她告诫，间或指着她解释或指控。当他说话时，群众中出现阵阵私语。

菲茨太太庞大的身躯安坐在坚固的椅凳上，她朝前伸长颈子，兴味盎然地探头看。我前倾着身子在她耳边低问：“她做了什么？”

大块头女士嘴唇纹丝不动、目不转睛地答道：“她爸爸指控她行为不检，违抗他的命令和年轻男子不当往来。”菲茨太太喃喃地说着，身子往后缩回凳子，“她爸爸希望科拉姆·麦肯锡处罚她。”

“处罚？要怎么处罚？”我尽可能小声地问道。

“嘘！”

群众的注意力聚集在科拉姆身上，他正思索着如何处理这女孩和她父亲的问题。科拉姆看看父亲，又看看女儿，准备开口说话。他皱着眉，指节用力敲着木椅扶手，群众一阵颤抖。

“他打定主意了。”菲茨太太画蛇添足地对我耳语。那个巨人首度动了起来，从容解下系在腰间的腰带，科拉姆做了什么决定这下很清楚了。两个守卫抓住这吓坏的女孩的手臂，转过她的身子，让她背朝着科拉姆和她父亲。她开始哭了起来，却没任何哀求。群众带着某种亢奋的情绪，像是正围观一场公开行刑或交通意外。突然间，一阵盖尔语从人群后方传来，越过群众混乱的窃窃私语，清晰地传递到前方。

众人纷纷转头寻找说话者，菲茨太太伸长了脖子，甚至踮起脚尖。我不知道那人说了什么，不过我想我认得那声音，这说话声低沉又轻柔，而且省略字词辅音以让句子结束在上扬的音节。

人群散了开来，詹米·麦克塔维什走了出来，踏到前方。他恭敬地向科拉姆族长低头致意，接着开口说话。不管他的话中内容为何，似乎引起了争论。科拉姆、杜格尔、矮个儿抄写员和女孩的父亲看起来全都牵扯进去了。

“怎么回事？”我低声问菲茨太太。我病人的面容虽然还是有点苍白，但气色已经好多了。他不知从哪儿找到干净的衬衫换上，空荡荡的右袖折了起来，塞进他格纹裙的腰间。

菲茨太太兴味盎然地看着。

“这小子说他想代替那女孩受罚。”她瞄了一下我们前头某个旁观者，心不在焉地说着。

“什么！可是他身上有伤啊。他们一定不会让他这么做吧。”我在人群的嗡嗡声中竭力低声说着。

菲茨太太摇摇头。“姑娘，我不知道，他们现在正吵着呢。你看，如果对方是和她同族的男性的话就可以，但这小伙子可不是麦肯锡家族的人啊。”

“他不是？！”我很讶异，天真地以为把我抓来的那群人全都来自理士城堡。

“当然不是，你没瞧见他格子呢的图样吗？”菲茨太太不耐烦地说。

她手一指，我当然注意到了。虽然詹米身上穿的也是绿色和棕色的格纹布猎装，不过颜色却和现场其他男人有所不同。他的棕色更深，是几近树皮的颜色，而且带着浅蓝条纹。

杜格尔的建议显然是最后决定的关键。几位原本聚在一起讨论的参谋散了开来，人群也静下来等候结果。那两个护卫放开了女孩，女孩跑回人群，而詹米则往前一站，立于两个护卫之间，取代女孩的位置。我惊恐地看着护卫准备动手抓住詹米的手臂，但他以盖尔语对手执腰带的男子说了些话，这两个护卫竟就退了下去。令人讶异的是，詹米的脸上竟然闪现着放肆的笑意，更奇怪的是，巨人也快速报以微笑。

“他说什么？”我向我的译者探问。

“他不用腰带，选了拳头。男人可以这样选，女人可不行。”

“拳头？”我没时间多问。执刑者像个笨拙的演员一样把拳头往后一缩，接着朝詹米的腹部送去，让他弯了腰岔了气。执刑者等他直起身子才继续朝肋骨和手臂连连猛打。詹米毫无抵抗之意，只是移动一下身子以维持平衡，挺直面对攻击。

下一拳直直打在詹米脸上。当詹米的头往后一仰，我缩起身子，不自觉地闭上眼睛。执刑者在攻击间好整以暇地等着，留心不让受刑者被击倒或多次攻击同一部位。这是有系统的攻击，巧妙地打出会引起疼痛的伤，又不致造成残废。詹米一只眼睛肿得睁不开，而且呼吸沉重，除此之外似乎没什么大碍。

我忧心忡忡，就怕其中一拳会让他受伤的胳膊受二度伤害。我包扎的绷带还在原位，不过承受这样的对待恐怕也无法维持太久。到底还要多久？厅堂里除了人肉对人肉的撞击声响和间歇的微弱咕哝声，一片寂静。

“等见血时安格斯就会住手了。”菲茨太太低声道，她显然知道我要问什么，“通常也就是鼻子打断的时候。”

“这太野蛮了。”我激动地低声说着，身旁几个人转过来投以谴责的目光。

现在，执刑者显然认为行刑已达到指定的时间，他稍稍后退，发动猛烈攻击。詹米摇摇晃晃地跪了下去，两个护卫赶忙冲向前拉住詹米，让他站起来。当他抬起头时，我看到血正汩汩地从他被打破的嘴里流出。群众大大松了一口气，而执刑者向后退回，对结果甚为满意。

其中一位守卫抓住詹米的手臂，在他甩着头试图回神时撑扶着。那女孩已消失无踪，詹米抬起头，直直望着高大的执刑者。令人讶异的是，詹米又笑了，尽其所能地笑着，淌着血的嘴唇动了动。

“谢谢。”他有点困难地说，在转身离开之前还向大个子正式鞠躬。厅内众人的注意力又转回到科拉姆和下一个案子上。

我看到詹米从对墙的门离开厅堂。我比刚才执刑时更加关心他的安危，对菲茨太太简短说过几句话之后，便在厅内挤出一条路尾随他而去。

我在堡内一处小庭院找到詹米，他正弯着身子挨着井口，用衣角轻拍自己的嘴。

“来，用这个。”我从口袋里拿出手帕递给他。

“嗯。”他收下手帕，发出一声我认为是谢语的鼻音。当下天际透出了苍白氤氲的日光，我就着光线仔细检查这年轻人的伤势。下颚和颈部一带很快就会浮现瘀青，但最主要的伤处应该是唇部裂伤和眼部的严重肿胀。

“你嘴巴内部也受了伤吗？”

“嗯哼。”他弯下身子，我拉下他的下巴，轻轻翻开唇，检查口内。闪着光的脸颊内壁上有一道深深的伤口，内唇也有几处粉色的小撞痕，鲜血和唾液汩汩流出。

“水。”他抹去沿着下巴淌流而下的血沫，略带困难地说。

“好。”还好井旁恰好有水桶和牛角杯。詹米漱了漱口，吐出几次水，接着朝脸上泼水。

“你为什么这么做？”我好奇地问。

“什么为什么？”他站起身子，用衣袖抹过脸，小心翼翼地触摸裂开的唇，身体缩了一下。

“为什么要替那女孩受过。你认识她吗？”这问题我问得有点犹豫，但我真的很想知道这样的侠义之举背后有什么原委。

“我知道她是谁，不过没和她说过话。”

“那你为什么这么做？”

詹米耸耸肩，这动作又让他痛得缩了一下。

“在厅堂里被打会让那小姑娘蒙羞的，但这对我来说就比较容易。”

“比较容易？”我看着他被打破的脸怀疑地说。他用未受伤的那只手试探性地查看肋骨伤势，却抬起头扬起一边嘴角对我笑着。

“她很年轻，要是真受罚了，她在所有认识的人面前会很丢脸，而且伤势很久才能复原。我只是有点酸痛，没被打伤，过一两天就会好的。”

“可是，为何是你来承受？”我问。詹米似乎觉得这是个奇怪的问题。

“为何不是我？”他问。

为何不是？我想说，因为你不认识她、她对你而言也没有意义；因为你已经受伤了，而且不管你的动机是什么，要在大庭广众下让人对着你的脸送拳头，还需要特别的勇气才行。

“好吧，你的斜方肌被火绳枪给打出个洞也许是个好理由。”我冷冷说道。

他似乎被逗乐了，疑问地指着肩部伤处。

“斜方肌，是这个吗？我不知道这个叫斜方肌。”

“哟，年轻人，原来你在这里。看来已经有人帮你疗伤了，也许不需要我啰。”菲茨太太摇摇摆摆走来，穿过窄小的入口时还稍微挤了一下。她的托盘上放着几个罐子，一只大碗，还有干净的布巾。

“我只给他拿了点水，其他什么都还没动手。我想他伤得不重，不过我不确定我们除了帮他洗脸之外还能做什么。”

“哎呀，总会有什么得做的。”她自在地说着，“年轻人，你那个眼睛，来，我看看。”詹米热切地坐到井边，把脸转向她。菲茨太太肥短的手指轻轻地按压着紫青肿胀处，留下迅速消散的白色压痕。

“皮下还在出血，那么水蛭会有用。”她拿起碗盖，露出几只一两英寸长、蛞蝓模样的暗色小东西，躯体上还包裹着让人不舒服的液体。菲茨太太舀起两只那玩意儿，把其中一只压在詹米眉骨下的皮肉处，另一只则放在眼睛下方。

她对我解释道：“你看，瘀伤一旦成形，水蛭就没用啦。不过要是你有哪个地方像这样渐渐肿起来的话，就表示血在皮底下流动，水蛭可以把血给吸出来。”

我看着，觉得既着迷又恶心。我问詹米：“会痛吗？”他摇摇头，这一摇让水蛭讨人厌地弹了起来。

“不会。只是有点凉，就这样。”菲茨太太正在她的瓶瓶罐罐间忙着。

“太多人都误用水蛭了，水蛭有时候是很有用的，不过你得知道方法才行。如果把水蛭用在旧瘀伤上，那只会吸走新鲜的血，对瘀伤没有用。而且你也得注意不可一次用太多，水蛭会让病情严重或让已经失血的人病况加剧。”她如此指导我。

我毕恭毕敬地听着，虽然衷心希望无须派上用场，我还是把这些经验都吸收进脑子。

“好啦，年轻人，你现在用这个漱漱口。这柳树皮茶可以清洗伤口、减轻疼痛感。”她又对一旁的我解释，“我还加了点磨过的鸢尾草根。”我点点头，模糊地想起许久以前在园艺课上曾听过，柳树皮含有水杨酸，而水杨酸正是阿司匹林的有效成分。

“柳树皮难道不会增加出血概率吗？”我问。菲茨太太赞许地点点头。

“会，有时候的确会。所以你才要加一些泡过醋的金丝桃。金丝桃如果是在满月时采收，而且长得茂盛的话，就有止血功效。”詹米乖乖地用这收敛药水冲洗嘴巴，浓烈的醋汁让他的眼睛直流泪。

现在，水蛭都一副完全饱满的模样，胀到原有体积的四倍大。皱皱的暗色皮肤如今已撑展开来，而且闪着亮光，就像浑圆光滑的石子。其中一只水蛭突然掉了下来，弹到我脚边的地上。菲茨太太体形虽大，却轻松地弯下腰，动作灵巧地捞起水蛭丢回碗里。她精巧地抓住詹米下巴后方的水蛭，轻轻拉起，水蛭的头因此拉长了一下。

“姑娘，你用力拉是行不通的，因为有时候水蛭会爆开。”想象这画面，我不自觉地抖了一下，“不过，水蛭吸饱时，有时轻轻松松就会掉下来。如果还没吸饱，那就让它吸饱，吸饱后它就会自动掉下来。”这水蛭很容易就被拔了下来，在吸附处留下一道血痕。我用浸了醋液的布巾一角轻拍被水蛭咬出的小伤口，让我讶异的是，水蛭真的有效。肿胀处大致消退了，詹米的眼皮虽然还肿着，但眼睛至少已能睁开一些。菲茨太太仔细检查一遍之后，判定不需要再用第二只水蛭。

“年轻人，明天你就能睁眼了，绝对错不了。”她说，接着摇了摇头，“不过，至少你还能先用那只眼睛看。你现在需要用点生肉敷在上头，然后滴几滴加了麦酒的肉汤，这样可以增强功效。等会儿到厨房来，我给你准备准备。”她拿起托盘，停顿了一下。

“小伙子，你那真是好心的举动。你知道，莱里是我孙女，我代她谢谢你，虽然她亲自向你道谢会更好——唉，如果她还懂点礼貌的话。”她拍拍詹米的脸颊，然后拖着庞大的身躯静静走开。

我仔细检查詹米的伤势，这古代的疗法真是惊人地有效。虽然眼睛还是有点肿，不过只有微微变色，唇上的裂伤现在看起来是干净、没有血痕、只比周围组织颜色稍深的线。

“你还好吗？”

“还可以。”我看起来一定是满脸狐疑的模样，因为詹米微微笑了出来，不过他留心地不动到嘴伤，“你知道，这不过是小伤，不过看来我要再次谢谢你，这三天内你已经照顾我三次了。你一定觉得我是个笨手笨脚的家伙。”

我摸摸他下巴的青紫瘀痕。“你不是笨手笨脚，也许该说有点轻率鲁莽。”我瞥见院庭入口处有动静，随后闪现出黄色和蓝色的影子。那个名叫莱里的女孩犹豫着，怯生生地站在那儿看着我。

“我想，有人想跟你单独说说话。我留你在这里，肩膀上的绷带明天就可以解下了，到时我再来找你。”

“好，再次谢谢你。”詹米轻轻捏着我的手，以示告别。我走出庭院时好奇地看着这女孩。她的眼睛透出柔和的蓝色，肤色嫩如玫瑰花瓣，近看时更美。当她看着詹米时，整个人都亮了起来。我离开庭院时，心里想着，詹米的英勇义行是否真如我想的那么无私?

* * *

隔日，天刚破晓，我在外头鸟声啾鸣和堡内人声嘈杂中醒来。穿上衣服，走过通风的回廊来到大厅。厅堂又回到原本的食堂模样，厅里正分食着好几大锅的燕麦粥，以及抹了糖浆的烤燕麦饼。热气蒸腾的食物香气浓得让人难以抗拒，我虽然还是有点迷糊、困惑，不过一顿热腾腾的早餐足以激励我再接再厉。

菲茨太太肥硕的胳膊正陷在面团里，我告诉她我要找詹米，帮他拆掉包扎绷带并检查枪伤。她挥挥沾满厚厚一层白粉的手，招来她的小助手。

“小亚历克，你去找詹米，就是那个新的驯马师。叫他跟你一起来这儿检查肩膀。我们应该会在香草园。”她利落地弹了一下手指，这个小男孩便蹦蹦跳跳地找我的病人去了。

菲茨太太把揉面团的工作交给女仆后，把手洗净，转向我：“他们还要过一段时间才回来。你似乎也懂点植物，想看看香草园吗?如果有兴趣，空闲时也可以到园里来帮帮忙。”

香草园坐落在堡内庭院，是个兼具增添趣味与疗愈之效的珍贵药草宝库。庭院大得能让阳光照入，但也足以阻绝春风吹拂，而且有自己的泉水。园子西侧是一整排迷迭香，南侧是洋甘菊，北侧是整排的野苋，东侧则倚着城墙，这面墙壁对阻挡季节强风更有额外之效。我正确无误地指认出那丛绿色的报春花，以及从深色沃土中蹿出的软叶法国酸模。菲茨太太指了指园子里的毛地黄、马齿苋、水苏，还有一些我不认识的植物。

春末时分是栽植的好时机，挂在菲茨太太手臂上的篮子里装了满满的蒜球根，今夏的收成就靠这些了。身材丰满的她把篮子递了过来，还附上一根栽种用的挖洞棍子，显然我在这城堡里已经闲散太久了。在科拉姆发现我的用处之前，菲茨太太一直能找到工作给我这个闲人做。

“喏，亲爱的，你沿着南侧这边，把大蒜种在百里香和毛地黄之间。”她向我示范如何把蒜头的鳞茎分成数团，而不破坏坚硬的表皮，以及如何栽种。这真是够简单的，只要把蒜瓣钝的那头插进土里，埋在土表下一英寸半的深度就行了。菲茨太太站起身子，拍拍身上宽松的裙子。

她指点我：“留下几颗。你把蒜头分开，每次种一瓣就好，这边还有那边，围着整个园子种一圈。大蒜可以帮其他植物驱虫，洋葱和洋蓍草也有相同的功效。然后，摘掉枯落的金盏花头，不过，留着别丢，这很有用的。”

园子里布满大量的金盏花，绽放着金黄色花朵。就在此时，菲茨太太派去找詹米的那个小家伙上气不接下气地跑回来，回报说詹米不肯放下工作到这儿来。

这男孩喘着气说：“他说，因为他的伤没那么严重，不用非得看医生。不过，还是谢谢你的关心。”菲茨太太听到这个不太令人放心的消息，耸了耸肩。

“好吧，如果他说不来，就真的不会来。不过，姑娘啊，如果你想去的话，正午时分可以去马厩旁的小牧地看看。我知道这些年轻人，他们或许不会停下来看病，但一定会停下来吃饭的。”菲茨太太像艘大帆船似的走开，留下我种完剩余的大蒜，小亚历克继续跟在她身后。

整个早上我心满意足地工作着，种种大蒜、摘掉枯萎的花蒂、挖除杂草，和蜗牛、蛞蝓等小虫进行永无休止的对战。不过，这场仗在这里可要赤手空拳地进行，我没有化学农药可用。我实在太投入了，甚至没注意小亚历克又跑了过来。他为了吸引我注意，礼貌性地咳了几声，我才发现他。小亚历克话不多，静静等我起身拂去身上的尘土，随后领着我走出庭院入口。

他带我去的小牧地在一片绿草如茵的草地上，距离马厩有一段距离。邻近的草地上有三匹小马欢快地奔跳着，一匹外观干净的母马则被拴在牧地的围篱上，马背上还盖着一条薄毯子。

詹米小心翼翼地沿着马儿身边悄悄走着，马儿眼神极为怀疑地看着他走近。他轻轻将手搁在马背上，轻声软语，并随时准备在马儿反抗时抽手。母马的眼珠子骨碌地转着，鼻孔喷气，却没有移动。詹米慢慢跨过毯子，口中仍对母马喃喃说着话，然后缓缓把身子重量落在马背上。母马稍稍抬起后腿，踢了几下。詹米的语调稍稍拉高，但依然坚持着。

就在此时，马儿转过头来，看到我和小亚历克走近。它感到了威胁，抬起前脚撑起身子，发出嘶鸣，晃着马身想面向我们，这一动也把詹米挤到篱笆边。马儿鼻子喷气，马背突然拱起，又跳又踢着绊住它的拴绳，詹米滚落篱笆下方，避开乱踢的马蹄。他疼痛地站起身子，口中以盖尔语咒骂着，转头看他的驯马工作为何失败。

虽然我想我们是不速之客，但当詹米一看到是我们，原本暴跳如雷的神情霎时转变为欢迎的欣喜之情。菲茨太太细心准备的满篮午餐，对于安抚詹米的情绪有莫大功效，她的确很懂年轻男人的心。

“啊，静下来，你这该死的小禽兽。”他朝还在喷着气、对拴绳乱踢乱跳的马儿说着。詹米和善地拍拍掌，遣走小亚历克，拾起从马背上落下的毯子，抖掉尘土，恭恭敬敬地展开让我坐下。

我有意不提他方才落马的事，为他倒上麦酒，递上几块面包和乳酪。

詹米径自专心地吃着，让我想起自从两天前他从大厅离开后就没再见过他。

我问他跑到哪里去了，他回答："大睡去了。离开城堡之后，我就直接去睡了，直到昨天天亮才醒。昨天在厅堂的集会之后，我干了点活儿，然后晚餐前就在草堆上坐着休息。"

他笑着说："今早醒来时我还坐在这儿，还有马咬我耳朵。"

我想这休息对他有帮助，昨天被打出的瘀青色已变暗，不过伤处周围的皮肤是健康的好颜色，而且他显然胃口大好。

我看着他吃光最后一口食物，用湿指尖仔细沾起掉落在衣服上的碎屑，送进嘴里。

"你的胃口真好。我想，万一没东西吃的话，你连草都能吞下肚。"我笑着说。

"我吃过草。草不难吃，不过填不了肚子。"他满脸正经地说。

我吓了一跳，心想他必定是在捉弄我。"何时吃的？"我问。

"前年冬天。那时候我过得很苦，你知道，躲在树林里，和一群……一群在边界偷袭的家伙。大伙儿有一个多礼拜运气很背，一点食物都没剩。我们偶尔从村上的佃农那儿要点粥水果腹，不过这些人也是穷得没多少东西能分给我们。他们总能找到点什么东西分给陌生人，不过，即便苏格兰高地的人们愿意亲切款待，一次来二十几个陌生人也有点太多了。"

詹米突然笑了出来。"你听过……嗯，好吧，你应该没听过。我要说的是，你可听过佃农的感恩谢词。"

"没听过。他们是怎么说的？"

他甩开眼前的头发，朗诵出这段诗句：

快点快点，围上桌，
能吃多少算多少，

能吃多吃，别放袋，
快点快点，阿门。

“别放袋？”我打岔。

“放进你的肚子，而不是袋子里。”他拍拍腰带上的皮袋子解释道。

他伸手摘下一片长柄草叶，把叶子从叶鞘里滑顺地抽了出来。他将草叶放在掌心缓缓揉着，让松垂的草籽从茎上落下。

“那是冬末，而且很幸运，天气还算温和，不然我们就撑不下去了。我们通常会设陷阱猎几只野兔来生吃，如果我们敢冒险升火的话，有时会烤熟了吃，有时也会有鹿肉可吃。不过，我说的这次可不是什么好玩的事。”

詹米整齐的白牙咬碎草茎，我自己也拔了一根草，捻掉顶端。这草吃起来甜甜的，带点微酸，不过只有一英寸多的草茎软得可吃，而且几乎没有养分可言。

詹米把吃了一半的草茎扔到一旁，又拔了另一根，继续说他的故事。

“那时候，几天前刚下过一场小雪，树下薄薄积了一层，到处都是烂泥。我想找点蘑菇，你知道，就是长在树下那个大大的橙色东西。有时候我在雪地跋涉，闯入长在树间空地的草地，这地方偶尔会照到阳光。通常呢，鹿会找到这种地方，把雪拨开，把草连根吃掉。我找到的那地方还没被鹿发现，我心想，如果它们可以这样过冬，我为何不可？要不是我得穿着鞋走路，我已经饿到想把靴子煮来吃了。于是我就像鹿一样，连叶带根地把草给吞下肚。”

“你那时有多久没吃东西了？”我既着迷又震惊地问。

“整整三天。有一个星期只有麦粉糊，就是一小撮燕麦和着牛奶，唉。”他看着手中的草茎回想着，“冬天的草很硬，而且酸味可不像这样，不过我不太在意。”他突然对着我笑。

“我也没注意到鹿有四个胃，而我只有一个。吃草让我肚子可疼了，而且我连放了好几天的屁。之后有个年纪较大的人告诉我，如果你要吃草的话，得先把草煮过，但我当时并不知道这个道理。不过没关系，我也已经饿得等不及了。”他爬起来，弯下腰拉我起身。

“我得回去干活了，姑娘，谢谢你的午餐啊。”他把篮子递给我，而后朝马厩走去。阳光照在他的头发上，好像投映在金币上，闪着光亮。

我慢慢走回城堡，脑子里想着在冰冷烂泥中吃草过活的人。走回城堡后，我才想起自己竟把他的肩伤给忘了。

第七章　戴维·比顿的药柜

令人讶异的是，我走回城堡时，科拉姆身着格纹裙的贴身护卫已经在大门旁等着我了。他说，我若能在科拉姆的私人密室等候，科拉姆会十分感激。

科拉姆私人密室内的长框窗敞开着，一阵风吹过屋子，穿扫过鸟笼里的树丫，风吹树摇加上喃喃鸟语，让人有仿佛置身户外的错觉。

当我进门时，科拉姆正伏在案上写字，他一见到我便停笔，起身致意。简单寒暄问候之后，科拉姆领我走向抵着墙边的鸟笼。我们细细欣赏小巧的笼中鸟在被风撩拨的枝叶间蹦跳活动，鸣声啾啾。

他伸出手指，穿过笼网，语气平淡地说："杜格尔和菲茨太太都说，你有替人看病疗伤的本领。"一只小巧的灰色白颊鸟显然很习惯科拉姆的伸指动作，飞冲下来，利落地停在他手指上，它的小爪子抓着指头，翅膀微张保持平衡。科拉姆长茧的指头轻柔地戳抚着鸟头。我看到他指甲周围肥厚的指皮，心里纳闷着，他不太可能做过什么苦力啊。

"处理那点皮肉伤也不太需要什么技术啦。"我耸耸肩膀说。

他微微笑着："也许不太需要什么技术，不过，要在一片漆黑的路边处理这种事，可就需要点技巧了，对吧？况且菲茨太太也说，你医好了她折断指头的小帮手，今天早上还治好了被烫伤的女仆。"

“这也不难。”我说，心里寻思着他的意图何在。他朝随侍招招手，随侍很快就从写字台的抽屉里取来一只小钵。科拉姆掀开钵盖，将钵中的种子从鸟笼缝眼儿间撒进笼子。笼中小鸟就像许多颗小板球，弹跳地飞落在地，而科拉姆指上的白颊鸟也飞下去加入地上伙伴的行列。

“你跟比顿家族没关系吧？”

我记得菲茨太太在我们初见面时也曾这么问过——“所以，你是个术士啰？是个‘比顿’。”

“没有。这个比顿家族的人跟治病有什么关系吗？”

科拉姆讶异地看着我：“你没听过比顿家族？比顿家出身的医护者在全苏格兰高地可说是名声响亮，他们有很多都是行医江湖的人。事实上，我们这儿就有过一个，他待过一段时间。”

“有过一个，那他怎么了？”

“他死了。”科拉姆淡淡地说，“得了热病，一个星期内就走了。此后我们除了菲茨太太，就没人会给人治病了。”

“菲茨太太似乎挺能干的。”我想起她处理詹米伤势时的利落。一想到这就让我又想起詹米伤势的成因，心里不禁冒出一股对科拉姆的怒气。不过，冒出我心头的不仅是怒气，还有戒心。我想起对于领地内的众人而言，科拉姆就是法律、陪审团及审判官，而且他显然也习惯于事事皆依自己的意愿而行。

科拉姆点点头，依然专注在鸟儿身上。他撒完剩下的种子，偏心地把最后一把独留给一只晚来的灰蓝色刺嘴莺。

“噢，是啊，她对这些事还挺在行的。不过菲茨太太要忙的事情可多了，这城堡里里外外、上上下下的大小事她都得注意，还要照顾堡内所有人，包括我在内。”他突然带着迷人笑意说着。

科拉姆趁我报以微笑的空当，接着说：“我在想，你现在手边也没有什么大事，也许会想看看戴维·比顿留下的东西。你可能知道他那些药剂的用途。”

“这个……我想是吧。那就看看吧，有何不可？”事实上，我已经厌倦在园圃、储藏间、厨房里打转的日子，好奇地想瞧瞧这已故的比顿先生的随身药品有哪些。

“大人，我或者安格斯都可以带这位小姐去看。”随侍恭敬地建议。

“约翰，你就别没事找事了。我亲自带比彻姆女士过去。”科拉姆对这男人礼貌地挥挥手，示意他离开。

科拉姆步履艰难地步下楼梯，而且显然痛苦不已。尽管痛得如此明显，他仍旧不求协助，我也就不便出手相助了。

比顿先生的诊所在城堡的偏僻角落，藏在厨房后方。这个空间什么都不像，活脱脱就像是前任主人在此安息长眠的坟场。这个狭窄阴暗的房间位于城堡外墙，只有一扇窄小的窗子安置在高处，让日光划开空气照进屋内，分开高拱天花板和地面之间的幽暗和阴沉。

我的视线越过科拉姆，望向房内阴暗的最深处，辨识出一座附有十多个小抽屉的高柜，柜上每个抽屉都有以花体字写成的标签。各式大小、形状的壶罐瓶瓮整整齐齐地排放在台柜上方的架子上。从台面留下的残渍和研钵中覆盖的坚硬沉淀物来看，比顿先生显然习惯在这里调配药物。

科拉姆走在前头，踏进房内，脚步扬起的亮闪微尘旋升在光束内，就像破墓而入时扬起的尘土。他在原地伫立了好一会儿，让眼睛习惯黑暗，接着缓缓地左顾右盼往前走去。我想，这也许是他第一次进入这房间。

看到科拉姆穿行这窄小房间时颠跛的脚步，我说：“按摩会有点帮助，我是说对你那疼痛感。”我看到他灰色的眼珠里闪过一道光，有那么一瞬我还真希望自己没开口，不过这道光几乎随即闪逝而过，他立即恢复平时惯有的谦恭神色。

“得用力点按才行，特别是脊椎下方。”

“我知道。安格斯·莫尔在夜里会帮我按。”他顿了一下，指着一个瓶子，“那么，看来你果真懂得一些医术。”

“懂一点。”我战战兢兢地回答，希望他不会特意拿这些分过类的药剂用途测试我。瓶子上的标签写着“PURLES OVIS”，谁猜得出这到底是什么玩意儿。幸运的是，他把瓶子放回原位，伸指小心划过壁柜上的积尘。

“距离上回有人在这儿走动也有好一段时日了。我请菲茨太太派几个手下到这里打扫打扫，你看如何？”

我打开柜门，成团的灰尘扬起，害得我咳了起来。“的确需要派几个人来。”我赞同他的提议。柜子底层架上有一本以蓝色皮革装帧的厚书，我拿起这本书，发现书后还有另一本小书，而这本小书仅以廉价的简单黑布装帧，边缘都已严重磨损。

这本小书原来是比顿的日记本，他工整地记下每个病人的姓名、病症细节，以及开配的药方。“真是个井然有序的人！”我心里赞许地想着。本子开头一篇这么写着：一七四一年二月二日，莎拉·格雷厄姆·麦肯锡，拇指因触碰到转动的纺车车轴外的凸出物而受伤。敷上煮过的薄荷油，以及如下成分制成的膏药：蓍草、金丝桃、磨过的石雷特、鼠耳，混入细黏土基底。石雷特？鼠耳？错不了，这一定是架上的药草。

“莎拉·麦肯锡的拇指复原得好吗？”我合上书问道。

“莎拉？我想并不好。”他若有所思地说着。

“真的吗？发生了什么事？也许我稍后可以帮她看看。”

科拉姆摇摇头，我想我瞥见了他丰盈弧唇上闪过的那抹促狭笑意。

“为何不行？或者，她已经离开理士城堡了？”

“可以这么说。”他的笑意现在更明显了，“她死了。”

我瞪着眼，看他穿过积满尘灰的石地板，朝门口走去。

科拉姆转过身子，在门边停下脚步，落在他身上的阳光让他好像站在聚光灯下。他面带嘲讽地看着我说：“比彻姆女士，希望你担任医病者的表现会比过世的戴维·比顿好。”

“不过，你要做得比他差劲也很难。”科拉姆话一说完，便消失在黑暗中。

＊＊＊

我在窄小的房里来来回回，检视房中的所有东西。大多数东西都是废物，不过可能还是有些有用的可以抢救下来。我拉开药柜上的一只小抽屉，一股樟脑味冲了出来——好吧，这还挺有用的。我把抽屉推回原位，沾了灰的手指头在裙子上抹了几下。也许我该等菲茨太太那群可爱的小女仆打扫之后再继续。

我朝走廊上瞄了一眼，空无一人，也没有任何声响，不过我可不会天真到认为周围完全没人。不管这些人是奉命行事还是向来机警，他们都躲得很好，难以被人察觉，但我知道自己的一举一动都被他们看在眼里。当我去药草园时，有人会跟着过去；爬楼梯回我房间时，会看到有目光从底下若无其事地扫上来，看我在何处转弯；骑马进堡时，也很难不注意到在屋檐下避雨的武装侍卫。他们绝不会允许我轻轻松松走出这门，遑论提供任何能让我离开的交通工具。

我叹了口气，不过至少此时我可以独处片刻，而独处正是我所亟须的，哪怕一小会儿也好。

我试着一次又一次细想踏出矗立的巨石阵后发生的每件事。不过事情发生得太快，快到我在清醒时毫无时间独处细想。

然而，现在显然有个独处的机会。我把布满尘埃的柜子从墙边拉开，背靠着石壁坐下来，这些石头十分坚固。我身子向后一仰，手掌搁在石头上，心里想着巨石圈，试着回想发生之事的每个细节。

尖叫的岩石可说是我真正记得的最后一件事，即便对此我也心有存疑。那尖叫声一直持续，没有间断。我想，这声音来自石头本身，就来自我踏进的……唉，不管那是什么，就是我踏进去的那个东西。

难道这些石头是某种入口？那么这入口又通往哪里？当然，没有任何答案能解释那究竟是何物。我猜，或许是个时间的裂缝吧。因为当时我显然身处未来的当下，如今我人则在过去的现在，而那些石头是两者唯一的联结。

还有那些声音。那些声音铺天盖地，但是当我近距离回头看时，听起来又像是战场的厮杀声。我派驻服务的战地医院被轰炸过三次，即便医护人员知道临时搭建的建筑薄墙没办法提供多少保护，我们还是会在第一声警报响起时冲进去，挤在一起互相打气。当迫击炮在头上呼啸而过，炸弹在隔壁炸开时，勇气是我们最需要的东西。当时的那种恐惧最接近我在石阵里的感觉。

现在，我果真唤起了穿越石阵过程中的某些记忆，那是一些极其微小的细节。我记得身体出现的挣扎感，就像被某种浪潮之类的东西抓住。对，不管那是什么，我还曾刻意想反抗，而且我想起这浪潮里还曾出现影像。确切地说，那不是真正的画面，更像是残缺不全的思绪，当我……当我……嗯……处于穿越的过程中，有些景象非常骇人，我努力反抗。我真的抵抗了什么吗？我意识到自己抵抗着某种东西的表面，难道是因为时空在打转的大旋涡里开了一处像是避难所的地方，才让我出现在这儿？

我摇摇头，再怎么想也找不出答案。我只知道自己非回巨石阵不可，其他事情完全混沌一片。

“女士。”门口传来的轻柔苏格兰口音让我抬起头来，原来是两个十六七岁的女孩，羞怯地在门廊上踟蹰着。她们衣着粗劣，脚上套着木屐，头发上则罩着材质不佳的头巾。方才开口的那位女孩带了刷子和几叠布，她的同伴则提着正冒着蒸气的水桶。她们是菲茨太太手下的小女仆，过来打扫这诊间。

“没打扰到您吧？”其中一人焦虑地问。

“没有没有，反正我也正准备离开了。”

另一人接着说：“您错过午餐了。不过菲茨太太要我们告诉您，她在厨房帮您留了点吃的，您随时都可以过去。”

我望向走廊尽头的窗子，日光事实上已稍过天顶，而我也意识到逐渐涌上的饥饿感。我对她们微微一笑。

“我会去的。谢谢你们。”

* * *

我又带了午餐到田里去，就怕詹米晚餐前没东西可吃。我坐在草地上看着他吃饭，开口问他为何要在边境偷牛偷羊、掠劫牲畜，过着那么辛苦的日子。我现在对那些来来往往的邻村人和堡内居民的见识已经够多，看得出詹米的出身及受教育程度比多数人都高。从他言辞中曾略提到家里的农庄地产判断，他可能出身于还算富裕的人家。为什么要离家呢?

“我是个非法之徒啊。”他好像很惊讶我竟然不知道，“英国人开价十镑要取我的项上人头。这赏金不及拦路劫匪，不过比扒手多一点。”詹米对这价码似乎不甚满意。

“就只因为妨碍公务吗？”我难以置信地问。十镑在这里是一座小农庄的半年收入，我无法想象对英国政府而言，一个逃犯会值这么多钱。

“噢，不是，是因为谋杀。”这句话让吃了满嘴面包和腌菜的我呛岔了气。詹米好心地一直帮我拍着背，直到我能开口说话。

我呛得眼睛都泛泪了，问道：“你杀了谁？”

他耸耸肩：“这个嘛，就有点怪了。虽然我这一路上杀过几个英国兵，但我实际上并没杀他们所说的那个人，所以我觉得这罪冠在我身上并不公平。”

他停顿了一下，动动肩膀，好像磨蹭着一堵看不见的墙。我在理士城堡第一天早上帮他疗伤而发现他背上疤痕时，也注意到他出现这样的动作。

“事情发生在威廉要塞。我第二次被鞭笞后，有一两天无法动弹，之后还因伤口感染而发烧。等我能站起来时，几个……朋友用了我不便详述的手法，把我从威廉要塞带了出去。无论如何，我们离开时有点骚动，有个英国士官被枪打到，他恰好是第一个抽我鞭子的人。不过我并没有开枪打他，我个人并不讨厌他，而且那时我身子也虚弱得只能挂在马上。”詹米宽阔的嘴紧抿着，“那个人若是兰德尔，我真希望动手杀他的人是我。”他松开肩膀，动了动，原本绷在他背上的粗亚麻上衣也散了开来。

“不过，事情就是这样。这就是我不能独自远离理士城堡的原因之一。虽然说此处如此深入苏格兰高地，碰上英国巡逻兵的机会很小，不过他们倒是常常越界。还有那些监察队，虽然他们不会靠近城堡。科拉姆不需要这些英国兵丁的协助，他有自己的人马可用。”詹米微微笑着，伸手刷过他剪得短短的淡色头发，直到发根像豪猪背刺那样立起来才停手。

“我不是个特别引人注目的人，但我不确定城堡内会不会有人告密。不过，外头若是有人知道我是通缉犯，我想到处都有人乐意把我的行踪透露给英国兵，赚个几块钱。”他又对着我笑着说，“你应该猜到了通缉令上的大名并非麦克塔维什吧？”

“科拉姆知道吗？”

“知道我是犯人吗？噢，他知道。苏格兰高地这地区的人好像都知道，威廉要塞的事情在当时可算轰动一时，消息很快就传到这里了。但他们不知道的是，詹米·麦克塔维什正是英军要缉拿的人。当然，前提是知道我真名的人并未见着我。”他的头发还是愚蠢地直竖着，我突然有个冲动想帮他顺顺头发，不过还是止住了。

“你为什么把头发剪这么短？”我突然开口问，脸随即泛红，“抱歉，其实这不关我的事，我只是好奇，因为我在这里看到的男人大多是一头长发……”

他把矗直的发根弄平，看起来有点难为情。

“我以前也是长发，现在留短发是因为那些修士把我脑后的头发给剃了，要好几个月才会长出来。”他弯下腰，让我查看他的后脑。

“是看这里，这后面吗？”当我把他浓密的头发拨到一边，可以明显感到，甚至看到一条长达六英寸、不久前才愈合的伤疤。伤疤仍带粉红色，而且还微微隆起。我沿着疤痕轻轻按压，这伤处处理得利落干净，不管缝合伤口的人是谁，缝工的确很细密。这样的伤口当初一定曾裂开，流过不少血。

我以专业护士的身份问他：“会头痛吗？”他坐起身子，抚顺覆盖在伤处的头发，点了点头。

“偶尔会，不过不像先前那么痛了。这件事发生后，我有一个多月看不见东西，脑袋痛到令我发狂。视力恢复之后，头痛才开始消失。”詹米像是在测试视力似的眨了几下眼睛，“如果很累的话，视力有时会稍微变弱，看到的东西边缘会模糊。”

“这没让你送命还真是奇迹。你的头骨一定很硬。”

“照我姐姐的说法，我的确是有副硬骨头。”我们都笑了起来。

“事情怎么发生的？”

詹米眉头一皱，脸上闪过不确定的神情。“这个嘛，问题就在这儿了。我什么都记不得。”他缓缓回答，“那时我跟几个来自拉根湖的家伙在凯里亚里克隘口附近。最后知道的是，我爬着坡穿过一处小树丛，我记得我伸手摸着冬青树丛，心想这上头的血珠怎么就像野莓一样。接下来，只记得自己醒来时，人在法国的博普雷圣安妮修道院里，头抽痛得像打鼓，还有一个我看不见的人让我喝点凉凉的东西。”

他好像头还在痛着似的在后脑揉了几下。

“我想，有时候我还依稀记得一些事：头上前后晃动的油灯、嘴唇尝到的某种甜油、对我说话的人……可是我不知道这些是真是假。我知道修士给我吃过鸦片，而且我几乎一直在做梦。”他的手指在合起的眼皮上压了压。

“有个梦境不断反复出现，我的头里有三条长了节瘤的粗茎，这东西不断抽长、肿胀，从我眼窝冒出，钻进喉咙让我窒息。这东西一直这样长着、长着，开始纠结交缠，越长越大，最后大到冲爆我的脑壳。我清清楚楚听到骨头迸开的声音。那是一种含水的爆裂声，就像你在水下开枪的声音。”他表情痛苦地说道。

“啊！”

突然一道黑影从我们顶上越过而后落下，一只坚实的靴子飞射过来，击中詹米的肋骨。

“你这个游手好闲的小混账。马儿都发癫了，你还在这里鬼混。喂，小伙子，那匹小母马何时驯好啊？”来者不疾不徐地说。

“等我填饱肚子吧。对了，你也吃点吧，这儿还有很多。”詹米边说边拿起一片乳酪，递向一只因关节炎而满布结瘤的手。这人往草地上一坐，永远蜷曲着、好像正抓取什么的手指缓缓合上，抓住乳酪片。

詹米以出乎意料的谦恭姿态向我介绍来客，他是亚历克·麦克马洪·麦肯锡，理士城堡里的驯马师。

这位身穿皮质马裤和粗布衫的驯马大师蹲伏着，身上带着满满的权威感，足以震慑最顽劣的马。“眼如叱咤风云的战神。”我脑海里随即迸出《哈姆雷特》里的这句话。亚历克只有一只眼，另一只眼罩在黑布底下。他的眉毛就像为了遮蔽眼部残缺，从中间点浓密地窜生而出，棕色毛根处冒出的长长灰毛就像昆虫触角，威胁似的舞摆着。

詹米称呼他老亚历克，无疑是为了和当我向导的小亚历克有所区别。老亚历克在简单点个头后，就把我晾到一旁了，他的注意力都集中在食物和三匹在草地上摆着尾巴的小马身上。他们讨论起几匹显然不在现场的名驹的血统系谱、这几年来整个马厩的生养记录，以及马的膝踝、双肩中间的隆起处、马肩等无数我无法理解的马匹构造，还有解剖学上的东西。我对这冗长的讨论没有兴趣，因为我唯一会注意的马的部位是马鼻、尾巴和耳朵，其他细微之别我完全不懂。

我的手肘抵着身子朝后躺下，沉浸在暖暖的春阳里。今天这个日子有种奇异的平静感，是一种事物正依着正轨行进的感受，没有什么事会引起烦躁与骚乱。也许这是我们总能在远离喧嚣的户外寻得的平静感受。触摸生长的植物带来的平静欢娱，还有协助植物繁殖生长的满足感——这宁静感也许得自园艺工作之后的成果。又或许，这感觉来自我终于找到事情可做，不必再像个羊皮纸上的污渍，在堡内格格不入、四处乱晃。

尽管这关于马的对话我插不上嘴，我一点儿也不觉得格格不入。老亚历克把我当成风景的一角，詹米也只是偶尔朝我这边看几眼。随着他们的对话开始变成语韵滑溜的盖尔语，这是苏格兰人投入谈话的明显征兆，詹米也渐渐把我忘了。虽然我猜不透这谈话内容，但蜜蜂在石楠花间的嗡嗡鸣声倒是有抚缓情绪的效果。科拉姆的猜疑、我的困境，还有其他恼人的事，奇异的满足感和睡意让我把这些思绪全推到一旁。“不要为明天忧虑，因为明天自有明天的忧虑。”我睡意甚浓地在记忆最深处想到这句《圣经》经文。

之后唤醒我的也许是云朵飘过时带来的寒意，或者是他们交谈时语气的转变。他们交谈的语言又转回英语，而且口气严肃正经，不再是马痴间的漫谈闲聊。

“小伙子，再有一个星期就是大集会了，你决定到时怎么做了吗？”

詹米长长叹了口气：“还没，我还没决定。我的想法有时这样，有时那样，变来变去的。但跟你一起工作，还有这些牲畜，在这里绝对会很好。”詹米的声音里藏着笑意，不过这笑意随即消失，“而且，科拉姆也答应我要……唉，这你不会知道。可是要我亲吻戒指、宣示放弃生来的一切，改姓麦肯锡？不行，我没办法做这决定。”

“你啊，跟你父亲一样固执。”老亚历克虽然语气里带着一点赞同感，却还是这么骂着。

“虽然你跟你母亲这边一样发色淡、个儿高，不过，有时候你跟他还真有点像。”

“你认识他？”詹米的语气听起来甚感兴趣。

“噢，算有点认识，不过更多是听来的。我在你父母成婚之前就待在理士这儿了。你要是听到杜格尔和科拉姆谈起这个黑布莱恩啊，你会觉得他简直就是个恶魔——如果没有比这更坏的词的话。而你母亲呢，就像是被他给带坏的圣母马利亚。”

“那我就像我老爸啰，对吗？”詹米笑着说。

“小伙子，你们就是一个样啦。唉，所以我非常理解你无法忍受变成科拉姆的手下。不过，你还得考虑其他方面的事情吧？要是在会上提到为了斯图亚特家族而战，杜格尔自有办法。小子，不管科拉姆怎么做，你在这场斗争里得站到对的一边，这会让你夺回你的土地以及其他东西。”

詹米咕噜了一声，这“苏格兰怪声”是从喉咙低处发出、难以辨识的声响，听起来几乎能解读成各种意思。詹米特别的回声像是意味着心中存有某些疑虑，也像是意味着同意刚才那满意的结果。

詹米说：“要是杜格尔无计可施，或者，这场战争是冲着斯图亚特家族打的，那怎么办？”

亚历克的喉头也咕噜了一声，说：“那么，小子，你就待在我身边当个驯马师吧。我再活也活不了多久，而且，我也没见过有谁比你对驯马更在行的。”

詹米谦虚地咕噜了一声，表示他对亚历克赞许之言的谢意。

长者又继续说：“麦肯锡家族对你也很好，这和抛弃你的血统根源无关，而且，你也许还有一个考量点……”他的声音出现一丝揶揄之意，“比如，莱里小姐？”

詹米又咕噜了一声，这回是窘困和否定。

“我说啊，你这家伙，年轻男人可不会为了自己毫不在意的姑娘而让人打上几拳。不过你也知道她爹不会让她嫁给外姓人家。”

“亚历克，那是因为她年纪很轻，而且我也为她难过。仅此而已。”詹米辩驳道。这回发出“苏格兰怪声”的是亚历克，他的喉音里满是认定詹米这番话的可笑和不可信。

“臭小子，你把这话去跟那马厩仓门的木头说去，没脑子的人才会相信你说的话。好吧，如果没有莱里，别的选择也不会好到哪里去。如果你愿意接下驯马师这位子，未来就有点前途，手边也会有点钱，还可以期望结个更好的姻缘。到时候你还可以自己挑个老婆，而不是让姑娘来挑你。”亚历克哼着鼻子说，语气是那种很少开口笑的人在快活时发出的半岔气声，“小子，人家可没把绕着蜂蜜罐打转的苍蝇放在眼里。你现在是个没钱的无名小卒，可是背后还有一堆姑娘望着你叹气，这我可亲眼见过！就连那个英格兰小妞也离不开你，况且她还是个新寡妇咧！”

为了避免听到接下来的（铁定是）一连串难听话，我决定“正式”醒来。我坐起身子，伸伸懒腰、打哈欠，动作夸张地揉揉眼睛，好让目光避开他们。

“嗯……我好像睡着了。”我对他们装可爱地眨眨眼。詹米的耳根子很红，夸张地专心整理起野餐的细碎杂物。老亚历克睁大眼睛看着我，显然第一次真正注意到我。

“姑娘，你对马有兴趣吗？”老亚历克大声问我。在这种情况下，我很难说没兴趣，只得说马真是世界上最有意思的东西。听我这么一说，老亚历克便巨细靡遗地把小牧场上正闲晃着尾巴赶苍蝇、懒洋洋地休息的那匹小母马的大小事全告诉我。

“姑娘，欢迎你随时到我这儿走走看看，只要你别近得让马儿分心就好。你也知道，它们可是有活儿要干的。”这句话显然是叫我别来的意思，不过，我站起身子，想起我到这儿来的本意。

“好的，下回我保证会注意点。不过在回城堡前，我想检查一下詹米的肩伤，顺便也把包扎解开。”

老亚历克缓缓地点头，不过让我讶异的是，詹米竟然拒绝我的帮忙，转头朝小牧场走去。

老亚历克的目光望向别处："姑娘，你得等一会儿了。今天要做的活儿挺多的，也许晚点吧，吃过晚餐之后，怎样？"这就奇怪了，詹米看起来不像是急着要去工作的样子。要是他不愿意我帮忙，我也不能逼他接受。好吧，我耸耸肩，答应晚餐之后再跟他碰面，接着便爬上山头回城堡去了。

在回程途中，我心里想着詹米头上的疤痕形状。这疤痕不是英国腰刀造成的直线，伤口是弯曲的，像是被带有明显弯度的刀锋给砍的。难道是钩斧？不过，据我所知，这可以置人于死地的大斧在过去，不，在现在，只有同族的人才会佩带。

离开时我才想到，对詹米这样不知谁是敌人的年轻逃犯而言，他对我这陌生人透露这些事未免太不寻常。

* * *

把餐篮搁回厨房之后，我回到比顿的诊疗室。这地方在菲茨太太勤快的小帮手来过之后，如今已一尘不染，恢复了早先的样貌，甚至柜上十几个玻璃瓶罐也闪烁着窗外照进的微光。

橱柜里已有整排药草和药剂，这看起来是开始动手的好地方。我昨晚在瞌睡虫冒出来之前，花了点时间浏览从诊间带走的那本蓝皮书。这是一本《医师诊疗指南手册》，里面罗列了针对各类疾病、症状的治疗处方，而这些处方的成分显然就在我面前一字排开。

这本书分成好几部分："百金花、催吐剂及舐剂""药片、药碇""分类膏药及其用处""药汁及解毒剂"，还有一篇特别长、以不吉利的"泻剂"字眼儿标示的章节。

读过几则配方之后，戴维·比顿医不好病人的原因就显而易见了。本子里的某一词条是这么写的：

治头痛：取一球悉心干燥处理后的马粪，细磨成粉，搅进热的麦酒后全部喝下。

治幼儿痉挛：取五只水蛭置于耳后。

隔了几页出现这个：

针对黄疸病例，以白屈菜、姜黄，以及二百个石雷特的汁液熬煮成的药汁甚为有效。

合上本子，我非常讶异本子里详载的众多病人吃了调配给他们的药之后不但没事，而且病症确实好了。

我面前有一只棕色大瓮，里面有一些模样可疑的丸子。看过比顿的处方之后，我想我知道那是什么东西。我转过瓮身，清楚地看到标签上的手写字——“马粪”。想到这东西放了这么久可能也没多少功效了，我小心地把瓮搁到一旁，连开都没开。

我随后发现，先前看到的“PURLES OVIS”不过是跟马粪类似的成分的拉丁名，就是羊屎。“鼠耳”被证实就是来自动物，而非药草。我微微发抖地把这装了小小的粉红色脱水耳朵的罐子放到一旁。

我在想，司雷特、石磊特、史擂特——这些名称可能指的都是“石雷特”，看来是许多药方里的重要成分，所以当我看到一个用软木塞封住的透亮玻璃瓶上贴着一张标出这个名字的标签时，高兴得不得了。呈灰色的小药丸把罐子装了个半满，小丸子的直径最多只有四分之一英寸，而且外观浑圆得近乎完美，让我对比顿的制药技术惊叹不已。我把罐子拿到眼前，讶异竟然那么轻。接着，我看到每颗“药丸”上都有精细的条纹和微小的腿肢朝中央的褶线弯折进去。我急忙放下罐子，手在围裙上抹了好几下，并在脑子里编整的条目上记了一笔。这“石雷特”，其实就是木虱。

比顿多多少少还有其他较无害的东西，几个罐子里放了可能的确有用的干草药或提取物之类的东西。我找到一些菲茨太太用来治疗詹米伤口的鸢尾草根粉和香醋，此外还有白芷、苦艾、迷迭香和标示为“臭阿拉格”的东西。我小心翼翼地打开这罐东西，发现“臭阿拉格”不过是一些枞木枝的柔软尖头，还带着一股从开封瓶子里飘散出来、类似巴萨米克醋的愉悦香气。我把瓶子搁在桌上，让它开着，好在我继续工作时为这阴暗的小房间熏香一下。

我扔掉了几罐蜗牛干、蚯蚓油——没错，看起来就是蚯蚓的油。百足酒——瓶子里的蜈蚣断成好几节，浸在酒里；埃及木乃伊粉——无法辨识的粉末，可能是河底的粉质淤泥，而非来自法老的陵寝。鸽血、蚁蛋、好几只仔细包裹在苔藓内的蟾蜍，以及磨成粉的人骨。我很纳闷，这会是谁的骨头？

我费了大半个下午的时间，才把橱柜和有许多抽屉的柜子检查完。完工之际，诊间门外已经积了一堆等着清理掉的瓶罐盒箱。我还把一些也许会派上用场的东西摆回柜子里，不过留下的比丢掉的少。

还有一大篮的蜘蛛网让我犹豫了好一阵子，根据比顿本子里的记录和我对民间疗法的微弱印象，蜘蛛网对伤口愈合颇有效用。虽然我心里认为这实在太不卫生，但是在路边帮詹米用亚麻布处理伤口的经验却显示，手边若有兼具黏性及吸收力的材料，对处理包扎是有好处的。最后，我还是把蜘蛛网摆回柜子里。再想想用什么方法消毒一下吧，我想，不能用煮的，也许用蒸气可以把蛛网弄干净又无损其黏性？

我在围裙上擦了擦手，除了靠墙的那排柜子，现在几乎所有东西都摸透了。我打开柜门，一股臭气喷薄而出，我马上闪避开。

壁柜里储存了比顿的另一项行医记录：手术工具。柜子里有一些模样阴森的锯刀、凿具，以及看起来更像是用来盖房子而非用在精细人体组织上的工具。那股喷薄而出的臭气显然表明，比顿觉得手术和手术之间没有必要清理这些器具。看到一些刀锋上还带着暗色痕渍，我厌恶地皱着眉，用力将柜门甩上。

我把这柜子朝门口拖去，打算告诉菲茨太太，等这批用具煮沸消毒之后，就分给木匠们吧——如果城堡里有这号人物的话。

背后传来的嘈杂声让我一惊，我及时避开，差点儿撞上急忙闯进来的人。一回头就看到两个年轻人，其中一人单脚跳入，另一人则扶着他。破布胡乱包扎在他跛掉的脚上，布上还有斑斑鲜血。

我的目光扫过四周，接着指指柜子，因为屋子里没别的东西可坐。

“快坐下！”看来，理士城堡的新任大夫现在要开始执业了。

第八章　夜里的演出

我躺在床上，彻底累坏了。翻找比顿留下的记录资料其实还算挺享受的，而且尽管手边可用资源不多，能帮几个病人看看病还是让我觉得自己有点用处，心里踏实了一些。

感受手指下的肌骨、脉搏，检查病人的舌头和眼珠，这些熟悉的例行工作对平抚从踏出石阵以来一直缠绕我心头的惊恐颇有助益。不管身处的状况多诡异、自己和这地方又如何格格不入，当我明白他们都是真实存在的人时，心中多少感到安慰。他们的身体温热、多毛，我能感受到他们的心跳，听得到肺部的呼吸。有些人身上带着难闻的体味，身子饱受折磨，又脏又臭，不过这些对我而言都不是什么新鲜事了。这些状况绝对不会比战地医院更糟糕，而且病人患的都只是不会让人担心的小伤小病。

我很满意自己能重操旧业，替人疗伤解痛，接回脱臼和修补伤口。很感谢科拉姆建议我接下这一职务，不管当初是什么鬼命运把我带到这地方，担负起照顾他人的工作让我觉得自己不再那么严重地受不甘的念头的折腾了。

科拉姆·麦肯锡，这奇特的男人。他颇富修养，心胸宽宏又细心体贴，外显的矜持带着刚毅顽强的内在。这刚毅的特性在他弟弟杜格尔身上更是明显，杜格尔是天生的战士，不过看他们兄弟俩站在一起，却能看出谁更强大。科拉姆虽然双腿扭曲残疾，但他是宗族领袖，也是理士城堡内所有一切的主宰者。

洛特雷克症候群——我先前虽然没见过实际病例，倒是听过一些描述。这个病症以其最为人所知的受害者法国画家图卢兹-洛特雷克命名。不过我提醒自己，洛特雷克这时候还不存在哦！这是骨骼与结缔组织的一种退化病症，病患的外观在十多岁初发病前通常看起来并无异状，但病发时，支撑身体的腿骨会在体重的压挤下碎裂坍塌。

我心不在焉地扯顺打结的头发，回想课本上的描述：体内循环不良引起的苍白肤色和过早出现的皱纹，是该病症的征兆，手指和脚趾的干燥状况及明显的硬茧也是该病的迹象，这我先前在科拉姆身上已经注意到了。由于患者的腿骨会扭曲、弓弯，脊椎便会相对承受更大的压力而发生扭曲，引起剧烈疼痛。患者体内白血球数量低，易增加病菌感染概率，过早引发关节炎。再者，患者因体内循环不良，加上结缔组织退化，必会产生不孕和性无能的问题。

霎时，我的念头停了下来，想起哈米什。“我儿子。”科拉姆曾骄傲地向我介绍。嗯……那么，或许科拉姆并没有性无能的状况，或者也许他有，但利蒂希娅很幸运，因为麦肯锡家族的男人许多都长得非常相像。

我沉陷在如此有趣的想法里，一阵突然响起的敲门声打断了我的思绪。一个模样随处可见的小男孩站在门外，捎来科拉姆的邀请口信。小男孩说，厅堂里将有歌唱表演，若是我愿意赏光莅临，麦肯锡家族的领主将会十分荣幸。

方才的臆测让我好奇地想再见见科拉姆，于是我快速地朝玻璃镜瞄了一眼，虽然用处不大，还是顺了顺头发。我关上房门，跟着我的小小护花使者穿过起风的寒凉廊道。

厅堂在夜里看来有点不同。沿墙架立的松木火炬燃烧得噼啪作响，偶尔迸出蓝色的松脂火光，带着些许快活的气氛。原本附着数根铁叉和大锅的火炉，热度在热闹的晚餐时间过后已渐渐降低，炉床上现在只有一团炉火，靠着两根缓缓燃烧的大圆木撑着，铁叉都已收入洞穴般的烟囱内了。

厅堂里的桌椅板凳还在原处，不过已稍稍后移，炉边腾出了一些空间。炉边一带显然是表演的中心点，因为科拉姆那张雕花大椅已摆到另一侧。科拉姆正坐在椅子上，腿上盖着暖毯，伸手可及的小桌子上放着玻璃酒瓶和几只高脚大杯。

科拉姆看到我在拱门下踟蹰着，友善地对我招招手，示意我坐到他身旁的凳子上。

他以愉悦而随性的口吻说："克莱尔女士，很高兴你愿意赏光。虽然格伦的歌声已有我们这群人欣赏，但他若知道有新朋友来听歌，一定会很开心。"

身为麦肯锡家族首领的科拉姆面色憔悴，宽阔的肩膀有点垂垮，过早出现的皱纹深深凿刻在脸上。

我口中喃喃自语地说着些无关紧要的事，然后环顾整个大厅。众人开始涌入，有时又向外走去，大家三五成群地交谈着，纷纷坐上靠墙放置的长凳。

"抱歉，你说什么？"声音越来越嘈杂，让我漏听了科拉姆说的话，一转头便看到他把酒瓶递了过来。这是个淡绿色水晶制成的漂亮钟形酒瓶，透过瓶身玻璃看去，瓶内的液体颜色是深海的绿，但一倒出来却是美妙的淡玫瑰红，而且带着美味的醇酒香气。这酒的滋味十足美妙，在心有不甘地让每一滴佳酿甘露滑入喉咙之前，我沉醉地闭上眼，先让酒香搔弄我的口颚。

"这酒不错，对吧？"低沉的声音里带着愉悦的音调。我睁开眼睛，看到科拉姆赞许地对我微笑。

我张口想回话，却发现这滋味里滑顺细致的韵味是骗人的，这酒烈得让声带轻微麻痹。

"太……太美妙了。"我努力地说出口。

科拉姆点着头："的确，从德国莱茵河地区来的。你对这酒不熟？"当科拉姆拿着酒瓶朝我杯子送过来时，我摇摇头。他用发亮的玫瑰红的酒装满我的杯子，又握住自己的杯脚转动着，好让火光照耀出杯中酒液泼溅的朱红。

“不过，你倒是懂得好酒。”他倾着杯子，享受杯中佳酿的浓郁果香，“但我想，这也很自然，因为你有法国血统——或者，应该说是一半的法国血统。”他微笑着迅速更正，“你的家族来自法国何地？”

我迟疑了一会儿，想起在这种情况下说话要尽可能贴近事实。“我的家族和法国的关系是很久以前的事了，而且也不是很直接的联系。我那些可能在法国的远亲都来自北部，在贡比涅附近。”对于脱口而出的话，我自己都有点讶异，因为我未来的亲戚真的就住在贡比涅附近。要贴近事实，的确。

“啊，不过你自己从没去过？”

我倾着杯子，一如先前地摇摇头。我闭上眼，深深呼吸，好吸进美酒的醇香之气，接着依然闭着眼答道：“没有。我也从没见过那儿的亲戚……”我一睁眼便发现科拉姆紧盯着我，“……我之前就说过了。”

“你的确说过。”他不慌不忙、平心静气地点点头。科拉姆·麦肯锡的双眼是漂亮的柔和灰色，覆有一片浓密的黑睫毛。他是个迷人的男子——至少腰部以上是。我的目光越过科拉姆，望向炉火旁的一群人，我看到他的妻子利蒂希娅和几位女士正热烈地聚在一块儿和杜格尔说话。杜格尔·麦肯锡也是个迷人的男子，而且五体健全。

我拉回注意力，发现科拉姆正心不在焉地看着墙上挂着的画。

“而且正如我先前所言，我希望可以尽快上路去法国。”我突然开口，把他从暂时的失神状态中拉回。

科拉姆一手拿起酒杯，质问似的挑起眉来，口气轻快地回答：“你的确说过。”我稳稳握住酒杯，示意只需要一点酒即可。我起身想朝拱道走去，但科拉姆却把这雅致的酒杯装得近乎全满。

科拉姆的目光紧盯着逐渐涨升的酒液：“比彻姆女士，正如我先前所言，我想你应该很愿意在本地多停留一些时日，直到我们为你的交通问题做好最适当的安排。毕竟，你也不那么急吧。现在不过是春天，而在秋季风暴前的数月穿越海峡可是十分危险的事。”他的双眼和杯子同时扬起，锐利的目光紧盯住我。

“不过，要是你愿意告诉我法国亲戚的名字，也许我可差人先捎个口信过去，让他们准备准备，如何？”

科拉姆在吓唬我，我没得选择，只能先喃喃说“好的，也许等会儿就给你”之类的虚应之词，然后急忙在歌唱表演开始前推说内急，得离开一下。这是科拉姆设下的游戏和圈套，我还不是他的对手。

我的托词也非全然虚构，我在堡内几个漆黑的厅里花了点时间胡乱走寻，才找到我要去的地方。完事后，我摸索着找到回去的路，手里还握着酒杯。我看到一条通向厅堂的明亮拱道，走进时才知道我走到了较矮的入口，正站在离科拉姆较远的对面厅尾。这情况对我正好，我默默走进长厅，沿着墙走向其中一张板凳，然后煞费苦心地融入人群。

我朝大厅前端望去，看到一个身形修长的男人。从他手上的小竖琴研判，他必定是吟游诗人格伦。科拉姆一招手，仆侍急忙给吟唱者取来凳子。格伦坐上凳子，开始为竖琴调音。他耳朵贴近竖琴，轻拨琴弦。科拉姆从瓶中又倒了一杯酒，手再一挥，差遣仆人把酒杯朝诗人那儿送去。

“他召来他的笛子，叫来他的酒杯，科尔老国王唤来他的三个提琴手……”我无礼地低声唱着这首老儿歌，引来莱里的斜眼。莱里坐在挂毯下方，挂毯的织纹图样是一个猎人带着六条拉长身子的斜眼狗，到处乱窜地追捕一只孤零零的野兔。

“你不觉得这狗有点过分吗？”我挥指着挂毯，在她身旁的凳子上蓦地坐下。

“噢！呃……是呀。”她小心翼翼地回答，身子还稍稍往旁边移开。我试着把莱里拉进我友善的对话里，不过多数时刻她只是简单地用“嗯、啊、噢”回应，而且只要我一跟她说话，她就会脸红心惊，所以没多久我就放弃了。我的注意力重新回到厅堂前头的景象。

格伦已经将竖琴调至满意，他从外套中拿出三把长短各异的木笛，搁在小桌上，方便等会儿取用。

我突然发现，莱里没和我一样享受对吟唱诗人和乐器的兴趣。她微微挺直身子，目光越过我的肩头，望向低矮的拱门，同时身子也缩躲在挂毯的阴影下，免得被人发觉。

顺着她的目光，我发现詹米·麦克塔维什红发的高大身影正朝厅里走来。

“啊，英勇的大英雄！你喜欢他呀？”我问身旁的女孩儿。

她发疯似的猛摇头，但脸颊上鲜明的红晕已道尽一切。

“这样啊，我们来看看可以做点什么，如何？”我真是心胸宽大又慷慨。我站了起来，兴高采烈地猛挥手，好吸引詹米注意。

这年轻人看到我招手，便笑着穿过人群走来。我不知道他俩之前在院庭里发生过什么事，不过我看詹米和这女孩打招呼的方式虽然亲切，但依然正经，他对我弯腰致意的方式反而更轻松随性。经过我们这段时日被迫生成的亲密感，詹米已经很难再把我当成陌生人了。

厅堂前头传来测试的琴音，表演即将开始。我们赶忙入座，詹米就在我和莱里之间坐下。

骨架细瘦、发色灰褐的格伦是个其貌不扬的男人，不过一旦开口唱起歌来，你就会忘却他的长相。众人听得如痴如醉，格伦成了唯一的焦点。他以一首简单的曲子开场。这是一首盖尔语歌谣，曲中强烈的词韵和旋律甚为契合，歌声伴着他轻触竖琴的弦音，拨捻琴弦引出的震动中似乎都带着曲中字词的尾音余韵，从一段旋律滑渡到下一段去。他的声音简单得令人迷惑，起初你以为这声音只不过是听来舒服却缺了点力道，但随后你会发现他的声音竟直直穿透全身，每个音节都清澈晶亮，犹如水晶。不论能否听懂歌词，这声音都会在脑中隆隆回响。

这首歌得到众人热烈诚挚的掌声，歌者随即再献唱一首。我想，这首唱的是威尔士语，这声音听在我耳里就像旋律悠扬的漱口声，但我周围的人似乎都能跟上，他们无疑听过这首曲子。

在歌者重新调音的短暂休息间隙，我低声向詹米打探格伦在理士城堡是不是已经有一段时日了，随即我回想起，说：“噢，可是你不会知道吧？我都忘了你自己到这里也没多久。”

“我以前来过理士。十六七岁时在这里待了一年，格伦那时就在这儿了。你应该看得出科拉姆很喜欢他的音乐，他给格伦的待遇很丰厚。这个威尔士人只要愿意在哪个地方待下，所有领主都会欢迎的。”

“我还记得你以前在这里的时候……”开口的是莱里，虽然她的脸依旧微微晕红，但她决定加入谈话。詹米微笑着转过头，让她也加入对话。

“你记得啊？那时候你才七八岁。我觉得自己那时很不起眼，更别提会有人记得。”詹米礼貌地转回头对我说：“听得懂威尔士语吗？”

“嗯。不过，我还是记得。”莱里接续说道，“那时候，你……我是说……你不记得我吗？”她的手紧张地扭着裙子咬起指甲来，我全看到了。

詹米的注意力似乎被厅堂那头正以盖尔语争论着的一群人吸引过去。

“啊？”他含糊地说，焦点突然又回到莱里身上。他微微笑着：“不，我想我不记得。十六岁的小毛头心里只顾自己，哪会去注意根本没看在眼里、脸上挂着鼻涕的小孩。”

我猜他这番话本意是要自嘲，而非嘲笑对方，但话一出口，效果却刚好相反。我心想，暂停一下，让莱里恢复平静也许比较好，于是我赶忙插嘴：“哎呀，威尔士语我一个字都听不懂，詹米，你知道他在说什么吗？”

“噢，知道。”詹米开始将格伦吟诵的字句转译为英语。这是一首古老的叙事曲，显然是一个年轻男子爱上了年轻女子（不然呢？）的故事。贫穷的他爱上了她，却自觉配不上她，于是离开家乡，到海上寻找发财机会。年轻男子遭遇船难，碰上威胁性命的海蛇、迷惑他的人鱼，历经数度冒险之后，终于寻得财宝重回故里，却发现年轻女子嫁给了他最好的朋友，如今已成人妻。这个朋友更穷，但显然更聪明。

我半作弄地问："那你会怎么做？你会当个无财不婚的男人，还是不管有钱没钱，娶了再说？"这个问题似乎让莱里同样感兴趣，她抬起头来想听听詹米的答案，同时又假装非常注意格伦开始吹起的笛音。

"我？"詹米似乎被这问题逗乐了，摇着头笑道，"这个嘛，既然我一开始就是个穷光蛋，而且看来没什么机会发财，我想，要是我这么穷还有姑娘愿意下嫁，还真是幸运。而且，我对海蛇肉可没什么胃口。"

他还打算继续说，但被莱里止住了。莱里羞怯地将手搁上詹米的臂膀，脸部泛起潮红，然后又急速把手缩回，好像詹米的手臂是烧红的铁。

"嘘，我的意思是，他要开始唱了。你们不想听吗？"

"噢，要啊。"詹米期待地稍往前坐，接着发现自己挡住了我的视线。他要我坐到他的另一边，莱里则移到板凳下。我看得出她对这安排颇为不悦，于是坚持自己待在原位，不过詹米一定要我换位置。

"不行，你坐过去会看得、听得比较清楚，而且要是他说起盖尔语，我还能一边小声说给你听。"

虽然众人在他弹奏时窃窃私语，不过在每段演奏间都会给予热烈的掌声，并且随着清亮甜美的琴音低声哼唱。突然间，厅内一片寂静，众人正屏气凝神地期待着。格伦说话的声音清澈得一如歌声，每个字都毫不费力地直达厅堂的高耸天顶。

"两百年前，那时……"他以英语说着。我突然感到一阵似曾相识，这正是我们在尼斯湖的导游说起大峡谷传说时的语气啊。

不过，格伦所说的故事无关鬼怪或英雄，而是精灵。

"……有一支精灵族住在巨龙岩附近，这座岩山以在此伏居的巨龙命名。菲昂杀了巨龙，并在巨龙倒地之处埋下龙骸，这座岩丘便以此为名。菲昂和他的武士们离世之后，来此定居的精灵族想找人类的母亲哺喂精灵的孩子，因为人类拥有精灵没有的特质，而精灵族认为，这些特质可以透过喂食人乳，传给自己的孩子。

“而巨龙岩当地的尤恩·麦克唐纳在他妻子产下长子的夜里，正好在一片漆黑中外出照顾牲口。一阵夜风和他错身而过，他在风吹的声息里竟听见妻子的哀叹。她的叹息声一如产子前的叹息，尤恩听到她在风里，便转过身以圣父、圣子与圣灵的名，将刀子抛进风中，他的妻子随即安然落在他脚边的地上。”

众人异口同声的“啊”就落在故事结尾的句点上。格伦紧接着又讲了关于精灵族的聪明才智和工于心计的故事，以及他们和人类世界互动的大小事。这些故事有些以盖尔语诉说，有些则以英语道出，选用何种语言显然是看哪种语言最适合故事中字词的声韵，因为每个故事的声韵都是如此优美，甚至超越内容本身。詹米果真信守诺言，在我耳边将盖尔语小声译为英语。他翻译起来毫不费力，速度极快，我想这些故事他先前必已听过多次。

我在这些故事中特别注意到一则男子夜里出外到精灵山的故事。他听到山上的岩石传来女人“如泣如诉”的歌声，于是再靠近一点细听，结果听到了这些话语：

> 我是巴尔奈领主的妻子，
> 精灵族又把我劫来这里。

男子听到后随即赶到巴尔奈家里，发现屋主不在，而他的妻子和孩子也消失了，便急忙找来牧师，带着牧师赶到精灵山。牧师对着山上的岩石祝祷，洒上圣水。突然间，夜幕变得更加浓黑，一阵如雷巨响传来，接着月亮在云后出现，月光映照出草地上一个精疲力竭的女子身影。她是巴尔奈的妻子，怀里还抱着孩子。这女子疲惫不堪，好像历经了长途旅程，却又说不出曾到过哪里，更不知道自己如何来到此地。

厅内其他人也有故事要说，格伦便坐在凳子上啜着酒休息。大伙儿在炉火旁一个接一个地说着故事，厅内气氛变得恍惚迷离。

有些故事我几乎没有听入耳中。我已经恍惚了，不过不是因为故事内容，而是因为我自己。天旋地转的思绪在酒、音乐和精灵故事的催化下，层层交叠。

“两百年前，那时……”我脑海里响起韦克菲尔德牧师的声音。

在苏格兰高地的传说故事里，时间总是以两百年前开始，就跟你听过的“很久很久以前”一样。

还有被困在精灵山岩石块里的女人，她们经历一段时间的长途旅行，精疲力竭地抵达，却不知道自己身在何方、如何来到这里。

我觉得手上寒毛冷得直竖，不安地抚了几下。两百年——从一九四五年到一七四三年，对，接近两百年了。还有女人穿越石阵……我突然想到，一定都是女人吗?

我脑子里突然冒出别的念头：她们能回去，用圣水、咒语或刀子，她们能回去。所以，也许，也许我真的回得去。我一定得回到纳敦巨岩石阵那儿。我感到一股让我稍微晕眩的兴奋感蹿升而起，我伸手去取酒杯，想喝点酒，好让自己平静。

“小心！”我的手指摸找着，碰到了我漫不经心地搁在一旁板凳上的水晶杯，而杯中酒液近乎全满。詹米长长的手臂伸了过来，越过我的大腿，在千钧一发之际保住酒杯，避免了一场惨剧。他拿起杯子，优雅地以两根偌大的手指夹住杯颈，轻轻在鼻下前后晃着。他把杯子递给我，眉毛高高挑起。

“莱茵河来的。”我解释道。

“哈，这我知道。”他还是一脸促狭表情，“科拉姆的酒，对吧？”

“哎呀，没错。要不要尝点？很好喝。”我递过杯子，手还有点颤抖。詹米犹豫了一下，接过酒杯喝了一小口。

“啊，这酒好喝。”他递回酒杯，“不过酒劲也是双倍强劲。科拉姆因为腿疼的关系，晚上都会喝。”他紧紧看着我问：“你喝了多少？”

“两杯，噢，不，三杯。”我有点逞威风地说。

“不会吧。”他的眉毛依旧高高挑着，“多数人和科拉姆共饮两杯之后就会在桌底下躺平了，而你竟然没醉，真是让我印象深刻。”他又把杯子从我手上拿开。

詹米语气坚定地说：“而且，我觉得你最好别再喝了，不然你连楼梯都爬不上去。”他杯子一倾，从容喝下杯中的余酒，接着把空酒杯递给莱里，看都没看她一眼。

“小姑娘，你把杯子拿回去好吗？时候也不早了，我想送比彻姆女士回她房间。”他漫不经心地说着，接着便把手放在我肘下，扶我朝拱道走去，留下这女孩在背后瞪着我们离去，还好她的表情还不至于想杀人，让我松了一口气。

詹米随我上楼，而且出乎意料地跟着我走进房间，但这惊喜在他关上门随即脱下上衣之后就消失了。原来我忘记两天前就打算帮他解掉绷带这档事了。

“我想把这东西拿掉，它磨来磨去折腾了我好几天。”他揉了揉系在臂下的人造丝和亚麻布条。

“你竟然没有自己解开，真让我意外。”我伸手解开系结。

“因为我怕啊，你第一次包扎之后曾把我痛骂一顿。我想要是我敢动手碰这玩意儿，可能会被打屁股哦。”他笑着对着我说，一点都不会不好意思。

我装着一脸严厉答道：“要是你不乖乖坐下，马上就会挨打。”我的双手搁在他没受伤的那侧肩膀，摇摇晃晃地将他拉到房里的椅凳上。

我解下护具，仔细检查肩关节。关节伤处虽然还有点肿胀，伤口也还在，不过，谢天谢地，我没看到肌肉撕裂的迹象。

我对詹米那天在马厩的行为十分不解，现在更加困惑：“如果你那么急着想甩掉这东西，为什么昨天下午不让我把它拿掉？”我看到詹米身上被亚麻布绷带的粗糙边缘磨出的发红部位，都快破皮了。我小心翼翼取下绷带，所幸绷带底下一切安好，状况甚佳。

詹米转过头，斜着眼看我，接着有点羞怯地低下头：“我……我只是不想在亚历克面前脱掉衣服。”

“害羞吗？”我讽刺道。我让他抬起手试试关节的伸展状况，这动作让他稍微退缩了一下，不过听到这句话，他却笑了。

“才不是。要是害羞，就不会半裸着坐在你房里了。是因为我背上的疤痕。”詹米看到我扬起眉，便接着解释，“亚历克知道我是谁，我是说，他听过我挨过鞭子的事，但他没见过鞭痕。这种事情听人说过和亲眼见到是截然不同的两回事。”詹米动了动，测试一下肩膀酸痛处，然后把目光转开。他对着地板皱着眉，说：“这……也许你不会明白。如果你知道某人受过伤害，这只是你对他所知的一部分，不会让你对此人的看法造成多少差别。亚历克知道我受过鞭刑，就像他知道我的头发是红的，不影响他如何对待我。”詹米抬起头，目光在我脸上寻找一丝能体会、理解他的迹象。

“但是，要是你亲眼目睹，那就像……”他犹豫着，想找到合适的字眼儿，“这就会有点……针对性。我要说的也许就是这个意思。我在想……要是亚历克看见我的疤痕，他之后再见到我，詹米·麦克塔维什这个人时，恐怕没办法不去想我背上的疤痕。我会知道他脑子里正想着我的疤，他这样又会让我回想起我的伤，而且……”詹米突然停下，耸耸肩膀，“这解释很糟，对吧？不管怎样，我在这件事上太懦弱了，不愿面对事实，毕竟我自己看不到背上的伤疤，也许那没我想的那么糟。”

我见过受伤的人拄着拐杖走在街上，而错身而过的人都会将目光避开，我想詹米这么解释也不是没有原因。

“你不介意我看到你的背？”

“我不介意。”他语气里透露出微微讶异，停下来想了一会儿后答道，“我觉得……你似乎有种能力，能让我明白你为我的遭遇难过，但又不会让我觉得你在可怜我。”

我绕到詹米身后，细看他的背上伤疤时，他沉住气坐着动也不动。我不知道他自认背上的状况有多可怕，但的确够糟糕了。即便在昏暗的烛光下，而且先前又已经见过，他背上的鞭痕依然让我触目惊心。先前我只见过肩膀一侧的伤疤，但詹米的鞭痕从肩膀落到腰间，覆满了整个背。虽然许多疤痕都已褪色成白色细线，但最严重处却形成厚厚一道银白色的楔形伤疤，划开整片平滑的肌肉。我难过地想到，这背部曾经一定很漂亮。詹米的皮肤细致、健康，骨肉线条坚实优美。他的双肩宽平方正，背脊两侧隆升而起的浑圆肌柱将脊骨画出一条滑顺笔直的沟槽。

詹米说得对。看到这些骇人的伤疤，我脑中会无法自抑地浮现疤痕形成的画面。这双满是肌肉的手臂如何被抬起、摊展开，被人绑住，绳索是如何勒进手腕里，发色红棕的头痛苦地被人用力压抵着柱子。我试着不去想象这些画面，但詹米背上的疤痕迅速逼迫我联想到它们。当鞭子抽下去时，他可曾大叫出声？我赶紧抛开这样的想法。我听过从战后德国流传出来的故事，当然景象比詹米的经历残忍得多。不过，他说得对，听到和看到完全是两回事。

我不自觉地伸出手，仿佛轻轻一触就能治愈他的伤痛，抚平他的鞭痕。我一处接一处抚画着背上伤疤，好像把他无法看见的深深伤痕呈展给他，此时詹米长长叹了一口气，身子却没移动。最后，我静默地将手轻轻放在他的肩上，心里找寻着该说的话。

他将手放在我的手上，像是感知我无法以字词传达的心情，轻轻握了一下。

“还有遭遇更惨的其他人。”他静静说，接着他把手松开，奇异的情境就这么结束了。

詹米转过头，试着想看肩上伤处：“感觉好像复原得不错，现在不那么痛了。”

“复原得很好。”我仿佛喉里哽了什么似的清清喉咙。

“伤口正在复原，上边都结痂了，而且也没有流脓。接下来两三天要注意保持清洁，而且除非必要，别动用手臂。”我拍了拍他没受伤的肩膀，示意他起身。他自行便可穿上上衣，将衣尾塞进格纹裙里。

当詹米在门边停下，想说点什么告别话时，气氛一度有点窘。最后他邀我隔天到马厩去看一匹新生小马，我答应会去，两人随即异口同声地互道晚安。在我关上房门前，我们对着彼此蠢蠢一笑，点点头。关上门后我随即躺上床，在酒后蒙眬中睡着了。翌晨醒来，我已记不起夜里的骚动梦境。

＊＊＊

隔天，花了整个早上处理完新来的病患后，我到储物间找寻可用的药草，以补给药柜所需，并且慎重地在戴维·比顿留下的黑本子上记下医病细节。我离开窄小的房间，到外头做做运动，呼吸点新鲜空气。

此时周围不见人影，我把握这机会，走到城堡上边的楼层探险，去看看空无一物的房间和蜿蜒的楼梯，把城堡的空间记在脑子里。我可以说这真是最没章法的楼层规划，几年下来，堡内这里多盖一点，那里添建一些，现在已经很难看出楼层的原始样貌。例如，这个厅里挨着楼梯在墙上盖出一间凹室，但凹室显然毫无用处，不过是为了填补一个小到无法成房的空间硬盖出来的。

凹室外挂着亚麻布条串成的帘子，半掩视线。要不是我注意到室里突然闪过一道白光，还真会毫不停步地径直走过。我在门口处停下脚步，朝小房间里望去，想看看那光影究竟是什么。原来那是詹米上衣袖子绕过一个女孩的背，把她拉近接吻。她坐在他的大腿上，淡黄秀发捉捕到从窄窗透进的阳光，闪耀的光芒就像钻游溪面的鳟鱼在晨光中辉映的光芒。

我顿住了，不知如何是好。我无意窥探，但又怕踏上廊石的脚步声会引起他们的注意。就在我犹豫之际，詹米从互拥中松开身子，抬起头看。他的目光迎上我的双眼，面容从警戒的神色随即转为认出来者的神情。詹米眉一抬，略带挖苦地耸着肩，让女孩安坐在他膝上，弯身继续忙着。我也回耸肩膀，踮着脚尖离开。这可不关我的事，不过，我心头稍有怀疑，科拉姆和这女孩的父亲应该都会认为让这两人“交往”非常不恰当吧。要是他们选择幽会地点时不多加注意，下次詹米被打可是要算在他自己头上了。

当晚，我看到他和亚历克一起吃饭，我在长桌上挑了他们正对面的位子坐下。詹米开心地跟我打招呼，不过眼中略带警戒。亚历克对我只是一如往常地“嗯”了一声，正如他曾在马厩那儿解释给我听的，女人因为天性不懂鉴赏骏马之美，所以男人难以和其交谈。

“马调教得如何啊？”我刻意打断对桌忙着嚼食的詹米问道。

“还不错。”他谨慎地回答。

我的目光越过一碟水煮芜菁看着他，恶作剧地问：“詹米，你的嘴唇看起来有点肿，是被马给撞了吗？”

“是啊，我一不注意，马头一甩，就……”他眯着眼，语气平静地答道。不过，我感到桌底下有只大脚踩住我的脚背，虽然只是轻轻放在我脚上，不过这威胁意味倒是直白无讳。

“那些小母马竟然这么危险，真是太糟糕了。”我无辜地说。

“母马？喂，小伙子，你现在调教的不是母马吧？”当亚历克说出这句话时，我脚背上的脚踩得更用力了。我用另一只脚当作杠杆，想撑开詹米的脚，不过没成功，于是狠狠地朝他脚踝一踢。他猛地缩了一下。

“你是怎么啦？”亚历克大声问。

“咬到舌头了。”詹米的目光越过捂着嘴巴的手瞪着我。

“你这笨手笨脚的臭小子，我就知道你笨成这副德行，连马都洗不干净、照顾不好……”亚历克花了好几分钟细数他的帮手笨手笨脚、愚蠢、痴呆，以及大大小小的蠢样。而詹米呢，这位也许是我这辈子见过手脚最灵活的人，虽然涨红着脸，却还是低头无感似的默默吃饭。我的目光在接下来这顿饭的时间里，都认真地看着餐盘。

詹米拒绝再来一份炖菜，突然起身离座，让亚历克连珠炮似的攻讦戛然而止。老驯马师和我无言地吃着饭。几分钟后，他用最后一口面包抹净碟子，放进口中，身子后仰，蓝色的独眼讥讽地盯着我瞧。

他语气平淡地说："你不该戏弄那小子。要是那女孩的爹或科拉姆知道了，詹米可不会只是被揍到鼻青脸肿。"

"还可以得到老婆？"我直直看着他的眼睛。

他缓缓点头："也许，不过那不是他该娶的老婆。"

"不是他该娶的？"听过亚历克在马厩所言之后，我有点讶异他会这么说。

"对。他需要的是女人，不是女孩。就算莱里十五岁，她也还是个女孩。"

亚历克苍老冷酷的嘴扭曲成一抹看似微笑的线条："也许你认为我这辈子都在马厩里生活，不过，我以前可也有过老婆，我很清楚女孩和女人的差别。"

亚历克的蓝眼在他准备起身时闪过一道光："姑娘，这差别你也清楚得很。"我冲动地伸手拦下亚历克："你怎么知道……"

老亚历克讪笑地哼了一声。"姑娘，虽然我只有一只眼睛，可不代表我是个瞎子。"他边走边咯咯笑着说。

我找到回房的楼梯，回到房间，心里细想着老亚历克若是意有所指，那这位老驯马师最后那番话的含义会是什么。

第九章　大集会

我的生活就算还没有固定节奏，似乎也已经定型了。每天在破晓之际和堡内居民同时起床，在大厅里用餐；接着要是菲茨太太没有病人要我看诊的话，我会到堡内的大园圃里工作。园子里通常固定会有几个妇人干活儿，还有一群胖瘦高矮的男人拖着垃圾、工具或肥料来来去去。通常我整个白天都会在园里工作，有时则到厨房帮忙，打理刚收割来、准备烹调或保存的农产品，除非有什么紧急的医疗状况，我才会回到比顿那间被我戏称为“死人骨头店”的恐怖诊所去。

偶尔我会受亚历克之邀到马厩和牧地，看马儿团团褪下身上用以抵御寒冬的长毛，看它们在春天的草粮滋养下茁壮成长、毛色发亮。

有时，白天的工作耗尽我的体力，吃过晚餐便即刻就寝。其他时候要是我仍有精神，眼皮睁得开，就会加入大厅里的聚会，听听大家在夜里说故事、唱歌，或聆赏竖琴和风笛的乐音。格伦的歌声可以让我听上好几个钟头，虽然多数时候我完全听不懂他口中的话语，但这位来自威尔士的吟唱诗人依然让我深深着迷。

理士城堡内居民越来越习惯我的身影，我也渐渐习惯了他们。有些妇人开始害羞地向我友善示好，把我拉进她们聊天的对话里。她们显然对我非常好奇，对于所有的打探提问，我一律把告诉科拉姆的故事做点小小变化，当作应答。一阵子之后，她们也接受了这些答案。这些妇人得悉我略懂医术和药草之后，对我又更加好奇了，开始问我她们的孩子、丈夫或家中牲畜的病痛问题。而后两者之间的差别，大多数时候倒是不大。

理士城堡内的热门话题，除了一般的问题和八卦打探之外，还有先前亚历克曾在牧地提过、即将到来的大集会。我推测这应该是一场颇为重要的活动，而且从堡内进行的筹备工作来看，我更确信这场活动十分重要。各式食材源源不绝地送进大厨房，二十多只剥了皮的牲畜隔着一片用以阻绝苍蝇飞近的熏香烟幕吊挂在屠宰室里。货车运来好几大桶麦酒，藏在堡内地窖卸下。村里磨坊也送来烘焙用的面粉，还有每天从城墙外的果园新采的一篮篮樱桃和杏桃。

堡内几个年轻妇女邀我一道去采收水果，我马上答应，迫不及待地想逃离石墙的禁锢阴影。

这是一座景致优美的果园。我穿行在苏格兰清晨的凉雾里，手指滑过果树的湿叶，觅寻亮泽的樱桃和滑嫩饱满的杏桃，轻捏着试探果实是否成熟，我好享受这样的过程。我们只摘最好的果子，放进篮子里聚成一堆多汁的果山，而且可以尽情地吃，吃剩的就带回去做成水果塔和甜派。糕点、饮品、火腿以及各式精致美食，现在已经几乎塞满了庞大的食品储藏室。

“通常会有多少人参加大集会呢？”我问马格德林，她是我最近交好的女孩之一。

她想着，皱了皱长了雀斑的短扁鼻子：“我不确定啊，理士城堡上次大集会是在二十年前，那时有……噢，也许有两百多人，就是老雅各布去世时，接着科拉姆才继位为领主。这次可能会来更多，今年的收成不错，大家手边有点钱，也许很多人会带老婆孩子一起来。”

虽然我听说这几天内还不会举行立誓、狩猎、竞赛等大集会的正式活动，但访客已经陆续抵达城堡了。科拉姆辖区里成绩较辉煌的地主和佃户下榻在堡内，而较穷困的武士和雇佣工则扎营在流向堡内湖泊的溪旁的休耕地上。流浪各地的补锅匠、吉卜赛人、卖杂货细软的商贩，在桥畔聚起一座临时市集。理士城堡和邻近村落的居民在一天工作结束之后，夜里会到那里走走逛逛，买点工具或饰品，看看杂耍戏法，听些最近的八卦逸事。

我仔细观察来来往往的人，打算常去马厩和牧地看看。现在马厩里的马匹数量不少，大多是留宿在堡内的访客的。我心想，趁着大集会时大家忙进忙出，要找到机会逃离此地应该不是难事。

* * *

我初识吉莉丝·邓肯，是在某次到城堡外果园采收果子的时候。那时我在赤杨木下发现了一小丛阿斯卡利亚菇，正想多找一点，这猩红色的小菇帽一丛丛散长着，每丛只有四五株，不过却有好几丛散在果园草长之处。我趴跪在地上，聚精会神地在果园外围搜集娇嫩菇梗，而同行采果子的女伴的声音也离我越来越远。

“那种菇类有毒。”背后传来声音。我从菇丛中直起身子，头狠狠地直接撞上菇丛上方的树枝。这一撞撞得我眼冒金星，等模糊的视线恢复清晰之后，才看到这笑声来自一个也许比我大几岁、身材高挑的年轻女子。她的头发和肤色清亮，还有一双我见过的最美丽的绿眼睛。

“抱歉，我笑了出来，不过我实在克制不住。”她在踏进我站的地方时说，脸上还露出酒窝。

“我看起来一定很可笑。”我揉着头上发疼的地方，灰头土脸地说，“还有，谢谢你的警告，不过我知道这些菇有毒。”

“噢，你知道？那你要解决掉的人是谁？是你丈夫？如果有效的话告诉我，我也对我丈夫试试。”她的笑声很有感染力，我发现自己也跟着笑了起来。

我解释说，虽然生菇的菇帽确实有毒，不过若是干燥后磨粉备用，在伤口出血时即时敷上，可以止血，非常有效——菲茨太太是这么说的。相较戴维·比顿留下的那本《医师诊疗指南手册》，我还是比较相信菲茨太太。

“真的啊！”她依旧微微笑着，弯下身子，起身时手上拿了一把心形叶子的蓝色小花，说，“那你知道这个会让人出血吗？”

“我不知道。会有哪个人想让自己出血吗？”我瞪大眼睛。

她神色微愠、不耐烦地看着我：“我是说，这可以打掉你不想要的孩子，随着经血流出来，不过只有在初期使用才有效，要是太晚，会让你跟孩子都没命的。”

“你好像对药草懂得很多。”我还是恼于自己方才的蠢样。

“知道一点。村子里的女孩子时不时会到我那儿拿这东西，有时结过婚的女人也会来。她们都说我是女巫。”她假装吓人地睁大双眼说着，露齿一笑，“不过，我丈夫是这地区的检察官，所以她们也不敢说得太明显。”

“那个跟你一起的年轻人，有人曾来帮他买了些春药。他是你的人吗？”吉莉丝问道。

“我的人？谁？你是说詹米吗？”我睁大眼问。

这个年轻女子似乎觉得事情有点趣味，她坐上一根圆木，伸出食指卷着她淡色的头发：“哎呀，是啊。不管他的项上人头或透露他的行踪值多少钱，这小伙子有那样的眼睛和头发，很多女孩可都是会爱上的。不过，当然了，这些女孩子的父亲看法可能不同。”

她的目光望向远处：“不过，我是个实际的女人，我嫁的男人有栋漂亮房子，手边有点钱，社会地位也不错。至于头发呢，一根也没有；眼睛，我从没注意过。不过他倒是从不会让我烦心。”她把带来的篮子递过来让我看，篮底有四颗植物的球茎。

“这是锦葵根。我丈夫时不时受胃寒所苦，放屁放得跟牛没两样。”

我想，我最好在话题失控前赶紧打住。我伸手拉她从木头上站起。

“我都还没自我介绍呢。我叫克莱尔，克莱尔·比彻姆。”

握住我的这双手十分纤细，虽然指尖有污痕，但手指依然白净修长。也许这污痕是篮内锦葵根旁的植物和莓果汁液造成的。

“我知道你是谁，自从你来到理士城堡后，村子里的人都对你议论纷纷。我是吉莉丝，姓邓肯。”她朝我篮子里瞄了一眼，“如果你想找的是马粪菇，我可以带你去看哪里的马粪菇长得最多最好。”

我接受了她的提议。我们在果园旁的山谷间穿行了好长时间，在腐木下、闪耀的小湖边，看小小的“蟾蜍板凳”在哪里长得最繁茂。虽然我对吉莉丝建议的某些草药用法有疑问，不过她对当地植物的认识和疗效确实知之甚详。例如，我就认为血红酸模不太可能会让仇人的鼻子长瘤，而且对于木水苏能把蟾蜍变飞鸽的功效我也强烈怀疑。吉莉丝在解释这些功效时，目光里带着作弄的神色，好像是在试探我的斤两，也有可能这是当地巫术的迷信。

除了偶尔冒出的恼人揶揄，我觉得吉莉丝是个会让人感觉愉快的好伙伴。她机智聪慧，即使挖苦起来，也看得出对人生的乐观。她似乎知道村里、乡间、城堡内每个人的事情。吉莉丝拿她丈夫的胃部毛病和有点坏心眼儿的八卦消息娱乐我，我们的远征采菇活动也因此中断下来。

“她们说，小哈米什不是他父亲亲生的。”她指的是我在大厅晚餐时碰到过的那个八岁左右一头红发的小男孩，也就是科拉姆的独子。

我心中已自有想法，因此听到这样的八卦并不特别震惊，只是有点讶异，利蒂希娅血缘有问题的小孩竟然只有一个。我说，利蒂希娅若不是非常幸运，就是足够聪明，能及时找到像吉莉丝这样的人。我说得太多了，这是不智之举。

她把长发往后拨，笑着说：“不，不是我。相信我，漂亮的利蒂希娅在这件事上不需我帮忙，如果有人要在这地方找女巫的话，他们在理士城堡里就找得到，不必到村子来。”

我急着想把我们的对话转回安全的话题，便抓住脑子里最先冒出的想法。

我爬上大石问道：“如果哈米什不是科拉姆的孩子，那会是谁的？”

“咦，当然是那个年轻小伙子的。”她转过头面向我，绿色的眼睛透着促狭的眼神，小巧的嘴嘲笑地说，“那个年轻的詹米。”

＊＊＊

我独自回到果园时，遇见了马格德林，她头巾底下的头发松散，担忧地睁着大眼。

“哎呀，你在这里。我们正要回城堡，却发现你不见了。”她松了一口气。

我拾起留在草丛中装满樱桃的篮子：“你人真好，还回来找我。不过，我认得路。”

马格德林摇摇头，说：“亲爱的，那些补锅匠、江湖卖艺的，什么人都来参加大集会，你独自走在林子里，可得小心点。而且科拉姆也下令……”她突然住口，伸手捂住嘴。

“监视我？”我缓缓说道。马格德林面有难色地点点头，显然担心会冒犯我。我耸耸肩，给了一个让她放心的微笑。

“我想，这很正常。毕竟我的来历、出现在这里的原因，科拉姆只听过我单方面的说法。”我心里冒出的好奇盖过了理智，于是问，“那科拉姆认为我是谁？”

但这女孩什么都答不出来，只能猛摇头，只说：“你是英国人。”

隔天我没再到果园工作，倒不是因为被勒令留在堡内，而是因为堡内居民中突然爆发了食物中毒，需要诊治。我尽我所能地照顾完病人后，便回头去找中毒的原因。

中毒的原因证实是屠宰室里腐败的牛肉。隔天我去了一趟屠宰室，向负责烟熏的师傅介绍了一些正确保存肉食的方法。当大门在我背后打开时，一阵呛人的浓烟扑了上来。

我被熏得直流眼泪，一转头便看到杜格尔穿过橡木燃烟走了出来。

“你现在除了看病，还得来这里监督杀牛宰羊吗？”杜格尔嘲弄地问，“我看过不了多久，整座城堡都会由你监管，到时候菲茨太太可得卷起铺盖，另谋出路了。”

“我才没兴趣跟你的臭城堡有什么瓜葛！”我揉着流泪的眼睛厉声说道，手帕上放了几根炭条正要走开，“我只想离开这里，越快越好。”

杜格尔大方地低头鞠躬，不过还是笑着。

“那么，小姐，也许我可以满足你的愿望。至少，暂时可以。”

我丢下手帕，睁大眼看着他：“什么意思？”

杜格尔咳了几声，对开始朝他的方向飘去的烟挥了挥手。

他把我拉离房间，朝马厩方向走去。

“你昨天跟科拉姆说你需要水苏和其他草药？”

“对啊，用来帮食物中毒的人配药。怎么了？”我还是有点狐疑地大声问道。

杜格尔轻松地耸耸肩：“没什么，只是我刚好要去山下村里的铁匠那儿给马上几副蹄铁。村子里检察官的妻子是个懂草药的女人，而且手边也存了点草药，她一定会有你需要的东西。小姐，要是你愿意的话，欢迎从这几匹马里挑选一匹，跟我一起到村子去。”

“检察官的妻子？是邓肯太太吗？”我更加开心了，再加上逃离城堡的期待，即便只是短短离开，也令我难以抗拒。

我急忙抹了抹脸，把脏掉的手帕塞进腰带。

“走吧！”

* * *

即使天光幽暗多云，我还是很享受骑马下山到克兰斯穆尔村的短短路程。杜格尔也兴高采烈，我们沿路开心地聊天说笑。

我和杜格尔先在铁匠那里停下，他把三匹多余的马留在此处，让我登上马鞍坐在他背后，带我到大街上的邓肯家。邓肯家的房子是一幢半木造的四层壮丽大宅，底下两层配有雅致的镶铅条玻璃窗，窗上是钻石形状、色泽紫绿如水的玻璃。

吉莉丝开心地迎接我们，很高兴在这样沉闷的日子有人做伴。

“真是太好了，我一直想找个理由到储物室里去整理整理的。安妮，过来！”

这时，从一扇我没注意到、藏身在壁炉后方的门内，走出一位脸色犹如冬日苹果的矮个子中年女侍。

吉莉丝下令：“你先带比彻姆小姐到楼上储物室去，然后帮我们取桶泉水过来。听好，要从泉水那儿取，不要广场上的井水。”接着她对杜格尔说：“我手边有答应过要给你大哥的药酒，你跟我到厨房去一下。”

我跟着屁股像南瓜的女仆登上木阶，走进一间出乎我意料、又深又长又高、通风良好的阁楼。跟这屋子的其他地方不同，这房间配有可打开的窗子，虽然此时窗子为了抵御湿气而关着，但仍比楼下时髦但阴暗的大厅多点光亮。

吉莉丝显然深谙草药师事业的经营之道，房里配有衬上纱网用来干燥药草的木架，小壁炉上的挂钩可用于烘干药草，沿墙还有开放式的橱架，架面上的孔洞可以让空气循环流通。空气里弥漫着一股正在干燥中的罗勒、迷迭香和薰衣草的辛香宜人气味。房间一侧摆着一张颇具现代感的长桌，分门别类的研钵、捣杵、搅盆、舀匙在桌面一字排开，每个都干干净净，不沾一丝痕渍。

吉莉丝过了一会儿才出现。她气喘吁吁红着脸爬上楼，笑着准备用整个下午来捣药和聊八卦。

外头开始下起小雨，雨滴飞溅到长窗上，屋内的小壁炉微微燃着小火，非常舒服。我很享受与吉莉丝为伴，她舌尖嘴利，想法辛辣讽刺，跟理士城堡内的女人们腼腆可爱的个性大相径庭，而且就一个小村子里的女人而言，吉莉丝显然受过良好教育。

她还知晓理士城堡和村子内外近十年间的大小丑闻，也不断告诉我有趣的故事。不过，奇怪的是，她没有开口问关于我的事情。也许这不是她的风格，也许她会从别人那儿找出她想知道的答案。

我留意外头街上传来的吵闹声已有好一会儿了，本以为那是周日弥撒散会后的村民喧嚷。教堂就坐落在街尾的水井旁边，而这条大街从教堂开始延伸到广场，再从广场展开成扇形的小巷小径。

事实上，在前往铁匠铺的途中，我就幻想着从高处俯瞰村子。这村子的模样就像人的前臂和手掌：大街是桡骨，沿途分布着各行各业的店面，还有小康居户的住家；圣玛格丽巷是尺骨，这是一条与大街平行、较窄小的街道，有铁匠铺、制革铺，以及其他较不光彩的店面和商铺。村子的广场就像我见过的所有广场，一点都不方正，不过是个轮廓粗略的长形空间，这里则构成手部的腕骨和掌骨，几条盖了屋舍的小巷则形成手指指骨的关节。

一如官员住所应有的派头，邓肯的宅邸就坐落在广场上，这里不仅方便，也彰显了地位之尊。不管亚瑟·邓肯处理的案件是出于公众利益还是法律所需，广场皆可作为判决之地。杜格尔解释，广场也方便对人犯“上枷示众”。他们在广场正中央的石头基座上装了一个外观朴素的木头装置，旁边有根木桩，而这桩柱的用途颇为多样，可以是鞭刑柱、五朔节花柱、旗杆，或者用于拴系马绳，视需求而定。

外头的吵闹声更响了，而且彻底失序，完全不像是刚去过教堂、正准备回家吃饭的人该有的声音。吉莉丝不耐烦地大叫，把瓮搁到一旁，开窗去看这叫嚣声到底为何而起。

我走向窗户，站到她旁边，看到在理士城堡和村子里任职、身材矮胖的贝恩神父，领着一群为了到教堂而穿上长袍、大衣、外套、软帽的群众。他押着一个年纪约莫十二岁的男孩，从男孩身上破烂的格纹裤和发臭的衣服来看，他是某个皮匠家的小孩。贝恩神父抓住男孩的颈背，不过这动作有点难以维持，因为实际上男孩的个子比抓住他的贝恩神父还高。众人隔着一小段距离尾随他俩，纷纷大声指责，好像闪电过后的隆隆雷声。

我们在窗边看着，贝恩神父和那男孩走进屋子，消失在我们下方。群众仍然聚集在门外，相互推挤，低声众口纷纷。几个胆子较大的人还将脸贴到窗边，想偷瞄屋内状况。

吉莉丝关上窗户，阻绝了底下巴望着的人群喧哗声。

“很可能是偷窃的缘故，那是制革匠的孩子。”她走回草药桌边，简短说道。

“那他会怎么样？”我好奇地问。

她耸耸肩，干燥的迷迭香在她指间被揉碎，落进钵里。“这就要视亚瑟今早消化状况而定了。如果他早餐吃得好，那这小子可能挨几鞭就了事。不过，要是亚瑟今天便秘或者胀气，”她做出嫌恶的表情，“那这小子很可能就会缺个耳朵或断只手。”

我吓坏了，心里犹豫着该不该直接干涉这件事。我是外人（outlander），而且还是个英格兰人，虽然我自认被人视为城堡居民，以礼相待，但我还是看到不少人暗地里在我所经之处打着驱邪的手势。我出面求情可能反而帮倒忙。

我问吉莉丝：“难道你不能做点什么吗？跟你丈夫说，我的意思是，你去请他，呃，宽宏大量一点。”吉莉丝讶异地停下手边的工作，抬起头来，显然从没动过要干涉丈夫的念头。

“为什么你这么在意那小子？”她质问的语气里没有敌意，而是好奇。

“我当然在意啊，他只是个小孩子。而且不管他做了什么事，罪都不及终身残废吧。”

我这个说法显然没有说服力。她扬起淡淡的眉毛，耸耸肩，朝我递来钵杵。

“要带点什么给你朋友吗？”她的眼睛转了几下，扫过架上，选了一瓶青绿色的东西，瓶上标签用细致的草体写着“薄荷精油”。

“我拿药给亚瑟吃，这期间我看看能帮那孩子做点什么。不过，有可能太迟了。而且要是那个胖神父插手，他会希望这小孩得到最严厉的处罚。不过，我还是试试吧。你继续捣，迷迭香永远都能派上用场。”

我取过吉莉丝留下的捣杵，机械式地又捣又磨，心思却不在此。

紧闭的窗子隔开了雨声和底下的群众喧哗，两种声音交融为轻柔的喃喃低语。我和所有的学童一样，读过狄更斯和其他早期作家的书，他们在作品里描写了那个时代残酷无情的法律，不论犯错者年纪大小或罪行轻重，法律对所有人一律严刑以待。与书中时空相隔一两百年，安稳地读着绞死小孩或断手断脚的细节，和安静地坐在这里捣药而相隔不过数英尺之下的地方正发生这等事，感觉可截然不同啊。

如果判决结果对这孩子不利，我可以直接出手干预吗？我拿着研钵，移到窗边朝外看。人潮又多了些，小贩和主妇被聚集的人群所吸引，沿着大街走到这里想看看是怎么回事。他们兴奋地转述细节，刚到的人往前推挤，不多久便融入围聚的人群。越来越多的人脸巴望地转向屋门，等候结果。

看着下方耐心地站在纷飞细雨中等待裁决结果的人群，我突然彻底懂了。我跟很多人一样，听过从战后德国流传出来的报告，以及一则则关于驱逐、集体屠杀、集中营和焚尸的故事，惊骇不已。就像许多人曾做过，或在多年后会做的那样，我心中自问：这些人怎么可以坐视这样的事情发生？他们一定知道，一定看过运送的卡车，来来去去的尸体、围篱和焚烟，他们怎能袖手旁观？现在，我全都懂了。

这孩子在广场上的命运还不到生或死的地步，而且在科拉姆的保护下，我或许可以免受群众的围剿，但一想到自己要挺身而出，孤弱无力地对抗这帮坚决渴望以行刑见血的刺激感来纾解久候情绪、“品德高尚”的民众，我握着钵缘的手还是直冒冷汗。

人类是出于需要才群聚而居。从最早的穴居开始，无毛、脆弱、无助，除了智巧之外一无所有的人类，便是因为群居而得以存活。人类一如其他众多会被吞噬的生物，发现只要聚集的数量够多便有保护之效，而这样深植入骨的知识便是暴民统治的成因。因为数千年来，任何人或生物，要是胆敢脱离群体，甚至孤身与群体对抗，最后终将招致死亡。挺身而出对抗群众所需的不仅是不寻常的勇气，还要有超乎人类本能的某种东西。我害怕自己没有这所需之物，而恐惧即是羞愧。

在吉莉丝开门踏进房里之前，时间似乎永无止境。她手中握着一根炭棒，神色一如往常地镇定冷静。

“药草煮过之后我们得过滤一下，我想我们可用纱布包炭过滤，这方法最好。”她的语气仿佛我们先前没有进行那场谈话。

“吉莉丝，别折磨我了。那个皮匠的孩子怎么了？”我不耐烦地问。

“噢，那个啊……”她事不关已地抬起一侧肩膀，嘴角却藏不住恶作剧的笑意。最后她卸下假装的面容，笑了出来：“你真该亲眼瞧瞧，不是我自夸，我表现得还真好。所有身为人妻的挂念、女性的关爱，轻轻抚摸再加上母性的悲悯，我全都用上了。”

她夸张地说：“噢，亚瑟，我们的婚姻难道不是如此幸福吗？我得说这可不是人人都有的机运。”她的头朝橱架一歪，暂且卸下假装充满感情的面具休息一下，然后又继续：“哎呀，亲爱的，要是我们的孩子也被人这么对待，你会做何感想？这小孩一定是因为肚子饿才顺手牵羊的。噢，亚瑟，你可否在判决时灵魂秉持正义，却也心存慈悲呢？”吉莉丝坐上板凳，捶腿大笑，“这地方没戏可演，实在可惜！”

外头群众的吵闹声变了，我不顾吉莉丝在一旁沾沾自喜，走到窗边看发生了什么事。

拥挤的人群散开了，皮匠的儿子出现，缓缓走在神父和检察官之间。亚瑟・邓肯此刻全身上下满是仁慈善心，对着人群中地位显赫的几位成员点头致意。而贝恩神父活像一颗暴怒的马铃薯，棕色的脸上满是怒气。

这场小型审判移到广场中央进行，而村子里的“管锁人”——一个名叫约翰・麦克雷的男子从人群中站了出来，上前迎接。他穿着简朴雅致的暗色半长裤、外套和灰绒帽，服装和他的职务十分相称。他稍微脱下帽子，轻轻地以外套衣角挡雨。我本以为他是村里的狱卒，但实际上并不是，虽然必要时他也会扮演这个角色。麦克雷的主要任务是在村子里巡逻、检查关隘，以及必要时负责行刑。他的头衔源自系在他腰带上的木“锁”或铲子，这让他有权在周四市集上售出的每袋谷粮中抽取部分比例，作为他的报酬。

我是从“管锁人”本人身上得知这些的，几天前他到理士城堡，问我能否医治他拇指上难缠的甲沟炎。我用无菌的针头切去瘭疽，再敷上白杨苞软膏。我发现这位麦克雷先生是个语气轻柔且笑容可亲的羞涩男子。

不过，麦克雷现在可是面无笑容，一脸严肃。我想这也是有道理的，没人想看到行刑者咧嘴而笑吧。

“恶徒”被带到广场中央的石柱座前，脸色苍白，神情惊恐，不过当亚瑟·邓肯这位克兰斯穆尔教区的检察官挺着肥硕的身子，以近乎庄严的姿态准备宣布判决结果时，男孩却动也没动。

此时吉莉丝朝我耳朵说：“那笨蛋在我进去时就全招了。我没办法让他全身而退，不过已尽可能减轻刑责，他只需要被绑在颈手枷上一个小时，外加钉一只耳朵。”她好奇地越过我的肩膀向外看。

“钉耳朵！要钉在哪里？”

“咦？当然是钉在颈手枷上啊。”吉莉丝带着疑惑的目光看着我，不过随即回头看着窗外这场经过她大发慈悲插手介入后才得以减轻的罚刑。

围聚在颈手枷前的人多到我几乎看不见犯人的身影，不过群众稍微后退，让出了一点空间好让行刑者钉耳。身陷险境的小男孩脸色惨白地瑟缩着，双眼闭紧，一直没睁开，因为恐惧而全身颤抖。当钉子刺进耳肉时，他发出一声细锐高亢的惨叫，穿透闭上的窗子，听得我微微发颤。

我和吉莉丝就跟广场上多数的围观者一样，回去继续手边的工作，但我还是忍不住不时抬头看看外边。几个路过的游民状似奚落地对小男孩指指点点，朝他丢泥巴，偶然还看到一个严肃的市民趁工作空当加入道德改造的行列，以较委婉的字眼对颈手枷上的小男孩进行谴责和教诲。

距离春末天色变暗的时间还有一个钟头，我们在楼下的起居室喝茶，门上传来的阵阵捶打声，宣告有客来访。因为下雨，天色非常昏暗，几乎分辨不出云后的太阳在哪个高度，不过邓肯家以拥有一座时钟而自豪。这座豪华的装置缀有胡桃木镶板、铜制钟摆，正面还有合唱的小天使雕饰，而这装置正指着六点三十分。

帮忙洗碗碟的女仆打开通向大厅的门，不太正式地随口说：“在这里面。”詹米·麦克塔维什走进来时自动低下头，原本亮红的发色被雨淋过后已成古铜色。他穿了一件老旧破烂的罩袍抵御湿气，腋下挟着一条骑马时穿的墨绿厚绒罩袍。

在我起身把他介绍给吉莉丝时，詹米点头致意。

“邓肯夫人，比彻姆女士。”他朝窗户挥了几下，“这里今天下午好像有点事情发生。”

我望向外边，说：“他还在那儿吗？”从起居室晃动的窗玻璃望去，小男孩的身影扭曲过后仅剩一团暗色，“他全身一定都湿透了。”

“的确是。”詹米摊开罩袍递了过来，“科拉姆想你可能也会湿透，而我刚好到村子里办点事，所以他差我给你送袍子来。你得跟我回去。”

“科拉姆人真好。”我茫然地说，心里还惦记着皮匠的孩子。“他得在那里站多久？就是那个颈手枷上的孩子。”我不耐烦地再补上后头这句话，却看到吉莉丝一脸木然。

“噢，他呀。”她在对我提起这无关紧要的话题时眉头微微一皱，“一个钟头。我先前告诉过你了，现在那个执刑人也应该把他给放了吧。”

“有，我穿过林子时看到了。只是那个小伙子还没勇气把耳垂从钉子上扯下来。”詹米确认了吉莉丝的说法。

我听得下巴都掉了。“你是说，钉子不会从耳朵上拿下来，他得自己把耳朵撕扯下来才能脱身？”

“噢，对啊。”詹米漫不经心地答道，“他还是有点紧张，不过我想过不了多久，他就会下定决心动手的。现在雨下得大，而且天也快黑了，我们得动身离开，不然到时晚餐就只剩残渣碎屑了。”他向吉莉丝鞠个躬，转身准备离开。

吉莉丝对我说：“等等。既然有个又高又壮的汉子送你回去，我这儿有一箱答应带到城堡给菲茨太太的沼地甘蓝干和其他药草，也许麦克塔维什先生愿意行行好，帮忙带上？”

詹米答应了吉莉丝的请托。她差男仆去她的工作室取箱子来，同时交出开箱用的沉重锻铁钥匙。男仆离开后，她便在角落一张小写字台上忙了一会儿。当男仆把一只硕大、缀有铜条的木箱子带来时，她也刚好写完字条。她急忙在纸上撒沙吸墨，折好后以一小滴烛蜡封笺，随后把字条塞进我手里。

“这个，这是这些东西的账单。你可以帮我交给杜格尔吗？处理付款事宜的是他，别把这东西交给其他人，不然我会好几个礼拜都拿不到钱。”

“好的，当然了。”

吉莉丝亲切地抱着我，送我们到大门口，嘱咐我们注意避开寒风。

詹米把箱子固定在马鞍上时，我站在屋檐下躲雨。雨势现在更猛了，屋檐落下声音刺耳的水幕。

詹米毫不费力地扛起沉沉的箱子，我看着他宽阔的背和肌肉结实的前臂，接着又看看颈手枷那儿。尽管围观众人纷纷怂恿他勇敢点，皮匠家的儿子还是牢牢钉在那儿。我知道他绝不是什么发色亮如月光的少女，不过詹米先前在科拉姆大厅判决时的举动，让我想到或许他对这年轻人并非毫无恻隐之心。

“呃，麦克塔维什先生？”我有点犹豫地开口。没有回应，他清秀的面容没有丝毫变化，宽阔的嘴部线条还是一派轻松，蓝色的双眼专注在他忙着固定的系带上。

“喂，詹米？”我大声再试一次，这回他马上抬起头看。原来麦克塔维什的确不是他的真名，我心中暗想。

“哼？”

“呃，你块头挺大的，对吧？”他的唇弯出半笑的弧线，点了点头，显然纳闷着我心里打什么主意。

“大多数的事情都应付得来。”他的回答给了我更多的勇气，我故作没事地走近，免得被广场上闲晃的人偷听到。

“手指头也相当有力啰？”

詹米折了折手掌，笑得更开了：“哎哟，没错。你该不会是手边有栗子要我捏吧？”他低头看着我，锐利的目光中带着愉悦的神情。

我朝他身后广场上聚集的人群略略看了一眼。

“我想，这更像是要‘火中取栗’。”

我抬头看，迎上他狐疑的蓝色目光：“你办得到吗？”

詹米站着，低头看着我好半天，脸上还是笑着，接着，他耸了耸肩：“如果我骨头够长就可以。不过，你可以引开人群注意吗？插手这件事可不会有什么好脸色可看，而且我在这儿还是陌生人。”

我没料到自己的要求会让詹米陷入险境，我迟疑了，但不管危险与否，詹米似乎都勇于一试。

“如果我们走近点看那小孩，接着我在看到时昏倒，你觉得……”

“因为你不习惯见血？”詹米讥讽地挑起一边的眉毛，露齿一笑，“好，就这么办。要是你能设法倒在颈手枷旁就更好了。”

事实上，我的确对即将目睹的画面有点紧张，不过这景象却不如我先前所想的那么可怕。钉子穿过他耳朵最上方的凸缘，紧紧钉在颈手枷上。整整两寸长的钉头完全钉进耳朵，伤处几乎不见血迹。从这小男孩脸上的神情看来，虽然他不舒服且饱受惊吓，但显然没有剧痛。我心想，吉莉丝说得也许没错，从当时苏格兰整体的法律刑责来看，这是个相对仁慈的刑罚，不过对我来说，这依旧不减其残暴。

詹米刻意漫不经心地挤进围观群众，斥责地对那小男孩摇着头。他啧啧弹着舌说：“小朋友，现在尝到苦头了，对吧。”他一只大手搁在颈手枷的木缘处，假称要把耳朵看个仔细，又语带贬损地说：“哎呀，小伙子，不必这么耗时间，会有点小伤，就这样而已。来，要我帮你吗？”詹米伸出手，作势要抓住他的头发，把头一扭将他扯下。小男孩害怕得扭着身体。

我认出了詹米的暗示，朝后退了几步，故意重重踩上我身后一位妇人的脚趾。当我的靴子跟踩到她的脚拇指骨头时，她痛得放声大叫。

我喘着气说：“抱歉，我，我……我头好晕啊！请你……”我的目光从木枷撇开，转过身子，退了两三步，故作摇晃状，抓住邻人的衣袖。石头基座边缘就在六英寸之外，我紧紧抓住一个早就挑上的瘦弱女孩，拖着她一齐倒在石头基座边。

我们的裙子缠在一起，尖叫地滚在湿草地上，最后连她的上衣都松了。我夸张地手脚大张地昏倒下去，任雨水打在我仰着的脸庞上。

我的确有点喘不过气，因为那女孩跌在我身上。耳边听着围聚过来的人群关心地絮叨，我努力想吸气。推测、猜想、感叹，众人议论纷纷的声音落在我身上，比从天而降的雨滴还厚重，不过，扶我坐起的是并非陌生的臂膀，我睁眼看到的是一双眼神极为担忧的蓝眼睛。詹米微微偷眨着眼，意味着我已完成任务。我看到制革匠的儿子耳朵包着布巾，在众人因为忙着看新上场的好戏而无暇注意时，一溜烟地跑回住处。

我被慢慢扶起，带往邓肯家。他们给我喝了白兰地、热茶，还给我温暖的毯子和周到的关心。一直到詹米不顾村民和主人的告诫，坚称我们非走不可，把我从躺椅上拉起来径直走向大门时，他们才愿意让我离开。

我和詹米再度共乘一马。我坐在他前面，用牵绳领着我自己的马，想谢谢他出手相助。

“姑娘，这没什么。”他婉拒了我的谢意。

“但那对你来说是件冒险的事啊。我在开口请你帮忙时不知道这会让你身陷险境。”

“噢。”詹米含糊地答道。一会儿之后，他有点淘气地问：“你总不会希望一个外地来的小姑娘都比我更勇敢吧？”

当阴暗的暮色开始笼罩路面，詹米策马疾行。我们在回家的路上没再多说什么。抵达理士城堡后，他在城门前把我放下，刻意正经八百地说："晚安了，外地来的女士。"我感到我们的情谊不只是在苹果树下闲聊，而是变得更加深刻了。

第十章　立誓

随后两天，理士城堡上下忙得不可开交，大家进进出出，忙着准备集会前的大小事情。我看诊的工作量锐减，先前食物中毒的病人都已康复，其他人似乎也都忙得没时间生病。除了一些负责劈柴的男孩手指裂伤红肿和厨房里的女仆烧烫伤之外，堡内没有发生什么意外。

大集会的这个晚上，我自己也很兴奋。菲茨太太告诉我，麦肯锡氏族里的所有武士今晚都将齐聚一堂，向科拉姆宣示效忠。这么一件重要的典礼要在堡内举行，马厩肯定无人看管。

我趁着在厨房和果园帮忙的时机，暗地藏了我想已足供我吃上几天的食物。我没有水瓶，不过倒是从诊所几个较重的玻璃罐中找出一个作为替代。我有一双科拉姆慷慨相赠的坚固靴子和暖和的罩袍，还有一匹不错的马。先前到马厩去探望的那个下午，我就已经相中了几匹马。我身上没有钱，不过看诊的病人倒是给了我一些小饰品、缎带、小雕刻和首饰。必要时，我可以拿这些东西去交换我所需的物品。

对于即将糟蹋科拉姆的殷勤款待以及不留只字片语就离开堡内居民，我心里很难受。然而，我能说什么呢？这个问题我想了好久，最后还是决定就这么不告而别。而且，我也无纸可用，更何况我也不想冒险潜入科拉姆的私人房间找纸来写些告别的话。

天色暗下一个钟头后，我小心翼翼地潜进马厩，竖直耳朵警惕是否有人走近。看来所有人都在上头的大厅忙着准备典礼。马厩的门卡着，但只要轻轻一推，皮制的铰链就会悄然无声地让厩门朝内打开。

马厩里空气温热，满是马儿歇息中的微微骚动声。这里暗得“就跟葬仪社老板的帽子里面一样黑”，兰姆叔叔过去总是这样形容。马厩里少数几扇通风用的窗子又小又窄，难以透进外头的星光。我伸着手，慢慢走入马厩中央，在稻草堆中蹑着脚走。

我小心翼翼地向前摸索，想摸找栏杆当作指引，摸啊摸，却只摸到空气。不过，我的小腿胫骨却碰到某个躺在地上的硬物。我头前身后地往前一绊，吃惊地尖叫一声，响彻古老石屋的屋梁。

这硬物吓得翻过身去，连声咒骂，而且狠狠地抓住我的手臂。我发现自己的身子抵着一个个头高大的男子，此人的呼吸搔弄着我的耳朵。

“你是谁？在这里做什么！”我缩回身子喘着气说。这个我看不见的攻击者听到声音后，抓住我的手也随之放松下来。

“我还想问你同样的问题呢，你这外地人。”詹米·麦克塔维什轻柔的声音低沉说道。

我如释重负地松了一口气。在一阵草堆的骚动声中，他坐起身来。

“不过我应该猜得到。”他讽刺地补上这句，“姑娘，在这样的夜里，骑着一匹不熟悉的马，而且天亮时还会有半数麦肯锡族人倾巢追缉，你觉得你能跑多远？”

林林总总的原因让我恼火起来。

“他们才不会来追我，那帮人全都在上头的大厅里，而且天亮时要是五个人当中有一个没醉，我才奇怪呢，他们能清醒地站稳脚步就不错了，还骑马！”

詹米笑着站起身子，伸手帮我站起来。他拍掉我裙后的草梗，手劲比我认为拍掉草梗所需的力道还大些。

“外地人，从你这方面来看，这理由倒是很充分。”他似乎有点讶异我竟能分析出这般道理，“或者说，可能很充分——要是科拉姆没在城堡四周和林子各处部署守卫的话。但就算石头不像木材那么易燃，科拉姆也压根儿不会把武士全集中在堡内，让理士城堡处于未受保护的状态……”

我想，詹米指的是那起恶名昭彰的“格伦科大屠杀”。当时一个名为约翰·坎贝尔的人受上级命令屠杀了三十八个麦克唐纳氏族的人，而且还纵火烧了陈尸的屋子。我在心里快速估算了一下，这也不过是五十多年前的事，时间近得让科拉姆有足够的理由做好防卫。

“无论如何，再怎么选，你选的逃跑时机都不会比今晚更糟。”他继续说着，似乎完全不理会我必须离开的事实，只顾着说明这件事行不通，这让我觉得有点怪，“除了部署在各地的守卫，方圆数英里之内所有最佳的骑师也都聚在这里，而且通向理士的沿路上也会塞满从乡下地方赶来参加亭乔和竞赛的民众。”

“亭乔？”

“就是狩猎。通常是猎鹿，不过这次可能是猎野猪。有个在马厩干活儿的小伙子告诉老亚历克，东边的林子里有只大野猪。”詹米的大手搁在我背后，把我转向厩门的模糊方向。

“走吧，我带你回城堡去。”

我抽开身子，粗鲁地说：“不劳烦你，我自己找得到路。”

他十分坚决地抓住我的手肘：“我敢说你的确找得到路，不过你不会想单独碰上任何一个科拉姆派驻的守卫的。”

“为何不会？我又没做什么坏事，而且也没有法令禁止在城堡外走动吧，有吗？”

“是没有，我只是在想，他们可能会刻意伤害你。”詹米边说边仔细望向暗处，“男人站哨时以酒为伴是件稀松平常的事。酒精是个让人快活的好伙伴，但是当你独自在暗处碰上一位甜美可人的小姑娘，酒精就不是能端正举止的好导师了。”

“我不也是独自在暗处遇到你吗？”我有点大胆地提醒他，“何况我个子也不小，而且长得也不甜美——至少现在不甜美。”

“哎，我可没喝醉，我是想睡觉。”詹米简短地回答，“你的脾气够大，但除此之外，你的个头比起科拉姆绝大多数的卫兵都小。”

我把这不会有什么结果的争论搁置一旁，改变策略。我和詹米现在已经走到厨房种菜的园子外围，在微光中已能看到他的脸。詹米神情专注，边走边谨慎地探看石拱。“那你为什么睡在马厩里？难道你在其他地方没床可睡吗？”这个问题让他转过头来，发出一道锐利的目光。

“唉。”他还是抓着我的手肘，继续朝前走，一会儿之后才开口，“我想，这样比较好。”

“因为你不打算对科拉姆宣誓效忠，而且你也不想承担后果？”

詹米看着我，觉得我刚刚的一番话很有趣。他承认：“接近啦。”

几扇侧门中有一扇像是欢迎来人似的半开着，门旁壁架上的灯笼在路上投下晕黄光线。就在我们即将走到火光处时，冷不防地背后伸来一只手，捂住我的嘴，我被拉得脚都离地了。

我试着挣脱，但抓住我的人戴着厚实的手套，而且正如詹米所言，个头儿比我高出许多。

从声音判断，詹米要脱身也有点困难。詹米被蒙住的骂声和咕哝声在一声巨响和连串的盖尔语咒骂后戛然而止。

黑暗中的挣扎动作也停了下来，这时，一阵陌生笑声传来。

“哎哟，这不正是科拉姆的外甥吗？小伙子啊，你要去立誓大会吗？已经迟到了。这个跟你在一起的人是谁？”

“是个小姑娘。”抓住我的人回答，“而且从她的身材来看，还是个甜美可口的妞儿哦。”他的手从我嘴上移开，在别处用力乱挤乱摸。我生气地鬼叫，手朝肩后伸去，抓住他的鼻子使劲扯。这男人骂了声脏话，随即把我放下，他口中吐出的咒骂比等会儿在厅里要立的誓言不庄重多了。一阵威士忌的酒气让我倒退了几步，心中突然对也在现场的詹米涌起澎湃的谢意，毕竟他的相伴也许真是谨慎之举。

詹米徒劳地想甩开紧黏在他身边、抓住他的两个武士，这时的他心里似乎正想着别的事情。这些人的举动没有敌意，但十分坚决，他们拖着掳获的囚犯，径向大开的城门走去。

“哎，老兄，好歹也先让我换个衣服。”詹米抗议道，“我穿成这样去立誓大会也太难看了。”

鲁珀特这时突然现身，打破詹米想优雅逃脱的企图。鲁珀特穿着起皱的衬衫和缀有金边的外套，一身华丽灿烂。他从窄门里突然跳出来，就像从酒瓶里蹦出的软木塞。

鲁珀特眼露微光地扫视詹米，说："小伙子，这你就甭担心。我们会在那里帮你打扮妥当。"他的头朝门口方向抬了一下，詹米便被迫消失在门后。一只肥大的手抓住我的手肘，不管我愿不愿意，我也跟了过去。

鲁珀特看起来兴致高昂，其他我在堡内见到的人亦然。他们有六七十人，全都穿上各自最好的衣服，配着匕首、长剑、手枪，以及胯前的皮袋子，在最靠近大厅入口的院庭里走动着。鲁珀特朝墙上一扇门比了个手势，众人便将詹米推进这个点着微光的小房间。房里的桌面和架上乱七八糟堆存着细碎零散的小东西，这间房看来是用来储物的。

鲁珀特严苛地打量着詹米，发现他头上的草梗和衣服上的污痕，随即露出挖苦的笑脸。他朝詹米的肋骨戳了几下，说道："小伙子，难怪你会迟到。那我就不怪你了。"然后对着门外某人大喊："威利！这里需要一些给科拉姆外甥穿的衣服，快去找。"

詹米抿着唇，环顾四周，看着围绕在他身旁的众人。六个麦肯锡氏族的男子兴致勃勃地期待着立誓大会，浑身散发着身为麦肯锡一族的无比骄傲。他们喝过从院庭里的大酒桶内取出的麦酒之后，兴致更加高昂。詹米目光灼灼地看着我，表情严峻，他的表情好像在说：看你干了什么好事。

他当然大可说自己无意宣誓效忠科拉姆，转头回到马厩的暖暖床铺上睡大觉。如果他想让人狠狠揍一顿，或者被人割断喉咙，那么，这么做准没错。他对我挑起一边的眉毛，耸耸肩，才愿意让刚才一手抱着一堆雪白亚麻布衣，一手拿着发梳冲进来的威利为他打扮。这堆衣服上有一顶蓝色的扁绒帽，上面缀着一只黑色的金属徽章，徽章上还插了一根冬青枝丫。当詹米忙着穿上干净衣服、梳妆打扮以压制其狂野气息之际，我拿起这顶绒帽仔细观看。

帽上的徽章呈圆弧状，且雕工精细得吓人，徽章正中央是五座逼真的喷出火焰的火山，章缘则是一句格言：Luceo non Uro.

我大声转译：“我闪耀，但不灼伤。”

“是的，小姑娘，这是麦肯锡氏族的格言。”威利对我赞许地点点头。他取走我手上的帽子，把帽子塞进詹米手里，然后匆忙离开，再去寻找衣服。

趁着威利不在，我靠近詹米身边，低声说：“呃……对不起。我不是故意要……”

詹米一脸嫌恶地看着帽上的徽章，他的目光转到我身上，嘴上严峻的线条也随之放松。

“别为我担心，外地人。这事迟早都要来的。”他把徽章从帽子上拧下，若有所思地放在手上掂着重量，对着它苦笑。

“你知道我的格言是什么吗？我是指我的氏族的格言。”

“不知道。是什么？”我讶异地回答。

他把徽章往空中一弹，抓住它，随即利落地丢进皮袋子，一脸抑郁地看着麦肯锡氏族男性杂乱排着队的拱道。

“Je suis prest.”詹米以惊人的流利法语回答。他回头一看，看到因为亢奋而涨红了脸的鲁珀特和几个我不认识的麦肯锡高壮男子，径直朝这里走来。鲁珀特带来一条硕大的麦肯锡格纹布。

其他人冷不防地朝詹米的裙扣处伸过手去。

“你最好回避一下，女性不宜。”詹米简略地建议。

“我明白。”我平静地回答。一条新的格纹裙围住他的臀部，旧的裙子则在这条新裙子底下巧妙地脱了下来，维持了端庄礼节。詹米对着我苦笑，鲁珀特和其他人则稳稳抓住他的手臂，推着他朝拱道前进。

我毫不迟疑地转身折回，匆匆往吟唱诗人演唱的楼层走去。我小心翼翼地回避着和沿途错身男子的眼神接触。一来到墙角，我抵着墙、缩着身，避免受人注意。等了一会儿，直到走廊上暂无人迹时，我才蹑手蹑脚潜进厢门内，在其他人可能走过转角看到我之前，快速关上厢门。上方的残弱微光照着整个楼层，我轻而易举地在古旧的旗帜间找到藏身之处。我朝亮光和嘈杂声的方向望去，心中想着最后和詹米交换的话语。

"Je suis prest."——"我准备好了。"希望他真的准备好了。

* * *

松枝火炬点亮了大厅，火炬座上燃起的灿烂火光在先前火炬煤烟熏黑的墙面浮现出清楚的轮廓。当我从楼厢后头的帘子踏出来时，好几张脸同时转了过来，瞠目结舌地看着我。从她们脸上的神情来看，理士城堡内的所有女人全都聚到这厢房来了。我认出了莱里、马格德林，还有几个我在厨房见过的妇人，当然还有菲茨太太肥硕的身影，正站在栏杆旁的好位置上。

菲茨太太认出我，亲切地打着招呼，其他人则挤出一条路让我穿过。等我走到前头，眼前大厅一览无遗。

厅墙上挂满了桃金娘枝、紫杉和冬青，常青树的芬芳香气一路升腾，蹿入楼厢，混杂着火的烟味和男人的体臭。厅内数十人来来去去，各自聚成小群站着交谈。他们都身着同样的麦肯锡格纹，不过只是在平常所穿的工作服或破裤子上披着一条格纹披肩，或戴上格纹绒帽。他们衣饰上的图纹大相径庭，但颜色几乎一样，都是墨绿和白色。

多数人的打扮都和詹米现在的穿着一样，格纹裙、长披肩、扁绒帽，而且绝大多数都戴着徽章。我瞥见詹米站在墙边，看起来依然满脸严峻。鲁珀特已经消失在人群里，不过詹米身边还是站着两个彪形大汉，显然是守卫。

当堡内居民引导并推挤着新来者到大厅尾端就位时，厅里混乱的秩序也逐渐井然起来。

这是个特别的夜晚，厅里吹奏风笛的年轻人多了两位，其中一人的举止和他镶上象牙的风笛，昭示了他是主笛手。他对其他两人点点头，大厅随即响起风笛尖锐的嗡鸣乐音。这种风笛比用在战场上的大型北部风笛小，声音则较为喧闹。

笛管在嗡鸣的笛声旋律上再添颤音，让听者体内的血液都发起痒来。我身旁的这群女人开始骚动，而我则想起了《玛吉·劳德》这首苏格兰民谣：

> 噢，他们称我是大嗓门拉布，
> 当我吹起笛管，
> 女人全都变得癫狂。

我身旁这群女人若非癫狂，就是非常具有鉴赏力。她们倚在栏杆边，对着身穿华服走进厅里的男人指指点点，发出爱慕的喃喃低语。有个女孩子认出詹米，手掩着嘴发出惊叹，急忙叫朋友来看。詹米的现身引起众女子纷纷的窃窃私语。

有些是对他的俊俏外貌发出仰慕之情，更多则是臆测他现身立誓大会的原因。我特别注意到了莱里，当她看着詹米时，整个人亮得就像蜡烛。我想起亚历克在马厩说过的话：你知道她爹不会让她嫁给外姓人家的。而且，科拉姆的外甥？这点可能会让这家伙备受瞩目，当然，若不考虑他所犯的小小违法行为的话。

风笛的乐音升扬至热烈的高点，随即戛然而止。在厅内的一片死寂中，科拉姆步出大厅前的拱道，径直向厅前一座自地面升起的小平台大步走去。科拉姆无意夸耀腿部的残缺，却也无意掩藏身体的缺陷。他穿着蔚蓝色外套，衣角繁复地缀着金边，缝上银质的扣子，还有反折到接近肘部的粉红色袖口。上等毛料的格纹呢裙长过膝盖，盖住了腿的大部分和腿上的格纹袜。他的软扁帽是蓝色的，不过帽上的银质徽章插的是羽毛，而非冬青枝。科拉姆一脚踏上中央舞台时，全场屏息。不管科拉姆·麦肯锡的其他身份为何，他绝对是懂得控制场面的人。

他转过身子，面对群聚的族人，高举手臂，以嘹亮的呼喊对群众致意：

“Turlach Ard！”[1]

“Turlach Ard！”众人纷纷回应。站在我身旁的女人不禁抖了一下。

接着是一小段以盖尔语进行的演说，演说过程中不时有赞同的吼声回应。接着，立誓活动正式开始了。

杜格尔·麦肯锡是第一个踏向台前的人，科拉姆站在小小的立台上，所以兄弟两人齐高，并相对而视。杜格尔一身盛装，衣料却是平淡的栗色绒布，也没有缀金边，这样就不会抢去科拉姆的堂皇风采。

杜格尔用夸张的动作抽出匕首，刀刃朝上握着，单膝跪下。他的声音不如科拉姆有力，但音量足以让每个字响彻大厅。

“吾以吾主基督的十字架和手中圣铁为誓，向您献上忠诚之意，保证吾对麦肯锡氏族的不贰忠心。吾若有起兵叛变之举，但求手中圣铁之剑刺穿我心。”

杜格尔放低匕首，在刀柄的接合处一吻，接着收刀入鞘。他维持着跪姿，对科拉姆献上双手，并扣住对方的手掌。科拉姆双手握住杜格尔的手，执至唇边，接受了弟弟的效忠立誓，接着将他扶起。

科拉姆接着转身，从盖着格纹布的桌上举起一只沉重的双耳银杯，喝了一口，接着递给杜格尔。杜格尔喝下一大口，递回银杯，向麦肯锡的领主做最后的鞠躬致意，然后退到一旁，腾出空间让下一个人上场。

从宣誓到饮酒仪式，同样的步骤一次又一次地重复。我看着队伍中的人数，不禁对科拉姆的能耐另眼相看。我试着估算，科拉姆若对每个立誓者都喝下一口，那他今晚将喝下多少品脱的烈酒。此时我看到就快轮到詹米了。

---

① 这是麦肯锡氏族在战场上呼喊的口号，“Turlach Ard”是该族领地中央的一座山。

杜格尔在完成自己的立誓之后，就站定在科拉姆身后。此时，另一人正在立誓，杜格尔看见詹米就站在科拉姆前头，我看到他满脸讶异。他朝前走近兄长，在他耳边低语数句。科拉姆的目光依然锁定在面前立誓者的身上，不过我却看到他微微地挺直了身子。科拉姆对詹米的出现也感到惊讶，而且，我想他并非全然欢喜。

经过立誓仪式，厅内开始时的热烈气氛更显高昂，要是詹米在这个时间点上拒绝对科拉姆宣誓效忠，我想他可能会被身旁的人碎尸万段。我对自己让詹米陷入如此的险境十分愧疚，暗自在裙子上抹了抹手。

詹米看起来冷静、沉着，厅堂里虽然燥热，他却滴汗未流。他耐着性子在队伍里等着，心里明白厅内有全副武装的数百人，随时可对任何侮辱科拉姆及麦肯锡氏族者发动攻击，但从他外表却看不出任何迹象。Je suis prest，我准备好了，的确。或许，詹米已经决定采纳亚历克的建议？

轮到詹米上场时，我紧张得指甲都掐进掌心里了。

他姿态优雅地在科拉姆面前单膝跪下，深深一鞠躬，但并没有抽刀立誓，而是站起身子，直视科拉姆的脸。詹米挺直身体，肩头比厅里多数男人都高，而且他比站在台上的科拉姆还高数英寸。我朝莱里瞥了一眼，当詹米直直站起，她霎时面无血色，双手紧握成拳。

厅里的每一只眼睛都看着詹米，但他似乎只对科拉姆独语，声音一如科拉姆低沉，每个字词无不清晰可闻。

“科拉姆·麦肯锡，我以亲人及盟友身份来到您面前。我不对您宣誓，因我已对己身所出之族姓立誓。”人群中传来一阵不祥的低号声，詹米不顾这些声音，继续说道：“不过，无论您何时需要，我将不吝献上吾有之物、吾之协助及善意。我以亲属及领地居民身份向您献上尊服之意，只要我双足踏在麦肯锡氏族领地，都当遵循您的旨意。”

詹米语毕，昂身挺立，双手垂悬在侧。现在发球权在科拉姆手上了，他只要一个命令、一个动作，众人便会让这年轻人血溅当场。

科拉姆动也不动地站了一会儿，接着微微一笑，伸出双手。詹米短暂犹疑后，伸手轻轻搁在科拉姆掌上。

“你的友谊和善意让我们倍感荣幸，我们接受你的顺服之意，并诚心视你为麦肯锡氏族的盟友。”科拉姆清清楚楚地说道。

整座大厅的紧张气氛顿时舒缓下来，当科拉姆饮下杯中酒，再将银杯递给詹米时，楼厢里几乎听得见众女子松了一口气。这年轻人微微笑着接过酒杯，不过，他并非仪式性地啜饮一小口，而是小心翼翼地执起近乎全满的酒杯，倾着杯子就喝。他不停喝着，强而有力的喉部肌肉不断滑动，全场观者的屏息声中也夹杂着敬意与兴味。我想，他应该很快就得停下来喘口气吧——但是他没有。詹米一口气喝光了沉甸甸杯子里的最后一滴酒，大大喘了一口气，放下杯子，递回给科拉姆。

“和威士忌品位如此绝妙的氏族结为盟友，是我的荣幸。”

这句话让厅里爆出一阵喧嚣，詹米在沿途众人的握手和捶背恭贺下，朝拱道走去。科拉姆·麦肯锡显然不是这个家族中唯一通晓戏剧窍门的人。

楼厢里的热气让人窒息，而且往上飘的燃烟也让我在立誓典礼终于进入尾声时头痛起来。科拉姆说了些振奋人心的话当作结尾，他强劲有力的声音未受六大杯烈酒的影响，依然在大厅的墙石间回荡。尽管他全程站着，但我想至少今晚他的腿不会痛了。

楼下传来阵阵强烈的吼叫，风笛放声鸣响，原本庄严肃穆的场面消融成升腾的喧闹和嘶吼，在架上出现的桶桶麦酒和威士忌，以及一盘盘冒着蒸气的燕麦饼、羊杂麦粥以及鲜肉，则引起更疯狂的欢呼。菲茨太太一定仔细规划了这个进餐步骤，她不放心地倾着身子、越出栏杆，一双利眼盯着上菜仆侍的一举一动。他们大多是年纪还不够参加立誓的男孩。

“欸，雉鸡肉是要送到哪儿去？”她检视着送来的碟盘，喘着气喋喋不休地抱怨着，“镶鳗鱼又是要送到哪儿？该死的蒙哥·格兰特，他要是把鳗鱼给烧焦了，我非剥了他的皮不可。”菲茨太太打定主意后，转身朝楼厢后头挤去，不愿放手把晚宴这么重要的事情交给蒙哥·格兰特这样的生手。

我把握机会，尾随在后，利用她硕大身躯挤过后留下的空间穿越人群。其他人也很高兴找到同样的机会离开，纷纷加入我的行列。

菲茨太太走到楼梯下，回头看到上头还有一群女人聚着，怒皱眉头。

“你们这些姑娘马上回自己的房间！要么就待在那里别让人看见，不然最好回自己房里去。别在走廊逗留或者躲在角落里偷看。这地方的男人哪个不是喝得半醉？再过一个钟头，他们全都会喝得魂不附体。今晚这地方可不是给姑娘家待的！”

她推开楼厢的梯门，小心翼翼地望向走廊。走廊两旁显然空无人迹，她悄声地把这些女人赶出梯门外，急忙把她们一个接着一个送上楼去睡觉。

“需要帮忙吗？”我跟上前去问，“我是说，厨房里的事。”

听到这个提议，菲茨太太笑着摇摇头。“姑娘，不用，没必要。快离开吧，你在这里也不会比其他人安全。”我的后腰被她善意地轻轻一推，踏进昏暗的走道。

自从遇到过门外的守卫后，我就打算听从菲茨太太的建议了。大厅里的男人乱成一片，手脚乱晃挥舞，不断灌酒，毫无矜持节制。这里不是女人该待的地方，嗯，我同意。

但找到回我房间的路，就完全是另一回事了。虽然我知道另一层楼有条有顶盖的通道连到我房间前面的走廊，但我人在城堡内一个不甚熟悉的区域，找不到任何看起来类似的楼梯。

我走近转角，碰上一群麦肯锡男人。我不认识这些人，他们来自麦肯锡领地的外缘地区，而且也不习惯堡内的礼仪。之所以得出这个判断，是因为当我遇到他们时，其中某个显然是在找厕所的人最后放弃寻找，直接在厅道转角解决了。

我马上转身打算回到原路，不管有没有楼梯。这时，几只手伸了过来，把我拦下。我发现自己抵着走廊墙壁，被一群满是威士忌酒气、脑子里打着坏主意的大胡子苏格兰人包围了。

我面前的男人冷不防地攫住我的腰，另一只手插进我的胸衣。他的身子靠了过来，长满胡子的脸颊在我耳上磨蹭。“哎哟，要不要给全麦肯锡最勇猛的男人来个香吻啊？Turlach Ard！”

“Erin go bragh！”[1]我粗鲁地回道，使劲一推。

他因为喝了酒，站不稳，往后踉跄地撞到一位同伙，我随即闪到侧边逃走，跑的时候还踢掉了脚上难穿的丑鞋。

又一个身影在我前方浮现，我迟疑了一下。眼前似乎只有一个人，但后头至少有十个追兵啊，虽然他们喝了那么多酒，跑起来追人还是挺快的。我向前跑，打算从那人身边溜过去，不过这人却直挺挺地走到我面前，我只得赶紧停下来，几乎得出手抵住他的胸膛才没直接撞上。这个人是杜格尔·麦肯锡。

“搞什么鬼……”他才一开口，就看到我身后的追兵。他把我拉到身后，对着追来的人以盖尔语咆哮了几句，他们也以盖尔语回嘴。经过简短如狼吼的交涉之后，这群人放弃了。他们转身走开，去找更有趣的乐子。

“谢谢你。”我有点晕眩地说着，“谢谢，我不应该在这里的。那……那我走了。”杜格尔目光低垂地看着我，握住我的手臂，把我拉了过去，两人直直相对。他的衣发凌乱，显然也加入了大厅里的狂欢。

“说得对，你不该在这里。要是继续待着，可要付出代价。”杜格尔低声说着，他的双眼在半明半暗中闪着精光。毫无预兆地，杜格尔把我用力拉向他的身体，吻了我。

他落吻的力道之重，足以弄伤我的唇，逼得我分启双唇。他的舌抽弹着我的舌，我口中感受到鲜明浓烈的威士忌滋味。他的手紧紧抓住我的臀部，并用力顶向他。即使隔着层层的裙布衬衣，我还是能感到他格纹裙下有块直挺坚硬之物。

---

①意为Ireland Forever（爱尔兰万岁）。

一如突然抓住我，他又突然将我松开。他点点头，手朝着大厅示意，呼吸有点不稳。一缕赤褐色的头发垂在他额前，他单手将垂发拨了回去。

“姑娘，在付出更大的代价之前，快走吧。”

我赤着脚离开。

* * *

由于前夜举行了活动，我本以为理士城堡内的多数居民隔天会晚点起床，也许会在日上三竿之际为了想喝杯醒脑的麦酒才爬起来。但是这苏格兰高地的麦肯锡族人比我认知的更勇猛，在天光亮起之前，堡内走廊上上下下已是人声鼎沸，武器撞击声不绝于耳，还有众人出发狩猎前靴鞋发出的踢踏声。

这天的天气寒冷、多雾，不过我在前往大厅路上遇到的鲁珀特却说，这是猎野猪的最佳时机。

“这禽兽毛皮很厚，天气冷对它们没有影响，而且周围这么浓的大雾让它们看不见走来的人，觉得自己很安全。”鲁珀特边奋力用脚踏磨刀轮磨着刀锋，边解释道。

但这也代表人猪正面交锋之前，猎者同样看不到靠近过来的野猪啊。但我忍住没说出口。

当太阳开始为浓雾缀着红金光条时，猎猪队伍已在前庭集合完毕。他们的目光因为期待而闪烁着，也因为雾中湿气而闪着光。我很高兴看到女人不用参与猎猪行动，她们心满意足地为即将出发的英雄准备燕麦饼和麦酒。看着出发前往东边林地的勇士——他们全副武装，带着斧刀、箭弓和匕首——我不禁替野猪难过起来。

不过，这个想法在一个钟头之后就反过来了。那时我被急忙召去森林外缘，处理一个可能是在浓雾中被野猪撞倒的男人的伤势。

“哎呀，我的天！”我检查他从膝盖划到足踝、又宽又深的锯齿状伤口，大喊出声，“这是动物造成的伤口？难不成它有不锈钢牙齿吗？”

“呃？”受害者吓得脸色苍白，回不出话，不过其中一个将他抬出林子的人却好奇地看了我一眼。

“算了。”我拉紧绕绑在他受伤小腿上的加压绷带，“带他回城堡，让菲茨太太帮他准备肉汤和毯子。他的伤口需要缝合，我手边没有工具。”

同一批猎手的旋律般的叫嚣声依然在山陵边的雾气中回响，突然间，一阵尖叫声穿越雾气和树顶而来，吓得一只雉鸡从旁边的栖藏之处飞扑而出。

“老天爷，又是怎么回事？”我抓起满手的绷带，把病人留给看护，奋力往树林里跑去。

雾气在树丫衬托下更显浓厚，眼前所见不过数英尺，但是紧张的喊声和树下被折倒的草丛指引我往正确的方向前进。

它从我背后往前奔驰而过，我因专注听着前方的叫声而忽略了它的声音，直到它扫过身边，我才见到它的身影。那是一团以不可思议的速度移动的黑影，小得荒谬的裂蹄踏在浸湿的树叶上几乎无声无息。

突然出现的野猪让我目瞪口呆，第一时间根本没想到害怕，我只是瞪着那团黑色幻影消失其中的雾气。接着，我伸手把脸上沾湿的卷发拨了回去。我看到它身上有斑斑红光，低头一看，发现我裙子上也有血迹。这野兽受伤了，也许那尖叫声发自这野猪？

我想不是。我知道那是身受致命伤时的声音，而那只野猪在跑过我身边时，仍健步如飞。我深吸一口气，走进雾墙，找寻伤者。

我在一处小斜坡下发现了他，身边围着一群穿着格纹裙的男人。他们把披肩盖在他身上保暖，但是盖住他腿部的布料却不祥地因浸透了某种液体而成了暗色。一条宽广的黑泥刮痕显示他从何处滑下斜坡，从沾染泥巴的树叶和被翻搅过的土地，也看得出他在何处碰上了那头野猪。我在这男人身旁跪下来，拉开罩布，开始工作。

正当我开始动手时，围在身旁的男人一阵惊呼。我转头一看，梦魇般的身影无声无息从林子中走来，重现眼前。

这回，我有时间看清楚突出在它体侧的匕首，也许那是躺在我面前的男人的杰作。我也看见那沾着血的邪恶黄色獠牙，它疯狂的小眼像血痕一样猩红。

周围的男人跟我一样讶异，他们开始骚动，抄起武器。但有个男人比其他人动作都快，他抓过一个呆若木鸡的同伙手上的猎猪剑，朝前走向空地。

这人是杜格尔·麦肯锡。他近乎闲散地走着，手中的剑拿得很低，像是准备举起一铲土似的握在双手里。他全神贯注地对着野猪，以盖尔语低声对它轻语，好像要把这野兽从林子的庇护中引诱出来。

野猪的第一击仿佛突然爆炸，它飞冲而来，近得让杜格尔侧身闪过时，棕色狩猎披肩都飘了起来。野猪旋即转弯，浑身肌肉的暴怒身影回冲过来。杜格尔像斗牛士似的跳到一旁，举剑戳刺野猪。后退、前进，再次后退、前进。这场打斗的程度不比舞蹈狂烈多少，杜格尔和野猪全身上下如绷紧的弦，但动作敏捷，仿佛浮飘在地表。

整场打斗似乎过了很久，但前后不过一分多钟。当杜格尔绕过劈刺而来的獠牙，举起短而坚实的矛刺，直直捅进野猪倾斜的肩头时，打斗终于告终。矛刺的重击声和令人战栗的哀号让我臂上寒毛直竖。野猪的小眼激烈地前后搜索，寻找它终究无法胜过的对手。它踉跄地走着，小巧的蹄子深深陷入泥巴。它继续哀嚎着，而当它沉重的身躯朝一边倒下时，原本插在体侧的匕首在它满布毛发的肉躯里陷得更深，哀嚎声也倏地拔高到残忍的音调。野猪小小的蹄子踢着地，翻搅起厚厚的湿泥。

尖叫声突然停了。有好一会儿周遭一片沉寂，接着野猪发出呼噜一声，沉重的身躯不动了。

杜格尔没等确认野猪是否已死，就绕过它痉挛的身躯，走到受伤男子身边。他跪下来，一只手搁在伤者肩后，取代了原先的撑扶者。细微的血雾喷在杜格尔高耸的颧骨上，边侧的头发也有干涸的血珠。

“好了，乔迪，没事了。”杜格尔粗犷的声音突然变得温柔了，“我解决了它，没事了。”

“是你吗，杜格尔？”受伤的男子朝杜格尔的方向转头，努力想睁开眼。

杜格尔抵着身子抱着伤者，抚摸着他的头发。我在快速检查伤者的脉搏和生命迹象时，因听到了他们的对话而深感讶异。冷酷、粗莽的杜格尔正对着伤者温柔低语，说着安慰的话。

我蹲下来，在身旁那堆布料中翻找着。他的伤口很深，从胯下到大腿，至少有八英寸长，鲜血持续涌出。血不是喷溅出来的，因为腿部的大动脉没被伤到，这表示还有机会止住出血。但是，止不住的是从他腹部渗涌而出的血。野猪的长牙划开了肚上皮肉，露出膈和肠子。虽然没有大血管受损，但从他皮上的锯齿状裂痕可看出他的肠子严重受伤。腹部受到这样的伤，通常会致命，即便在现代的手术台上进行治疗和缝合，且手边有抗生素可用，情况一样绝望。破裂肠道内的秽物溢入腹腔，污染整个腹腔，绝对会造成致命感染，而这里也只有蒜球和蓍草花可用……

当杜格尔低头看着严重的伤口时，我们视线交汇。他动着唇，无声地说：“他能活命吗？”

我不发一语地摇摇头。杜格尔抱着乔迪，顿了一会儿，接着倾身向前，从容地解下我系在乔迪腿上的紧急止血带。他看着我，看我是否会抗议，但我只是微微点头。我有能力止住他的血，让他活着回到城堡。但回到城堡后，腹部伤口溃烂，他也只能在加剧的痛苦中挣扎，任凭脓疮蔓延全身，最后断气身亡，死前还要受数日疼痛的折磨。让他离世的最好方法，也许正是杜格尔为他做的，让他在天幕下干干净净地离开。树叶沾染了他身上的血，也沾染了夺去他性命的野猪的鲜血。我爬过乔迪脑袋旁的浸湿的叶子，让他的身子半躺在我怀里。

“很快就会好起来，很快就不痛了。”我平稳、沉着地说着，一如以往，一如受训所学。

“啊，现在……好多了，我……已经感觉不到我的腿了，还有我的手……杜格尔？杜格尔，你在吗？”他麻痹的双手茫然地在眼前挥摆着，杜格尔紧紧抓住他的手，握在掌中。他靠了过去，在乔迪的耳边轻声低语。

乔迪的背突然拱了起来，脚跟深深地插进泥地，他的身体剧烈地抵抗着意识已接受的事实。他断断续续地喘着气，像一个即将失血而死的人大口大口地吞咽着空气，渴求呼吸到身体亟须的氧气。

树林一片沉静，雾中没有鸟鸣，众人蹲在树影下，耐心而沉默地等着，一如林中树木。我和杜格尔双双贴近乔迪挣扎的身体，低声对他说话，安慰他，共同担起助人告别人世前那混乱、心碎却又必要的任务。

回城堡的路上，大家静默无语。我走在死者身边，他就躺在以松木枝干制成的临时担架上。其后以同样方式运着的，是他生前的敌人。杜格尔独自一人走在最前面。

当我们走进前庭大门时，我看到贝恩神父肥胖的身影。他急忙迈着来得太迟的步伐，赶来帮助已逝的教民。

杜格尔停下脚步，当我正要转身到楼上诊间时，他伸手拦住我。抬着乔迪遗体的人继续走向教堂，留下我们待在荒芜的走廊。杜格尔抓住我的手腕，仔细地看着我。

“你以前看过人死去，而且是死于暴力。”杜格尔断然说道。这不是问句，而是近乎控诉。

“我看过很多。”我以同样断然的语气回答，然后抽出身子去照顾其他伤患，留他站在原地。

* * *

乔迪的死虽然骇人，却只给庆祝活动带来了短暂的阴影。当天下午，大家在城堡内的教堂为他举行了一场隆重的葬礼弥撒，隔天早上各式竞赛也就开始了。

我没看到多少比赛，因为忙着“修理”参赛者。我能肯定地说，真正的苏格兰高地竞赛，就是一场“保命”游戏。我帮好几个在刀剑之间跳舞、看来是打算把自己的脚砍断的笨手笨脚者包扎伤口，帮一个跑进丢出的铁锤射程内的家伙接回断腿，还发了蓖麻油和金莲花糖浆给无以数计吃了太多甜食的小孩。到了傍晚时分，我几乎累瘫。我爬上诊所的大桌，想从小窗子探出头呼吸点新鲜空气。竞赛场上的叫嚣笑声和乐音都已停歇，很好，不会再有人来看病了，至少到明天之前不会。鲁珀特说过他们接下来要做什么？射箭？嗯，我查看绷带还够不够，随后疲累地关上诊所的大门。走出城堡后，我下山到马厩去。我可以和不说话、不流血、非人类的马儿好朋友做伴。我心里也想，或许可以在那里见到詹米，然后试着再次向他道歉——为了把他无端扯进立誓大会。的确，詹米虽然顺利、成功地立完誓，但显然不会再独自待在马厩里了，因为鲁珀特可能到处散布我们暧昧嬉戏的谣言。嗯，我最好别再想了。

至于我的困境，我最好也别再多想，不过，我迟早都得思考这问题。我的逃脱计划在大集会之初这么“堂而皇之”地挫败，那么大集会尾声之际的机会可能更棒。的确，虽然大多数马匹和访客都会在这时离开，但城堡里还有好多马可用，要是幸运的话，丢了一匹马也只会被认为是偶然失窃。你看竞赛场上有那么多一脸凶恶的家伙，而且在众人离开的纷乱中，可能也要过好长一段时间才会有人发现我跑了。

我沿着小牧场的篱笆拖着脚步慢慢走，心里盘算着逃脱的路线。整件事最困难的地方，在于我只能粗略地从我要去的地方知道我目前人在何处，而且由于我在竞赛过程中帮大伙儿看病，现在从理士城堡到边境间的所有麦肯锡族人全都认得我，我没办法向路人问路。

我突然想到，詹米是否已把我在立誓大会那一夜失败的脱逃企图告诉了科拉姆或杜格尔？他们两人都没提过，詹米也许没告诉他们。

放牧场上没有马，我推开厩门，看到詹米和杜格尔双双坐在一捆草堆旁时，我的心都快跳出来了。他俩看到我，也和我见到他们时一样讶异。不过，他们还是有礼貌地起身邀我同坐。

“没关系，我无意打断你们的谈话。”我朝厩门转身退了回去。

“姑娘，不碍事。我刚刚告诉詹米的事，跟你也有关系。”

我很快朝詹米望了一眼，他摇头回应。所以，他没把我企图逃跑的事告诉杜格尔。

我坐下来，对杜格尔有点提防。我还记得立誓大会当晚在走廊发生的事，虽然他的动作和言谈不像是在讨论那件事。

杜格尔突然开口：“两天后，我要离开理士城堡。而且，我要带你们两个同行。”

“要带我们去哪儿？”我睁大眼睛问，心跳继续加速。

“穿越整个麦肯锡的领地。科拉姆不便长途跋涉，所以探访领地内那些没能来参加大集会的佃户农家就落到我头上，去照顾这里那里的大小生意……”杜格尔挥着手，当作小事一桩。

“但为什么要带我？我是说，我们。”

杜格尔在开口前想了一下：“因为詹米对马很有一套，至于姑娘你呢，科拉姆认为我应该带你到威廉要塞那儿去，那里的司令应该可以……可以帮你找到法国的亲戚。”我心想，或者是帮你查出我是谁，还有查出我隐瞒了多少事吧。杜格尔低头看着我，显然在想我是怎么看待这消息的。

“好吧，这听起来是个好主意。”我平静地回答。虽然我外表看似平静，内心实则雀跃万分。太幸运了！现在我不必尝试逃离城堡，杜格尔会为我带路的。我心想，到了威廉要塞，就可以轻易找到去纳敦巨岩、去巨石阵的路了，然后，幸运的话，我会回到家里。

第三部分　在路上

第十一章　与高恩律师的谈话

两天后，我们在天光乍现之前骑着马走出理士城堡的大门。在众人的告别呼喊声和湖上野鸭的鸣叫声中，马儿三三两两小心翼翼地走过石桥。我不时回头张望，直到理士城堡的庞大身影消失在微光闪闪的雾幕里。一想到我再也见不到这石造大城堡和堡内居民，我心里不禁冒出一股奇异的遗憾之情。

马儿的踏蹄声似乎被雾气捂住，在潮湿的空气中，声音显得特别诡异，周围人的交谈碎成片片断断，而长长队伍前头传来的呼喊声有时反而较清楚。这一路走来，仿如骑行在满布幽魂的蒸腾烟雾里，不见其人、只闻其响的声音在空中飘浮着，说者远在他处，但发出的声音却好像触手可及。

我身处队伍中间，一边是一个我不知其名的护卫，另一边则是奈德·高恩，就是我在科拉姆大厅中见过的那位抄写员。但从我们沿路的谈话中，我发现他不仅仅是抄写员。

奈德·高恩是个初级律师，生于爱丁堡，在当地成长、受教育，看起来的确有那种架势。这个动作和习性精确利落的小老头儿，穿着一袭上等的呢绒外套和细致的羊毛裤，还有一件襟前缀着小小饰带的亚麻衬衫，以及一条做工精巧到能同时彰显地位亦可应付旅途不便的马裤。一副金边半框眼镜和利落的发带，配上一顶蓝色的双角帽，为他的整体造型收尾。这一副法律界人士的典范样貌，让我在看着他时无法不带微笑。

高恩坐在一匹安静的母马上，马鞍上架着两只以磨旧皮革制成的硕大皮袋。他解释说，一个袋子里装了他的墨水瓶、鹅毛笔、纸张等工具。这只皮袋因装了东西而鼓胀着，不过另一只袋子看起来几乎是空的。

“另外那个袋子是做什么用的？”我看着问道。

律师拍了拍扁扁的袋子说：“噢，这是用来装科拉姆的佃租的。”

“他心里一定期待着收很大一笔钱。”

高恩先生和蔼地耸了耸肩膀：“亲爱的，没那么多。收来的佃租大多只有几文钱，几枚硬币，而且这些小钱还比其他较大面额的货币占空间。”他干薄的唇上闪过微笑的弧线，“不过，这堆沉重的铜板、银币还是比领主的其他收入更好搬。”

他转过头，目光锐利地越过肩头，回望随队前进的两辆大驴车。

“一袋袋谷物或成堆的芜菁至少不会乱动，鸡鸭鹅这种家禽要是绑好关妥的话，我也没意见。我也不反对用羊只来交租，虽然它们这也吃那也吃的习惯曾惹过麻烦，运送实在不方便。去年有只羊还吃了我的手帕，虽然我得承认那是我的错，不该让手帕从外套口袋里露出来。”高恩先生的薄唇坚决地说着，“不过，我今年下达明确指令，不收活猪。”

我猜，就是因为得保护高恩先生鞍上的皮袋，还有那两辆驴车，收租队伍才会有另外的二十多人吧。他们全骑着马，佩带武器。队伍里还有好几群驮兽，驮着的应该是众人的补给。菲莰太太先前在声声道别和叮咛中告诉我，沿途会有好几晚要在路边扎营，凑合着过夜，膳宿条件可说是非常原始的，或几乎等于零。

我很好奇，到底是什么原因让高恩这样条件甚佳的人远离早已习惯的文明生活，到遥远的苏格兰高地来工作。

“这个嘛，我年轻时在爱丁堡有一间小小的律师事务所，事务所的窗子还缀着蕾丝窗帘，门边还有刻了我名字的亮闪闪的铜牌呢。不过，我厌倦了日复一日帮人拟写遗嘱或让渡书，以及每天在街上看到同样的面孔，所以就离开了。”他简短地回答了我的问题。

他买了一匹马，备好所需之物便上路了。他不知道要去哪儿，或到了之后要做什么。

高恩先生用饰有图纹的手帕轻拍着鼻子说：“我得说，我有某种……冒险的喜好，不过，我的身份地位和家庭背景又不好让我去跑船或当个拦路强盗，这两个是我当时能想象的最具冒险性的职业。最后，我的选择就是往北走，到苏格兰高地，这是退而求其次的选择。那时我想，过一段时间，也许能说服哪个领主让我在宫中服侍其侧。”

在他游走苏格兰高地的过程中，的确也遇到过这样的领主。

“雅各布·麦肯锡。”高恩带着耽溺往昔的温柔笑意，下巴朝队伍前头在雾气中闪动的那头红发指了指，“他是个邪恶的红发老坏蛋，他的外孙跟他很像。我和雅各布初次见面是在枪口下，那时他拿着枪要抢劫我。我没得选择，只得心甘情愿让出我的马和行囊。不过，我坚持就算走也要跟他同行，我相信他当时心里有点畏缩。”

“雅各布·麦肯锡？那就是科拉姆和杜格尔的父亲啰？”

老律师点点头：“是啊，当然。那时他还不是领主，过了几年，在我的小小协助下，他才……”他谨慎地补上这句：“那时，这地方还没那么文明……”他沉浸在对往事的回忆中。

“噢，是吗？所以可以说科拉姆‘继承’了你？”我恭敬地问。

“大概是这样。雅各布去世时，堡内遇上点麻烦事。当然，科拉姆确定可继承理士城堡，但是他……”高恩停顿了一下，前后看了一下，以确保周遭无人能听见我们的谈话。武装护卫已经往前骑去和伙伴同行，我们后头的驴车车夫也离我们有一段距离。

他继续方才中断的故事：“科拉姆当时是个十八岁的成人了，也承诺当个好领主。他把利蒂希娅娶进门，以此作为和卡梅隆家族的结盟之举——婚约协议还是我拟的。不过，婚后不久，科拉姆便在某次攻击中落马，跌断了大腿骨，而且复原状况并不好。”

我点点头，当然了。

高恩先生叹了口气，继续说：“接着，他又过早地从病榻中起身，结果跌下楼梯，摔断了另一条腿。他在病榻上躺了几乎整整一年，没过多久，大家就明白他这伤是永远好不了了。而遗憾的是，雅各布也在此时去世。”

高恩先生没再多说，他整理着思绪，目光望向前方，探身似乎在找寻什么人，寻觅无果后，便又坐回鞍上。

“那时，科拉姆也正为他妹妹结婚的大小事情烦恼。而杜格尔……唉，我想科拉姆在这件事上也不会原谅自己。杜格尔当时是有可能当上领主的，不过大家觉得他的决策判断能力不足以胜任。”高恩摇摇头，“噢，当时这件事闹得很大，一些叔舅亲戚和封臣都加入讨论，还办了一场大集会来决定此事。”

“他们终究还是选了科拉姆？”科拉姆·麦肯锡的性格威力再次让我感到讶异。看着这个骑马走在我身旁的憔悴小老头儿，我心想，科拉姆在结盟为友的选择上运气也挺不错。

“的确选了科拉姆，不过那是因为他们兄弟俩情谊深厚，紧紧相依。科拉姆的勇气和智慧毋庸置疑，可是，他的身体不行了。科拉姆显然没办法继续带领族人上战场，不过，麦肯锡一族还有杜格尔。杜格尔身强体健，只是有点鲁莽和急躁。那时杜格尔直挺挺地站在兄长的座位后头，发誓遵循他的指令，愿意当他战场上的双腿和左右手。于是，有人提议科拉姆可依其应有的长幼顺序成为新任领主，而杜格尔则是战场上的首领，负责在战时领导族人。这样的决定可是史无前例啊！”

高恩说到“有人提议”时的刻意谦虚显然说明了那是谁的提议。

“那你是谁的人马呢？科拉姆的还是杜格尔？”

“我关心的是全麦肯锡氏族。”高恩先生谨慎地回答，“但基于形式，我已对科拉姆宣誓效忠。”

基于形式？算了吧。我见识过那场立誓大会，却想不起在众人当中见过这位律师的小小身影。所有出席立誓大会的人无一不受感动，即便是天生的律师亦然。而这个坐在红棕马匹上的瘦骨嶙峋的小老头儿，虽然深谙律法精髓，却证明自己有个浪漫的灵魂。

“科拉姆一定觉得你对他颇有协助之功。”我客套地说着场面话。

“噢，我不时会帮点小忙，就像我帮其他人一样。亲爱的，要是你哪天需要听点意见，尽可来找我，别客气，我保证我的判断值得信赖。”他客气地笑着说，优雅地在鞍座上弯腰鞠躬。

我调皮地扬着眉毛问：“就像你对科拉姆·麦肯锡那么忠诚吗？”他那双迎上我目光的小小棕眼睁得老大，我在他的目光里同时看到潜藏在不再深邃的眼眸中的机巧和幽默。

“这个嘛，值得你一试。”他毫不谦逊地说。

“我想也是。”我语意里的忍俊之意多过怒气，“不过，高恩先生，我向你保证，我不需要你的判断，至少目前不需要。”我心想，这话听起来很有意思，因为我的口吻跟高恩先生一样。

“我不过是个普通的英格兰女士，就是这样。”我语气坚定地说，“科拉姆想从我身上找出根本没有的秘密，这根本就是浪费他自己和你的时间。”我暗想，这秘密是有的，但可说不得啊。高恩先生的判断也许值得信赖，但他的信仰可不是如此。

“他派你来，不会是打算对我刺探、逼供吧？”我突然冒出这念头，大声问道。

高恩先生对这想法短短地笑了一声：“噢，没有。亲爱的，没这必要。我是来执行我的基本任务的，帮杜格尔处理账目记录，还有接受远方封臣佃户可能会需要的小小法律咨询。而且，我都这把年纪了，恐怕也没兴致再去冒险。这年头比以前安定多了。”他叹了口气，好像遗憾不已，“不过路上还是有被拦路劫财的可能，或者在边界受到攻击。”

他拍了拍放在鞍上的第二只袋子：“这袋子里也不是空无一物。”他掀起皮袋的上盖，我看见了袋中那把枪柄饰有涡形图纹的亮闪闪的手枪，整齐地收在双环扣里，放在便于拿取之处。

他仔仔细细地打量着我的衣着和外貌。

“亲爱的，虽然我想杜格尔可能会觉得不太恰当，不过你还是应该随身佩带武器。”他的语气中带着轻柔的责备，“我去跟他说说看。”

当天，我们就在愉快的交谈中度过，流连在他对已逝美好时光的沉湎之情里。在那年代，男人个个都是汉子，苏格兰人狂野俊俏的脸庞上还见不到文明毒草蔓延肆虐的痕迹。

当夜幕低垂，我们一行人就在路旁空地上扎营。我的马鞍后头系着一条毯子，我准备用它度过我离开城堡后的第一个自由之夜。但当我离开营火走向树后时，感到身后有目光尾随着。看来，即便在空旷之处，我的自由依然受限。

* * *

我们在第二天近午时分抵达了第一个停驻点，这是一处仅有三四间小屋群聚的地方，坐落在小山谷下。居民从屋子里取来凳子给杜格尔坐，有人则从马车上拿来先前细心备妥、随车带来的一片厚木板，架在两辆骡车之间，给高恩先生当作写字台。

高恩先生从外套的后口袋中抽出一大条上过浆的方形亚麻布，动作利落地铺在一根树桩上，这残干原本是用作切剁东西的砧板的。他坐上树干，动手把墨水瓶、账本、收据在板子上一字排开。高恩神态沉着，好像仍在爱丁堡事务所的蕾丝窗帘后头埋首工作。

邻近耕地的佃农陆续来到这里，向领主的代理人缴付每年应尽的义务。这过程颇为随性，不像在理士城堡大厅那么正式。大家都是刚从田里或农舍过来，每个人都带了凳子，不分你我地坐在杜格尔旁边，或解释，或抱怨，或只是聊天交谈。

有些农人由一两个儿子陪同，背着一袋袋谷物或羊毛。始终不显疲态的高恩在和每个农人交谈之后，会写下农人缴付的年租收据，清清楚楚地在账本中记下，然后弹弹手指，这些农人便会在他指挥下快活地把牲畜抬上骡车。偶尔会有一小堆钱币，在微微的铿锵声中消失在他的皮袋子深处。高恩先生收租的同时，随行的护卫或在树下躺着歇息，或消失在林地河岸，我猜他们是去打猎了。

这样的情形在后续几天里大同小异地上演着。我不时会被邀进屋里喝杯苹果酒或牛奶，所有女人都会挤进房间和我聊天。有时，简陋的屋子要是大得能当成酒吧甚至客栈，那么当天杜格尔就会将它权充总部之用。

有时，农人缴付的佃租包括马匹羊只，或其他活体动物。这些牲口通常会在临近村落交换成较易携带的物品，而如果詹米认为收进的马匹适合纳入理士的马厩，那么马儿就会加入收租的行旅行列。

我很纳闷詹米为何会出现在队伍里。虽说这年轻人显然熟悉马匹，但队伍中多数人也很懂，甚至杜格尔自己就很懂马。况且拿马当作租金缴纳的人很少，而照料队伍中的马匹也不是什么特别的难事，我不知道他们何以认为有必要带詹米。但就在我们出发一周之后，我在一个叫不出名字的村子里发现了杜格尔要带詹米同行的真正原因。

当地虽是个小村子，规模倒也大得足以拥有一间让他们自豪的酒馆。酒馆里有两三张桌子，还有几张东倒西歪的板凳，杜格尔就在这里收租，并听取村民的意见。吃过难以消化的咸牛肉和芜菁的午餐后，杜格尔做东买酒，请那些缴完租金后还在店里闲晃的佃农和村民，以及几个刚下工的农人。他们目瞪口呆地看着我们这些陌生人，听着我们带来的消息。

我静静坐在角落的长椅上，喝着酸麦酒，享受下了马背的休息时刻。杜格尔不断在盖尔语和英语之间切换，我没太仔细听，内容大抵是一些小道消息，以及低俗笑话或家常漫谈等农家话题。

我心不在焉地想，照这速度，还要多久才能抵达威廉要塞呢；到了威廉要塞，如何才能脱离这群苏格兰同伙，又不碰上英格兰军队呢。我想着想着，没注意到杜格尔已经独自讲了好一会儿，似乎正在发表某种演说。听众聚精会神地听着，偶尔发出简短的惊呼和感叹。我渐渐恢复了对周围的意识，明白了杜格尔正巧妙地煽动群众对某件事的激愤情绪。

我环顾四周，胖鲁珀特和矮个儿律师奈德·高恩正靠着墙，坐在杜格尔背后，全神贯注地听着，酒杯都忘在身旁的凳子上了。詹米的手肘抵在桌上，身子朝前，皱着眉对着自己的酒杯。不管杜格尔说什么，詹米似乎一点都不关心。

杜格尔站了起来，毫无预兆地抓住了詹米的衣领，拉他站起身子。詹米老旧的破衬衫从接缝处平整地裂了开来。詹米十分诧异，完全愣住。他眯起眼，下颚绷得紧紧的，但是当杜格尔摊开撕裂的布片，向群众展示詹米的后背时，詹米却动也没动。

现场众人目睹到詹米疤痕累累的背部，无不倒抽一口气，随后则是群情激愤的鼓噪。我正想张口说话，随即听到"英格兰人"这个字眼儿，那语调毫无友善之意，便闭上了嘴。

詹米面色铁青地杵在原地，他在围聚过去的人群间退了几步，小心褪下身上残余的布片，揉成一团。一个个头儿只到詹米手肘处的小老太婆轻轻地抚拍着他的背，摇摇头，口中说着应该是安慰之词的盖尔语。如果只是这样的话，那么群众的情绪显然没有达到杜格尔的期望。

他简短回答了面前群众所提的几个问题。两三个来店里打酒的女孩靠着墙远远站着，聚在一起窃窃私语，眼睛不时睁得老大望向屋子这一端。

詹米朝杜格尔望了一眼，那眼神照理足以让他僵立如石。詹米把残余的衣服丢入角落的火炉，抛开众人同情的低语，大步迈出屋外。

由于吸聚众人目光的焦点离开了现场，大家纷纷将注意力转向杜格尔。虽然多数人的评论我都听不懂，但从少数几个我听得懂的字眼儿判断，应当是极度反英的言论。我的心在跟着詹米出去和不引人注意地默默留在原处间拉扯。不过，我想詹米此时不需要人做伴，于是又缩回角落，低头看着杯面模糊暗淡的倒影。

金属的铿锵响声让我抬起头来，人群中有个穿着皮裤、神色坚毅的男子在杜格尔面前的桌上抛下几枚钱币，似乎是想简短地发表他的看法。他朝后一站，拇指插在腰带间，一副督促其他人挺身而出的样子。众人犹疑片刻之后，一两个大胆的人跟着行动，随即又有更多人纷纷从钱包或皮袋子中掏出铜板钱币。杜格尔诚挚地感谢他们倾囊相助，招手对着客栈主人再买一轮酒。我注意到高恩先生把献金整整齐齐地收进另一个有别于收取科拉姆租金、供作麦肯锡族用的袋子，于是我也明白了杜格尔这小小演出的目的。

和其他大多数生意一样，搞叛变也是需要资金的。供养军队需要钱，供养叛军领袖亦然。从我对查尔斯·爱德华王子历史的记忆片段判断，这个篡夺王位的年轻人的部分资金来自法国，但这以失败告终的起义也有部分资金来自人民那浅薄、破烂的口袋。所以，科拉姆或杜格尔中至少有一人是詹姆斯党，是那位对抗英国国王乔治二世的年轻篡位者的支持者。

最后，村民佃户纷纷散去，回家吃饭。杜格尔站起身来，伸伸懒腰，一脸满足，就像猫儿刚喝过牛奶的模样。他掂了掂钱袋的重量，把袋子抛给高恩。

“不错，够多了。像这种小地方也不能期待收到更多的钱，这些已经够体面了。”

“我可不会用‘体面’这字眼儿来形容。”我从藏身之处直挺挺地站起来。

杜格尔转过身子，像是第一次看到我似的。

他因为觉得有趣而翘起嘴来，“噢？你不会用‘体面’这字眼来形容？难道你对这些人把为数不多却弥足珍贵的钱捐献出来支持他们的领袖有意见？”

我迎向杜格尔瞪视的双眼：“不管这领袖是谁，我都没意见。我不赞同的是你募款的方式。”

杜格尔仔细地打量我，好像我的神情能透露什么。

“不管这领袖是谁？”他轻轻地重复说着，“我还以为你听不懂盖尔语。”

“我是听不懂，不过我还有理解的本能，而且一双耳朵也没坏，好得很。不管盖尔语里‘乔治王的健康’怎么说，我都不会听成‘Bragh

Stuart'[1]。"

杜格尔头朝后一仰，哈哈大笑："的确不是。我会教你如何正确地用盖尔语称呼你的领主和国王，不过你刚刚说的那个字眼儿，不管你是不是英格兰人，可都不适合从淑女嘴里说出来。"

杜格尔弯下腰，从炉灰里拿出被弄得又破又脏的衣服，甩掉衣服上的煤灰。

他把衣服塞进我手里："既然你不喜欢我的方法，也许你想把衣服补一补。去跟客栈老板娘要针线，把衣服缝一缝吧。"

"要缝你自己缝！"我把詹米的衣服丢回杜格尔手里，转身离开。

"随便你。"杜格尔语气轻快地在我背后说，"如果你不想帮忙的话，詹米自己会动手。"

我停下脚步，心不甘情不愿地转过身，伸出手来。

"好吧。"我刚开口，就被一只从肩后窜出来的大手打断，这只手从杜格尔手中抢过衣服。詹米晦暗的身影从我们之间穿过，把衣服夹在臂下，无声地离开屋子，一如他无声地进入屋内。

* * *

当晚，我们在某个佃户的屋子里过夜，或者应该说我在屋子里过夜。男人都睡在外头的大小草堆、骡车或大片的蕨草上。他们为了尊重我是女人，再加上我算半个囚俘，因此给我在屋子里的火炉旁设了一张简陋的床。

虽然我的床看起来比屋内六口之家所睡的大通铺更好，我还是忌妒男人们可以露天睡觉。屋内的炉火并未全熄，只是入夜后稍微转弱。屋内空气非常沉闷，满是汗热和体味，还有翻来覆去、呻吟、打呼、放屁的声音。

---

① 意为"斯图亚特万岁"。

过了一会儿，我打消了继续睡在这闷热屋子里的念头，拎着毯子悄悄溜到屋外。相形之下，屋外的空气比屋内的窒闷好太多了。我不禁倚着石墙，大口大口吸饱满腔的鲜凉空气。

小路旁的树下有个守卫静静坐着。不过，他只看了我一眼，显然料想我不会跑多远，便回头继续削着手中的小东西。夜里月光皎洁，守卫手中的小弯刀在浓密的树影下闪着锋芒。

我绕着小屋走一圈，循着屋后小径走上山丘，仔细注意是否有什么东西潜伏在草间。我在两块大石之间找到一处隐秘的好地方，用草堆和毯子给自己做了一个舒服的窝。我躺在地上，四肢舒展，看着满盈的月亮缓缓横过天际的行轨。

从我穿越巨石圈的不幸旅程开始到现在，已经过了一个月。在我以科拉姆的不速之客身份进入理士城堡的那晚，我也是这样看着月亮从窗外升起。不过，我想至少现在我已经知道那些石头为什么会被摆在那儿了。

虽然石头本身可能没什么特别，但这些石头是标记，就像峭壁边的落石警告标志。竖立那些石头的用意，是标示该处是危险地点，是一处……呃……时光壳面特别薄弱的地方，还是某种特别的门户大开之处？建起石柱圈的人也不知道自己标记的是什么，对他们来说，那地方就是神秘得吓人或带有强大魔力的地点。有人会在那里毫无预警地消失，或许也有人会无端冒出来。

不过，这只是我的猜想。要是我突然出现在纳敦巨岩时恰好有人在现场，那会发生什么？我想，这可能要依进入巨石圈的时机而定。倘若是这个村子的村民，他们绝对会把我当成巫婆或精灵。突然现身在那出了名的山丘上，我应该更像精灵吧？

我想，那山丘的声名很可能就是这么来的。如果这些年来陆续有人突然失踪，或突然不知从何处现身某地，那么，该地的确是有道理因其魔力而得名的。

我从毯子下伸出一只脚，在月光下摇摇我的长脚趾。严格说来，嗯，我的模样实在很不像精灵。对这个时代而言，身高五英尺六英寸的我是高个儿女人，甚至跟许多男人一样高。既然我很难符合小巧的精灵模样，那么，我很有可能被当成女巫或某种邪灵。基于我对这时代的人如何对付妖魔鬼怪的些许认知，我只能说，幸亏没人看到我突然冒出来。

我漫不经心地想着，要是反过来呢，如果有人从这个时代消失，接着突然出现在我的时代，那会如何？如果有方法办到，那正是我打算做的。要是有个像镇上的邮局局长布坎南太太那样的现代苏格兰人，看到一个像默塔这样的人突然从脚下的地上蹦出来，她会有什么反应？

最可能的反应是跑走、叫警察，或什么都不做，只在日后把当天极不寻常的奇遇说给友人或邻居听……

至于这穿越时空的访客呢？嗯，如果他很谨慎又足够幸运，可能会试着不过度引人注意地融入新的时空。毕竟，尽管我的样貌和所说的语言绝对启人疑窦，但我也正努力装成普通居民，融入此时此地，而且目前为止还算成功。

要是一个时空错置的人实在太突兀，或者大声嚷嚷自己的遭遇，那又会如何？如果时空之旅的出口是在较原始的时代，太过醒目的陌生人很可能会被当场杀掉，连问都不会多问他一句；若是落在比较开明的时代，他会被当成疯子，而要是他不肯安静下来，很可能会被人绑起来送进医院。我想，这种突然消失或现身的事可能从开天辟地之初就有，即便就发生在众目睽睽之下，人们还是没有头绪。没有人说得出到底发生过什么事，因为唯一知道的人会被处理掉。至于消失的人，他们很可能在时空的另一端闭口不谈。

我陷在自个儿的思绪里，压根儿没注意身旁微弱的低语和穿过草丛的脚步声，当我听到几码之外的声音时，着实吓了一跳。

“杜格尔·麦肯锡，你真该死！不管我是不是你亲戚，我都不欠你这人情。”说话的声音压得很低，但满是愤怒。

另一个声音微微被挑起兴头地回道：“我记得好像有人立过誓，

‘只要我双足踏在麦肯锡氏族领地，都当遵循您的旨意。’没有吗？我相信你是这么说的，没错吧。”杜格尔在地上跺了一脚，发出一声软闷的砰响，“你小子听好了，这里就是麦肯锡的领地。”

“我是对科拉姆立誓，不是对你。”所以，回话的人是詹米·麦克塔维什。我想我很明白他为什么生气。

“你立誓的对象是他还是我，都一样，这你清楚得很。”这时传来一声像是手掌轻拍脸颊的声音，“虽然你服从的是麦肯锡的领袖，但出了理士城堡，我就是科拉姆的双手、双腿，就等于他亲临现场。”

詹米很快反驳道：“我倒没见过哪只左手这么不知道右手的意向。”虽然语气中带着无奈，这句违逆之言倒是暗藏机智，“你认为这右手对左手为反皇党人募钱的行为会说什么？”

杜格尔无言地顿了一下，开口道：“麦肯锡、麦克贝奥兰和麦克维尼奇，这三族都是自由之身，没人能逼迫他们违意而行，或阻止他们欲行之事。而且，科拉姆最后可能会比其他两族人更支持查尔斯·爱德华王子，投入更多资助，谁知道呢？”

“是有可能。”那更低沉的声音回道，“就像雨水可能改由地面往天上去，而非从天上往地下落。即便如此，不代表我会拿个小篮子站在楼上把篮口朝下接雨。”

“小伙子，要是那爱德华王子登上王位，你得到的好处比我还多，不是吗？现在的英国佬只会把你绞死，如果你不在乎你那蠢脖子被人绞断的话……”

“我的命是我自己的事，”詹米狂暴地打断他的话，“我的背也是！”

“乖孩子，但跟我同行这段路，那就不是你自己的事而已。”舅舅语带嘲弄地说，“如果你想知道霍罗克斯会告诉你什么，你就乖乖照我的话做。也许你拿针的手很巧，但你可是只有一件干净衣服可穿。”

从声音听来，有人从坐着的石头上起身，轻步走过草地；不过，我想这脚步声只会出自一个人。我尽可能不出声地坐起身子，小心翼翼地从遮住我的大石边探头窥看。

詹米还在，他弓着背，坐在几英尺外的石头上。他的手肘环抱膝头，下巴沉在环扣的双手之间。我只看到他的背影，于是我放松地缩回身子，不想打扰他的独处时刻。这时，他却突然开口了。

“我知道你在那儿，如果愿意的话就出来吧。”从他的语气听来，好像刚刚发生的事完全与他无关。我站起身子走了出去，但意识到身上只穿着内衣；想到詹米有好多烦心事，不需要再为看到我的模样而脸红，于是我巧妙地在踏出去之前先裹上毯子。

我靠着岩石，在靠近詹米的地方坐下，有点踌躇地看着他。他略略点头致意后就没再理我。从他阴沉的皱眉来看，他的心绪绝不会是被什么愉快的事给缠住。詹米一只脚不停地在所坐的岩石上跺踏着，扭着紧握的手指，接着突然用力放开，好几个指节同时噼啪作响。

指节的噼啪声让我想起了曼森上尉，他是我工作所在的战地医院的补给官。曼森上尉深受补给短缺、误送，以及陆军系统官僚的种种愚行困扰，他把这些视为对他个人的明枪暗箭。他平常是性情温和的好人，但要是受挫太深，他会暂时离开现场，走进他的私人办公室，在门后使劲捶墙。当薄如纸张的墙面被这么捶打而抖动起来时，在外头接待处的访客就会看得出神。过一会儿，曼森上尉会带着破皮的指关节和平复的情绪再度现身，果决地解决当下的危机。当曼森上尉调往别的单位时，他办公室门后的墙上已经有好几个拳头大小的坑洞了。

看到坐在石头上的詹米扭绞着手，好像要让关节脱臼似的，我不禁想起面临补给难题的曼森上尉。

“你需要揍点什么东西。”

“呃？”他讶异地抬眼看我，显然忘记了我的存在。

“找个什么东西来打一打，这样你心里会舒服点。”我建议道。

詹米扭着嘴，仿佛想说什么，但什么也没说，却从石头上站了起来，毅然朝一棵粗壮的樱桃树走去，对着树干用力挥了一拳。詹米显然发现这能稍稍缓解他的情绪，于是又打了好几下，打得树干乱颤，在他头上落下狂乱如阵雨的粉红色花瓣。

一会儿之后，他吸吮着破皮的指关节，走了回来。

“谢谢，也许这样我今晚就能入睡了。”他苦笑着说。

“受伤了吗？”我站起来要检查他的手，但他另一只手的掌心轻轻揉着指关节，摇摇头。

“没有，不碍事。”

我们傻傻地一语未发，站了好一会儿。我不想提起刚刚听到的事，或发生在今晚稍早时候的场面，但是我最终还是打破沉默，开口说：“我不知道你是左撇子。”

“左撇子？你是说惯用左手啊。对啊，我一直都是。以前上学时老师都把我的左手折到背后绑在腰带上，要我用另一只手写字。”

“那你会吗？我是说，用右手。”

他点点头，把受伤的手凑近嘴边：“会是会，不过每次一用右手头就痛。”

“那你打斗时也用左手吗？我是说，用左手拿剑。”我这么问，是希望分散他的注意，让他情绪不再那么低落。詹米这时除了随身的短刀和匕首，身上没有武器，不过他在白天时通常会和队伍中的其他人一样，同时佩带长剑和火枪。

“不，我两手都能利落使剑。左撇子的人用剑并无优势，因为手里拿把短剑，身体左侧会转向敌人，你知道，心脏在这一侧。”

詹米浑身满是想维持镇定情绪的紧绷能量，开始在空地上走圈，手上拿着一把假想的剑，想象地比画着动作。他又说：“使用阔剑的时候差别也不大，”他伸开双臂，双手一张，在空气中画出一道平顺优雅的弧拱，“通常都是双手并用。”

“如果和敌人的距离近到只能单手挥剑，那么用哪只手也不重要了，因为你要从上方下手，劈开敌人的肩膀。”詹米指导似的又补上这句，“要从肩膀砍下，不是头，因为剑锋很可能滑掉。”他用掌缘朝自己的脖子和肩膀相接处切了几下，“利落地从凹口这儿下手，对手就死定了。就算不是一刀毙命，对手当天也无法再战，甚至可能永远残废。”

詹米的左手落回腰带的位置，抽出短刀的动作顺畅得犹如行云流水。

“打斗时，长剑和短刀同时并用。要是你没有盾牌，那么最好右手握剑，然后在近身打斗时另一只手从下方以短刀攻击。不过，要是拿短刀的那只手有盾牌，那么你两边都可下手，并且扭转身子……”詹米迅速低下身子闪避，然后迂回前进，“以避开敌人的剑锋。只有在丢了剑，或握剑的手无法使用时才用短刀。”

他让短刀落下，接着迅速抄起，刀锋向上，直挺挺地在我胸口一英寸处倏地停下。我不自主地朝后退了几步，他随即在起身之际收刀回鞘，对我回以抱歉的微笑。

“抱歉，有点太炫耀了。我不是故意要吓你。”

“太厉害了。”我真心诚意地说，“这是谁教你的？我想这技巧需要另一位使用左手的战士示范给你看才学得会。”

“是的，他的确是个使用左手的战士，是我见过最厉害的战士。”詹米微微一笑，笑容里没有任何幽默之意，“那人就是杜格尔·麦肯锡。”

他头上的樱花花瓣这时大多已落下，只剩一些粉红色的花瓣还黏附在他肩头。我伸手拨下残余的花瓣。他衣服上的裂缝已被细细缝妥，就连布料上裂开之处也用针线交叉缝妥了。

“他还会再做一次？”我无法自制地突然开口。

詹米在回答前顿了一下，但他没有装作听不懂我的话。最后，他终于点点头：“噢，是啊。你也看到了，这举动会让他得到他想要的。”

“而你就放任他这么为所欲为，让他这样利用你？”

詹米的目光越过我身后，看着山丘下的那间小酒馆，屋子的木缝间还透出一点微微火光。他面无表情，平滑得像一堵墙。

“目前是如此。”

* * *

我们继续后续的行程，每天行进不超过几英里，通常是为了让杜格尔在路口或小屋收租而停下。几个佃户会带着几袋粮谷或辛苦攒下的一点钱来支付佃租。收入都会在奈德·高恩的振笔疾书下记进账本，他会用破袋子里装的羊皮纸和纸张开立收据给佃户。

当我们所到的小村小镇规模大到会有小酒馆或小客栈时，杜格尔就会故伎重施。他买酒请客、说故事，接着发表演说，要是情况足够热烈，最后他会逼着詹米现场展示背上的伤疤。那么，那只为法国和詹姆斯党而准备的皮袋里又会多几枚钱币。

在这过程中，我会研判何时即将出现最热烈的高潮，然后提前走出门外。我从来不喜欢观看公开行刑，众人目睹詹米伤疤的最初反应都是惊骇得心生怜悯，随之而来的是对英军和乔治王的恶言咒骂，不过除此之外，通常还会出现一些连我都能感受到的轻微鄙夷。有一回，我听到有个男人用英语低声对他的朋友说："唉，真是惨不忍睹，不是吗？老天爷，要是我的话，早就在该死的白脸英国佬这样折磨我之前一头撞死了。"

愤怒和悲惨的情绪让詹米的神色一天比一天衰颓，他会在当下尽快穿回衣服，回避所有人的询问和同情，找借口离开现场，而且在隔日清晨骑马离开前避免和任何人接触。

几天后，这种情况在一个名为图奈格的小镇上有了转折。杜格尔一只手搁在詹米赤裸的肩上，努力劝群众捐钱。这时，围观群众中有个满头棕色脏发的年轻大老粗对詹米说了几句话。我听不清楚他说了什么，但立即就出现了效果。詹米甩开杜格尔的手，狠狠地朝那大老粗的肚子上打了几拳，将他击倒在地。

虽然我绝称不上能听懂盖尔语，但我也慢慢学会了把几个字凑在一起当成句子。不过，我注意到，不论我能否听懂字义，我通常都能从讲话者的神态辨识出其要表达的意思。

“你给我爬起来，再说一次。”这场面看起来就跟全世界的学校操场、酒吧或暗巷里会发生的情况一样。

另外两句话是“好，老兄，你说得对”以及“大伙儿给我上”。

在那棕发大老粗和他的两个朋友的体重把收租用的桌子砸垮后，詹米便淹没在飞扑而上的脏破工服之中。一旁无辜的围观者靠墙站着，等着看好戏。我侧身靠近奈德和默塔，不安地看着这一堆打得乱七八糟的人手人脚，交缠的腿手缝隙间偶尔会有一道红发的孤寂光芒闪过。

“你不帮他吗？”我低声从嘴角偷偷问默塔，他似乎对我这念头十分讶异。

“为何要帮？”

奈德・高恩一脸平静地在我身旁说：“如果他需要帮忙，自然会喊一声。”

“好吧，你说得对。”我带着怀疑闭上了嘴。

看到詹米被一个身穿绿衣的大块头勒住喉咙时，我不确定詹米如果真有需要，是否还喊得出来。我个人认为，杜格尔很快就要失去他用来展示的詹米了，不过他还是一副事不关己的模样。事实上，所有旁观者对于眼前的混战似乎都不怎么在意。有几个人开始下注，但大致的气氛就像是兴味盎然地看表演一般平静。

我很高兴地注意到鲁珀特貌似心不在焉地晃到几个有意加入打斗的人的前头。当这几个人上前一步，打算加入战局时，鲁珀特便有意无意地挡住他们去路，手还轻轻搁在匕首上。这几个人缩了回去，决定不插手。

众人好像一致觉得三对一是个合理的让步——由于这个对手身材高大，而且深谙打斗技巧，再加上处于暴怒情绪中，三个打一个可能是正确的。

詹米的手肘巧妙地击中了绿衣大块头的鼻子，他流出鼻血，突然宣布退出，比赛似乎接近了尾声。

虽然打斗又持续了几分钟，但局势越来越明朗。第二个家伙跌到一旁，滚到桌子底下，抓着胯下边哀叫着。詹米和最初的那个棕发大老粗还在地板上奋力互捶，不过群众中押注詹米的一方已经开始收取赢来的赌金了。詹米的前臂扣住对手的喉管，同时猛力朝他的肾脏挥拳，告诫对手谨言慎思才是真勇气。

我默默在心里为我日渐增多的盖尔语词汇清单再加上这句："够了，我放弃。"

在群众的喝彩声中，詹米缓缓从最后的对手身子上站起来，气喘吁吁地点头致意，步伐蹒跚地走向少数几张尚未歪倒的凳子，接着啪嗒一声坐下。他身上冒着汗，淌着血，接过群众递来的一大杯麦酒，大口大口地吞饮而尽。他把空杯搁在凳子上，身体前倾，手肘杵在膝盖上，大口喘着气，背上的伤疤清楚地呈现在众人眼前。

唯独这次詹米不急着穿回衣服。虽然酒馆里温度寒凉，他依然半裸着上身，直到我们要去找过夜之处时，他才穿上衣服走出门外。在众人敬佩地向他道晚安的祝贺声中，他离开了酒馆。虽然他身上的擦伤、割伤和各种挫伤正隐隐作痛，但他脸上的神情已比前几天放松了不少。

* * *

"小腿擦伤，眉头割伤，嘴唇裂开，鼻子流血，指关节有六处碎裂，外加一根扭伤的拇指和两颗松动的牙齿，以及其他我连数都不想数的大小伤。"我叹了一口气，检查完毕。

"感觉如何？"我带詹米到屋子后头的小棚子擦药，棚子里现在就只有我们。

"很好。"詹米嘻嘻笑着。他正打算站起来，可是动作到一半就卡住了，脸上露出痛苦表情，"哎哟。好是好，不过，肋骨好像有点痛。"

"当然会痛，因为伤到肋骨了。你全身都是瘀伤，不过这也不是第一次了。为什么？你为什么要这么做呢？觉得自己是铁打的吗？”我焦急地大声问着。

詹米摸摸肿起来的鼻子，悲伤地笑着：“我真希望我是。”

我又叹了口气，戳了戳他的身体：“我想，肋骨应该没断，只是挫伤。不过预防万一，我还是先包扎起来。来，站起来，把衣服卷起来，手臂往两边摊开。”

我开始撕起从客栈老板娘那儿拿来的旧围巾，对着黏糊糊的膏药和其他文明生活的舒适便利发起牢骚。我即兴地包扎好，用力拉紧绷带，再以他围巾上的环针固定绷带。

“我不能呼吸了。”他抱怨道。

“别动，如果你呼吸的话，伤口就会痛。你是从哪儿学来这打架招式的？也是从杜格尔那儿吗？”

我涂在他眉头上的酸醋让他缩了一下。“不是。是我父亲教的。”

“真的吗？你父亲是做什么的？拳击冠军？”

“什么是拳击？不，他是个农人，除了种田，也养养马。”我在他破皮的腿上伤口处涂上酸醋消毒时，他倒抽了一口气。

“在我九岁还是十岁那年，父亲说，他认为我会跟我母亲那边的族人一样高大，所以我应该学会怎么打斗。”詹米的呼吸现在轻松多了，他伸出手，让我在他的指关节涂上金盏花药膏。

“他说：‘如果你是个大块头，那么有一半的人见到你会害怕，另一半则会对你挑衅。只要摆平一个，那么其他人就不会来惹你。但你要学会利落快速地解决，不然你一辈子都打不完。’所以，他就带我到仓库，把我打倒在草堆上，直到我会反击为止。哎哟，这好刺！”

我忙着给他的颈子上药：“指甲挖出的伤口最麻烦，特别是那人的指甲不常清理的话。我怀疑那个油头的家伙一年没有洗过一次澡。嗯，我对你今晚的表现也会用快速利落来形容，今晚的确让我印象深刻，你父亲一定会以你为傲。”

我语带挖苦地说着，却讶异地看到詹米脸上闪过一道阴影。

“他死了。”詹米语气平淡地说。

“抱歉。”我上完药，接着轻柔地说，“不过，我是认真的。他会以你为荣。”

詹米没有回话，却以一个半似微笑的表情回应。他当下好像突然变得好年轻，我很纳闷他到底多大年纪。正当我准备开口问他时，背后传来一阵刺耳的咳声，宣告棚子里有访客来临。

来者是那个肌肉发达的矮个子默塔，他兴味盎然地看着詹米身上缠着绷带的肋骨处，然后抛来一只小小的褪色皮袋子。詹米伸出大手，轻轻松松地接下，皮袋子发出微微的当啷声。

“这是什么？”他问。

默塔扬起一边的浓眉，说：“打赌下注赢来的分红啊，不然是什么？”

詹米摇摇头，打算把袋子抛回去：“我没赌什么东西。”

默塔举起手阻止詹米：“你干了这差事，现在大家都很喜欢你，至少那些支持你的人都很喜欢。”

“不过，我想应该不包括杜格尔。”我插嘴说。

默塔是那种老是讶异女人居然有意见、会开口讲话的大男人，不过他还是有礼貌地点了点头。

“的确，这倒是真的。不过，我还是不懂为何这件事会让你惹上麻烦。”他对詹米说。

“不懂？”这两个男人彼此交换了眼神，眼神里藏着我无法理解的信息。詹米缓缓地从齿间吐了一口气，自顾自地点了点头。

“何时？”詹米问道。

“一星期，也许十天吧。靠近一个叫拉格库依姆的地方，你知道这地方吗？”

詹米再次点了点头，脸上的神情比我先前见过的模样更加坚决：“我知道。”

我看着詹米，再看看默塔，他们两人的表情都是像守着什么机密似的。看来，默塔已发现了什么端倪，也许跟那个神秘的“霍罗克斯”有关？我耸耸肩，不管原因为何，看来詹米被当成展示品的日子已经结束了。

“我猜，这下杜格尔得跳踢踏舞来替代了。”我说。

“呃？”他们的神情从原本的神秘变为讶异。

“唉，算了算了。晚安。”我拎起医药箱，离开棚子，去找我自己休息的地方。

第十二章　驻军司令

我们一行人离威廉要塞越来越近了，我也开始认真盘算，一旦抵达，该怎么行动才好。

嗯，我想这计划得视驻军司令的打算而定。如果他相信我不过是个落难的小妇人，他可能会差人陪我前往沿海地区，搭船去法国。

不过，他也可能会怀疑我这个跟着一群麦肯锡族人的女人。我显然不是苏格兰当地人，他难道不会把我当成奸细吗？科拉姆和杜格尔不就认为我是英国间谍吗？

这就让我纳闷了，他们认为我要刺探什么呢？嗯，我猜应该是什么叛国活动，比如支持打算篡夺王位的查尔斯·爱德华·斯图亚特王子之类的，暗地为他募集资金，绝对是其中一种。

不过，要是如此，杜格尔大可在向村民鼓吹募款前把我赶出门外，他为何让我目睹他的所作所为？我开始自问自答，杜格尔之所以如此，想必是因为那过程全都以盖尔语进行。

嗯，也许这就是关键所在。我还记得杜格尔的诡异目光和奇怪的问题："我以为你听不懂盖尔语？"也许杜格尔是在测试我是不是真的听不懂，因为被派往苏格兰高地的英国奸细，几乎人人都能和当地居民对答如流。

可是，不，从我偷听到的詹米和杜格尔的对话判断，虽然科拉姆·麦肯锡显然不是反皇党，至少现在还不是，但杜格尔的确是斯图亚特王子的拥护者。

这些推测让我的脑子乱成一团。我很高兴地看到我们正走近一座规模颇大的村子，村子规模大就意味着可能有好旅店，可以吃顿像样的饭。

以我沿途逐渐形成的标准来看，这间旅店其实还挺宽敞的，如果这张显然是专为侏儒设计、还有跳蚤咬人的小床不算碍事的话——而且这张床还是摆在房间里。我先前在其他几间较小的旅店睡过大厅里的长椅，身旁还围着一大群躬着身、裹着格纹披巾、鼾声大作的男人。

通常经过一整天马鞍上的折磨，以及杜格尔夜里搞的政治活动，不管睡觉的地方是好是坏，我都能立即入眠。不过，第一次夜宿旅店时，这些臭男人的嘴巴、鼻子发出的惊人噪音的确让我惊讶不已，整整半个小时都无法入睡。满满一宿舍的卫校学生所能发出的鼾声，也不能和这些声响相比。

耳里听着此起彼落的大合声，我想起医院病房中的男病患睡觉时很少打呼。他们不打呼，呼吸声倒是很沉重，偶尔喘气、呻吟，有时也会在睡梦中啜泣或大哭，但全都比不上旅店里这些男人“生气蓬勃”的鼾声。也许，这是因为伤者和病患没办法熟睡、没办法放松到能发出这样的吵闹声响吧。

如果我的观察没错，身边这群伙伴还真是健康得不得了。他们手脚大张、面容放松，脸颊还在火光中闪着油光，看起来就是一副健康的模样。他们在硬板子上睡熟的样子，就跟他们面对丰盛晚餐时一样满足。嘈杂的声响让我在模模糊糊中舒懒起来，我把旅行用的罩袍拉到肩头，也进入了梦乡。相较之下，现在我虽然单独拥有这间小小的、带着臭味的阁楼，却觉得很孤单。

我抽掉床单，把床垫拍了几下，好赶走不受欢迎的跳蚤，吹熄烛火之后的阁楼如此静寂、幽暗，我还是难以入眠。微弱的回音从两层楼下的休息室传来，还有短促的噪响和走动声，但这些声音却加深了我的孤寂。自打到了理士城堡，这是他们第一次让我如此完全独处，但我不确定自己到底喜不喜欢这样。

当我的意识不安地在睡与不睡之间游移时，我听到房外厅间的木地板传来不祥的吱呀声。门外的踏步声缓慢、踌躇，好像入侵者正寻找着看起来较坚固的地板木条。我迅速坐起身子，摸找着床边的蜡烛和打火石盒。

盲目摸找中，我的手撞到了打火石盒，盒子落在地上发出一声闷响。我的身子僵在那里，门外的脚步声也静了下来。

房门上有轻轻的刮抓声，好像有人正在找门闩。我知道这门虽装了闩架，却没有门闩，就寝前我曾确认过。我抓起烛台，拿掉蜡烛，尽可能不出声响地溜下床，手中握着沉甸甸的陶制烛台。

房门打开时，铰链发出了微微吱响。为了避光和挡风阻雨，房里唯一的窗子是紧闭的，不过，我还是能依稀辨识出门在打开时的模糊外形。这形体越来越大，但让我讶异的是门影又缩小，然后消失，门又合上了。一切归复寂静。

我靠着墙站了仿佛数年之久。我屏着气，试图在心脏狂跳的响声之外探听其他声音。最后，我小心翼翼地沿着房内的墙慢慢朝门前进，心想，墙边的地板一定较为稳固吧。我的每一步都是先轻轻踏上地板，再将身体的重量往脚下移，接着暂停一下，再用光着的脚指头探找木板的接缝，确定脚下的板子足够坚固之后，才踏出下一步。

走到门边时，我停顿一下，耳朵贴着薄薄的门板。我的手撑着门框，以免有人突然破门而入。我好像听到外头有微微的声响，但不确定。那只是楼下有人走动的声音，或者那是门后有人屏气的声音？

源源涌生的肾上腺素让我有点头晕，最后，我再也受不了这样疑神疑鬼，于是抓紧烛台，拉开房门，撞向门外的走廊。

我的确是“撞”进走廊。我走了两步，重重踩到了某个软软的东西，一头栽倒在走廊上，不但擦伤了膝盖，头还狠狠地撞到了硬物。

我从地上坐起，双手捂着前额，完全不在意自己可能随时会被暗杀。

被我踩到的那人几近无声地连连咒骂，我在一片头疼的茫然中模糊意识到他（从体形和汗味研判，我认为这“访客”是个男的）站了起来，探抓着我们上方墙上百叶窗的固定装置。

突然涌入的新鲜空气让我缩了一下。当我再度睁开眼睛，室内已经有足够的光亮，我看见了入侵者的样貌。

“你在这里做什么？”我语带指责地问。

与此同时，詹米也以类似的口气责备我：“你这个外乡人有多重？”

我脑子里依旧有点混乱，还没想到他为何要问这问题时便如实回答：“九英石。”

他谨慎地朝受伤的部位戳了几下：“你差点踩碎我的肝，更别说快把我活活吓死。”

他伸出手，把我拉了起来：“你还好吗？”

“不好，我撞到头了。”我头昏眼花地看着空无一物的走廊。“我撞到什么了？”我语无伦次地问。

“我的头。”他的声音听起来非常暴躁。

“你活该。”我不高兴地说，“你鬼鬼祟祟在我门外做什么？”

他气呼呼地看了我一眼：“老天爷，我才没有‘鬼鬼祟祟’。我是在睡觉，或者说，试着睡着。”他揉了揉太阳穴，那里似乎肿了起来。

“睡觉？在这里？”我满脸讶异地打量着冰冷、肮脏、空无一物的走廊，“你真会挑睡觉的地方，先是在马厩，现在又是这儿。”

詹米冷冷地说：“也许你想知道，楼下酒吧有一群龙骑兵。他们有点醉，正跟两个镇上的女子打打闹闹、寻欢作乐。因为现场只有两个姑娘，但有五个男人，可能会有几个英国军人会想到楼上来找……呃……找个伴。我想你可能不会特别注意到这状况，所以我……”詹米把他的格纹披巾披回肩上，转身走向楼梯。“如果我推测错了，那我向你道歉。我无意打扰你休息，晚安。”

“等等！”

他停下脚步，但没转过身子，逼得我只好绕到他面前。他低头看着我，态度虽然有礼但还是带着距离。

“谢谢。你人真好，抱歉我踩到你了。”

詹米笑了，脸上的冷峻面具变成了惯有的幽默神色。“不碍事。只要等我头不痛了，裂掉的肋骨复原，就会焕然一新。”

詹米转过身子，推开我的房门。门在我冲出来之后就自动关上了，因为建旅店时显然没有借助任何测量工具。屋子里没有一个地方的角度是正的。

“去睡吧，我会在这儿。”

我看了看走廊地板，这橡木地板不仅又硬又冷，还有痰液、呕吐物，以及其他我瞧都不愿瞧的脏东西。盖房子的人在门楣上留下的记号标示着一七三二年，这绝对是最近一次清理地板的日期。

“你不能睡在这儿。进来吧，房间里的地板至少没那么脏。”

詹米僵着身子，手搁在门框上。“跟你一起睡在房间里？”他的声音听起来显然是吓坏了，“我不能这么做，这样会毁了你的名声。”

他是认真的。我笑了出来，不过我巧妙地把这笑声转为咳嗽声。由于这一路上的各种不便、旅店拥挤，以及卫生设备不佳等因素，我和这群男人有许多肢体上的近距离接触，而詹米也是其中之一，所以我觉得他这拘泥的想法非常好笑。

稍稍恢复神色之后我说：“你先前就跟我同房睡过啊。你，还有其他二十个人。”

詹米急促地说：“这完全是两码事。我的意思是，先前那是大通铺，而……”他顿了一下，好像脑子里冒出什么骇人的念头，焦急地问：“你该不会以为我认为你在暗示什么不妥当的事吧？我向你保证，我……”

“没有，没有。完全没有。”我赶忙向他保证我未受冒犯。

眼看无法说动詹米，我只好坚持让他至少从我床上拿条毯子铺在地上。在我不断向他保证我只会一如往常地盖着我旅行用的厚罩袍，而无论如何都不会用到毯子之后，他才不太情愿地接受了。

在回到发臭的床之前，我在临时凑合出来的简陋卧室前稍稍停下，想对詹米再说声谢谢。不过，他只是优雅地挥挥手，示意无须言谢："我上楼来，也不是全然为了你。你知道，我得尽量避免让人注意到。"

我忘了詹米自己也有要避开英军的原因。不过，我注意到，对他来说，比起我门前的地板，温暖通风的马厩显然是更好——更别说更舒适——的选择。

"不过，要是真有人上来的话，他们还是会发现你啊。"

詹米伸出长长的手臂，抓住摇晃的窗板，接着拉上。走廊陷入一片漆黑，他看起来仅剩一片无形的影子。"他们看不到我的脸。而且，如果他们真的上楼来，即便我把真名告诉他们，他们也不会有兴趣——当然我不会真这么做。"

"的确，可是，难道他们不会怀疑你吗，比如你在黑暗中做什么？"

我看不到詹米的面孔，但从他的语调知道他正微微笑着。"外乡人，他们一点都不会怀疑，他们只会以为我在排队。"

我笑了出来，接着走进房里。我在床上蜷着身子入眠，讶异着詹米可以说出这般猥亵的笑话，却又对和我同室共寝的念头如此退却。

* * *

当我醒来时，詹米已经离开了。我下楼去吃点早餐，杜格尔正在楼梯下等我。

"姑娘，吃快点。你跟我要骑马到布拉克顿去。"

杜格尔拒绝透露更多信息，但他似乎有点不安。我匆匆吃过早餐，不久我们就在晨雾中策马疾行了。沿途的树丛间鸟儿忙着啾鸣觅食，晨间的空气预示着暖暖夏日即将到来。

"杜格尔，我们要去见谁？如果我不认识他，那我会很讶异；要是我认识他，我也会聪明地假装很讶异。"

杜格尔白了我一眼，心里盘算着，最后认为我说得有道理。"我们要见的，是威廉要塞的驻军司令。"

我心头微微一颤。原本以为我们还要三天才会抵达威廉要塞，我还没准备好应付这场面："可是我们离威廉要塞还有一大段路啊。"

"嗯哼。"

驻军司令显然是个精力充沛的家伙，在家里坐不住，带着一队龙骑兵到乡下地方视察驻军。前一晚到旅店来的英国军人跟这群人是同伙的，他们告诉杜格尔，驻军司令正住在布拉克顿的旅店里。

这下问题来了，于是我在接下来的路上，不发一语地仔细盘算着。我想，在威廉要塞一定有机会支开杜格尔，那地方距离纳敦巨岩所在的山丘应该有一天的路程。即使我还没准备好露宿野外，而且没水没粮，我想我还是能应付过来，也找得到通往巨石阵的路。至于到了巨石阵之后怎么样，嗯，得去了才知道。

但是，突如其来的变化打乱了我的计划，如果我在这里就和杜格尔分道扬镳……嗯，我很可能这么做，不再有他相陪，那么我要骑上四天才能到巨石阵，而不是一天。而且，我对自己的方向感没什么信心，更别说独自冒险在石楠野地和巨石峭壁间跋涉的耐力了。这几周的颠簸路程已经让我对苏格兰高地的嶙峋巨岩和淙淙小溪心生敬畏，遑论偶尔在路上突然冒出来的野兽。对于在荒寂的峡谷间和野猪面对面，我可一点儿兴趣也没有。

杜格尔和我在中午前抵达了布拉克顿。此时雾气已散去，天际的阳光照得我心里乐观了一些。也许，说服驻军司令派个"护花使者"陪我到巨石阵所在的山丘是件简单的小事吧……

我能明白这位司令选择布拉克顿作为临时总部的原因。这村子的规模大得足以拥有两间酒馆，其中一间还是豪华的三层楼建筑，而且屋旁还有马厩。我们在这栋屋子前下马。马夫的动作慢吞吞的，好像全身僵掉似的。我们进了酒馆，杜格尔向老板点了酒水，马夫才终于走到马厩门前。

在杜格尔上楼去驻军司令的房间时，我被留在楼下，盯着一盘貌似坏掉的麦饼。眼看杜格尔走开，感觉有点奇怪。这时有三四个英国军人在酒吧里，窃窃私语着，以怀疑的眼神盯着我。和麦肯锡族的苏格兰人相处了一个月之后，见到英军的龙骑兵出现在面前，我心头竟冒出难以解释的不安。我不禁告诉自己我真是够蠢的，不论“今夕是何夕”，这些英国人才是我的同胞啊。

而且，我发现自己竟怀念起和我意气相投的高恩先生的一路相伴，还有和詹米——呃，不管他真名为何——愉快的相识。我心里正难过着今早离开前没机会和他们说声再见，忽然听到杜格尔从背后的楼梯上叫我。他站在上面对我招手。

杜格尔不发一语地站在一旁，挥手示意我走进房间。我心里暗想，他的神色比平常冷淡。房里的驻军司令正站在打开的窗子旁，天光勾勒出他纤瘦直挺的身形。看到我时他发出了一声短笑。

“果然没猜错。从那个麦肯锡族人的描述推测，我就知道一定是你。”房门在我身后被关了上，我和他独处一室，而他正是皇家龙骑兵第八队队长，乔纳森·兰德尔。

兰德尔队长这回穿着一身干净的红黄制服，袜头有一圈蕾丝，头上戴着一顶卷得很匀称、扑了粉的假发。但是，他的脸没有变，还是我丈夫弗兰克的容貌。我一口气哽在喉间，无法呼吸，但这回我注意到他唇边冷酷的痕线，以及肩上的跋扈傲气。然而，他殷勤笑着，招呼我坐下。

房间的摆设很朴素，只有一张书桌、一张冷杉木制成的长桌和几张凳子。兰德尔队长对站在门边等候差遣的下士挥挥手，那人便动作笨拙地倒了一杯麦酒，搁到我面前。

兰德尔挥手遣退下士，也给自己倒了一杯酒，在我斜对桌那头优雅地坐上凳子。他愉快地说：“来吧，何不说说你的身份？又是怎么来到这儿的？”

在这个节骨眼上，我也没什么选择，便把向科拉姆说过的故事再说一遍，只略过了他那时的行为——那些他自己很清楚。我不知道杜格尔对他说了多少，我可不希望被抓到话里的把柄。

在我仔细叙述的过程中，兰德尔队长神色有礼，却也流露着猜忌。

我暗想，相较于科拉姆，兰德尔更不会费心掩饰猜疑。他朝后晃着凳子，暗自琢磨着。

“你是说，牛津郡？据我所知，牛津郡没有姓比彻姆的。”

“你怎么知道？你自己是从苏塞克斯郡来的啊。”我脱口而出。

他讶异得双眼大睁。

我真该咬住自己舌头的。

“可否容我一问，你怎么知道我的出身？”

“呃，因为你的声音。对，就是你的口音。显然是苏塞克斯的口音。”我急忙回道。

那双优雅的黑眉惊讶得几乎顶到假发卷了。

“夫人，我的老师或双亲若知道我的口音能如此清楚地反映我出身何地，他们可不会感激。”兰德尔冷冷地说着，“他们费了好一番功夫，花了一大笔钱，想改正我的口音……不过，像你这样对各地口音这么了解的专家，一定判断得出我这位下士出身何地啰？”他转向站在门边的那个男子。“霍金斯班长，可否请你背诵点什么文章或诗句？”兰德尔看到那男子一脸困惑，又补充说：“什么都可以，也许来一段通俗歌曲？”

> 柏森梅格给我洗衣服，
> 洗着洗着就把衣服全拿走。
> 我等啊等，等到发狂，
> 我要给她颜色瞧。

“呃，好。可以了，谢谢。”兰德尔鄙夷地挥挥手，下士满头大汗地退到墙边。

“如何？”兰德尔转向我。

“呃，柴郡。”我说。

“很接近。是兰开夏郡。”他眯起眼睛看着我，然后两手背在背后，走到窗边望向外头。我想，他可能是在查看杜格尔是否带了其他人。

突然间，他转过身子，出其不意地说出："Parlez-Vous Fran ais?（你说法语吗？）"

"Tr è s Bien.（很流利。）"我迅速说，"这有什么关系吗？"

他歪着头，仔仔细细地打量着我。"该死，我以为你是法国人。"他自言自语道，"我想这很有可能，不过我还没见过哪个法国佬能分别出伦敦人和康沃尔人。"

兰德尔修剪得宜的手指在木桌上敲打着："比彻姆女士，你娘家姓什么？"

"队长，"我尽可能迷人地微微笑着，"虽然跟您玩这'你问我答'的游戏挺有趣，不过，也该告一段落，让我安排后续的旅程了。我已经耽误了不少时间，而且……"

"夫人，要是你的态度这么不庄重的话，恐怕对你的处境没什么好处。"兰德尔眯着眼睛，打断我的话。弗兰克对某事心有不悦时，也曾出现这样的表情，这让我对自己的大胆之举产生了一点点胆怯。我把双手搁在腿上，抱住自己。

我鼓起勇气回道："我无须任何帮助。司令官，我对您并无所求，对麦肯锡族人也是。我只希望不受打扰地继续我的行程。我不明白您为何会反对。"

他瞪了我一眼，双唇愤怒地紧紧抿在一起："噢？你不明白？女士，稍微想想我的立场，你也许就能明白我反对的理由。一个月前，我带着手下追捕一群身份不明的苏格兰土匪，这群人在边界附近偷了牲口，就在我……"

"哎呀，原来他们是在干这事儿。"我大叫，"我还在纳闷呢。"

兰德尔大口大口地呼吸，接着放弃原本想脱口而出的咒骂，然后继续他的故事。

"就在我们追缉的过程中，"他谨慎地说着，"我碰见一位衣不蔽体的英国女子，在即便有人相陪她也不该出现的地方。这女子拒绝我的盘问，甚至攻击我……”

“明明是你先攻击我！”我愤怒地反击。

“谁的同伙像懦夫一样从背后阴险地攻击我，把我打得不省人事？接着又是谁从现场逃走，而且显然有同伙相助？我和我的手下几乎把整个地方都翻遍了。这位女士，我向你保证，那地方没有你被杀掉的仆人、被抢走的行李，以及被抛下的衣物，甚至连可以证明你所说故事的蛛丝马迹都没有。”

“噢？”我的气势有点弱了。

“没错，什么都没有，那地方在近四个月内都没有土匪行凶的消息。而且，你现在和杜格尔，那个麦肯锡族的战场首领一起现身此地，他告诉我，他老哥科拉姆认为你是间谍，也许还是为我办事的间谍。”

“嗯，我不是，对吧。至少你知道我不是。”

兰德尔的耐性几乎到了极限。“是的，我知道。但我不知道的是，你他妈的到底是谁？不过，我会找出答案的，我绝对会查个水落石出。我是这地方的驻军司令，因此有权采取必要手段，防止此地受到叛国者、间谍或任何形迹可疑者的危害。而这些手段呢，您听好了，我已经准备好了。”

“会是什么样的手段呢？”虽然我的问题似乎是在挑衅，但我真的想知道答案。

兰德尔站了起来，若有所思地看着我，接着他绕过桌子，伸出手把我从椅子上拉起来。“霍金斯班长，”他口中喊着，但眼睛依然瞪着我，“你过来帮个忙。”

站在墙边的年轻人看来非常不安，但还是默默地走过来。

“霍金斯班长，请你站到这位女士后头，抓住她的双肘。”兰德尔意兴阑珊地说。

他抽拳朝我胃部用力一击。

我没出声，因为我喘不过气。我弯着腰坐在地上，挣扎着想吸点空气到肺里。我的震惊远比他真正动手打我造成的疼痛更猛烈，肉体的疼痛慢慢随着阵阵晕眩涌上来。在我多灾多难的一生中，从来没有人这样打过我。

兰德尔队长在我面前蹲下来，假发稍微歪掉了。不过，除了假发歪掉、眼里闪着某种光芒，他平时自制的优雅倒未曾变化。

“夫人，我想，你肚子里应该没有小孩。因为就算有，也留不久了。”他一派轻松地说。

我痛苦地自喉间吸进第一口气时，口中发出了怪异的咻咻声。我四肢着地，趴在地上，全身无力地抓找着桌角想站起来。下士紧张地看了兰德尔一眼，赶忙蹲下来扶我。

房间里似乎有阵阵黑影如涟漪漫开，我一屁股坐上凳子，合起眼。

“看着我。”这声音轻柔平静，好像要请我喝杯茶似的。我睁开眼，双眼模糊地抬头看着他。他的双手撑在衣着剪裁精细的腰间。

“现在，你有什么要告诉我吗？”

我又闭上双眼。

“你的假发歪掉了。”

第十三章　预告成婚

我坐在楼下酒馆的桌子旁，看着杯中的牛奶，奋力抵抗滔滔如涌浪的作呕感。

在年轻力壮的下士扶我下楼梯时，杜格尔看了我一眼，随即和我错身而过，径直去到兰德尔的房里。虽然旅店的地板和门板厚实稳固，我还是能听到楼上传来的激昂声音。

我举起杯子，但手还是抖得厉害，根本无法握稳。

虽然我已渐渐从兰德尔那一拳造成的肉体疼痛中恢复过来，但那一拳带来的震惊却仍未散去。我知道这男人不是我丈夫，但他们长得那么像，那张脸让我预存了一半的信任感。正因此，我才以对弗兰克说话的口吻对他说话，期望他即便不能同情我，也该保持礼节。但他恶意的一拳把我所有的感觉和认知瞬间翻转了，这才是让我不舒服的原因。

作呕、恐惧。当兰德尔在我身旁蹲下时，我看到他的双眼。某种东西在他眼底闪过，那是我再也不想见到的。

楼上的开门声把我从思绪中拖了出来，杜格尔的身影在一阵如雷的沉重脚步声之后突然出现，尾随其后的则是兰德尔队长。尾随的距离之近，就好像他正在追捕苏格兰人。因此当杜格尔看到我，突然在楼梯下停住时，兰德尔也急促地停了下来。

杜格尔转过头，看了一眼肩后的兰德尔，随即朝我走来，往桌上丢了一枚硬币，不发一语地把我拉起来。我还来不及再看一眼，把兰德尔这个红袍军官脸上的那副贪婪模样记在心里，杜格尔便已将我推出门外。

我膨大的裙子还没塞妥，杜格尔和我就已上马，狂奔离开现场。我的裙布飘扬翻滚着，活像一顶降落伞。杜格尔不发一语，两匹马儿似乎感受到情况急迫，一踏上大路便开始狂奔。

接近一处有皮克特十字标示的十字路口时，杜格尔突然扼缰停马。他下马后把两匹马的缰绳松垂地系在路旁的小树上，然后帮着我下马，挥手示意我跟着他，随即消失在树丛里。

我跟在他飘摆的格纹褶裙后面，爬上山腰，沿途不时急忙低头闪开他为了开路而拨开又弹回的树枝。山腰上满是橡树和矮松，我听得到山雀在左手边的林子里啾鸣，还有松鸦进食时彼此呼唤的声音。一丛丛的草在岩块间窜生，为橡树下的林地铺上一层毛皮般的初夏鲜绿。松树底下当然长不出什么东西，从树上落下的松针堆积了几英寸厚，为隐匿其中的爬虫等小生物提供了免受日晒和被掠食的庇护。

林子里的浓烈气味让我喉头发痛。我曾到过类似的山腰，也闻过同样的气味，不过，那时松树和青草的味道却混杂着从山下马路上飘来的汽油味，而松鸦的叫声则被游客的人声所取代。上回我走在这样的林中小路时，地上随处可见三明治包装纸和烟屁股，而不是锦葵花苞和紫罗兰。我想，三明治包装纸似乎是人类享受抗生素、电话等文明生活的便利时要付出的代价，不过，此刻我乐于接受紫罗兰，因为我在这地方能感受到我亟须的小小平静。

杜格尔突然在山顶处转向，消失在一团浓密的金雀花丛后。我奋力跟在他身后，拨开一条路，随后看到他坐在一潭小水池旁的平坦石头上。在他的背后，一个久经日晒雨淋的石质台座斜立着，斑驳的石台表面还立着一尊久遭风雨侵蚀的模糊人形。我知道，这一定是“圣人池”。苏格兰高地散落着不少为这位或那位圣人所设的小祭坛，通常可在这般隐秘的地点发现。而即使在这样隐秘的山上，池水上的花楸树枝头还飘挂着残破布条，也许是信众为了祈求圣人庇佑或旅途平安而献的。

杜格尔看到我，点了点头，为自己画了个十字，低下头，双手掬起一捧水。池水带着某种怪异的深色，闻起来很糟，有硫黄泉的味道。不过，天气很热，而且我又口渴，于是照着杜格尔的示范捧起池水。池水微苦，却十分冷冽，也不难入口。我喝了点水，接着在脸上拍了拍，这一路走来可是尘土漫漫啊。

我抬起头，脸上还滴着水，发现杜格尔正看着我，神色非常怪异。我想，那是一种介于好奇和臆测的表情。

“要喝水还得爬点山路，对吗？”我轻轻问道。马儿身上其实是带着水瓶的，我怀疑杜格尔是为了向这泉水的守护者祈福，保佑我们安全回到旅店才到这山上来。他用这老于世故的方式让我觉得他是个有信仰的人。

“你对那个队长认识多少？”杜格尔突然问。

“不比你多。今天之前，我只见过他一次，而且还是意外碰上的。我们处不来。”

他严峻的脸出乎意料地稍稍松缓下来。他用手指敲了敲泉水上的石盖，看着我说：“嗯，我不能说我对这个人有什么好感，不过听说他是勇敢的战士和武艺高超的武士。”

“不过没当上英国将军，嗯，我觉得还不够好。”我抬着眉头说。

杜格尔露出亮白的牙齿，笑声扰动了枝头上的三只秃鼻乌鸦，它们拍拍翅膀飞走，发出沙哑的抱怨。

“你是英国或法国的间谍吗？”杜格尔突然话锋一转。至少他的话题变得很直接，不拐弯抹角。

“当然不是！”我不高兴地回答，“我是个叫克莱尔·比彻姆的普通人，如此而已。”我把手帕浸到水里，沾湿擦了擦脖子。小小几道清凉提神的细流沿着背脊，流进我的灰色斜纹布衣。我把湿布放在胸上挤压着，一样清凉。

他静默了几分钟，专心看着我胡乱擦洗。

“你看过詹米的背。”他突然开口。

“我没办法不看。”我略冷淡地回答，也不愿细想他为何问这毫不相干的问题。也许他准备好的时候自会告诉我。

“杜格尔，你的意思是我知不知道那是兰德尔干的？或者你自己也知道？”

“嗯，我清楚得很。”他静静地打量着我，“不过，我没料到这件事你也知道。”

我耸耸肩，表示我知与不知都与他无关。

“当时我在场。”他漫不经心地说。

“在场？在哪儿？”

“威廉要塞。那时我在那里和司令交涉，有个在那儿当差的人知道我和詹米有亲戚关系，于是在逮到他的时候，托人捎了口信给我。所以我就到威廉要塞看看能帮他点什么。”

“看来不太成功。”我刻薄地说。

他耸了耸肩膀：“我不幸失败了。要是由平常那位士官长处理的话，我至少在第二回审判时还有机会救他，但当时负责指挥的是新上任的兰德尔。他不认识我，而且也没兴趣听我怎么说。那时我想，他是故意要拿詹米杀鸡儆猴，让大家见识一下他是手下不留情的人。”他敲了敲系在腰带上的短刀，“如果你要指挥众人，这是合理的规矩。带人就要先赢得众人的敬佩，如果没办法得到敬佩，那就让他们恐惧。”

我还记得兰德尔房里那位下属脸上的神情。我想，兰德尔会选择的手段我应该明白。

杜格尔深陷的双眼看着我，一脸兴味盎然：“是詹米告诉你的？”

“他略略提到过。”我谨慎地回答。

“他一定对你有好感。詹米通常不会对任何人提起这件事。”杜格尔沉思道。

“我无法想象他有什么理由不告诉我。”我反驳道。

每次我们抵达一处旅店或酒馆，我都要先屏住气，直到确认大伙夜里只是想喝点小酒或在火堆旁聊聊天，而没有其他目的，我才会放心。杜格尔嘲讽地微微笑着，显然知道我脑子里怎么想。

“你觉得没必要告诉我，对吧？我已经知道了。”他伸出手，闲散地在暗得怪异的水里划着，扬起阵阵硫黄味。

“我不知道牛津郡那边怎么样。”他带着挖苦的语气说出这句话，让我稍微局促不安起来，“不过在这一带，女人通常是不能观看鞭刑的。你看过吗？”

“我没看过，也不想看。”我厉声回答，“不过，我想我能想象要打出詹米背上的伤疤，得费多少气力。”

杜格尔摇摇头，从池子里捞起水，泼向一只走近的好奇松鸦。

“姑娘，这你就错了，请原谅我这么说。凭空想象是可以的，但绝不及亲眼目睹一个人的背就这么摊在你眼前，那鞭子分明是要把人打成残废，而且绝大多数挨了鞭子的人也真的残废了。那真是卑鄙。”

“但詹米没有残废。”这句话一出口，语气竟比我原先设想的还要凌厉。詹米是我的患者，若再说得广一点，他还是我的朋友。要是逼我说实话，我承认出于某种病态的好奇，我还是想知道詹米的过去。尽管如此，我不希望和杜格尔讨论詹米的过往私事。我从没遇过像年轻高大的詹米·麦克塔维什一样敞开心胸，同时又如此神秘难测的人。

杜格尔短促地一笑，湿着手在发间擦抹几下，把逃离酒馆的疾奔——对我而言——中垂落的发束拨回去。

“詹米的脾气跟他们家族的其他人一样，拗得像石头，他们家很多人都这样，但詹米最严重。”杜格尔的话中带着嫉妒和不得不承认的敬意。

“詹米告诉你他是因为逃跑才挨鞭子的？”

“是。”

“唉，是啊，在龙骑兵逮到他的当天，他趁着天色刚暗就翻墙跑了。翻墙的情况其实很常见，囚犯的住所并不如预期的牢靠，所以每晚都有人在墙边巡逻。那卫兵告诉我，从詹米被抓回牢里的样子看，他狠狠地打过一架，不过，那一架可是六对一啊，而且六个英国兵都配有火绳枪，所以这架也没打多久。詹米一整晚都被铁链给拴住，隔天一早就被带到鞭刑柱。”杜格尔停了一下，我猜，他是在看我脸上是否露出了晕眩或作呕的神情。

“鞭刑在集会后进行，好让大家全都记得这景象。那天有三个人要挨鞭子，詹米是最后一个。”

“你真的看到了？”

“是啊。姑娘，告诉你，看人挨鞭子可不是什么舒服的事。幸好我没亲身体验过被鞭子抽，不过，我想被抽的人更不好受。看着他人挨鞭子，同时又等着自己被抽打，也许是最不舒服的。”

“一定的。”我低声说。

杜格尔点了点头。“詹米那时的神情看起来非常严峻，即便听到身旁的惨叫和其他声音，他也纹丝不动。你知道吗，皮开肉绽是有声音的。”

“啊！”

杜格尔回想着，面容纠结。“所以，更别说是见血和伤口了。”他啐了一口，但小心地避开了池水和石盖，“我可不是爱大惊小怪的人，但那场面连我看了都作呕。”

杜格尔继续着这骇人的故事。

“轮到詹米时，他自己走向鞭柱。有些人是被拖上刑台的，但詹米不是。他伸出手，让人解开手铐。负责行刑的英国下士上前拉开他的手臂，想把他拉到位置，但詹米甩开他的手，朝后退了一步。我心里半希望他会冲开逃走，不过，詹米自己却扯开了上衣。那件衣服已经千疮百孔，而且脏得像破布，但他还是仔仔细细叠好，仿佛是他上教堂要穿的、最好的一件衣服，随后摆在地上。接着，他朝鞭柱走去，步态坚定如士兵，接着自行举起双手，到柱前就位。”

杜格尔惊异地摇着头。此时阳光透过花楸枝叶，在他脸上投下滚着花边的阴影，那模样就像从花瓶织垫看过去。这个想象不禁让我微微笑了出来，他则对我点点头，以为我是在回应他说的故事。

“姑娘啊，詹米这般勇气是极其罕见的。那不是无知的愚勇，他刚看过两个人挨鞭子，心里也清楚自己要受到同样对待。这表现说明他意志坚决、视死如归。虽然苏格兰人上了战场个个都是勇敢的汉子，但能冷静面对恐惧可不是每个人都能办到。詹米那时不过十九岁啊……”杜格尔回想着，又补上最后一句。

“那场面一定令人毛骨悚然吧。我在想，你当时有没有觉得反胃啊。”我嘲讽地说着。

杜格尔听出我话里的酸意，顺水推舟地扬起粗黑的眉毛答道：“姑娘，我还真的差点儿吐出来。那第一鞭抽下去，马上见血。詹米那小子的背上一分钟内随即红蓝参半。不过他没有放声尖叫、喊着求饶，或者扭着身子自保。他只是额头紧抵着鞭柱，就这么站在那里。一鞭下去，他当然缩了一下，不过也就这样而已。我怀疑自己是不是也能像他那样，很多人应该没办法吧。詹米半昏过去，他们用瓮壶里的水把他泼醒，而行刑也就到此为止。”

“的确非常残忍。但你为什么要把这些事告诉我？”

“我还没说完。”杜格尔从腰带间抽出短刀，开始用刀尖清理指甲。尽管旅途中很难保持清洁，杜格尔还是个爱干净的挑剔男人。

“被绳子绑住的詹米倒了下来，鲜血汩汩流出，沾染到他的格纹裙。我认为他那时没有昏过去，只是站不稳，不过，兰德尔队长接着从位子上走了下来，踏上行刑处。我不知道他为何不一开始就自己动手，也许是因为有事耽搁吧。好，詹米看到兰德尔走了过来，他沉着冷静地闭上眼，垂下头，仿佛失去了意识。”

杜格尔皱着眉，专注地对付着难缠的指甲。

“他们已经对詹米抽过鞭子让兰德尔很生气，鞭打詹米似乎是他有意独享的乐趣。那时，詹米似乎已经无罪可罚，但兰德尔接着问起詹米当初是怎么从牢里脱逃的。”

杜格尔举起匕首，细细检查刀上是否有裂痕，接着在自己坐着的石块上磨起刀子来。

“兰德尔光是开口，手还没动一下，就已经有好几个穿着靴子的士兵吓得发抖。这男人很会说话，这点我可以证明。”

“他的确很有一套。”我冷冷答道。

刀子在石头上规律地来回磨着，不时有微微火星从磨着粗糙岩面的刀身上迸出。

“兰德尔这么一问，问出了官差逮到詹米时他身上还带着一块面包和一点乳酪，那是他在逃跑之前拿走的。兰德尔想了一会儿，微微笑起来，那是我会在祖母脸上看到的、最讨厌的笑容。兰德尔说，盗窃可是严重的罪行，要有相应的惩罚，当场宣判詹米还须再受一百下鞭刑。”

我不由自主地缩起身子叫道：“这会要了他的命啊！”

杜格尔点点头。“是，军医也这么说。那位军医说，他出于道德及良心，无法允许这种行为。囚犯一定要经过一星期的休养才能再受鞭刑。”

“哼，还真是个人道主义者。鬼扯淡的道德良心！那兰德尔怎么说？”

“听到军医这么说，兰德尔可不开心了，不过他忍了下来，接受了军医的意见。接着，那个有办法分辨人是真昏还是假昏的士官长，随即将詹米松绑。这小子走起路来有点不稳，不过还站得住，围观的群众中有几人很开心，这让兰德尔不高兴了。士官长捡起詹米的衣服交给他，兰德尔对此更是不悦，不过群众却一片叫好。”

杜格尔前前后后地翻转刀刃，仔细检查。接着，他把刀子横搁在膝头，直直看了我一眼。

“姑娘，坐在酒馆里喝麦酒，口中喊着要勇敢，这还不容易？但当你蹲在冰冷的田里，屁股下石楠戳扎，头顶还有火绳枪的子弹飞过，这时候说要勇敢可就不简单了。而且勇敢地和仇敌面对面，血一路流到腿上，就更困难了。”

“我想也是。”我有点晕眩。我将双手插进水里，让幽暗的泉水冰凉手腕。

“几天后，我又回去见兰德尔。”杜格尔好像觉得有必要为自己的行为辩护，“我们谈了点事，我甚至给了他一点补偿。”

“哟，这举动真是令人感动啊。”我低声说道，不过看到他瞪眼之后就闭嘴了。“不，我是认真的。你这举动很好。不过，我猜，兰德尔回绝了你的献金。”

“对，他的确回绝了。不过，我还是不知道为何他会回绝，因为我还没见过哪个英国官员是规规矩矩、不见钱眼开的。而且兰德尔身上的衣服可不是便宜货。”

“也许他有其他收入来源。”

“事实上，他的确有。”杜格尔断定道，眼神锐利地看了我一眼，“不过……”杜格尔犹豫了一下，然后放慢速度继续说下去。

“后来我又回到那里，看着詹米又被带出来。这是我唯一能为他做的了，可怜的孩子。”

第二次行刑时，詹米是唯一要受鞭刑的人。狱卒在带他上刑场前已先脱下他的上衣，就在十月清晨天刚亮的时候。

“虽然他自己走着，不让狱卒碰他，但我看得出那孩子其实怕得要命。我看到他因为天冷和紧张而浑身发抖，手臂和胸口也满是鸡皮疙瘩，脸上汗水直流。”

几分钟后，兰德尔出来了，腋下夹着鞭子，鞭绳顶端的铅锤在他走动时发出微微的撞击声。他冷冷地打量詹米，接着示意士官长让詹米转身，好看看他的背部。

杜格尔的脸扭曲了一下。“惨不忍睹，他背上的伤依然又红又肿，也没愈合，鞭痕已经转黑，其他地方则是黄褐色，而且带着疤痕。光是想到鞭子要抽在这样的痛处都让我十分畏缩，更别提那些围观的人。

“接着兰德尔转向士官长说：‘威尔克斯士官，你表现很好。我要看看自己是不是也能抽得一样好。’接着，兰德尔极其审慎地召来驻地军医，要他确认詹米能再受鞭刑。

“你看过猫咪玩弄小老鼠吧？兰德尔就是那样。他在这孩子身边绕来绕去，说些你听了也会不舒服的话。而詹米就像棵橡树站在那里不发一语，眼睛直盯着鞭刑柱，看都不看兰德尔一眼。我看见他抱着手肘，试图不让自己发抖，我看得出兰德尔也发现了。

“他嘴唇一抿，接着说：‘这应该是上周还大声嚷嚷不怕死的年轻人吧。当然啦，不怕死的人一定也不怕被抽几下鞭子吧？’他边说还边用鞭柄在詹米的肚子上戳了一下。

“接着，詹米的目光直直迎上兰德尔的双眼，说：‘我是不怕挨鞭子，我怕的是在你话说完之前，我已经冻僵了。’”

杜格尔叹了口气：“唉，詹米这句话回得倒好，但也他妈的太鲁莽了。挨鞭子不是什么好事，但行刑者还有其他方法可以让挨鞭的人伤势更重，例如从侧边打下去，伤口会切得更深，或者直接打在肾脏上方。”杜格尔摇摇头，“这实在太卑劣了。”

他皱着眉，缓缓思考着该怎么说。

“兰德尔的脸，嗯，一脸坚决，我猜你会这么形容，而且还有一丝丝的喜悦，就像男人看着心仪的姑娘时会有的表情，如果你懂我的意思的话。好像他不只想活生生剥了詹米的皮，还想对他做出更不堪的事。当鞭子抽到第十五下时，鲜血已经流到这孩子的腿上，他的脸上也混流着泪水和汗滴。”

我身子倾斜了一下，伸手搁在泉水的石盖上。

杜格尔看到我的表情，突然开口：“好啦，我只说他撑过去了，其他不再多讲。当那个下士为他松绑时，詹米几乎要倒下去，不过下士和士官长分别抓住他的两只手臂，稍微扶着，让他可以自己站好。惊吓和寒冷让他抖得比先前更厉害了，但他的头还是抬得高高的，双眼炯炯闪着光，我在二十英尺外都看得见。当他们扶着他从刑台走下来时，他每走一步就在地上留下一个血脚印。詹米死盯着兰德尔，仿佛这样是支撑他往前走的唯一动力。兰德尔的脸几乎跟詹米一样苍白，目光也紧盯着詹米，好像谁先撇开视线谁就落败。”杜格尔的眼神直直的，似乎那诡异的场面仍在眼前。

泉水周遭一片寂静，只有风吹过树叶的沙沙声。

我闭上眼，听了一会儿。最后，我开口问道："为什么？"双眼依然闭着，"你为什么要告诉我这些事？"

当我睁开眼时，杜格尔正专注地看着我。我又将手放进泉里，把冰凉的泉水朝太阳穴上拍了几下。

"我想，这也许是能够说明某人性格的例证。"

"你是说兰德尔？"我发出一声不带笑意的短促笑声，"我不需要其他例子来证明他的性格，谢谢。"

"没错，我是指兰德尔，但同时也是指詹米。"

我看着他，心中一阵忐忑。

"你知道，我有命令在身。"杜格尔刻意讽刺地强调这个字眼儿，"就是那个队长下的命令。"

"他命令你做什么？"我情绪高涨地问他。

"交出一个名叫克莱尔·比彻姆的英国国民，六月十八日周日当天送到威廉要塞，他要质问你。"

我看起来一定满脸惊恐，因为杜格尔马上跳起来，朝我走近。"姑娘，快把头摆在两膝中间，等晕眩感过了再抬头。"他一边指点我，一边推着我的颈背。

"我知道怎么做。"尽管我语带反抗，还是照他所言低下头。我闭上眼，感到退去的血液开始回流到太阳穴。虽然双手依然冰冷，但脸旁耳畔的湿冷感已开始消退。我专注地呼吸着，吸气，一、二、三、四；吐气，一、二；吸气，一、二、三、四……

最后，我坐起身子，感觉身体机能多少回来了些。

杜格尔坐回到石头上，耐心等着我恢复，并且留意着防止我往后一仰掉进水里。

这时，他突然开口道："嗯，有个办法可行，我看这也是唯一的方法。"

我勉强微微笑着："那让我试试。"

"很好，那么……"他身子朝前靠近我，解释道，"兰德尔之所以有权质问你，是因为你是英国国王的子民。那么，我们就来改变这一点。"

我满脸不解地瞪着他："什么意思？你不也是国王的子民吗？你要怎么改变？"

杜格尔皱着眉："苏格兰的法律和英格兰的非常相似，但不完全相同。英国官员不能强迫任何苏格兰人，除非那人有证据确凿的罪行，或者严重可疑。即使非常可疑，英国官员也不能未经苏格兰领主的许可，就把人从苏格兰的土地上带走。"

"你跟奈德·高恩谈过了。"我又开始头晕。

他点点头："对，我跟他谈过。我想，事情有可能走到这地步。他告诉我的方法正巧也和我想的一样。唯一能让我名正言顺地拒绝把你交给兰德尔的方法，就是把你从英国人变为苏格兰人。"

"变成苏格兰人？"我心中原本的晕眩迅速被惊恐的猜测所取代。

杜格尔的下一句话证实了我的怀疑，他对我点点头："没错，你得嫁给一个苏格兰人，就是詹米。"

"我不能嫁给他。"

"这个嘛……"杜格尔皱着眉头思索着，"不然，你也可以挑鲁珀特。他老婆死了，而且还有一小块农地可收租，人虽然老了点，不过……"

"我也不想嫁给鲁珀特，这实在……实在太荒谬了。"我找不出合适的词来。我激动地跳了起来，绕着小空地打转，落在地上的花楸果实被我踩在脚下，嘎嘎作响。

"詹米是个不错的年轻人。"杜格尔仍旧坐在石板上，"他现在的确还是个穷小子，但这孩子心肠很好，不会亏待你。而且，他是个武艺精湛的武士，非常有理由憎恨兰德尔。你要是嫁给他，他一定会用性命保护你。"

“可是……可是我谁都不能嫁啊！”我大声脱口而出。

杜格尔的眼神突然变得锐利起来：“为何不能？姑娘，难不成你丈夫还在人世？”

“不是。只是……这太荒谬了，这怎么可以呢。”

当我口中说出“不是”时，杜格尔霎时放松下来，他抬头看看太阳，准备起身离开。“姑娘，我们要动身了。还有好多事要做，到时会有特别的程序要办，不过这些奈德会去打点。”杜格尔好像喃喃自语地说着。

他抓起我的手臂，口中依然念念有词，我甩开他的手。“我谁都不嫁。”我语气坚决地说。

他似乎未受这话的影响，只是稍稍抬起眉头：“那你要我再把你带到兰德尔那儿？”

“不要！”我回想起某些事，“所以，你相信我不是英国间谍了？”

“现在我相信了。”他特别强调地说。

“为什么先前不相信，现在相信了？”

他朝泉水和被侵蚀的石雕点了点头。这雕像一定有好几百年的历史了，甚至比这株披覆泉水、片片白花落进黝黑水里的高大花楸树还古老。

“圣尼尼安之泉。在我要你喝下这泉水之前，你自己就先喝了。”

这下我可彻底糊涂了：“这当中有什么关联吗？”

他看起来非常讶异，接着嘴扭成一片笑意：“你不知道？大家也称这是说谎者之泉，泉水的味道就像地狱的蒸烟，任何人要是喝下这泉水却没说实话，那么他的喉胃就会烧出一个大洞。”

我的话从齿间迸出：“原来如此。嗯，我的喉胃还非常完整，所以你相信我不是英国或法国间谍。啊，杜格尔，你也可以相信我谁都不嫁啊！”

他根本没听我在说什么。事实上，他早已推开掩护着泉水的草丛离开了，身后的橡树枝丫正晃动着。我内心激动不已，尾随在后。

＊＊＊

骑马返回旅店的路上，我还一直抗议。杜格尔最后建议我闭嘴，省点力气。在他说完之后，我们都不发一语。

一抵达旅店，我马上把手中的缰绳朝地上一扔，随即跺着脚上楼进房。

杜格尔这想法不仅过分，甚至绝不可行。我在窄小的房里绕圈踱步，越发觉得自己就像落进陷阱的小老鼠。当初我怎么就没有勇气不顾一切地从这群苏格兰佬身边开溜呢？

我坐在床上，试图冷静细想。严格来说，从杜格尔的观点来看，我嫁给詹米绝对有好处。如果杜格尔毫无理由、直截了当地拒绝把我交给兰德尔，那么兰德尔可能会干脆把我强行掳走。而且，不管杜格尔相不相信我，他当然不会为了我和一大群龙骑兵起冲突。从现实面来看，和詹米成婚对我也有好处。如果我嫁给苏格兰人，那么我应该不会再受人监视或防备，一旦时机成熟，要脱身离开也会更容易。如果嫁的是詹米，好啦，他显然喜欢我，而且他对苏格兰高地了若指掌，或许他可以带我到纳敦巨岩，或至少朝大致的方向走。嗯，对我来说，也许结婚真的是达成目的的最佳方式。

这是冷血无情的看法，但我从来就不是冷血的人。我情绪激动而且愤怒难当，无法保持冷静，焦急而恼怒着，希望想出解决办法。这么折腾了一个钟头之后，我面红耳赤，脑仁抽痛，于是从床上爬起来，打开窗户，朝窗外的凉爽微风探出头去。

身后传来一阵急迫的敲门声，在我缩头回屋时，杜格尔已经走进房间。他捧着一捆硬邦邦的纸卷，就像拿着托盘似的，鲁珀特跟在后边，而干净体面的奈德·高恩先生则像皇家侍从武官似的走在最后。

“请进，请进。”我殷勤有礼地说。

杜格尔一如往常地不理我，自顾自地把夜壶移开，接着郑重其事地把纸一张张摊开，放在粗糙的橡木桌上。

“都办好了。”他的脸上带着一种领导众人顺利完成大事的骄傲感，“这些文件全是奈德拟的，只要律师跟我们站在一起，没什么难得倒我们。奈德，你说对吧？”

三个男人全都喜笑颜开，心情显然很好。

“这不难啦，只是拟个简单的契约书而已。”奈德谦虚地说，食指快速翻过纸页。接着他停顿一下，突然皱起眉头，似乎想起了什么事。奈德忧心忡忡地透过工作时会戴上的单片眼镜望着我：“你在法国没有财产吧？”

见我摇摇头，他松了一口气，把纸堆成一叠，接着把纸弄整齐：“那这样就成了，你只需在这里签名，杜格尔和鲁珀特都是公证人。”

律师把他带来的墨水瓶放妥，甩了甩从口袋里拿出的干净鹅毛笔，郑重地递给我。

“这是什么？”我问。这只是一种修辞学上的问题，因为这叠纸的第一张上清清楚楚地以手写体写着“婚约书”三个字，每个字都有两英寸高，而且横跨纸页的墨痕黑得分明。

杜格尔忍住了对我顽固反抗的不耐烦。“你很清楚这是什么。”他简短地说，“除非你自己有另外的好计策，可以不落入兰德尔之手，不然就快点把名字签了，时间不多了。”

尽管我花了一个钟头思索对策，但此时最缺的就是好计策。虽然我内心挣扎，但眼下这难以置信的奇怪选择似乎就是最佳的解套之法了。

“但是我不想嫁人啊！”我固执地说。

我突然想到，这件事不只和我个人的想法有关。我记得那个在城堡的凹室和詹米接吻的金发女孩：“而且，詹米也不见得想娶我啊。这怎么说？”

杜格尔对这个他认为不重要的问题充耳不闻。“詹米是个士兵，他会服从命令，而你也应当服从。当然了，除非你想进英国监狱。”他尖锐地回答。

我呼吸沉重地瞪着杜格尔。自从我们急急忙忙逃离兰德尔那儿后，我心里就一直不爽快，而且现在面对这非黑即白、一翻两瞪眼的抉择，情绪更是激愤。

“我要跟詹米谈谈。”我突然开口。

杜格尔一听，眉头扭成一团：“跟他谈，为什么？”

“为什么？因为你逼我嫁给他啊，而且，我看你甚至到现在都还没告诉他！”

从杜格尔的立场来看，我显然把话题扯远了，但他最后还是让步，带着手下到楼下的酒馆叫詹米上楼。

不一会儿，詹米出现了，他看起来满脸困惑。这是当然的了。

我直接大声问道：“你知道杜格尔要我们结婚吗？”

他露出恍然大悟的表情：“哦，我知道。”

“当然了，像你这样的年轻人，我是说，难道你没有其他……呃……其他心仪的人吗？”

詹米有好一会儿面无表情，接着，他终于懂了：“哦，你是指我订过婚吗？没有，对女孩子来说，我这个人没什么前途可言。”他似乎觉得这听来可能有点羞辱，便急忙接着说，“我的意思是，我只有一点军俸，没什么财产好拿出来说的。”他摸了摸下巴，眼神怀疑地看着我，“而且，还有一个小小的麻烦。有人悬赏要取我的项上人头，没有哪个做父亲的愿意把女儿嫁给一个随时会被逮起来吊死的男人。你想过这点吗？”

我挥了几下手，表示不在意他的那些考虑。相较于其他不合情理的想法，这些考虑简直是小巫见大巫。我最后再试一次，说：“我不是处子之身，这会让你心里不舒服吗？”

詹米迟疑了一会儿，然后缓缓答道：“嗯，不会——只要你不在意我还是处子之身的话。”我诧异得下巴都快掉下来了。他对我露齿一笑，接着转身朝门走去。

“我想，我们当中该有一人知道他们目前进行到哪里了……”詹米说。房门在他身后轻轻关上，求爱过程显然已经结束。

＊＊＊

我规规矩矩地签好文件，小心地走下陡峭的楼梯，到楼下酒馆的吧台去。

“威士忌。”我对吧台后一个皱巴巴的老家伙喊了一声，他湿黏的双眼看了我一眼，等杜格尔点了头，他才动手拿起瓶子和杯子。厚厚的玻璃杯略带浅绿，有点儿脏，杯缘有个缺口，不过这还是个杯子——在这当下就够了。

烈酒入喉的灼热感一旦退去，一种以假乱真的静谧就会油然而生。我感觉自己灵魂出窍，感官敏锐地注意着周遭的细微之处：镶嵌在吧台上方的彩绘玻璃在一脸凶恶的旅店老板和他的杯瓶上投映出彩色的阴影，挂在墙上的铜底汤勺的手柄曲线，一只绿肚苍蝇在桌上黏稠的水滩旁挣扎着。我怀着强烈的同情心，用玻璃杯底轻轻把苍蝇从危境中推开。

我逐渐意识到，屋内远处一扇紧闭的门后扬起了人声。自从对我的婚事撂下最后一句话后，杜格尔就消失在那间房里，也许正在忙着和其他承办人安排什么。从这声音判断，虽然我的未婚夫先前显然未表示反对，但他现在似乎正在气头上。我很开心听到这吵架声。也许，他是不想冒犯我才没开口反对吧。

“要坚持住啊，年轻人。”我自言自语，又喝了一口。

过了一阵子，我在朦胧间意识到一只手正扳着我的手指，要拿走我手里的玻璃杯，另一只手则稳稳撑着我腋下。有人在我耳边说：“老天爷，她醉得跟茅屋里的老荡妇一样。”我心想，这声音真刺耳，仿佛刚吞了砂纸，听起来真不舒服。一想到这儿我就咯咯笑了起来。

“娘儿们，闭嘴。”刺耳的声音，当他转而和别人交谈时，这声音变得越来越微弱。“这娘儿们喝得跟大地主一样，还像鹦鹉一样尖叫。

你们指望什么……”

另一个声音打断了他的话，但我听不出他说什么。话里的字句含糊不清，难以辨认。那是好听的声音，虽然低沉，但又有点令人安心。那声音越来越近，我听出了几个字。我努力集中精神，但注意力却又一下子散了开来。

那只苍蝇又落回到桌上的小水滩，如今绝望地在黏稠的水滩里踢着脚。光线从彩绘玻璃透进屋内，映照在苍蝇身上，在它使着劲的绿色肚子上闪着光芒。我盯着那小绿点，看着它扭动挣扎。

“老兄啊……你死定了。”我说完，那光芒也随之淡去。

第十四章　婚礼

我醒来时，映入眼帘的是带着梁木的低矮天花板，被子则紧紧盖到我颔下。我感觉身上似乎只穿着内衣，于是想坐起身找衣服，不过又打消了这念头。我小心翼翼地放松身子，躺了回去，撑住头，免得突然滑下枕头落到地上。

过了一会儿，房门打开，我又醒了过来。我小心地睁开一只眼，晃动的人形轮廓逐渐浮现出默塔的阴沉身影，他站在床尾一脸不以为意地盯着我。我闭上眼，耳中听到一阵低沉嘈杂的苏格兰语，这话也许意味着他惊骇的厌恶感吧。可是当我再度睁开眼时，默塔已经走了。

房门再度推开，当时我正满怀感恩地沉陷在毫无意识的昏眠状态。这回走进来的是一个带着瓦瓮和盆子的中年妇人，我想，她应该是旅店老板娘。她开心地急忙走进房内，砰的一声用力推开窗子，声音大得活像两辆坦克相撞，我脑中嗡嗡作响。她像一整师的装甲部队走到床边，从我微弱抵抗的手中扯开我抓住的被子，丢到一旁，让我发着抖袒露在她面前。

“亲爱的，快起来，我们现在得帮你打点妥当。”她有力的前臂搁在我肩后，把我撑起来。我一手抓着头，另一只手捂着胃。

“准备好了？”我问道，嘴里好像有臭烂青苔。

这个妇人动作利落地洗好我的脸：“是啊，你不想错过自己的婚礼吧？”

“我想啊。”

她忙着粗手粗脚地脱下我的内衣，让我杵在地板上，好进一步把我看个仔细，根本无视我说了什么。

过了一会儿，我穿戴整齐地坐在床上，感觉蓄势待发、准备交战似的一阵迷茫。多亏这位好心的妇人给了我一杯酒，这多少让我的情绪稳定了一些。当她的梳子在我浓密如杂草的发间猛扯时，我正小心翼翼地吸啜着第二杯。

门又打开了，我颤抖地弹了起来，酒也随之泼洒而出。我不安地想，倒霉事真是接二连三。这次是两人来访，默塔和高恩先生，都是一副不以为意的表情。默塔缓缓走向床边，从各个角度打量我，我和高恩先生互换了眼神。默塔转向高恩先生，口中嘟哝着什么，声音低得让我没法听见。他朝我这方向绝望地看了最后一眼之后，便在众人身后拉上门离开了。

最后，这位妇人终于满意了——我的头发被梳到后面，高高拉起，在顶部打个结，大发卷松松地拨到后头，小发卷则挂在耳前。虽然头发往后拉扯的张力让我觉得头皮就快裂开，但从她递给我的镜子里来看，不能否认这成果还真不赖。我稍稍觉得自己终于有点人样，甚至还感谢她的辛劳。她把镜子留给我，然后便离开了，临走前还说我在夏季结婚真是幸运，因为有好多花可用来装饰头发。

我们这些大限将至的人啊……我心里暗想着，对镜子行个礼，颓倒在床上，脸上盖着湿布，又躺回去睡回笼觉。

当我意识到扯着我袖子的不是一阵嬉闹的微风，而是一双不太客气的手时，我正做着一场和绿油油的野花野草相关的好梦。我猛然坐起，双手胡乱地又挥又打。

我张开眼，小小的房间俨然成了地铁站，到处都是一张张人脸：奈德·高恩、默塔、旅店老板和老板娘，还有一个瘦高的年轻男子，他是旅店老板的儿子。他的怀里满是各色鲜花，这解释了我梦中的花香。此外，房里还有一位年轻女子，手上挽着柳条圆篮，亲切地对着我笑，这一笑显露了她缺了好几颗重要的牙。

原来她是村里的裁缝，前来修改旅店老板住在附近的亲戚一接到通知便赶忙送来的衣服，为的是让我穿得体面点。高恩先生狐疑地拎着这件活像垂在他手上的断气动物的衣服。我从床上缓缓滑下，原来这是一件沉重的奶油色低领缎料礼服，上衣和下半部是分开的。上头缀了十多个覆有布面的小纽扣，每个纽扣布面上都绣了金色的鸢尾花。领口和钟形袖口缀满了蕾丝，巧克力色的外罩刺绣绒裙上也是。旅店老板的身子有一半埋在他带来的一堆衬裙里，泡沫般的层层布料遮得大家都快看不到他矗直的胡须了。

看着我身上哔叽布灰裙上泼溅的酒痕，我的虚荣心战胜了一切。换上吧，如果我非嫁不可，我可不想让自己看起来像个农家苦工。我像裁缝人台杵在那里，其他人在一旁来来回回忙着，或拿东西或打量或点评。经过众人一番短暂又热烈的施法，作品完成了，我的头发最后再缀上白色紫苑和黄色玫瑰，我的心则在蕾丝紧身上衣底下激动地跳着。虽然礼服不完全合身，而且闻起来还有前任主人的浓浓体味，不过沉甸甸的缎料隔着层层衬裙在我脚边发出迷人的沙沙声。我觉得自己雍容华贵，而且也非常可人。

当我随着默塔下楼时，我对着他的背影，语带威胁地嘶声说：“你不能逼我这么做，你知道吗？”不过，我们心里都明白，我这番话不过是虚张声势。如果我真有胆量反抗杜格尔，冒险溜到英军那儿寻求一线生机，这胆量也早让威士忌给浇没了。

杜格尔、高恩先生和大伙儿都在楼下的酒吧里喝酒说笑，还有几个似乎除了吹牛聊天也没其他事可做的村民。

正说着话的杜格尔看到我缓缓步下楼梯，突然住口，其他人也陷入静默。我在众人恭敬仰慕的目光中翩然降临。杜格尔深邃的眼睛缓缓将我从头到脚看了一遍，最后视线回到我脸上，满心赞许地点了点头。

仰慕的目光一个接一个。上次有人用这种眼神看我，已经是好久之前的事了，于是我也非常优雅地点头回应。

最初的静默被打破，众人纷纷表达倾慕之意，甚至默塔也露出微微笑意，对他辛劳的成果满意地点着头。默塔，是谁指派你来当时尚总监啊？我心里这样想着。不过，我得承认，坚持不让我穿灰色哔叽衣服结婚的人确实是默塔。

结婚，噢，老天！多亏波特酒和奶色蕾丝，我暂时忘却了这场婚礼的意义，但当我清楚意识到这事的严重性时，还是感觉胃上挨了一拳，只得紧紧抓住楼梯栏杆。

不过，我注意到人群中显然少了一个人的身影——四处不见我的新郎。一想到詹米可能已经破窗而逃，现在已在好几英里之外，我的精神便为之一振。随杜格尔步出屋外之前，我接下了旅店主人递来的离别酒。

高恩先生和鲁珀特出去牵马，默塔不知跑去哪儿了，也许是去找詹米吧。杜格尔一手抓住我的臂膀，表面上是在扶我，以免我被脚上的丝质包鞋绊倒，事实上是在提防我临阵脱逃。

这天是个“温暖”的苏格兰高地日子，就是说，雾气还没重到变成毛毛细雨，不过也差不了多少。旅店大门突然打开，一阵夺目的光芒射入，詹米现身了。如果我是个耀眼的新娘，那么这位新郎更是灿烂辉煌。我看得目瞪口呆。

苏格兰男人不管多老、多丑、多古怪，只要穿上大礼服，绝对会是一幕威风凛凛、令人难忘的画面。何况这位高大挺拔、绝对称得上俊俏的年轻苏格兰男子就站在咫尺之外，简直让人屏息。

他一头浓密的红发梳得又滑又亮，垂在上等麻纱织成的衬衫的领口。钟形袖口向上折起，腕口的蕾丝边与从喉头处一泻而下的波浪花边胸饰十分相称，腕口还缀着红宝石别针。

詹米的格纹是漂亮的绛色和黑色，在一片麦肯锡氏族的色彩较深的绿白格纹中更显耀眼。圆形银质胸章固定住的火红毛料，优雅地从他的右肩披垂而下，在腰间被镶有银饰的佩剑腰带圈住，而后越过穿着羊毛裤的小腿，收止在银扣黑皮靴的上方。长剑、匕首和一只獾皮皮毛袋，为他全身的装扮画下句点。

詹米身高超过六英尺，身形宽阔，相貌堂堂，完全不是我看惯的那个脏兮兮的驯马师模样，这点他自己也很清楚。他谦恭地屈膝，以无比优雅的姿态向我弯腰致意，眼神淘气地低声说："听候您的差遣，夫人。"

"噢。"我晕眩地答道。

我很少见到沉默寡言的杜格尔为词穷所苦，但此时的他满脸愁容，浓眉纠结着，似乎跟我一样对眼前的景象讶异不已。"老兄，你是疯了吗？要是有人看见怎么办！"他终于开了口。

詹米扬起眉，对长辈翻了个讥讽的白眼："舅舅，此话怎讲？你认为这是一种侮辱，即便在我的大喜之日？你总不希望我的妻子蒙羞吧？而且……"他眼里闪着恶意的微光，"而且我也觉得，要是我不用自己的真名完婚，这桩婚事恐怕也不合法。你不也希望这是桩合法的婚事吗？"

杜格尔显然费了好一番工夫才平复情绪："如果你说完了，那我们就继续吧。"

但詹米似乎还不肯善罢甘休，他无视杜格尔的怒气，从皮毛袋子里抽出一条白珠短链，向前走了一步，把链子圈在我的颈子上。我低头一看，是一条串了小巧珍珠的项链，由一颗颗形状不规则的淡水贻贝珍珠组成，间或点缀着穿了孔的小金珠，金珠下方则垂吊着更小的珍珠。

詹米语带歉意地说："这不过是苏格兰珍珠，但戴在你身上很好看。"他的手指在我颈间流连了一会儿。

"那是你母亲的珍珠啊！"杜格尔怒目瞪着项链。

詹米平静地回答："是啊，不过现在是我妻子的了。我们可以走了吗？"

* * *

我不知道要前往何处，不过那地方离村子一定有段距离。我们这群参加婚礼的人有点阴沉，新郎、新娘活像移监的人犯，被其他人团团围住。我跟詹米唯一的对话，就是他低声为自己的迟到道歉，说是因为很难找到干净的衬衫和他穿得下的外套。

他拍了拍胸前的褶子花饰："我想，这件应该是当地大地主儿子的，有点纨绔子弟的调调。"

我们下了马，把马儿留在一处山脚下，这儿有一条穿过石楠地通往山上的小径。

"都安排好了吗？"我听到杜格尔趁拴马时低声问鲁珀特。

黑胡子里闪过一道牙齿的白光："都打点好了，不过在逼神父过来的时候有点小麻烦，但我们拿出特别许可让他瞧了瞧。"鲁珀特朝自己的皮袋子拍了几下，发出悦耳清脆的金属撞击声，这下我立即明白了"特别许可"是什么。

我在细雨微雾间看到石楠地上矗立着一座教堂。我不敢置信地看见了教堂两侧的圆肩屋顶，还有奇特的多格窗户——我上次见到这些，还是在我和弗兰克·兰德尔结婚的那个晴朗早上！

"不！这里不行，我不能在这里结婚！"

"嘘，姑娘，没事，别担心。"杜格尔的大手放在我肩头，口里以苏格兰语对我嘟哝着安慰的话，好像我是容易受惊的马。"新娘会紧张是很自然的。"他对大家说。后腰上一只强硬的手推着我踏上步径，我的鞋子陷进潮湿的层层落叶间。

詹米和杜格尔紧跟在我两侧，提防我逃跑。他们幽幽的格纹身影让我不安，我感到一股歇斯底里的情绪正在体内逐渐高涨。大约两百年后，我会在这座教堂里完婚，那时我还对这教堂如画般的古意着迷不已。如今这里是一副崭新的模样，墙板尚未沉淀出迷人的古色古香，而我正要嫁给一个信奉天主教、年方二十三的苏格兰处男，而且有人出高价要他的项上人头，他的……

我突然惊惶地转向詹米：“我不能嫁给你！我甚至连你姓什么都不知道啊！”

詹米低头一看，抬起红润的眉头。“噢，我姓弗雷泽，詹姆斯·亚历山大·马尔科姆·麦肯锡·弗雷泽。”他正式地说出每个音节，字字缓慢清晰。

我彻底慌了，嘴里竟说“克莱尔·伊丽莎白·比彻姆”，还像个蠢蛋似的伸出手去。詹米显然以为我在请他搀扶，便执起我的手，稳稳地塞在他的肘弯里。这下我逃不掉了，只好在咯吱的脚步声中走向我的婚礼。

鲁珀特和默塔在教堂守住被绑来的神父，等着我们。年轻神父身形瘦长，脸上是一只红鼻子和情有可原的惊恐表情。鲁珀特随性地用大刀削着柳枝，虽然他在进教堂时卸下了牛角柄的手枪，但这武器还是放在洗礼盆边容易拿取之处。

其他人也把武器卸下。在神的居所，这是合宜的行为。他们把武器留在教堂后头的座位上，聚成一堆吓人的手枪和刀剑。只有詹米还留着匕首和长剑，也许是仪式需要吧。

我们在木制的圣坛前跪下，默塔和杜格尔各就其位，担任证婚人，接着婚礼开始了。

看来天主教的婚礼仪式在这几百年间没有多少改变。让我和身边这个陌生的红发年轻男子结为连理的誓词，跟我和弗兰克婚礼上的字句几乎完全相同。我觉得自己像一具冰寒空洞的躯壳，年轻神父结结巴巴说着的字句在我胃里响着回音。

宣誓时刻来临，我自动站了起来，目光麻木、迷惑地看着发冷的手指消失在新郎紧握的掌心。他的手指一样冰冷，这时我才想到，尽管詹米看似冷静，他也许跟我一样紧张。到目前为止，我都避而不看他，但现在我头一抬，才发现他正低头看着我。他面色苍白，小心翼翼地不露表情，模样就像当初我帮他包扎肩伤一样。我试着对他微笑，但我的嘴角却犹疑着。他的手指压在我手上的力道更重了，好像我们拉扶着对方，要是其中一人松了手或者看向别处，那么双方都会跌落在地。好奇怪啊，这感觉竟让我有了微微的安心感。不管我们遭遇何种情况，至少我们不孤单。

“克莱尔，我视你为妻……”詹米的声音没有发抖，手却在打战。我握紧了手，我们僵直的手指相互紧握，就像钳子夹紧木板。“……我保证，此生每天都将忠诚以待，无论好坏，罹病或健康，我都将爱护你、尊重你、保护你。”这些字句从远处传来，我头内的血流正如海潮退去。以兽骨支撑的胸衣紧得要命，虽然我觉得很冷，但丝质礼服底下却汗流浃背。希望我不会昏过去。

圣坛边的墙上高处有一扇小小的彩绘玻璃，是一幅披着熊皮的施洗者约翰肖像。青蓝色的光影流泻在我袖上，让我想起了旅店的酒馆。现在真想喝一杯啊！

轮到我了。我的誓词说得有点结巴，这让我挺生气的。“詹姆斯，我视你为夫……”我挺直背脊，詹米方才的表现很好，撑过去了，我也办得到。现在，我的声音更稳了：“从今天起，无论处于什么环境，都愿意终生顺服于你……”

“……直至安息主怀。”这些字句以令人惊愕的结尾回荡在安静的教堂内。一片寂静，画面仿佛霎时中止。接着牧师要我们拿出婚戒。

教堂里突然一阵骚动，我瞥见默塔悲叹的表情。当詹米松开我的手，从自己的手指上脱下戒指时，时间久得让我差点儿以为有人忘了准备戒指。

我的左手还戴着弗兰克的戒指。当硕大的金属环穿过我的无名指时，我冰冻的右手手指在一片蓝光中显得苍白又僵硬。这只戒指松松地挂在我的手指上，若非詹米把我的手指折起，再以手掌包覆我的拳头，戒指可能就滑掉了。

牧师又喃喃说了几句话，接着詹米弯下腰吻了我。他显然只想来一个仪式性的简短轻触，可是他的唇如此柔软、温热，让我不禁本能地迎了上去。我依稀感到周围的噪音，是来自观礼者以苏格兰语在鼓噪着。但除了詹米温热坚实的拥抱，我真的什么都没注意到。真是圣域！

我们分了开来，心神都较沉着了些，但依然紧张微笑着。我看到杜格尔从詹米的刀鞘中抽出匕首，正纳闷着他的目的。詹米的双眼依然看着我，却将右手掌心向上伸出。匕首的刀尖在他腕上深深划过，留下一道汩涌而出的血痕，我吓得倒抽一口气。当我的手被抓住时，我已经没有机会抽手了。接着，我感到刀锋在我腕上留下一道灼热的刀痕。杜格尔迅速把我的手腕压向詹米的手腕，接着用一条白麻布将两只手捆在一起。

我的身子一定有点儿晃，因为詹米用他空着的左手抓住了我的手肘。

“坚强点。”他轻声鼓励，“不会很久的。来，跟着我说。”他说了两三句盖尔语，这些字句虽然对我毫无意义，不过我还是跟着詹米复诵，结结巴巴地说着滑溜的元音。解开麻布、抹净伤口，我和詹米完婚了。

下山途中，气氛轻松愉快。这场婚礼规模不大，除了新娘之外全是男人，但也算得上美好。当我们快到山下时，饥饿、宿醉和一整天的压力使我晕了过去。苏醒过来时，我躺在微湿的落叶上，头枕着新郎的大腿，他把刚刚擦过我脸庞的湿布搁在一旁。

“很糟糕，对吧。”詹米低头对我露齿一笑。姑且不论今天发生的大小事，他眼中一种飘忽的神情触动了我，我虚弱地回笑着。

“不是你的关系。只是，我好像从昨天早餐到现在都没吃过东西，恐怕还喝了太多酒。”

詹米的嘴角抽搐着：“原来如此，那我知道怎么做了。就像我曾说的，虽然我不能给我妻子什么享受，不过我保证能把你喂得饱饱的。”他害羞地笑着用食指把凌乱的卷发从我脸上拨开。

我坐起身子，对微微灼热的手腕龇牙咧嘴。我都忘了婚礼的最后程序，这时伤口又裂开了，这无疑是我昏迷时摔下马的结果之一。我从詹米手上拿过布条，乱七八糟地裹住手腕。

詹米看着我的伤口："我想你是因为这一刀才昏过去的。我应该先警告你的。看到你的表情，我才明白你根本没料到有这步骤。"

"这究竟有什么目的？"我试着把布角塞好。

"这有点异教徒的味道，不过，在一般的婚礼仪式之外再以血立誓，在这一带是行之已久的习俗。有些神父不这么做，不过我想这一位应该不会反对。这个年轻牧师几乎跟我一样害怕。"詹米笑着说。

"以血立誓？什么意思？"

詹米执起我的右手，温柔地把布角塞进凑合绑好的绷带里。

"如果用英语念，还多少有点押韵。方才那誓词是这么说的：

> 你是我血中之血、骨中之骨，
> 我将鲜血施受于你，让你我合而为一，
> 我将魂魄交付于你，直至生命终了。"

他耸了耸肩："跟一般的誓词大同小异，只不过……呃……更原始一点。"

我低头看着绑上绷带的手腕："原始……的确可以这么说。"

我环顾四周，现在这条路上只剩白杨树下的我们了。白杨树浑圆的枯叶落躺在地上，在一片湿润中如生锈的钱币闪着光。除了偶尔从树上落下的水珠的啪嗒声，一片寂静。

"其他人都去哪儿了？回旅店了吗？"

詹米做了个鬼脸："没有。我叫他们先离开，这样我好照顾你。"他像乡下人那样抬了抬下巴，"不过他们就在那儿等我们过去。他们要等婚礼正式完成后，才会相信我们。"

"什么，婚礼还没正式完成？我们已经完婚了，不是吗？"我生气地说。

詹米看起来有点尴尬地转过身去，刻意拍掉格纹裙上的枯叶。

“嗯，这个嘛，我们是完婚了，不过还不算正式结合，要等到圆了房才算。”一阵缓慢、浓烈的红晕从他的花边胸饰一路延烧上来。

“嗯……这个嘛，我们去找点东西吃吧。”我说。

第十五章　洞房之夜

旅店已简单备妥了酒水、新鲜面包和烤牛肉等婚宴食物。

我打算在用餐前梳洗一下。杜格尔趁我准备上楼，一把抓住我的臂膀。

“我希望你们赶快圆房，不要节外生枝。”他语气坚决地低声指示，“不能让别人质疑婚事的合法性，或者有机会判定婚姻无效，否则我们都有人头落地的危险。”

“在我看来，你不就是拿我们的性命开玩笑吗？特别是我的性命。”我不悦地说。

杜格尔结结实实地在我臀上拍了一下。“这你甭担心，把你分内的事做好就行了。”他苛刻地上下打量，好像在审度我能否扮演好我的角色。

“我认识詹米的父亲，如果这小子跟他老爸一个样，你将来也不会碰上什么麻烦——啊，詹米！”詹米刚从马厩回来，杜格尔急忙穿过屋子，朝詹米走去。从詹米脸上的神情看，他方才也接收到了命令。

* * *

我的老天，这究竟是怎么一回事？我稍事休息后，在心里自问。六个星期前，我还天真无邪地在苏格兰高地的山间采集野花，准备带回家给我丈夫，如今却被困在乡下旅店里，等着一个我几乎一无所知、和弗兰克截然不同的丈夫，而且还在生命及自由饱受威胁的情况下，受令圆房。

我穿着一身借来的华服，惊惧、僵直地坐在床上。沉重的房门被打开，又关上，身后传来一阵细微的声响。

詹米靠着门板，看着我。我们之间的气氛更加尴尬了。最后他打破沉默，先开了口。

他轻柔地说："你不必怕我，我不会扑过去。"我不自觉地笑了出来。

"我想也是。"事实上，除非我开口邀请，否则我想他不会碰我。这念头倒是提醒我，接下来所有的事情还得由我主动邀请才行。

我怀疑地看着詹米。心想，要是我觉得他毫无魅力，那事情可能还简单点，但事实上，詹米非常迷人。过去这八年来，除了弗兰克，我从未和其他男人同床共寝。而且，据这个年轻男子自称，他还是个完全没有床笫经验的生手，我以往可从没帮什么人破处过。且不论我对这桩婚事的反对之意，若全然以实际考量，我们到底要怎么开始呢？再这样下去，我们就会这么大眼瞪小眼地站上三四天。

我清清喉咙，拍了拍身旁的床位："呃，你要坐吗？"

"好。"他像只大猫似的走过来，但没有在我身旁坐下，而是拉了张凳子，面朝着我坐下。他试探地伸出手，把我的手握在掌心。他有一双手指圆钝的温暖大手，手背上披覆着一层淡淡的红毛。这一触让我颤了一下，想起《旧约》里的一段经文："雅各皮肤光滑，而他的哥哥以扫则多毛。"弗兰克双手纤长，几乎无毛，而且仿若贵族，每当他在课堂上讲课，我总喜欢看着他的双手。

"谈谈你丈夫吧。"詹米好像读出我内心的思绪，吓得我差点儿抽手。

"什么？"

"我们得在这里待上三四天，我不想不懂装懂。我在农场长大，也见识过一点，除非人和动物完全不同，不然我们要做的事应该也不会太久。我们应该有点时间好好聊聊，让彼此不必那么害怕对方。”这番对我们处境的评估既直白又坦率，让我稍稍松了口气。

“你怕我吗？”也许是因为太紧张了，他并没注意到我的提问。今晚是他的初夜，但即便如此，他也已非胆怯的十六岁小男孩。

他看着我，微微笑着：“有点儿。我想，我怕你的程度比你怕我更甚，所以我才会握住你的手，免得自己发抖。”哼，我才不相信，不过还是感动地紧握住他的手。

“这想法很好，我们说话时互相碰触着，感觉能放松一些。不过，你为何问起我丈夫？”我有点荒唐地暗想，詹米是不是想探问我和弗兰克的床笫之事，以便知道我对他有何期待？

“嗯，我知道你一定会想起他。在这样的情境下，要不想起他也很难。我不希望你觉得不能在我面前提到他。即使我现在是你丈夫……唉，这样说感觉好怪……即使我们现在已是夫妻，要你忘了他，或者试着忘掉他，都是不对的。如果你爱过他，那他一定是个好人。”

“是啊，他……曾经是。”我的声音在发抖，詹米用拇指戳了戳我的手背。

他执起我的手，正式地在我双手上各吻了一下：“那么，我该好好服侍我的妻子，以慰他在天之灵。”

我清了清喉咙：“詹米，你这番话说得非常冠冕堂皇。”

他突然开怀一笑：“是啊，这是我趁杜格尔在楼下敬酒时编出来的。”

我深吸了一口气，说道：“我有个问题。”

他目光向下，收起了笑容，点头道：“我想也是。在这样的情况下，你的确有资格好奇。你想知道什么？”他突然抬起头，蓝色双眼在灯光下闪烁着调皮的神色，“为何我现在还是处子之身？”

“呃，我想，这基本上是你个人的私事……”我喃喃说着。突然间，我觉得有点热了起来，于是我从他手中抽出一只手，想找我的手帕。就在我摸找之际，我发现礼服口袋里有个硬物。

“噢，我都忘了，你的戒指还在我这儿呢！”我从口袋中拿出戒指，递给詹米。这是个缀有凸圆红宝石的金环，沉甸甸的。他没有把戒指戴回手上，而是打开皮毛袋，放了进去。

“这是我父亲的婚戒，通常我都不戴的，不过，我……我希望今天打扮得正式点，让你能引以为傲。”这番坦言让他的脸微微一红，急忙收紧袋子。

“你的确让我引以为傲。”我不自觉地微微笑了。在一身耀眼的服饰之外再戴上红宝石戒指，其实是画蛇添足；不过，这个举动背后的心意还是深深打动了我。

“一旦我有能力，一定会给你找个合适的戒指。”

“这不重要。”我心里微微不安。毕竟，我们这段关系应该很快就结束了。

“呃，詹米，我有个稍微大一点的问题。”我把主题拉回我原有的问题，“如果你不介意的话，能否告诉我你怎么会答应娶我？”

“啊。”他松开我的手，往后一坐，停顿了一会儿，手指开始抚顺羊毛裤上的布面。我看得出厚实布料下紧绷的肌肉线条。

他笑着说：“这个嘛，首先，因为我很喜欢和你说话。”

“不，我是认真的。你为什么答应娶我？”我追问。

詹米表情变得严肃起来，缓缓说道：“克莱尔，在我说出答案之前，我有件事要求你。”

“什么事？”

“诚实。”

我一定不安地畏缩了一下，因为詹米随即把手搁在膝上，身体前倾。

“克莱尔，我知道你有些事不想告诉我，也许是不能告诉我。”

你说得没错。我心想。

“我不会逼你或坚持要你说出那些私事。”詹米低头看着他合起的双手，认真说道，“克莱尔，我也有些事不能告诉你，至少现在不行。

你不能给我的东西，我不会讨着要，但我希望当你有话要对我说时，说的都是实话，我也承诺会这样待你。也许我们目前所有的也只是互相尊重，但互相尊重是让我们各自保有空间，存放不愿说的秘密，而非谎言。这你同意吗？”他张开手掌，手心朝上邀请我。此时，那道血誓留下的深色疤痕清清楚楚地横越他的手腕。

我将双手轻轻搁在他的掌上：“我同意。我会诚实对你。”

他的手指微微把我的指头卷起：“我也会诚实对你。”他深吸了一口气，“你问我为何会娶你？”

“我只是有点好奇，想知道原因。”

詹米微微一笑，宽阔的嘴扬起潜藏在他眼里的幽默：“不怪你。我之所以愿意娶你，其实有好几个理由。其中有一两个日后我会说的，但现在还不能告诉你。不过，我想，我娶你的最主要原因，跟你愿意嫁我的理由一样，就是为了让你逃离兰德尔的魔掌。”

一想起兰德尔，我身子微微颤抖起来。詹米把我的手握得更紧了。

他语气坚定地说：“你现在安全了。你冠了我的姓，和我共有家庭、亲族，而且必要时，我也会以身相护。只要我还有一口气，兰德尔那家伙绝不能再碰你。”

“谢谢。”看着眼前这张颧骨宽阔、下巴坚实，既强壮又坚毅的年轻脸庞，我首次觉得，杜格尔这荒唐的计谋也许真是合理的提议。

以身相护。我看着他，这句话对我产生了一些特别的冲击。看着他，看着那对宽阔肩膀的刚毅线条，回想着他先前在月光中既狂暴又优雅的舞剑英姿。他是认真的，即使他这么年轻，仍旧知道自己说的这句话是什么意思，就算负伤也会证明所许的承诺。詹米的年纪不比我照顾过的许多军人大多少，也深知承诺的代价。他对我许下的不是什么浪漫誓言，而是愿意以性命护卫我的安全。我真希望自己也能回报他什么。

“詹米，你这么做，非常英勇。”我诚心诚意地说，“可是，值得吗？这真的值得你以一段婚姻当赌注吗？”

詹米点点头，说：“值得。”他又微微笑着，不过这回有点严肃，“我太了解兰德尔这个人了，就算要把狗交给他养，只要我能阻止，我也会全力反对，更别说让一个无助的女子落在他手里。”

“这句话听起来真是谄媚。”我酸溜溜地说，但詹米却笑了。他站起来，走向摆在窗边的桌子。有人在威士忌杯子里插了一束野花，也许是旅店老板娘吧，花束后方立着一个瓶子和两只酒杯。

詹米斟了两杯酒，走回原处坐下，递一杯给我。他笑着说：“这酒和科拉姆的私藏珍酿相比，略逊一筹，不过还不差。”他动作利落地举起杯子，轻声说：“敬弗雷泽太太。”听到这句话，我的心头好像又挨了一拳。稳住情绪之后，我也举起杯子。

“敬诚实。”我们双双饮酒入喉。

我放下杯子：“嗯，这是其中的一个原因，那么，还有其他能透露的原因吗……”

詹米仔细看着手中的酒杯。“也许，我不过是想跟你睡一下。”他突然抬起眼，“你可曾想过这理由？”

如果詹米故意要让我仓皇失措，那么他成功了；不过，我坚决不显露任何狼狈的神色。

“噢，那么，你是吗？”我大胆说。

“如果要我诚实回答，那答案正是如此。”那双湛蓝的眼睛在杯缘上凝视着。

“要达到这个目的，并不是非娶我不可啊。”

詹米看起来满脸震惊：“你该不会认为，我会不娶你就跟你……”

我被他的一派天真给逗乐了：“很多男人都这样啊。”

他一时心慌，话说得有点急促，不过随即镇静下来，正色道：“我这话说起来也许有点自命不凡，不过，我认为自己并非你口中的‘很多男人’，而且我也没必要把自己的举止降到那么低的标准。”

这番话触动了我的心。我赶忙说，这段日子以来都觉得他既英勇又有礼，要他放心，并为我鲁莽地怀疑他的动机向他道歉。

我们这番瞎猜、客套的对话暂时停了一会儿，此时他重新斟满了两只酒杯。

* * *

我们安安静静地啜饮了一阵子，在相互坦言之后，彼此都觉得有点害羞。我显然有东西可以献给詹米；老实说，我不能否认在这个我们都觉得好像有点什么的暧昧情境来临之前，我心里没动过那个念头。詹米是个非常迷人的年轻男子，就在我初抵城堡之后，他曾让我坐在他腿上……

我举起杯子，一饮而尽，又拍拍我身旁的床铺。

“坐到我这边来吧。然后，说说你家人吧，你在哪儿长大的？”我抛出了几个比较中性的谈话主题，好舒缓我们身体贴近的尴尬。

詹米的体重压得床明显陷了下去，我撑住身子，免得倒在他身上。他靠得好近，近得衣袖刷拂到我的臂膀。我松开手，放在腿上。詹米坐下时，极其自然地执起我的手。我们靠着墙，谁都没低头，但我和他都意识到我们已结为连理。

“那么，我现在该从哪里说起？”他抬起一双大脚放在凳子上，脚踝交叠。

我知道家庭或氏族之间的纠葛，经常是苏格兰高地上重大事件的背景成因，而有趣的是，苏格兰人也经常好整以暇地细细剖析家族与家族间错综复杂的关系。我和弗兰克曾在某个夜里到村子的酒吧喝东西，现场两个怪老头儿之间的谈话内容让我们听得入神。他们说，不久前，村里一座老旧的仓库之所以会被破坏，原因可溯及当地几个氏族错综复杂的宿怨；而就我印象所及，那段宿怨大约是在一七九〇年前后结下的。一想到这儿，我心里不禁微微一惊。我突然意识到，这段我先前认为深埋于时间迷雾中远不可考的宿怨，此时尚未开始。突然明白这点让我心头一阵混乱。我努力克制情绪，专心聆听詹米所言。

“我父亲当然是姓弗雷泽，他是现在那位洛瓦特勋爵同父异母的弟弟。我母亲则出身麦肯锡家族。你知道科拉姆和杜格尔是我舅舅吗？”我点点头。虽然詹米的发色和眼珠颜色和他们不同，但容貌却相似到能让人一眼认出。詹米宽阔的颧骨和长直锋利的鼻梁，完全是麦肯锡家族的模样。

“我母亲是他们的姐姐。除了我母亲，他们还有两个姐妹。詹妮特姨妈跟我母亲都已过世，而卓卡斯塔姨妈嫁给了鲁珀特的表兄，住在爱莲湖附近。詹妮特姨妈有四男两女，共六个孩子；卓卡斯塔姨妈则生了三个，全都是女的；杜格尔生了四个女孩，而科拉姆只有哈米什一个儿子。我父母生了我和我姐姐，她的名字是以詹妮特姨妈的名字取的，不过我们总是叫她詹妮。”

“鲁珀特也是麦肯锡家族的人？”

“是啊，他……”詹米顿了一下，心里思量着，“他是杜格尔、科拉姆和卓卡斯塔的堂弟，所以他是我的表舅。鲁珀特的父亲和我的外公雅各布是兄弟，此外还有……”

“等等！你别说得那么复杂，讲我们需要知道的就好，不然我会全搞糊涂的。我们还没谈到弗雷泽这边，你的各种表亲已经把我搞晕了。”

詹米摸了摸下巴：“嗯，好吧，弗雷泽这边更复杂，因为我祖父西蒙结了三次婚，所以我父亲有两组同父异母的兄弟姐妹。那我先略过那六位尚在人世的弗雷泽叔伯和三位弗雷泽姑母，以及所有的堂兄弟表姐妹之类的。”

“很好，就这么办吧。”我身子前倾，又斟了两杯酒。

原来，麦肯锡和弗雷泽的领地毗邻相接，这条分界线从海岸开始，一路延伸到尼斯湖的尾端。和其他的类似边界一样，这条线没有标在地图上，也是不确定的，会随着时间、习俗和结盟的变化而变动。沿着这条边界，在弗雷泽领地的南端有一小块叫“图瓦拉赫”的土地，属于布莱恩·弗雷泽所有，这人就是詹米的父亲。

“那是一片资源丰富的土地，有不错的渔业和可供打猎的森林。大约有六十个小农场，还有一个叫莫德哈的小村庄。当然，还有一座庄园，而且挺现代的。”詹米略带骄傲地说，“至于老旧的石屋，则被用来畜养牲畜和堆放谷物。”

“杜格尔和科拉姆对于自己的姐姐嫁给一个姓弗雷泽的并不开心，坚持她不能当弗雷泽家的‘房客’，而要拥有自己的土地。于是，他们把拉里堡划给我父亲。不过，转让契约中有一条但书，声明这块地以后只能由我母亲艾伦·麦肯锡的子女继承。如果她最终没有子女，那么不管我父亲是否续弦生子，一旦我父亲过世，这块地都将归洛瓦特勋爵所有。不过，我父亲在我母亲过世后没有再娶，而我是我母亲的儿子，所以无论如何，拉里堡都归我所有。”

“但我记得你昨天告诉我，你没有任何财产。”我啜饮了一口酒，觉得滋味不错，这酒似乎越喝越美味。嗯，也许我最好别再喝了。

詹米摇摇头：“嗯，那块地是我的没错，不过，现在对我而言已经没有多大意义，毕竟我又去不了。”他看起来一脸歉意，“你知道，有人悬赏要我的项上人头。”

当初詹米逃离威廉要塞之后，被带往杜格尔的住处，在那里疗伤、退烧。杜格尔的住处叫碧恩纳赫（Beannachd），詹米解释说那是“受祝福”之意。他就是从碧恩纳赫去了法国，跟法军在西班牙边境打了两年仗。

“你在法国部队里待了两年，竟然还保持着处子之身？”我怀疑地脱口而出。我照顾过好几个法国人，高度怀疑高卢人对女人的态度会在两百年间发生大的改变。

詹米扭着一侧嘴角，低头斜眼看着我：“外乡人，如果你见过那些伺候法国兵的妓女，你就会知道原因了——我连碰都不敢碰她们。”

我口中的酒差点喷出来，咳得詹米不得不拍拍我的背。待我咳完之后，我红着脸，上气不接下气地要他继续说。

大约一年前，他重返苏格兰，只身或和一群“废人”——也就是不属任何氏族的人——在森林里谋生、在边界偷牛，过了半年有一餐没一餐的苦日子。

“后来，有人用斧头或类似的东西在我头上敲了一下。”他肩头一耸，“接下来两个月发生什么事，我是听杜格尔说了才知道的，因为那段时间我几乎不省人事。”

詹米受袭时，杜格尔刚好在附近的领地，他被詹米的友人叫了过去。之后杜格尔便设法把外甥又送到了法国。

“为何是法国？要把你送到那么远的地方，一定得冒极高的风险啊。”

“留在苏格兰的风险更高。那一带到处都有英军巡逻，你知道，我和我那帮兄弟在那一带很活跃，所以我猜杜格尔不希望英军发现我不省人事地躺在某间茅屋里。”

“或者躺在杜格尔家。”我略带嘲讽地说。

“我猜他把我送去法国，只有两个原因。第一，当时他有个英国来的访客；第二，他从我的样子判断我迟早会断气，所以就把我送进了修道院。”

博普雷圣安妮修道院坐落在法国海岸，位于俗名亚历山大·弗雷泽的人的领地内。他是詹米六个叔伯中的一位，如今是习经颂神的修道院的院长。

詹米解释说：“杜格尔和亚历山大特别处不来，但是他明白，我留在苏格兰他也帮不上什么忙，而我在博普雷圣安妮修道院也许会得到帮助。”

果然，靠着修士们的医疗知识和他自己的强韧体格，詹米最后在圣多米尼克修士的照料下死里逃生，逐渐康复。

“我一康复就回苏格兰了。杜格尔和他的手下在海边和我碰头，当我们……呃……遇见你的时候，我们正在前往麦肯锡领地的途中。”

“兰德尔说你们在偷牲畜。”

他微微一笑，对这项指控不以为意："这个嘛，顺手牵羊的机会，杜格尔是不会放过的。我们看见一群牛羊在田里吃草，附近又没人，所以……"詹米耸耸肩，认定此乃必然之事。

显然，当时的我正好出现在双方冲突的末尾。杜格尔眼见英兵追上来，便派出一半手下沿着树林在前头驱赶牲畜，其他人则躲在树丛间，准备伏击英军。

"这计策不错。"詹米甚表赞同地说，"我们突然大吼大叫着从林子里窜出来，冲散他们的队伍。大伙儿在前头跑，他们当然紧追在后，我们把他们引到山上，在溪流岩块间又钻又跑。同时，其他人则在边界领着牛群离开。接着我们就躲进我和你初次见面时的那间茅屋，等着天黑后脱身。"

"原来如此。不过，你为何要急着回苏格兰？待在法国不是更安全吗？"

詹米正准备答话，接着却想了一下，啜饮一口酒。我显然接近了他心中秘密的边缘。

他回避着答道："外乡人，这说来话长，我晚点再告诉你吧。你呢？谈谈你自己吧。可以告诉我关于你家人的事吗？当然，如果你愿意的话。"

我想了一会儿，若把我父母和兰姆叔叔的事告诉他，多少还是有点风险。不过，兰姆叔叔的职业还是有点好处——十八世纪的考古学者和二十世纪的考古学者差不多。

所以我便将某些事告诉了他，只略去了汽车、飞机等小细节，当然还有那场世界大战。詹米在我娓娓道来时专注地听着，还不时发问，表达了对我丧亲之痛的同情，以及对兰姆叔叔和他的考古发现的兴趣。

"然后，我认识了弗兰克。"我停了下来，不确定还能透露多少而不陷入险境。幸运的是，詹米化解了我的难题。

他宽容地说："你现在不想谈他？"我无言地点点头，视线微微模糊起来。詹米松开我原本握在他掌心的手，伸出手臂揽住我，让我的头轻轻靠在他肩上。

他轻柔地抚摸着我的头发："没关系。你累了吗，是不是该让你睡觉了？"

我迟疑了一会儿，踌躇着想说"是"，但又觉得这么做实在不公平，也太怯懦了。于是我清清喉咙，坐直身子，摇头。

我深吸一口气，詹米的体味中和着淡淡的肥皂香和葡萄酒的气味："不，我还好。告诉我，你小时候都玩些什么游戏？"

* * *

间房里有一根可燃烧十二个钟头的蜡烛，粗大烛柱上的一圈圈暗色蜡环，标示出每个时数。詹米和我聊得尽兴，三个蜡环已烧尽。我们握着手，只有在起身倒酒或到角落帘子后的便座方便时才松开。来来回回几趟之后，詹米伸着懒腰，打起呵欠。

我爬起身："时间很晚了，也许我们该上床睡觉了。"

"好。"他揉揉颈背，"是上床？还是睡觉？"他揶揄地抬起眉头，嘴角微扬。

事实上，我跟詹米相处得很自在，以至于我都忘了我们为什么会共处一室。听到他这番话，我突然感觉一阵惊慌。"嗯……"我虚弱地说。

"不管是上床还是睡觉，你都不用穿着礼服吧？"詹米以他惯常的口吻问道。

"嗯，不会，我想不会。"事实上，在这一连串手忙脚乱的事件中，我压根没想到睡衣这件事，反正我也没有睡衣。我睡觉时通常裸睡或只穿内衣，视天气冷暖而定。

詹米除了身上穿的衣服之外别无他物，他要么穿着衬衫睡，要么光着睡。穿或不穿，非做决定不可的时刻就要到了。

“那么，来这边吧，我帮你脱掉这一身蕾丝什么的。”

当詹米开始为我宽衣解带时，他的手事实上微微颤抖着；不过在他努力解开我胸衣上的几十个小钩扣时，他有点失神。

“哈，好了。”当他松开最后一个钩子时，志得意满地说，我们都笑了出来。

“现在换我帮你。”我心里打定这件事不能再拖延下去。我松开他的衬衫，伸手滑进衣服底下，横越他的肩头。我让手掌缓缓向下滑过他的胸膛，感受到他卷曲的胸毛，以及乳尖周围柔软的凹陷处。当我跪下去，松开围住他腰臀之间的那条镶满珠宝的腰带时，詹米直挺挺地杵着，大气都不敢吸一口。

我想，若说良辰吉时是何时，那现在就是了。我的手从容地沿着他结实、坚硬的大腿向上滑移，滑进他的格纹裙底。虽说这回我清清楚楚地了解到，绝大多数的苏格兰男人裙子底下穿的是什么——什么也没穿，但当我发现詹米裙底空无一物时，还是多少有点儿吓到。

接着，詹米把我拉起，低头吻了我。我们吻了好长时间，他的手一路向下游走，找到我衬裙的拴扣。他一解开，衬裙随即落在地上，裙上浆过的荷叶褶饰堆成一团，我身上只剩一件连身胸衣。

“你在哪儿学会这样接吻的？”我有点喘不过气。詹米笑了一下，把我拉得更近。

“我说我是处男，但没说我是修士啊。”他又吻了我，“如果我需要指导，我会开口问的。”

詹米拥着我紧紧抵住他的躯体，我感到他早已蓄势待发，而我讶异地发现自己也已就绪。事实上，不管是因为夜深、醇酒、詹米的诱人神色，还是久旱未逢甘霖的饥渴，我发现自己好想要他。

我把他的衣服拉到腰间，双手在他胸上游走，拇指在他乳尖旁转着。詹米的乳尖一下子就硬了，他把我紧紧揽在胸前。

“呜！”我挣扎着身子想吸一口气，他抱歉地松开我。

“没关系。再吻一回吧。”詹米照做了。这回，他把内衣肩带从我肩上拨落，稍稍往后退，伸手捧住我的双乳，如同我对他所做的那样揉弄我的乳尖。我摸找着，抓住他裙子的扣环。他的手指领着我，扣环也随之弹开。

詹米突然一把抬起我，自己往床上一坐，把我搁在他的大腿上。他开口说话，声音略带嘶哑。

“如果我太粗鲁，或者该停下来，请告诉我。一旦我们结合了，我想我就停不下来了。”

我把手搁在他的颈子后头作为回应。我拉住他，让他躺在我身上，领着他进到我双腿间湿滑的隙径。

“我的老天！”口中未曾滥喊上帝之名的詹米惊呼一声。

“现在开始，别停下来。”

* * *

事后我们并躺着，我的头搁在詹米的胸膛上，这对他来说似乎再自然不过了。我们十分契合，原有的尴尬与勉强已在共享的刺激感和探索彼此身体的新奇感中烟消云散。

“这和你想的一样吗？”我好奇地问。

他窃笑着，在我耳下发出一阵低沉的咕噜声：“几乎一样。我以为……噢，算了。”

“不，快告诉我，你以为会怎样？”

“我不说，你会笑我。”

“我保证不笑，快说。”

詹米轻抚着我的头发，把我的发卷抚顺到耳后：“好吧。我不懂为什么是从正面来。我以为一定都是得从后面，你知道，就像……嗯，就像马那样。”

我努力守住不笑出来的承诺，我也的确没笑出来。

“我知道这听起来很蠢，只是，你知道，这想法一旦在你年轻时进到脑子里，就永远根深蒂固地留在那里了。”詹米为自己辩护道。

在我见识过全家共睡一间房的佃农小屋之后，我很讶异：“难道你没看过人类交欢？”虽然詹米家并非佃农，但他一定是少数在夜里醒来没发现父母在一旁恩爱的苏格兰小孩。

“当然看过，不过通常都是盖在被子底下进行。除了看得出男人在上，其他什么也分辨不出。我知道的就这些了。”

“嗯哼，我注意到了。”

“我弄痛你了吗？”他略带紧张地问。

“没有。不过，说真的，你原本想象的就是这样吗？”我虽然没笑出声，却无法自制地做出笑的嘴形。

詹米的双耳微微红了起来：“是啊，我的确看过男人在光天化日之下上了女人。不过……呃……那是强暴，就是从后面来的。这加深了我的印象，就如我说的，这印象就这么牢牢记在脑里了。”

詹米再度用上安抚马儿的技巧，继续抱着我。不过他的安抚渐渐变成更明确的探索。

他的手一路游移到我的下背：“我有事想问你。”

“什么事？”

“你喜欢吗？”他略带羞怯地问。

“喜欢。”我诚心答道。

“噢，我想也是。虽然默塔告诉我，女人通常不太在乎这个，所以我应该速战速决。”

“默塔知道个屁！”我义愤地说，“对绝大多数的女人而言，越慢才越好。”

詹米又咯咯笑了起来：“好吧，你一定比默塔更了解。昨天晚上，默塔、鲁珀特和奈德就这档子事给了我一堆好建议，不过，有些听起来一点都不像真的。所以我想，我最好自己判断。”

“至少没让你误入歧途。”我的手指圈卷着他的胸毛，“他们还给了你哪些明智的忠告呢？”詹米的肌肤在烛光下呈现红润的金色，而我这番消遣让他更加羞怯，肌肤因而变得更红了。

“我没办法复述，不过，就像我说的，我觉得大部分都不是真的。我看过不少动物交配，绝大多数根本不须旁人指点，于是我想，人类应该也可以。”

想到居然有人是从谷仓和森林里学习性技巧，而非更衣间或色情杂志，我就暗暗乐了：“你看过哪些动物交配？”

“噢，各式各样的。我们的农场靠近森林，我会在林子里待很长时间，打猎、找牛什么的。我当然看过马或牛交配，还有猪、鸡、鸽子、猫、狗、鹿、松鼠、兔子、野猪，噢，对了，有一次还见过两条蛇。”

“蛇？！”

“是啊。你知道蛇有两根阴茎吗？当然，我是指公蛇。”

“这我倒不知道。你确定吗？”

“确定，而且这样分岔。”他岔开食指和中指。

我咯咯笑着说：“听起来母蛇会很不舒服。”

“嗯，可是它看起来挺享受的。我靠得很近，分辨得出它的表情，蛇的表情很丰富呢。”

我的脸埋在他的胸口，开心地哼笑着，他身上混糅着怡人的麝香味和亚麻的刺鼻气味。我坐起身子，拉住他衣服的褶边：“脱掉衬衫吧。”

“为什么？”他虽然这么问，还是起身照办。我跪在他面前，欣赏他的裸体。

“因为我想看你。”詹米的身形优美，骨架颀长优雅，平坦的肌肉从肩膀和胸膛的弧线缓缓延伸到腹部和大腿的微凹处。

他抬起眉头：“嗯，要公平。你也脱掉衣服。”他伸手帮我把皱巴巴的内衣扭脱下来，沿着臀部褪下，旋即扶着我的腰，兴致勃勃地仔细端详。

他的观看让我尴尬得无地自容："你没看过裸身的女人吗？"

"看过，但没这么近。"他开怀地笑了，"而且，那也不是我的女人。"他的双手轻抚我的臀，"你的臀好宽，一定很能生。"

"什么？！"我气呼呼地把身子转开，但他把我拉了回去，我们双双倒在床上，而我就压在他身上。他一直揽着我，直到我不再挣扎，接着把我拉近，我们的唇再次相触。

"我知道，只要做一次我们的婚姻就算合法了，可是……"他害羞地顿了一下。

"你要再来一回？"

"你介意吗？"

这次我一样没笑出声来，却感到肋骨被他压得咯咯作响。

"不。"我郑重地说，"我不介意。"

* * *

过了一会儿，我轻声问："你饿不饿？"

"饿扁了。"詹米低下头，轻咬我的乳房，接着抬头笑着望着我，"不过，除了这个，我要吃点食物才行。"他翻身滚到床边，"我想，厨房里还有冷牛肉和面包，可能还有酒。我去拿点来。"

"不，你别起来，我去拿。"我跳下床，走向房门，在内衣外披了一条披巾，好抵御走廊上的寒意。

他大叫："克莱尔，等等！最好让我去……"但我已经把房门打开了。

我一现身门前，就有大约十五个人喧闹地迎接我。他们闲散地围在楼下大房里的火堆旁，喝着酒、吃东西、掷骰子。我不知所措地在楼梯顶站了好一会儿，在火光照映出的阴影下，十五张目光斜睨的脸盯着我。

"喂，姑娘。"鲁珀特在东倒西歪的人群中大叫，"哟，你还能走路！难道詹米没尽力吗？"

这句俏皮话引来一阵欢笑，还有一些对詹米的“英勇”的露骨评论。

“如果你把詹米榨干了，那我乐意代劳。”一个年轻的黑发矮个子说。

“不不不！这家伙不够看，选我！”另一个大叫道。

“你们省省吧，她谁都不会选的。”烂醉的默塔大喊着，“跟詹米来过一回之后，这样的东西才能满足她啦！”手中拿着一大根带肉的羊骨头在头顶挥舞，引来哄堂大笑。

我转身走回房里，接着甩上门，靠着门站着，瞪着詹米。他一丝不挂地躺在床上，笑得打战。他又喘又笑地说：“我想警告你来着，你真该看看自己的表情。”

“那些浑蛋在那儿干吗？”我咬牙切齿。

詹米动作优雅地滑下床榻，跪在地上，在一堆乱抛的衣物中翻找着。“见证人。”他说，“杜格尔不会让这桩婚事有任何被判无效的机会。”他抚顺手中的格纹裙，把裙布围上腰间，咧嘴对着我笑。“外乡人，你的名声恐怕已经一去不复返了。”

詹米裸着上身走向房门。“别出去！”我惊慌地说。他的手放在门闩上，神情坚定地转身对我一笑：“别担心。如果他们是证人，还是得眼见为凭。况且我可不打算接下来三天都因为担心这种小玩笑而饿肚子。”

他踏出房门，让门半开着，迎向众人淫秽低级的鼓掌喝彩。我听得见他朝厨房走去的过程，因为沿路尽是喧闹的祝贺、下流的问题和房中技巧的建议。

“詹米，第一次感觉怎么样？有没有流血啊？”鲁珀特以特有的声音大叫着。

“没。不过你这个老不修如果不给自己赏个巴掌的话，等会儿你就要见红了。”詹米以浓重的苏格兰腔调高亢地答道，引来一阵狂笑。逗趣的话持续着，贯穿詹米下楼上楼的整个过程。

我赶忙推门让詹米进来，他脸红得跟楼下的火堆一样，手上捧着一堆高高的食物和饮料，身后跟着一阵欢闹。我断然把门一甩，堵住这些声音，随即闩上门闩。

“我拿了不少，可以好一阵子不必踏出房门了。”他把碟子摆在桌上，小心地避免看我，“要吃一点吗？”

我自顾自伸手拿了一瓶酒：“我要先喝点酒。”

* * *

尽管詹米动作笨拙，体内却有一股强烈的力量激发着我。我不想指导他，或显摆自己的经验，而是让他按自己的方式来，仅仅偶尔提一点建议，比如，他可以把身体的重量落在自己的手肘上，而不是我的胸口。

虽然又饿又笨，没办法多么温柔，但他的兴致依然不减，这让我想到男性的童贞也许被过度低估了。而他不时表露出的对我的关心，则让我觉得既贴心又不耐烦。

过了一会儿，在我们进行第三回合时，我拱着身体紧紧抵住他，叫了出来。他马上抽出，睁大眼睛连声道歉：“对不起，我不是故意要弄伤你。”

“你没弄伤我。”我瘫软地躺着，感到美妙如梦的滋味。

“确定吗？”他殷勤地检查我是否受了伤。

我突然想到，默塔和杜格尔的草率调教可能忽略了某些细致的要点。

“这每次都会发生吗？”我说出尖叫的真实原因之后，他着迷地问道。我觉得自己好像“巴斯夫人”①，或者日本艺妓。我从没想过会成为男欢女爱之道的导师，不过我承认，这样的角色有其迷人

① Wife of Bath，典出《坎特伯里故事集》，比喻性经验丰富的女人。

之处。

“不是每次。”我笑道，“只有当男方是好情人时才会这样。”

“噢。”他的耳根子微红起来。看到他脸上原本坦率的兴致被逐渐高涨的坚决神情所取代，我心中稍微惊慌起来。

“你会告诉我下次该怎么做吗？”他问。

“你不必特别做什么，只要慢慢来、专心做就可以了。而且你何必等下次？你现在还箭在弦上啊。”

詹米很讶异：“你不需要等一会儿吗？我没办法那个之后再立即上场……”

“这个嘛，女人可不一样。”

“是啊，我注意到了。”他喃喃地说。

詹米的拇指和食指圈住我的腰：“只是……你好娇小，我怕会伤到你。”

“你伤不到我的。”我不耐烦地说，“要是伤到我，我也不在意。”看到他困惑不解的表情，我决定让他见识见识。

“你要做什么？”他震惊地说。

“看了就知道。别动。”过了一会儿，我开始用我的嘴，积极用力地顶压着，直到他声嘶力竭地倒抽一口气。

“我伤到你了吗？”

“有一点。”詹米的声音听起来有点半窒息。

“要我停下来吗？”

“不要！”

我继续着，故意让动作更猛烈，直到他突然弓弯了腰，呻吟出声，活像我揪出他的心脏似的。詹米躺了回去，浑身微微抽颤，呼吸沉重，口中喃喃说着苏格兰话，双眼紧闭。

“你说什么？”

他睁眼回道：“我以为我的心要爆开了。”

我咧嘴而笑：“噢，默塔和其他人没告诉你这个吗？”

“有，他们说过，不过，这是我不相信的事情之一。”

我笑出声来：“这样的话，你最好别告诉我他们还说了什么。你明白我说我不在乎你太粗鲁的意思了吗？”

“明白。”詹米深吸一口气，接着缓缓吐出，“如果我也如法炮制，那你也会有一样感觉吗？”

“这个……”我缓缓说，“我真的不清楚。”我竭尽所能地不让弗兰克浮现在我脑海里，深感新婚的床第间不该有第三个人，不论这人是实是虚。不论在肉体或个性上，詹米和弗兰克都截然不同，但男女交欢的方式其实有限，我和詹米还没建立足够亲昵的领域，以承载千变万化的鱼水之乐。肉体的共鸣无以回避，但我们之间还有一些领域尚待发掘。

詹米扬起眉头，一脸恶作剧的威胁模样：“噢，所以你也有不懂的事情？那么，等我有力气，我们一起找答案吧？”他又闭上眼，“也许是下个星期的事了。”

* * *

天光未明之前，我醒了过来，浑身因为惊恐而僵直打战。虽然已想不起是什么梦吓醒我，但突然由梦境跳进现实的感觉同样骇人。昨晚迷失于亲昵欢愉的时光，足以让我忘记自己的处境。如今，我独自躺在熟睡的陌生人身旁——我的人生将和他紧紧相系，无法摆脱，飘失在威胁四伏的地方。

我一定发出了什么悲叹的声音，因为身旁的被子突然隆起，床上的陌生人随即跃起落地。这动作发生得很突然，就像雉鸡从脚边蹿飞而出，让人心惊。他蹲伏在门边，黎明前的昏蒙天光让我几乎看不见他的身影。

他停顿了一下，耳朵贴着房门仔细听着，快速扫视房内，无声无息地从门旁滑向窗边，再滑回床畔。虽然我在一片漆黑中无法辨识出他手中的武器，但从手臂的角度来看，他显然握着某种武器。一切安全，他放心地在我身旁坐下，把手中的刀剑或类似的武器放回床头的隐秘处。

“你还好吗？”他低声问，手指拨着我微湿的脸颊。

“还好。抱歉，把你吵醒了，我做了噩梦。到底……”我想问他是什么让他突然警惕地跳了起来。

一只温暖的大手滑过我的裸臂，打断我的问题：“也难怪。你快冻僵了。”这只大手推着我躲进成堆的被子底下刚刚腾出的温暖空间里。他喃喃道：“都是我的错，我把被子全抢走了。恐怕我还没习惯和别人同床共枕。”他用被子舒服地裹住我们，在我身边躺下。

过了一会儿，他又伸手轻触我的脸颊：“是我的关系吗？你没办法忍受我？”

我咯咯笑着，而非低声啜泣：“不。”我想在黑暗中摸找他的手，按几下，好让他放心。我的手指碰触到缠成一团的被子和他温暖的肉身，最后找到了我探寻的那只手。我们肩并肩躺着，看着头上低矮的屋梁。

我突然问：“要是我说我无法忍受，你怎么办？”

詹米耸耸肩，床架也随之嘎吱作响：“我想，我会告诉杜格尔，说你以夫妻未圆房为由，要求婚姻无效。”

这次，我肆无忌惮地放声大笑：“一大群人都看到了，还能说未圆房吗？”

房内已经亮得让我看见他转过头来时脸上的微笑了：“不管有没有见证人，这件事还是只有你和我说了才算数，不是吗？我宁愿自己尴尬，也不愿让讨厌我的人嫁给我。”

我转向詹米：“我不讨厌你。”

“我也不讨厌你，而且，许多好姻缘在刚开始时的状况比我们还糟。”詹米轻柔地让我转过身，贴着我的后背，我们就这么嵌合在一起。他的手罩着我的双乳，这个动作无关诱惑或有所求，他的手似乎就该归属于此。

他低声对我耳语：“别怕，现在只有你和我。”这段日子以来，我首次觉得温暖、抚慰、安全。直到我在第一道晨光中坠入梦乡，我才想起藏在我头顶上的那把刀。我不禁纳闷儿，究竟是什么样的威胁，会让一个人带着武器入眠，而且在自己的新婚闺房内如此警戒着？

第十六章 美好的一天

夜晚好不容易培养出来的亲密感，一到早晨似乎就随露珠蒸发，彼此变得十分局促。在房里用过颇为沉默的早餐后，我们爬上旅店外的小丘，偶尔互换客套的问话。

到了丘顶，我在一块木头上坐下休息，詹米则在离我几英尺的地上，倚着一株小松树坐下。我身后的树丛里，不知什么鸟在活动——我猜是金雀，不然就是画眉。我一边听着它移动时长长的鸣叫声，看着毛茸茸的一小团物体飞过，一边思考着在这种情境下该如何应对。

静默已沉重到极点，詹米突然开口说："我希望……"然后又住了口，满脸通红。虽然我觉得该脸红的人是我，但我很高兴有一方打破了沉默。

"希望什么？"我尽可能以鼓励的语气说。

他摇摇头，脸还红着："不重要啦。"

"说吧。"我伸出一只脚，脚尖轻推他的腿，"要诚实，记得吗？"这样逼他虽然不公平，但我真的无法再忍受清喉咙和眼皮跳动这些不安的动作。

他双手交叠，紧抱着膝，背部微微后倾，眼睛却直盯着我。

"我本想说，我希望那个有幸当你第一个男人的人，对你很宽容，就像你对我一样。"他轻声说着，露出腼腆的微笑，"但转念又想，这话好像不太对劲。我想说的是……嗯，总之谢谢你。"

"宽容和这件事没有关系！"我猛然回答，满脸通红，眼睛不敢正视他，盯着裙子的某处。一只靴子挤入我视线，轻推我的脚踝。

“要诚实，对吧？”他重复我刚刚的话。我抬头看见他的脸，眉毛嘲弄地挑起，挂在大大的笑容上方。

“嗯，反正，第一次以后就没有了。”我有点防卫地说。他大笑，而我惊恐地发现自己的脸还红着。

一道凉爽的阴影遮蔽我发烫的脸，一双大手紧紧握住我的手，拉我站起身来。詹米在我原来坐的木头上坐下，拍拍大腿要我坐上去。

“坐。”他说。

我不情愿地坐下，脸转向另一边。他环抱我的腰，让我靠着他的胸膛。我背后感觉到他稳定的心跳。

“既然，我们在没有肢体碰触的情况下无法轻松说话，那我们就碰一下吧。等你又觉得习惯我了，再告诉我。”他向后靠去，我们进入一株橡树的阴影之下。他紧抱着我没说话，只是缓缓呼吸，我可以感到他胸膛的起伏，以及气息吹乱我的头发。

“好了。”过了一会儿我说。

“好。”他放开手，把我身体转向他。距离如此之近，我看得见他脸颊和下巴上赤褐色的胡楂儿。我用手指刷过，感觉就像旧式沙发上的绒毛，既僵硬又柔软。

“对不起，我今天早上没法刮。杜格尔昨天在婚礼前给了我剃刀，但又收回去了——他怕我在新婚之夜自杀吧，我猜。”他低头对我露出笑容，我也对他微笑。

说到杜格尔，我想起前一晚我们的对话。“我在想……昨晚，你说杜格尔和他的手下，在你从法国回来的时候，在岸边等你。你何必跟他来这儿，而不是回你自己家，或者去其他弗雷泽家族的领地呢？我想说的是，杜格尔这样对你……”我话没说完，略为迟疑。

“噢。”他说，同时稍稍移动双腿，使我的重量分散开。我几乎可以听见他在思考的声音了。他很快下定决心，讲了出来。

“这个，我想，是你应该知道的事。”他皱起眉头，“我告诉过你我被放逐的原因。嗯，我离开威廉要塞以后——后来有段时间，我不太在乎……什么事都不太在乎。我父亲大约就是在那段时间去世的，而我姐……”他再度停顿，我感到他心里在挣扎。我扭过头看着他。平常总是愉悦的脸庞上，蒙着一层强烈的情绪。

他缓缓说：“杜格尔跟我说……杜格尔跟我说，说我姐姐怀孕了。孩子是兰德尔的。”

“天哪！”

他侧睨我一眼，然后又转开视线。他的眼睛和蓝宝石一样晶亮，迅速眨了一两下。

“我……我无法说服自己回去。”他声音很低，“发生这么多事，我无法再面对她。而且……”他叹口气，接着紧抿双唇。“杜格尔跟我说，她……孩子出生后，她……嗯，当然了，她也没有办法，那时只有她一个人——可恶，是我丢下她一个人的！他说她还跟另一个英国兵睡了，一个英国驻兵，也不知道是谁。”

他用力咽下口水，然后坚定地继续说：“当然，我有能力就寄钱回去，但我无法……无法提笔写信给她。能说什么呢？”他无奈地耸着肩，“反正，过了一段时间，我对在法国服役的生活感到厌倦。然后我从亚历山大叔叔那儿听到，有个名叫霍罗克斯的英国逃兵跟他说了一些事。那人逃离部队，到弗朗西斯·麦克莱恩·欧唐威里的阵营里服役。有一天他喝醉了，不小心说出在我逃出威廉要塞的时候，他跟英国驻兵一起驻扎在那儿，并目睹了那人枪决军士长的那一幕。”

“所以他可以证明人不是你杀的！”这听来是个好消息，所以我就把话说出来。

詹米点点头：“嗯，没错。虽然逃兵所讲的话，大概很难算数。不过至少这是个好的开始，至少我知道是谁下的手了。而在我……嗯，我不知道自己能不能回拉里堡，也不知道能不能踏上苏格兰的土地而不用担心被抓去吊死。”

“是啊，听来不错。不过这事怎么跟麦肯锡家扯上关系的？”我冷冷地说。

于是詹米对家庭关系和宗族派系做了一段复杂的分析，厘清这些之后，可以得知弗朗西斯·麦克莱恩和麦肯锡阵营有关联，并曾把霍罗克斯的话传给科拉姆，而科拉姆又派杜格尔去接触詹米。

“这就是我受伤的时候他会出现在附近的原因。”詹米说毕，停顿了一下，眯着眼睛看太阳，“你知道吗？后来，我曾想过，那会不会是他下的手。”

“用斧头砍你？你的亲舅舅？为什么要这样做？”

他皱着眉，好像在思忖该说多少，然后耸耸肩：“我不知道你对麦肯锡家了解多少，虽然我想你和老奈德·高恩同行那么多天，不可能没听到一些什么。他不可能一直不谈这个话题。”

看见我回应的笑容，他点点头。“嗯，你自己也见过科拉姆的样子，谁都看得出来他活不久了。可是小哈米什还不到八岁，他还要十年才能够统领宗族。要是科拉姆在哈米什尚未准备好之前就走了，那怎么办？”他看着我，提出这个问题。

“这个嘛，我想，杜格尔会成为堡主。至少会在哈米什长大之前，代理一阵子。”我慢慢说道。

詹米点头道：“没错，是这样。可是杜格尔跟科拉姆很不一样，而且要是有别的人选，宗族里有的人不会愿意乖乖跟他。”

我缓缓说道：“我懂了，你就是别的人选。”

我仔细打量他，必须承认可能性确实颇大。他是老雅各布的外孙，身上确实流着麦肯锡家的血，只是关系是在母亲这边。身强体壮、一表人才，一看就是脑筋灵活的样子，而且继承了家族的管理技巧。在法国打过仗，证明有能力在战场上率兵，而且这是很重要的因素。虽然他被通缉，但这也并非无法克服——只要他是堡主就没问题了。

英国人在高地上已经有足够多的麻烦事，小型叛乱持续不断，还有边境袭击和宗族交战，他们不会冒着挑起叛乱的危险，去指控一个大族首领犯了谋杀罪，他的族人根本不会觉得那是谋杀。

处死弗雷泽家一个无足轻重的族人是一回事，冲进理士城堡、拖出麦肯锡家族的堡主去面对英国的审判，是另一回事。

“要是科拉姆死了，你想当堡主吗？”毕竟这是解决他目前困境的一个办法，虽然这个办法本身困难重重，而且我想也有风险。

他微微笑了一下：“不想。我没资格，就算我认为自己有资格，这样做也会让宗族分裂，杜格尔的人和拥护我的人将势不两立。我没兴趣牺牲他人性命，取得权力。不过杜格尔和科拉姆不敢肯定这点吧，所以他们可能觉得杀了我会比较保险。”

我紧锁眉头，试图想通整件事。“可是你当然可以告诉杜格尔和科拉姆，你无意……噢。”我抬头看他，眼神无比崇敬，“你说了。在宣誓仪式上说了。”

我想过，他当时把危急的场面控制得很好，但现在我才明白当时到底有多危急。族人显然希望他发誓，而科拉姆显然不希望他这么做。发这个誓，代表宣布他是麦肯锡家族的成员，这样一来，也就有资格成为宗族领袖的人选；拒绝发誓，则可能会引起公众暴动或被处死。但顺从民意发誓也有危险，只是危险可能会在私下发生。

他看穿了这层危险，选择了精明的做法：远离典礼。而当时我正在进行注定失败的逃跑计划，把他直接带回危险深渊的边缘。他在细窄的钢索上，坚定地踏出一步，然后走到了深渊的另一端。“我准备好了”，真正的弗雷泽家族。

他点点头，从我脸上看出了我的想法：“没错。如果我那晚发了誓，很有可能挨不到隔天早晨了。”

想到他差点死了，还有我曾不知不觉害他暴露在危险之中，我觉得有点虚脱。他床头的刀子，看起来不过是合理的防备。我想，他在理士城堡中，不知道有多少夜晚是枕戈待旦，等待死亡前来造访。

虽然我并未开口问，他却回答道：“外乡人，我向来带着武器睡觉，在修道院的日子除外。昨晚是数月以来，我第一次没有握着匕首睡觉。”他露出笑容，显然是因为想起昨晚握在手里的东西换成了什么。

“你怎么知道我在想什么？”我刻意忽略他的笑容质问道。

他温和地摇摇头：“你不适合当间谍，外乡人。你想的事都透露在脸上，一清二楚。你看了我的匕首，然后脸就红了。”他用审视的目光看着我，发色明亮的头颅撇向一边，“昨晚我要你诚实以待，不过其实没有必要，你根本不会说谎。”

“无所谓，反正显然我很不会说谎。”我脱口而出，“那么，你是不是至少可以认为我不是间谍了？”

他没回话，目光从我背后望向旅店，身体突然像弓弦一样绷紧。我惊了一下，接着便听到那些吸引他注意力的声音。那是马蹄踏地和马具碰撞的声音，有一大群人骑马往旅店这儿来了。

詹米小心地移动，缩在矮树丛的屏障后一个可以看到路面全景的位置。我拉起裙摆，尽量无声地跟着他爬。

这条路过了凸出的岩层后比较陡峭，接着又平缓地向下延伸至旅店所在的谷地。清晨的微风吹来旅人的声音，但一两分钟之后，马匹才出现在我们的视野内。

这群人有二三十个，大多穿着皮制紧身格纹裤，上身则是斜格纹衣，只是颜色和图案各异。他们无一例外都配有武器，每匹马的鞍座上至少挂着一支火绳枪，就我们所见，手枪、匕首、长剑多得数不清，四匹驮运货物的马的背上鼓胀的鞍囊里还藏着什么武器就更不用想了。六个人领着几匹未载货物也未配鞍的马。

他们虽然全副武装，看来倒十分轻松，一边骑马，一边三五成群地说说笑笑，不过偶尔还是有人抬头警惕地检视四周。其中一人望向我们的藏身处时，我忍住想要低头的冲动，那搜索的目光似乎一定会察觉到不寻常的移动或詹米头发反射的阳光。

想到这里，我一抬头，发现他也想到了。他已将披肩拉上，盖住头和肩膀，而披肩上粗糙单调的图案使他成功地融入灌木丛中。待队伍的最后几人蜿蜒进入旅店前院，詹米立刻扯下披肩，向后移往上坡的小径。

“你认识他们吗？”我喘着气，跟着他钻进石楠丛中。

“噢，认得。”詹米像山羊一样在陡峭的小径上前行，呼吸平稳，镇定如常。他回头注意到我的费力前进，便停下脚步，伸手帮我。

“那是巡逻队。”他说着头往后朝旅店方向一指，“我们还算安全，但我觉得最好赶快离他们远一点。”

我听说过黑色巡逻队，他们大名鼎鼎，属于非正规警力，在高地上维护秩序。我也听说高地上还有其他巡逻队，各有各的管辖范围，向客户收取保卫城堡或财产的“保护费”。客户如果拖欠费用，一早醒来可能会发现牲畜一夜之间全部消失，却无人知道去向——巡逻队的人更是一无所知。我突然感到一阵恐慌。

“他们在找你，对不对？”

他吓了一跳，迅速向后张望，好像以为有人上坡来追他，不过却没看见半个人影。于是他看向我，露出松一口气的笑容，然后环住我的腰，助我往上爬。

“不，我想不是。十英镑的悬赏不值得这样一大群人来追捕，而且他们要是知道我在旅店，就不会整群人浩浩荡荡走向门口。”他确定地摇摇头，“如果他们要抓一个人，又从正门进去，那一定会先派人守住后门和窗户。他们应该只是停下来吃东西。”

我们继续爬，直到崎岖的小径消失，只剩一丛丛的金雀花和石楠。我们现在身处山麓丘陵，矗立的花岗岩高过詹米的头，让我想起高耸的纳敦巨岩，感觉很不舒服。

我们接着爬上一座小堡，四下望去，山坡向下斜伸，满布石块和绿茵。高地上的很多地方都让我觉得自己被树木、岩石和山峦包围，但在此处，我们却被清新的微风和阳光所环绕，它们仿佛是在庆祝我们非正统的婚姻。

离开杜格尔的影响和让人恐惧的围观群众，我感到眩晕的自由。一股冲动让我想怂恿詹米逃跑，并带我一起走，不过理智还是占了上风。我们既没钱，也没食物，只有他皮袋子里的那点午餐。日落之前如果没返回旅店，一定会被追捕。詹米显然可以整日攀爬而不冒一滴汗，也不会呼吸困难，我却没受过这种训练。他注意到我涨红的脸，于是让我坐到一块岩石上。他自己也在我身边坐下，满足地凝视底下的山丘，等待我呼吸平稳。在这里我们绝对安全。

想到巡逻队，我不自觉地把手搁在詹米手臂上："我真的很高兴，你没值那么多钱。"

他看着我好一会儿，鼻子渐渐红了起来。他揉揉鼻子说："嗯，你的话有很多解读空间，外乡人，不过在这种情况下，我要谢谢你。"

"我该谢谢你，谢谢你跟我结婚。我得说，比起威廉要塞，我宁愿在这里。"

"谢谢你的称赞，夫人。"他说着微微鞠躬，"我也宁愿在这里。既然我们忙着彼此感谢，我也该谢谢你跟我结婚。"

"呃，好……"我再度脸红。

"不只是为那件事，外乡人，当然也包括那件事。但我觉得你也救了我的命，至少对麦肯锡家来说是这样。"他说着，笑容渐渐加深。

"什么意思？"

"身上有一半麦肯锡血统是一回事；有一半麦肯锡血统，还娶了一个英格兰妻子，是另一回事。不管族人怎么看我，一个英格兰女人变成理士城堡夫人的机会，本来就不太大。你知道，这就是杜格尔要你和我结婚的原因。"

他抬起的一边眉毛，在晨光中闪耀着金红色的光芒："你不会更想跟鲁珀特结婚吧？"

"不，不想。"我加重语气说。

他大笑着起身，苏格兰裙刷过松针。

"嗯，我母亲跟我说过，有朝一日会有姑娘选我的。"他伸出手，拉我起身。

"我跟她说，我觉得应该让男人来选女人。"他继续道。

"那她怎么说呢？"我问。

“她翻翻白眼，然后说：‘总有一天你会知道的，你这好辩的小公鸡，你会知道的。’”他大笑，“我现在知道了。”

他抬头看着阳光从松针间流泻而过，透出柠檬色的光芒。

“真是美好的一天。走吧，外乡人，我带你去抓鱼。”

我们继续上坡。这次詹米朝北前进，爬过一堆乱石，穿越一道裂隙，进入一处小峡谷的开口，里面石头遍布、绿叶成荫，耳畔则是汩汩流水声，十多道小瀑布从石头间喷溅而出，喧乱着坠入峡谷，在下方形成无数细流和水塘。

我们把脚悬在水中晃着，从树荫下移坐到太阳下，觉得太热后又坐回树荫下。我们随意闲聊，又不说得太深，也留意着彼此最细微的动作，耐心等待着让视线停留更久、让碰触更具深意的时刻自然发生。

在一个波光粼粼的深池上方，詹米教我怎么给鳟鱼搔痒。他蹲低身体避开向下生长的树枝，沿着凸出的礁石摇摆前行，伸展双臂保持平衡。走到一半，他在岩石上小心转身，伸手催我跟上。

为了在崎岖的乡间行走，我已塞起裙摆，成功减少了行走的阻碍。我们全身舒展开来，趴在冰冷的岩石上，头对着头望向水底，柳树枝条在我们背上掠过。

“重点就是找个好地点，然后等着。”他一手探入水中，动作流畅，没有溅出水花，然后把手搁在池底凸石阴影外缘的沙石上。长长的手指微微弯向掌心，水光粼粼下，仿若水生植物的叶片轻轻漂动。从他前臂静止的肌肉来看，他的手根本没动。折射之下，他的手臂朝水面的方向直直上斜，仿佛已脱臼，跟我刚刚认识他的时候一样——那是一个多月前，天哪，才一个月？

认识一个月，结婚一天。发了誓、流了血，成为家人和朋友。假如时间到了，我必须离开，希望不会让他太伤心。我发现自己对于现下不需要思考这个问题，有一瞬间还挺高兴的。我们离纳敦巨岩很远，而且眼下也绝不可能有机会逃离杜格尔。

“来了。”詹米声音很小，几乎是气音。他说过，鳟鱼的听觉很敏锐。

从我这边看过去，那条鳟鱼只不过是斑斓沙堆上的一阵乱流。在岩石阴影深处，鳞片并未发出闪光，斑点叠着斑点，被透明的鱼鳍推移着，除此之外，什么也看不到。因好奇而围着詹米手腕拉扯毛发的小鱼，逃入水池明亮之处。

一根指头慢慢弯起，速度慢到几乎辨认不出它的移动。我只能从它与其他指头的相对位置看出变化。又一根指头慢慢弯起，然后过了好久好久，又是另外一根。

我几乎不敢呼吸，靠在冰凉岩石上，心脏剧烈地跳动着，节奏比鱼的呼吸还快。慢慢地，手指又一根根舒展开来，然后再度开始催眠般地漂动，一根，一根，又一根，慢慢弯起，动作如涟漪般滑顺，仿若鱼鳍边缘。

鳟鱼好像受到慢速召唤动作的牵引，向外探出鼻子，纤细小巧的嘴巴和鱼鳃不断张合，保持着呼吸的节奏。鱼鳃就像跳动的心脏，在粉色的身体内部显露、隐藏，显露、隐藏。

嚼动的嘴巴探索着咬向水波。现在，它的身体大部分已经离开岩石的遮蔽，悠悠地悬在水中，不过还在阴影之下。我看见一只眼睛，在空洞失焦的凝视中前后跳动。

再有一英寸，拍动鱼鳍的身体就会来到狡诈的指头正上方。我发觉自己两手紧握岩石，脸颊紧贴花岗岩，好像这样更不容易被发现。

突然一个动作爆发。一切发生得太快，我看不清到底发生了什么事。厚重的水花飞溅起来，洒落在距我脸颊仅一寸之遥的岩石上。詹米从我身上跃过岩石，披肩扫过，刮起一阵疾风；鱼身划过空中，掉落在铺满树叶的岸边时，发出沉重的撞击声。

詹米从礁石上跃入池边的浅滩中时，水花四溅。那发蒙的鱼还来不及挥动鱼鳍跳回水里就被他逮住了。他抓住鱼尾，熟练地拍向石面，鱼儿当场毙命。

他涉水把鱼拿给我看，骄傲地说：“是条大的。”这鱼足有十四英寸长。“早餐有着落了。”他抬头对我笑着，裤子湿到大腿，头发垂在脸上，衣服上有水渍，还沾着枯叶。“跟你说过，我不会让你饿肚子的。”

他用好几层牛蒡叶和冰冷的泥巴包起鳟鱼，接着在冷水中清洗手指上的擦伤，爬上岩石，把包好的鳟鱼递给我。

他对着鳟鱼点点头：“这个结婚礼物可能有点奇怪，但奈德·高恩可能会说，这也不是没有先例。”

“有过给新婚妻子送鱼的先例？”我饶富兴趣地问。

他脱下长袜，放在岩石上，然后躺在阳光下，赤裸修长的脚趾在暖阳中愉悦地扭动着：“有一首老情歌，是从列屿那边传来的。你想听吗？”

“好，当然。呃，可以的话，用英语唱吧。”

“噢，好。我不太会唱歌，我把文字念给你听吧。”于是他向后梳开眼前的头发，朗诵起来。

你是明亮华屋中王的女儿，
在我们的新婚之夜，
如果我是邓图尔姆堡的男人，
我会带着礼物飞奔到你身边。
你会得到一百只獾，它们是河岸的动物；
一百只水獭，它们是溪流的住民；
还有一百条鳟鱼，它们就生长在水塘里；
……

接下来是一长串列屿的花卉和动物名称。我一边看着他慷慨激昂地朗诵，一边想着自己坐在苏格兰的池边岩石上，听着盖尔人的情歌，膝上还放着一条死鱼，整件事有多么诡异。更诡异的是，我其实挺乐在其中的。

他朗诵完毕后，我热烈鼓掌，膝盖牢牢夹住鳟鱼。“噢，我喜欢这首歌！尤其是那句‘我会带着礼物飞奔到你身边’，听起来他是个热情奔放的情人。”

詹米笑了，眼睛闭着避开阳光：“我想我可以加一句：‘我会为你跳进池里。’”

我们都笑了，接着彼此沉默了好一会儿，沐浴在初夏的暖阳中。四野阒然，只有水池那边传来潺潺的水流声。詹米的呼吸平顺下来，我观察着他的胸膛缓慢起伏，以及颈间脉搏的缓慢跳动。他的脖子底部有一道三角形的小疤。

我感到他又开始像先前那样感觉羞赧和局促，于是伸出一只手，紧紧抓住他的手，希望借助碰触重拾轻松气氛。他滑过一只手臂，环绕我的肩膀，却反而使我察觉到他薄衫下身体的僵硬线条。我说要在石缝间摘些粉红天竺葵，借此拉开我们的身体距离。

“对头痛很有效。”我边解释，边把植物塞进腰带。

他歪着头凝视着我说：“你很困扰。我不是说头痛，是弗兰克。你在想他，所以我碰你，让你感到困扰，因为你心里不能同时装下两个人。是不是？”

“你很有观察力。”我说，心里感到惊讶。他微笑，但不再碰我。

“这不难懂，姑娘。我知道我们结婚后，不管你愿不愿意，都常会不自觉地想到他。”

当时我并不愿意想，不过他说得没错，那是不自觉的。

“我跟他很像吗？”他突然问。

“不像。”

事实上，很难想象还会有谁像他们两人这样截然不同。弗兰克身形细长，动作轻柔，肤色黝黑，而詹米高大魁梧、强壮有力，像炽热的阳光一样明亮。虽然他们身上都浓缩了运动员的某种优雅，但弗兰克是网球选手的体格，詹米则是战士，受过真正肉体考验的培养和磨炼。弗兰克只比五英尺六英寸的我高四英寸，而当我和詹米面对面站着时，我的鼻子可以舒服地放进他胸膛中间的小凹洞，而他的下巴可以轻松抵着我的头顶。

他们的差别并不只在外在体态方面。两人年龄相差近十五岁，这或许能够说明为何弗兰克谨慎有礼，而詹米坦率直接。就情人的角色来说，弗兰克优雅、世故，体贴而有经验；詹米因为缺乏经验，或者说以此为借口，他就全然奉献，毫无保留。而我对他的回应是如此之深，心完全乱了。

看着我内心交战，詹米并非没有一点同情。

他说："嗯，那么，看来这件事我有两个选择。我可以让你好好想想，或者……"

他俯身轻轻覆上我的双唇。我吻过的男人够多了，尤其是在战争期间，调情和电光石火的爱情，是死亡和不确定感的草率盟友。但詹米不一样，他极温柔，没有一点踌躇，比较像约束下的有力承诺，因为未经请求就给予，更像是一种挑战或刺激。我是你的，他的动作如此表明，如果你要我，那么……

我要，于是我的嘴巴在他唇下张开。我未经征询，却仍满心接受他的承诺和挑战。吻了好久，他抬起头来，微笑着俯视我。

"或者，我可以试着让你分心，不再想那些事。"他终于把话说完。

他将我的头紧靠他胸膛，抚摸我的头发，并整理好从耳旁跑出来的卷发："我不知道这样做有没有用，但我可以告诉你一件事：知道我能让你高兴，你的身体对我有回应——这对我而言像是礼物和奇迹。之前，我不曾想过这种事。"

回话之前，我深深吸了一口气："有的。我想，这样有用。"

我们再度陷入沉默，似乎过了很长时间。最后，他终于松开身体，低头微笑着看我："我跟你说过我没钱也没土地吧，外乡人？"

我点点头，搞不清他想说什么。

"我应该早点提醒你，我们也许只能睡干草堆，什么都没有，只有石楠花、麦酒和燕麦糊。"

“我不在乎。”

他朝前方树丛的开口处点一下头，视线没有从我身上移开。

“这儿没有干草，但那边有一片新鲜蕨类还不错，你想练习、熟悉一下吗……”

* * *

一会儿之后，我抚着他的背，湿湿的，是剧烈运动后的汗水和蕨类的汁液。

“你要是再说‘谢谢’，我就打你的脸。”我说。

然而，我得到的回应只是微微鼾声。一片低垂的叶子掠过他的脸颊，一只好奇的蚂蚁爬过他的手，修长的指头在睡眠中缩了一下。

我拂掉蚂蚁，撑着手肘，往后靠着看他。他的睫毛很长，因为闭着眼睛而清晰明显，而且很浓密，不过颜色很怪，尖端是深赭色，根部色泽却很浅，几乎是金色。嘴唇的刚硬线条松懈下来，嘴角保留着微微笑意，下唇因为放松，形成一道完整的曲线，看起来既诱人，又无邪。

“可恶。”我轻声对自己说。

我已经抗拒了一段时日。在这桩荒谬的婚姻之前，我就早已察觉了他的魅力。这种事以前也发生过，所有的人绝对都经历过这种事。只要某个特定男人——或女人——在场或出现，你就会突然变得敏感，忍不住用视线一直追随对方，计划“不经意”的巧遇。在对方四处忙碌时不知不觉地注视他，对他身上的所有小细节都仔细观察——上衣覆盖下的肩胛骨，手腕上隆起的骨头，下巴下方柔软的区域——胡楂儿最早从那里冒出来。

迷恋。这很常见，护士和医生之间，护士和病患之间，任何两种人聚在一起，相处久了都可能发生。

有些人会付诸行动，短暂、激烈的爱情故事屡见不鲜。幸运的话，激情在几个月内便会褪去，没有什么结果。不幸的话……好了，怀孕、离婚，偶尔还有离奇的性病。迷恋，危险的东西。

我有过迷恋的感觉，有过好几次，但都保持理智，没有付诸行动。然后每次都一样，过一阵子之后，吸引力减弱，那个男人失去金色光环，在我生命中回到平常的位置，对他、对我、对弗兰克都没造成伤害。

至于这次。这次我被迫付诸行动。只有天知道这个行动会带来怎样的伤害，但是我已经无法回头。

他放松地伸展四肢，趴着睡着。阳光在他后颈的红色细毛上闪耀，照亮脊椎上的小小的软毛，一路延伸至覆在臀部和大腿上的金红色绒毛，然后向下深入柔软的赭色鬈毛丛中，在他舒展的双腿间微微闪现。

我坐起身，欣赏他的长腿，流畅的肌肉线条在臀部和膝盖之间，向内凹成大腿，接着又从膝盖延伸至优美修长的脚。脚底平滑，呈粉色，因为赤脚走路而微微长茧。

我手指发痒，很想抚摸他小巧耳朵的线条，下巴粗犷的角度。好吧，我想，行动。既然我已经付诸行动，保持理智的时机早就过了。对我们两个来说，我现在做任何事都不会让事情更糟。我伸手轻轻摸他。

他睡得很浅。他翻过身，手肘撑地，好像就要一跃而起，我有一瞬间差点儿要跳起来。看见是我之后，他放松下来，露出微笑。

“夫人，你吓了我一跳。”

他算是非常有礼地鞠了躬，至少对于一个在蕨菜丛中全身舒展、赤身裸体、身上只有斑斓阳光的人来说，这就算是行了大礼。我见状大笑。至于挂在他脸上的笑容，在看见蕨菜丛中我赤裸的身体后就变了表情。

“事实上，夫人，我完全是你的人了。”他的声音突然变得粗哑。

“哦，是吗？”我轻声说。

他没有动，我又伸出手，慢慢往下靠向他的脸颊和脖子，抚过他闪耀的肩线，继续往下移动。他没有动，但闭上了眼睛。“我的天啊。”

他用力吸了一口气。

“别担心，不会很粗鲁。”我说。

“谢天谢地啊！”

“别动。”

他的指头陷入碎石地面，但确实没动。

“拜托。”过了一会儿他说。我抬头看见他睁开了眼。

“不行。”我说，自己享受着这个过程。他再度闭上眼睛。

“等下就轮到你了。”一颗晶亮的汗珠在他笔直的鼻梁上闪耀。

“是吗？”我说，“你打算怎么做？”

他手掌紧贴地面，臂上的肌肉线条都凸起来了，然后费力开口说话，好像是咬着牙说出来的：“我不知道，但是……我对基督和圣艾格尼丝发誓……我会……想出来的！天哪！拜托！”

“好吧。”我说，放开了他。

接着我小声发出尖叫，他扑向我，把我压在蕨菜上。

“该你了。”他说，尽是满足的语气。

* * *

我们在落日时分返回旅店，并在山顶驻足片刻，确认巡逻队的马已不在外面踱步。

旅店看起来很温馨，灯光已从小窗和壁缝间流泻出来。落日最后的余晖也在我们身后，因此山坡上的一切事物都有了两道阴影。随着白日的暖意渐散，微风轻扬，树叶摇曳，多重阴影在草地上起舞。很容易想见这山上有精灵，随着影子摇曳着舞姿，穿梭在纤细的枝干间，隐入森林的深处。

“杜格尔也还没回来。”下坡的时候，我说出我的观察，他惯骑的那匹黑色大阉马没在旅店的小围场里。其他一些牲畜也不见了，奈德·高恩的马也不在里面。

“还没，至少要再过一天他才会回来——或者两天。”詹米伸出一只手臂让我搀扶，我们缓缓下坡，小心避开矮草丛中的凸出石块。

“他去哪儿了？”我还在为刚才的事脸红心跳，对于他不在这件事，我没想太多——甚至根本没注意到。

詹米扶我越过旅店后方的围墙阶梯。

“去处理附近佃农的一些事。你知道，他在威廉要塞被要求把你交出来之前，只有一两天的时间。”他捏捏我的手臂，表示安慰，“没什么事比杜格尔说他不要你更能让兰德尔队长高兴了，而杜格尔既然说了，那他最好就别在此地逗留太久。”

“他很明智，而且人很好，留我们在这里，呃……彼此熟悉。”

詹米轻蔑地发出哼声：“他哪里好？那是我开出的接受你的条件之一。我说，一定要这样的话，我可以结婚，不过如果要我在草丛里圆房，还有二十个族人在旁边看热闹、给建议，那就太可恶了。”

我停下来注视着他。所以这就是他当时大声嚷嚷的原因。

“条件之一？”我说，语调很慢，“那其他条件是什么？”

天色已经暗得看不清他的表情，但我觉得他有点尴尬。

“只有两个。”他终于开口说。

“内容是？”

“这个嘛……”他说着，脚步踌躇着，踢开眼前的一块圆石。“我说你必须正式入门，在苏格兰教会牧师的见证下完婚，不能只有一张契约。至于另一个条件——他得给你找一件合适的结婚礼服。”他看向一旁，避开我的目光，声音轻得我几乎听不见，“我——我知道你不想结婚。我想让这场婚礼办得……尽量让你开心一点。我想这样你会觉得比较不……嗯，我希望你有件像样的礼服，就这样。”

我正要开口说话，但他转过身，往旅店走去。

“快跟上，外乡人。”他粗声说，“我饿了。”

* * *

享用食物的代价是人群围绕，我们一踏进旅店大门便见识到了。迎接我们的是嘈杂的欢迎声，我们立刻被推到桌旁坐下，丰盛的晚餐已进行到一半。

这次我多少有点心理准备，没受针对我们的粗俗玩笑和肤浅评论的影响。我很高兴可以默不作声缩在一旁，让詹米面对那些嘲弄，以及关于我们整天做了什么的下流臆测。

“睡觉。”詹米如此回答其中的一个问题，“昨晚连闭眼的空都没有。”他用保密的音调补上一句，“没办法，她打呼噜。”如雷的笑声更响亮了。

我作势要打他耳光，他却拥我入怀，在众人的喝彩声中给我深深一吻。

晚餐过后是舞蹈时间，由店主提琴伴奏。我一向不太善于跳舞，一紧张就容易绊到自己。现在穿着长裙和不便行动的鞋子，更不认为自己会有多好的表现。但脱下木鞋后却出乎意料地发现自己跳得很顺畅、很尽兴。

因为女伴人数不够，旅店女主人和我只好撩起裙子，把吉格舞、利尔舞和斯特拉斯贝舞一首接一首跳下去，最后我停下来，靠着高背长椅的时候，已经满脸通红、气喘吁吁。

男人们完全不累，自己一人或两两一组，像格子上衣一样转着圈圈。最后，他们退到墙边，鼓掌欢呼，看着詹米拉着我的双手，带我跳一首叫作《北方公鸡》的激昂快舞。

跳到楼梯附近准备收舞，他环着我的腰转了个圈作为结束。我们停下舞步，然后他发表了短短的演说，夹杂着盖尔语和英语，语毕迎来更多的掌声，尤其是他把手探进皮袋子，丢给老板一个小洗革皮袋，要他把里面的钱全用来上威士忌之后，更是掌声如雷。我认出那是在图奈格的打斗中赢得的赌注，大概是他仅有的财产，我想，也没有更好的方式花掉了。

我们总算走到阳台，身后全是粗鄙的祝福呼声，一声大过一声，喊着詹米的名字。

我转身看见鲁珀特的大脸，茂密黑胡下的脸比平常还红，从下到上笑着。

“不行，鲁珀特！”詹米大叫，“她是我的。”

“兄弟，给你可惜了。一小时之内她就会在地上要了你。这些年轻家伙，都不持久。”鲁珀特说着，拿袖子抹抹脸，然后对我喊道：“要是你要不浪费时间睡觉的男人，小姐，来找我。还有……”他向上掷出一件东西。

一个鼓胀的小袋铿然落在我脚边。

“结婚礼物，什米宝吉巡逻队的一点意思。”他说。

“啊？”詹米蹲下捡起袋子。

“可不是所有人都成天在绿草如茵的河岸边无所事事，老兄。”他责备地说，眼睛飘向我，“这都是苦干实干挣来的钱。”

“噢，是啊，掷骰子还是玩牌？”詹米笑着说。

“都有。”黑胡子下露出耍赖的笑容，“把他们榨得一干二净哪，老兄。一干二净！”

詹米张嘴要说话，但鲁珀特举起长茧的大手：“不，老兄，不必道谢。替我好好待她就好，行吧？”

我手指压在唇上，送他一个飞吻。他像被人打到一样，一掌覆在脸上，蹒跚后退，惊呼着退到酒吧，身体像喝醉一样摇晃。

楼下的欢闹过后，房里就像宁静祥和的庇护所。詹米还兀自轻声笑着，爬上床，舒展身体，调顺呼吸。

我松开紧到让人不适的束腹，坐下来梳开跳过舞后凌乱纠缠的头发。

“你有最美的头发。”詹米看着我说。

“什么？这个？”我不自在地伸手摸向发束，跟平常一样，只能委婉地说是乱七八糟。

他大笑。“嗯，我也喜欢另一边。不过，我是指这边。”他故作严肃地说。

“可是它这么……卷。”我说，有点脸红。

他惊讶地说：“对啊，正因为卷才好看啊。我在城堡里听见杜格尔的一个女儿对朋友说，她要用火钳烫三小时，才能让头发变成那样。她说她恨不得挖出你的眼睛，竟然不费吹灰之力就可以卷成那样。”他坐起身来，轻拉一束卷发，拉直的发束几乎碰到我的胸部。“我姐姐詹妮的头发也是卷的，但没你这么卷。”

“你姐姐的头发跟你一样是红色的吗？”我试图想象神秘詹妮的大概长相，她好像常常在詹米心里浮现。

他摇摇头，继续来回拉扯我的卷发：“不一样。詹妮的头发是黑的，像夜一样黑。我的红发像我母亲的，詹妮的则遗传自父亲。大家都叫他布莱恩·乌，意思是‘黑布莱恩’，因为他的头发和胡子都是黑的。”

“我听说兰德尔队长被叫作‘黑杰克’。”我试探着问道。

詹米干笑一声：“噢，是啊。不过那是指他灵魂的颜色，不是头发。”他俯视我的眼神犀利起来。

“你不是在担心他吧？你不必担心。”他放开头发，双手紧紧抓住我的肩膀，“我是认真的，你知道。我会保护你。保护你不被他伤害，或被其他人伤害。就算流尽最后一滴血，我也会保护你，mo duinne。”他柔声说。

“Mo duinne？”我问，这段激烈的话让我有点不安。我不想为他流的血负责，不管是最后一滴还是第一滴。

“‘Mo duinne’的意思就是‘我的褐发美人’。”他拿一束发丝凑向唇边，然后微笑着，他的眼神让我的每一滴血液开始在血管里奔腾，“Mo duinne，”他重复一次，声音温柔，“我一直想这样叫你。”

“我一直认为褐色有点无聊。”我务实地说，想拖延一下。我感觉，自己坠入眩晕的速度太快了。

詹米摇头，继续微笑。

“不，我不这样认为，外乡人，褐色一点也不无聊。”他双手捧起我整头的头发，然后散开，“就像溪水碰到石头泛出涟漪，波浪的颜色深，太阳照射到的表面则略带银光。”

我很紧张，觉得有点呼吸困难，便向后退，去捡掉落地面的梳子。我直起身时发现詹米还直直盯着我。

“我说过不会过问你不想对我说的事。我不问，但会自己推论。科拉姆认为你可能是英国间谍，虽然他不明白若是这样，你怎么会不懂盖尔语。杜格尔认为你可能是法国间谍，可能是在帮詹姆斯王寻求支援，不过这样的话，他就弄不懂你为何会独自行动。”

“那你呢？”我问，用力拉扯一束难缠的发结，“你认为我是什么人？”

他歪着头思索，上下仔细审视我：“从外表来看，你可能是法国人，你优美的脸骨跟一些法国安茹省的小姐很像。虽然法国女人通常面色蜡黄，而你的肤色却有如蛋白石。”他一根手指缓缓掠过我锁骨的弧线，我感觉皮肤在他的抚触之下发了光。

指尖移到我脸上，从太阳穴滑到脸颊，把我的头发向耳后抚顺。我在他审视的目光下保持不动，当他的手越过颈项，拇指轻抚我耳垂时，我还是忍着不动。

“金黄色的眼睛，那样的一双眼睛，我只看过一次——在一只雪豹的脸上。”他摇摇头，“不对，姑娘。虽然你有可能是法国人，但你不是。”

“你怎么知道？”

“我和你说了很多话，也从旁边听你说过话。杜格尔认为你是法国人，因为你法语说得很好——非常好。”

“谢谢。那我法语说得好，证明我不是法国人？”我嘲讽地说。

他微笑着，加重放在我脖子上的力道。“你法语说得很好——但没我好。”他用法语补上一句，然后转回英语。他突然放开我。“我离开城堡之后，在法国住了一年，后来又住了两年，跟军队一起在那里。母语是法语的人，我一听就知道。法语不是你的母语。”他缓缓摇头。

“西班牙人？有可能，但又为什么？西班牙对高地没兴趣。德国人？当然不是。”他耸耸肩，“不管你是谁，英国人都想要找出答案。各个宗族骚动不安，查理王子静待从法国起航的时机，他们无法忍受这么多未知因素。而他们找出答案的手段不会太温柔的，这我有理由确信。”

“那你又怎么知道我不是英国间谍呢？科拉姆认为我是英国间谍，你刚说的。”

“有可能，虽然你的英语也非常奇怪。不过，如果你是英国来的，你为何选择和我结婚，而不是去找你们英国人呢？这是杜格尔要你和我结婚的另一个原因——要看看到昨晚的关键时刻，你会不会逃跑。”

“而我没有逃跑。所以这证明什么？”

他笑着向后躺到床上，一只手臂挡在眼睛前面遮蔽灯光：“要是我知道就好了，外乡人。要是我知道就好了，我无法想出任何合理的解释给你。你有可能是一名小仙子，因为就我所知……”他从手臂下方朝旁边一瞥，“不，我想你不是。你太高大了。”

“你不知道我是谁，难道不怕我哪天晚上趁你睡着时杀了你吗？”

他没回答，但是手臂从眼睛上方移开，笑容加深。他的眼睛一定遗传自弗雷泽家这一边，我想。他眼睛不像麦肯锡家的那样深陷，角度奇特地嵌在脸上，高耸的颧骨衬得眼睛似乎是斜的。

他轻松地抬起头来，上衣从前面打开，把自胸膛到腰部全袒露出来。他把短剑从剑鞘中抽出来丢向我，砰的一声落在我脚边的木地板上。

他把手臂搁回眼睛上，头向后伸，露出深色胡楂儿突然停止生长的那一块，就在下巴下面。

“直直向上，正中胸骨下方，干净利落，虽然要用点力。割喉容易多了，可是会非常难清理。”他建议道。

我弯身捡起短剑。

“我要是杀了你，正好让你称心如意，你这个自大狂。”

他手肘下面露出来的笑容继续扩大：“外乡人？”

我停下来，还握着短剑：“什么事？”

“那我会死得很快乐。”

第十七章　遇见乞者

隔天早晨我们起得很晚，离开旅店时太阳已经升得很高，这次要前往南方。大部分的马都已经离开围场，四周都见不到我们的人。我大声问他们都去哪儿了。

詹米露出笑容。“我无法肯定，但可以猜一下。巡逻队昨天走了那条路。”他指向西方。“所以我说鲁珀特和其他人走了这条路。”他指向东方。

“牛群。”他看我还是不懂，开始解释，“领主和佃农付钱给巡逻队，请他们保卫自己，倘若牛群被人抢走，就替他们找回来。但是如果巡逻队向西骑往拉格库依姆，那向东去的牲畜就没希望了——至少短时间内找不回来。往下走是格兰特家族的领地，而鲁珀特是我见过的最擅长偷牛的人，动物都会安安静静、乖乖跟他走。既然这里没有什么可供他娱乐的，那他很可能会烦躁、手痒。”

詹米自己看起来也有点烦躁，但是已经调整好步调。石楠间有只鹿的足迹，路还算平整，所以我可以轻易跟上。过了一会儿，我们进入一片沼地，可以并肩行走。

“霍罗克斯呢？”我突然问。听他说起拉格库依姆，我就想起那个英国逃兵，以及他可能带来的消息。“你本来应该在拉格库依姆和他碰面的，不是吗？”

他点点头：“没错。但我现在无法过去，兰德尔和巡逻队都往那里去了。太危险了。”

“有人可以替你去吗？或者说，有你信得过的人吗？”

他低头对我微笑：“嗯，有啊，你。毕竟既然你昨晚没杀我，我想应该可以信任。但我怕你自己一个人，到不了拉格库依姆。不，有必要的话，默塔会替我过去。不过我可能有别的选择——再看看吧。”

“你信得过默塔？”我好奇地问。我对那肮脏的矮小男人没什么好感，因为当初就是他把我抓住的，多少得为我目前的窘境负责。虽然如此，他和詹米之间显然有某种情谊。

“噢，是啊。”他低头看我，面露惊讶，“默塔看着我长大的。他是我父亲的堂弟吧，我想。他父亲是我的……”

“你是说，他是弗雷泽家的一员。”我赶紧把话头接下去，“我以为他是麦肯锡家的人。我见到你的时候，他跟杜格尔在一起。”

詹米点点头：“没错。我决定从法国回来的时候，传了话给他，要他到岸边接我。”他皱眉微笑，“你懂吧，我不知道之前企图杀我的是不是杜格尔。我不想和好几个麦肯锡家的人单独见面，所以我把他叫来以防万一。我不希望结果是我被海浪冲到斯凯岛，假如他们确有此意的话。”

“我懂了。所以，杜格尔不是唯一一个相信目击证人的人。”

他点点头：“非常有用，目击证人。”

沼地另一头是一片乱石，很久以前冰河涨落时留下了斑斑痕迹。雨水填入较深的坑里，蓟花、艾菊和绣线菊在冰斗湖四周茂密生长，花朵倒映在平静的水面上。

这些沼泽里没有植物也没有鱼，池沼在地表星罗棋布，粗心的旅人很可能会在黑夜里跌入其中，被迫在沼地上度过湿冷难挨的夜晚。我们在一处池沼边坐下，享用作为早餐的面包和乳酪。

这个冰斗湖附近起码还有鸟，燕子低头饮水，鸻鸟和鹬鸟把长喙探入池边的泥地里掘食小虫。

我把面包屑丢到泥地上喂鸟。一只鹬鸟怀疑地盯着一块面包屑，还没决定是否要吃，一只燕子就迅速掠过，叼走美食。鹬鸟竖起羽毛，又回头辛苦地挖掘泥土。

詹米叫我注意一只鸻鸟，它在我们附近一边鸣叫，一边拖着一只似乎折断的翅膀。

“它的巢在附近。”我说。

“那里。”他指了好几次，我才终于看见那个鸟巢，就在一个颇空旷的浅洼地上，巢里的四颗斑纹鸟蛋和落叶点点的池岸太像了，我每每一眨眼就又找不到了。

詹米用一根树枝轻戳鸟巢，把一颗蛋推出巢外。鸻鸟受到刺激，跑了过来，几乎冲到他面前。他蹲坐着，几乎不动，任凭鸻鸟前冲后撞、高声啼哭。一个电光石火的动作，他手里抓着那鸟，鸟突然不动了。

他对鸻鸟说着盖尔语，那些话听起来轻柔且充满气音，同时用一根指头抚着那柔软斑斓的羽毛。鸟儿缩在他手里，一动也不动，连黑色圆眼里反映的影像都凝结了。

他把鸟儿轻轻放在地上，但它没有离开，直等到他又说了几个字，并缓缓在它身后来回摆手之后才抖了一下身体，冲进杂草丛。他看着它离开，然后不自觉地在身上画了个十字架。

“你为什么这么做？”我好奇地问。

“什么？”他立即露出惊吓的表情，我想他是忘了我的存在。

“鸟飞走的时候你画了十字架，我想知道为什么。”

他耸耸肩，微微露出尴尬的模样。“噢，这个啊。有个古老的传说，讲述为什么鸻鸟会那样绕着鸟巢奔跑哭号。”他指向冰斗湖的远端，那里有另一只鸻鸟正在做同样的动作。他看着那只鸟儿好一会儿，有点心不在焉。

“鸻鸟的灵魂，来自死于分娩的年轻母亲。”他看向一旁的我，表情腼腆，“传说它们鸣叫和绕着鸟巢奔跑，是因为不能相信孩子竟能顺利孵出来，它们永远为失去的孩子感到悲痛，或者是在寻找遗留下来的孩子。”他蹲在鸟巢旁边，用树枝轻推刚才那颗椭圆形的鸟蛋，一点一点移动，直到鸟蛋尖端和其他鸟蛋一样朝向鸟巢里面。虽然已经把蛋归位，他还是蹲着，树枝稳稳地摆在大腿上，望着冰斗湖平静的水面。

“只是习惯吧，我想。很多年前，听说这个故事之后，我第一次这么做。当然，即便是那时候，我也不是真的相信它们有灵魂，不过，你知道，就是表示一点敬意……”他抬头看我，突然露出微笑，“现在经常这样做了，我甚至都没发现。苏格兰有不少鸻鸟，你也知道。”他起身，丢开树枝。

“好了，我们走吧。有个地方我想带你去看，就在那个坡顶附近。”他扶着我的手肘等我站稳，然后我们开始爬坡。

我听见了他对鸻鸟说的话。虽然我只能听懂几个盖尔字，但那句古老敬语我却听了很多次了。他说的是：“上帝与你同在，母亲。”

年轻母亲死于分娩，还有遗留下来的孩子。我碰碰他的手臂，他低头看我。“那时你多大了？”我问。

他稍微扯动嘴角微笑着。“八岁。至少早就断奶了。”他答道。

他不再说话，只是带着我上坡。山麓的斜坡上长满了石楠，但一越过山麓，景色却陡然一变，大量花岗岩凸出地表，梧桐和落叶松则在四周丛丛环绕。我们翻越山麓，把冰斗湖畔鸣叫的鸻鸟留在身后。

* * *

太阳的火力不断加大，在树丛中钻行一小时后——虽然大多时候是詹米在钻，我已经准备休息了。

我们在一块凸出的花岗岩下找到背阴处。这里让我想起第一次遇见默塔的地方，也就是和兰德尔分道扬镳的地方。尽管如此，此处还是相当舒适宜人。詹米告诉我，这里只有我们，因为四周鸟鸣从没停过。如果有人靠近，大部分的鸟都会停止歌唱，松鸦和寒鸦则会警觉地尖声啼叫。

“一定要躲在森林里，外乡人。”他对我建议道，“如果你自己没有动来动去，大多数时候是可以信赖鸟儿的，它们能告诉你是否有人靠近。”

他指向头上一只嘎嘎叫的松鸦，回过头，看着我的眼睛。然后我们坐着，仿佛僵住一样，靠得很近却没有接触，呼吸几乎停止。过了一会儿，松鸦觉得无聊，离开了我们。先移开视线的是詹米，他还微微颤抖了一下，仿佛感到寒意。

蕨菜下方，毛茸茸的蘑菇探出白白的头。詹米粗粗的食指把一根蘑菇的伞帽从柄上弹开，一边抚摸伞褶的辐条，一边整理接着要说的话。他谨慎说话的时候，就像现在一样，平常微微带有的苏格兰口音都不见了。

“我不想……就是……我不是要暗示……”他突然抬头看着我微笑，附带无奈的手势，“我没有侮辱你的意思，好像认为你跟男人的经验很丰富，这就是我要说的。但若是假装我对这些事知道得比你多，是十分愚蠢的。我想问的是，这……很平常吗？我们两个，我抚摸你，而你……和我躺在一起？男人跟女人之间都是这样吗？”

尽管他觉得难以启齿，我却完全了解他的意思。他眼神直接，定定看着我，等待回答。我想移开视线，却很难做到。

“通常都会发生这样的事。”我说，接着得停下来清清喉咙，“不过，不对。不对，这不——不平常。我不知道为什么，可是不对。这很……不一样。”

他稍微松了一口气，好像我证实了他一直忧心的事。“我想可能不对。我之前从未和女人睡过，可是我曾经……呃，曾经摸过一些人。”他腼腆而笑，然后摇摇头，“不一样。我是说，我之前抱过女人，亲过她们，还有……嗯。”他挥手，没把话说完，“确实非常舒服。让我心脏狂跳、呼吸急促等。本来都没事，但我一抱你、亲你，就不一样了。”他的眼睛，我觉得那是湖泊和天空的颜色，而且也像湖泊和天空一样深不可测。

他伸手触了我的下唇，只是略略刷过。“开始时是一样的，可是接着，过一会儿后……”声音很柔，“突然间我抱住的好像是一团火。”

他的抚触变得坚定，画出我的唇形，沿着我下巴的线条，“而我只想跳进去被烧成灰烬。”

我也想过要跟他说，他的抚触快让我肌肤烧焦、血液着火。但此时的我，已经像烙印般闪闪发光了。我闭上眼睛，感觉着那引燃火焰的碰触，从脸颊移向太阳穴、耳朵和脖子，当他的手突然落在腰上把我拉近时，我颤抖了一下。

* * *

詹米似乎很确定我们要去哪里。最后他在一块大石底下停住，这石头约有二十英尺高，满布凸出的岩块和锯齿状的裂缝。艾菊和野蔷薇在裂缝里扎根，抵着石头招摇着黄色花朵。他牵着我的手，下巴朝面前的岩壁扬了扬。

“外乡人，看见那里的台阶了吗？你觉得有办法爬上去吗？”那里的确有不明显的凸出物附着在大石上，横跨岩石表面。有些是真正的台阶，有些则只是青苔。我看不出这些台阶是天然的还是人造的，不过爬上去应该没问题，虽然我穿着长裙和紧身胸衣。

我滑了几步，受到一点惊吓，詹米偶尔也从下面辅助，最后成功爬上大石。我停下来环顾四周，这里景色美不胜收。一座深色大山坐落在东方，远远看去，斜坡在南方的山下展开，变成一大片空旷的沼地。大石顶端从四周向内凹陷，形成浅碟形状。浅碟中央是一个黑色圆圈，还有树枝燃烧的乌黑残迹。所以，我们不是最早的访客。

“你来过这里？”

詹米稍微站到旁边，欣赏我对景色入迷的神情。他耸耸肩，不反对我的说法：“噢，是啊。高地这一带我基本上都到过。来，这里可以坐，看下面那条道路越过山丘。”从这里也可以看见旅店，只是因为距离很远，从一个玩具屋变成了积木，而拴在路边树上的几匹马，则只是褐色或黑色的小点。

大石顶端没有树，太阳炙热地照在我背上。我们并肩坐着，双腿垂着，共同享用一瓶麦酒。詹米出发前考虑周到，从旅店后院的酒窖中打了好几瓶麦酒。这里虽然没有树，但有很多小植物，这些植物在危险的缝隙中也站得住脚，在稀薄的土壤里扎根，四处冒芽，勇敢地面对春日的烈阳。一小丛雏菊躲在我手边一块凸岩的背风处，我伸手摘下一朵。

一阵微弱的飕飕声掠过，雏菊就掉落在我膝上。我愣愣盯着雏菊，不明白为什么有这样奇怪的现象。詹米的危机反应比我快得多，立刻扑倒在大石上。“趴下！”他说。一只大手把我的手肘一扯，我便趴在他身边。一撞入柔软的青苔，我便看见那根正中凸岩裂缝的箭杆在我面前颤动着。

我全身僵直，不敢张望，努力紧贴地面。身边的詹米也岩石一样静止着，小鸟和昆虫好像都没了声音，空气凝结着像在等着什么。

突然，詹米开始大笑。他坐起身，抓住箭杆，小心翼翼地从岩石中旋出。我看见那上面有用啄木鸟尾巴做的分岔羽饰，羽茎下方以蓝线绕出一条半英寸宽的带子。

詹米把箭放到一旁，双手围住嘴巴，模仿绿啄木鸟，发出惟妙惟肖的叫声，然后放下双手等待着。过了一会儿，下面的果园里传来回应，他脸上露出大大的笑容。

“是你朋友？”我问。

他点点头，急切地盯着蜿蜒在石面上的小径：“是休·门罗，除非其他人也学他造箭了。”

我们又等了一会儿，但小径上没人出现。

“啊。”詹米轻声一叫，转过身体，正好撞上一颗头。那人正慢慢从我们身后的岩石边缘爬上来。

那颗头颅突然露出南瓜灯笼上的那种咧嘴大笑，牙齿不整、神情愉悦，为吓到我们而扬扬得意。这头颅基本上就是南瓜的形状，而他脸上及光光头顶的橘褐色坚韧皮肤，更加深了南瓜的形象。可是，南瓜不会长出这么茂密的胡子，也不会有那样一双明亮的蓝眼睛。指甲脏污的粗短双手撑着胡子下方的岩面，南瓜灯笼之外的部分迅速出现在我们眼前。

他的身体和头颇相称，有一种万圣节妖精的特殊样貌。肩膀宽阔，却驼背斜削，一边比另一边高出许多。一条腿看起来也比另一条短了些，使他走起路来有点跛。

门罗——若这就是詹米朋友的话——穿着一件层层破布般的衣服，一块用蓝莓汁液染过的褪色布料，从另一件外形怪异、可能曾是女用罩衫的衣物中露了出来。腰带上没有挂皮袋子，而那腰带不过是一条老旧的绳索，上面吊着两只毛茸茸的垂着头的死动物，胸前则挂着一个鼓鼓的皮夹。这皮夹跟他的其他行头相比，品质异常好，束口的绳子上还挂着一些金属物件：宗教奖章、军功勋章、旧制服纽扣般的东西、穿洞串起来的磨损硬币，以及三四个刻着神秘标志的深灰色矩形金属块。

他矫捷地跳过凸石，詹米起身相迎，两人热情拥抱，大力拍打彼此的后背，以男人的怪异方式相互问候着。

“门罗家一切都好？”詹米边问边往后站，审视着老友。

门罗低下头，发出怪异的咯咯笑声；接着，他扬起眉毛，头朝我一点，粗短的手挥出一道异常优雅的手势，表示疑问。

“我妻子。”这新鲜的介绍语使他因为害羞和骄傲而微微脸红，“我们刚结婚两天。”

门罗听见这消息，加深了笑容，朝我鞠个躬，动作非常繁复优雅，迅速触碰着头部、心脏和嘴唇，并以几乎平行于地面的姿势在我脚边结束。完成惊艳的仪式后，他像特技演员一样一跃而起，再度大力拍拍詹米，这次纯粹是恭贺。

接着门罗的双手开始惊人地比画动作，先指向自己，再指着森林，指指我，又指回他自己。一连串的手势和挥舞，让我几乎看不清他飞舞的双手。我见过聋哑人士对话，但从没见过动作如此迅速优雅的。

“是吗？”詹米惊呼着，这次轮到他大力拍击对方表示恭喜。我想，难怪男人对于皮肉伤总是不屑一顾，因为他们已经习惯了彼此捶打。

“他也结婚了！”詹米转头对我解释着，“已经六个月了，跟一个寡妇——噢，好啦，一个丰满的寡妇。”他看到门罗在一旁以手势强调着，便修正自己的说法。“她有六个孩子，住在都柏兰村。”

“真好，至少，看来他们伙食不错。”我指指挂在门罗腰带上的兔子，礼貌地说。

门罗立刻解下其中一只递给我，脸上的善意让我觉得却之不恭。我报以微笑，暗自希望里面没有藏着跳蚤。

“结婚礼物。”詹米说，“非常感谢，门罗。你一定要接受我们的回礼。”于是，他从青苔地上拿起一瓶麦酒，递了过去。

礼数已周，我们都坐下，一起享用第三瓶酒。詹米和门罗交换着新闻、闲话，只有一人开口说话的事实似乎并没有减弱谈话的热烈程度。我没怎么参与对话，因为看不懂门罗的手语，不过詹米在一旁给我翻译和说明，尽力让我加入谈话。

谈到一半，詹米用拇指戳了戳挂在门罗背带上的一套矩形铅块。“变专业啦？”他问道，“还是只在猎物很少的时候才做？”

门罗点头如捣蒜，好像脖子里装了弹簧。

“那是什么？”我好奇地问。

“Gaberlunzies[①].”

“噢，我只想确定一下。抱歉问了这个问题。”我说。

“Gaberlunzie是乞讨的执照，外乡人。”詹米解释说，“他们可以在教区内行乞，而且一周只有特定的一天可以行乞。每个教区有各自的执照，所以一个教区里的乞丐不能到隔壁教区行乞。”

“看来，这个系统还挺有弹性的。”我说，眼睛看着门罗的四枚铅块。

“啊，嗯，门罗的情况比较特别，你懂吧。他曾经在海上被土耳

① 古苏格兰单词，原指乞讨的布袋或有执照的乞丐。

其人俘虏，在船上的厨房忙进忙出多年，接着又在阿尔及尔当了几年奴隶。他就是在那里没了舌头的。”

“他们……把他舌头割掉了？”我觉得有点晕眩。

詹米似乎不受这件事的影响，不过他显然认识门罗好久了。

“噢，是啊。还弄断了他的一条腿。背也是吧，门罗？”他看着门罗比画出一串手势，修正道：“背是意外，在亚历山大港的时候，有东西正好从墙上掉下来。至于脚，那是土耳其人干的。”

我其实并不想知道，但门罗和詹米都一副很想告诉我的样子。“好吧，他的脚怎么了？”我顺着他们问道。

门罗带着一点骄傲，脱下破旧的木鞋和紧身裤，露出扁平大脚，脚上皮肤又粗又厚，一块白、一块红。

詹米说：“热油烫的。他们用这种方式逼迫被囚的基督徒改信伊斯兰教。”

“这个说服方法看来很有效。所以，这就是好几个教区都同意让他行乞的原因？以此弥补他代全体基督徒遭受的磨难？”我说。

“没错。”我能举一反三地领会到这件事，詹米显然很高兴。门罗也表达了欣赏，深深行了一个额手礼，还加了一串生动到有点粗俗的手势——我猜是在赞美我的外表也同样美丽。

“谢啦，兄弟。是啊，我想，她会让我很有面子。”詹米见我挑起眉毛，机警地转过门罗的身体，让他背对着我，这样我就看不到他飞舞的手指了，“好了，跟我说一下村子里的近况？”

两人挨着头，继续着不平衡的对话，而且讨论越来越热烈。既然詹米的表达有限，主要是哼声和赞叹，我也撷取不到什么内容，于是自顾自地研究起我们坐着的石头上冒出的奇怪小植物。

当他们结束谈话、休·门罗起身离开的时候，我口袋里已经装满了小米草和岩薄荷。他对我最后一鞠躬，又在詹米后背一击，拖着脚走到岩石边缘，然后消失不见，动作跟他猎的兔子逃回洞里一样快。

“你的朋友们真有趣。”我说。

“是啊。休是个好兄弟。去年，我跟他还有其他人一起打猎。他独来独往，不过他现在是专业乞丐，这工作常要求他在不同教区间奔波，阿达和切斯特山的一切事情，他都知道。”

“包括霍罗克斯的下落？”

詹米点点头：“没错。而且他会帮我带口信，以变更会面地点。”

“这样就干净利落地摆脱了杜格尔他们，假如他想拿你赎回霍罗克斯的话。”

他点点头，一边嘴角扯出微笑：“没错，是这样。”

＊＊＊

我们返抵旅店，又是接近晚餐时间。不过这次，杜格尔的大黑马和另外五匹马都在庭院里，满足地咀嚼着干草。

杜格尔在屋内，拿酸麦酒洗去脖子上赶路时留下的污垢。他朝我点头示意后，转身迎接他的外甥，不过没说话，只是站在那儿，头偏向一边，故作不解地看着詹米。

“啊，对了。”他终于开口，语气是解开难题的得意，“现在我明白你在意什么了，小伙子。”他转身看我。

“看过发情期快要结束的红公鹿吗，姑娘？”他故作神秘地说，“那些可怜的动物会好几个星期不吃不睡，因为它们没时间浪费，不是忙着击退其他公鹿，就是在服务母鹿。发情期一结束，它们就瘦成皮包骨头，眼睛凹陷，全身上下唯一不会无力颤抖的部位就是……”

詹米拉我上楼，这句话的结尾被一阵笑声淹没。我们没下楼用餐。

＊＊＊

夜更深了，即将入睡之际，我感到詹米的手臂环上我的腰，气息喷到我的颈子上。

“怎么就停不下来呢？这想要你的感觉。”他伸手爱抚我的乳房，“即使刚离开，我都很想要你，想要到胸口发闷，手指渴望再触碰你。”

他在黑暗中捧住我的脸颊，拇指抚着我的眉毛弧线：“当我两手抱着你，感觉你那样颤抖，等我要你……老天，我是多么想取悦你，一直取悦到你在我身下叫出声来，对我敞开自己。然后我从你身上获得快感的时候，我感觉自己好像把灵魂连同那话儿都一起交给你了。”

他翻到我身上，我张开腿，在他进入的时候缩了一下。他温柔地笑：“对，我也有点痛。你要我停下来吗？”我双腿环住他的臀部，把他拉得更近。

“你要停吗？”我问。

“不要。停不下来。”

我们一起笑了，接着慢慢摇晃身体，嘴唇和手指在黑暗中探索。

“我明白为什么教会说这是一件圣礼了。”詹米神情迷蒙地说。

“这件事？”我有点讶异，“为什么？”

“至少这是神圣的。在你里面的时候，我感觉自己就像上帝。”

我笑得很厉害，几乎让他掉出来。他停下来抓住我的肩膀，稳住我的身体。

“哪里好笑？”

“很难想象上帝做这档事。”

詹米继续着：“嗯，如果上帝是用自己的形象造人，我想他应该也有老二。”他也开始笑，再度乱了节奏，“不过你不太会让我联想到圣母，外乡人。”

我们在彼此的怀抱中颤抖，一直笑着，笑到两人分开滚到两侧。

镇定下来后，詹米拍了一下我的臀部：“站起来，外乡人。”

“为什么？”

“如果你不让我用高尚的方式做，你就得忍受我低俗的本性。我要兽性大发了。”他咬了我颈子一口，“你要我变成马、熊，还是狗？”

“变成刺猬。”

“刺猬？可是刺猬怎么做爱啊？”

不，我不说。我不想说。我不要说。可是我还是说了。“要非常小心。”我答道，无法控制地咯咯笑着。所以我们现在知道那动物有多古老了，我想。

詹米缩成球状，笑着喘气。最后他转身跪着，伸手摸索桌上的打火盒。烛芯着火后，光圈在他身后扩大，他像红色琥珀一样，在黑暗的房里发着光。

他弹回床脚坐着，笑着低头看我。我的一阵阵笑意还未平息，躺在枕头上颤抖着。他以手背揉揉脸，换上假装的严厉表情：“好了，女人。我看是时候行使丈夫的权利了。”

“噢，是吗？”

“是。”他向前一扑，抓住我的大腿，使劲分开。我尖叫着，奋力向上扭动。

“不，不要！”

“不要？”他全身躺在我双腿间，眯眼抬头看着我，紧紧抓住我的双腿，防止我挣扎时并拢起来。“说，外乡人。你为何不要？”他用脸颊摩挲着一边的大腿内侧，茂密的胡楂儿磨过细嫩的肌肤。“说实话。为何不要？”他摩挲另一边的大腿，我踢着脚大力扭动，想要逃开，但没有用。

我把脸藏进枕头，发烫的脸颊感觉枕头很凉。“好吧，如果你一定要听。”我吞吞吐吐，“我不觉得……嗯，我怕会……我是说，那个味道……”我越说越小声，剩下尴尬的沉默。我双腿间突然一阵移动，詹米拱起身体。他抱住我的臀部，脸颊贴着我的大腿，一直笑到眼泪从他脸上流下来。

“我的老天，外乡人。”他终于说话了，笑着喷气，“你不知道刚认识一匹新马的时候，第一件事要做什么吗？”

“不知道。”我一脸疑惑。

他举起一只手臂，露出一簇柔软的肉桂色腋毛。“你要用腋窝在马的鼻子上摩擦几下，让它闻你，习惯你的味道，这样它就不会怕你了。”他用手肘撑着身体，目光越过我的肚子和胸部，注视着我。

“这就是你该对我做的事，外乡人。你首先应该拿我的脸在你的双腿间摩擦，这样我才不会变心。”

“变心！”

他低下头，故意来回摩擦，模仿马摩擦鼻子时吸气和喷气的模样。我不停扭动，踢他胸膛，但效果跟踢砖墙完全一样。最后他终于又制住我的双腿，抬头看我。

“现在，躺好。”他说，语气不容反抗。

我觉得无处可躲，被侵犯却无力反抗，仿佛身体就要散开了。我的肌肤感觉詹米的气息时而温热时而冰凉。

“拜托。”我说，不知道自己是要“拜托停下来”还是“拜托继续”。不重要，他没有要停的意思。

意识碎成一片片细微感觉：粗糙的亚麻枕头，上面有绣花的结球；烛灯的油气，混着淡淡的烤牛肉味和麦酒味，以及玻璃瓶中渐萎的花朵传来更淡的一缕馨香；我左脚旁边墙面冰凉的木头，抓住我臀部的坚定双手。这些感觉不断盘旋，在我紧闭的眼睛后方合成炽烈的阳光，鼓起又缩小，最后爆出一个无声的“啪”，留下我在温暖跳动的黑暗中。

朦胧间，在很远的地方，我听见詹米坐起身。

“嗯，这样好多了。”一个声音说道，在字与字之间喘着气，“总算把你制住了，是吧？”床因重心改变而发出吱呀声，我感觉双膝被推得更开。

“你不是真的没力气了吧？”那声音边说边靠近。我拱起身体，发不出声音，极度敏感的部位被坚定地打开，承受另一波攻击。

“我的老天。”我说，耳边有阵微弱笑声。

“我只说我觉得自己像上帝，外乡人。”他喃喃道，“可我从没说过我真的是上帝。”

后来，当太阳升起，光芒开始掩过烛光，我在睡眠漂流的意识中被唤醒，听见詹米再度喃喃说道：“怎么就停不下来呢，克莱尔？这想要你的感觉。”

我的头靠回他肩上：“我不知道，詹米。我真的不知道。”

第十八章 岩间突击队

“兰德尔队长说了什么？”我问。

杜格尔和詹米分别骑行在我两侧，小路几乎容不下三匹马并行。我的两个同伴不时退让在后或者加速前进，以免被几乎要入侵到路面的野草缠住。

杜格尔瞥了我一眼，然后再看向路面，引导他的马绕过一块大石。一个邪恶的笑容缓缓在他脸上扩散。

他谨慎地说：“这不是他最乐见的结果。不过我不确定是否该告诉你他真正说了什么。就算你对粗话的容忍度很高，也是有限度的，弗雷泽夫人。”

我毫不理会他用新头衔称呼我时的嘲讽语气，也不在乎他隐含的侮辱。不过我看见詹米在马背上身体一僵。

“呃，我猜他不会真的采取行动吧？”我问。尽管詹米再三保证，我仍梦见穿着猩红色外套的龙骑兵从树林中冲出，屠杀苏格兰人，并把我拖去兰德尔的藏身之处接受审问。我有种不安的预感，兰德尔盘问的内容，可能至少很有创意。

“不该这样想。”杜格尔若无其事地答道，“他要担心的事可不只是一个外地姑娘，再漂亮也一样。”他挑起一边眉毛，朝我微微弯腰，好像这句赞美的本意是道歉。“他也不至于失去理智，绑架科拉姆的外甥媳来激怒他。”他说这话时，语气较正经。

外甥媳。虽然天气十分暖和，我却感觉背脊窜过一股寒战。我是麦肯锡家族首领的外甥媳，更别提麦肯锡家族的战场主将，此时正若无其事地骑行在我身边。另一方面，现在想必和我有关系的人还有洛瓦特勋爵——弗雷泽家族的首领，还有一位掌管一座法国大修道院的院长，以及数不清的弗雷泽家族的人。不，乔纳森·兰德尔大概不会认为有必要花力气追捕我；而且，毕竟这件事才是眼下这荒谬境况的关键。

我偷偷看了詹米一眼，他现在骑到前面去了，背直挺挺的，像一株赤杨树苗，头发则在阳光下闪耀，像是一顶磨亮的金属头盔。

杜格尔顺着我的视线望去。

"事情还不算太糟，对吧？"他挖苦地挑着眉。

* * *

两天后，我们在一片沼地上扎营，靠近一处布满冰河凿痕的花岗岩凸起。这天我们走了很长的路，只在匆忙中吃了随身携带的一点食物，所以都很高兴可以停下来做晚餐。不久前我曾想帮着做饭，但我的好意算是被那位沉静的族人礼貌地回绝了，显然这是他的工作。

那天早上，有个族人猎到一头鹿，他用一部分新鲜鹿肉，配上萝卜、洋葱和其他找得到的食材，做成一道美味的晚餐。我们全都撑着饱足的肚子，围着营火散坐，聆听彼此的故事和歌声。让我惊讶的是，矮小的默塔虽然很少开口，却有一副优美清亮的嗓音。大家费尽唇舌才说动他开口，但他的歌声确实值得一听。

我偎近詹米，想在坚硬的花岗岩上找到舒服的位置。我们扎营的地点在凸岩的边缘，红色花岗岩宽大的岩棚成为天然的壁炉，而高耸乱石的后方则是藏马的理想场所。我问为何不在沼地柔软的草坪上扎营，那样可以睡得舒服点，结果奈德·高恩告诉我，我们已到达麦肯锡领地的边界附近，所以也算到了格兰特和奇泽姆家族的领地附近了。"杜格尔派去的侦察兵说，附近没有人迹，不过也很难说，你知道，不怕一万只怕万一。"奈德站在一块大圆石上凝望落日，如此说道。

默塔的歌唱告一段落，鲁珀特接着讲起故事。他虽然没有格伦那样优美的修辞，却有着源源不绝的故事，主角都是妖精、鬼魅、邪灵或水怪等高地上的其他居民。他们告诉我，一切有水之处几乎都有这些生命栖居，尤其是浅滩和渡口，深潭里也有很多。

“加夫湖东端有个地方，你们知道吧。”他说着，扫视在座的每一个人，以确定大家都在听。“那里永远不会冻结，就算湖面的其他地方都结冰了，那里还是一片黑水，因为那里是水怪的烟囱。”

加夫湖的水怪，跟它的许多同类一样，劫走一位前来打水的少女，让她住在水底下并成为它的妻子。灾祸必定临头，不管是少女、男人或其他人，当他们在湖边见到一匹骏马而动念骑上去，就再也下不来了，马会走进水里，变成一条鱼，载着紧紧粘在背上的倒霉鬼游回家中。

“水怪有着鱼的牙齿，进到水里之后，”鲁珀特说着，一只手像游鱼一样摆动，“专吃蜗牛、水草和一些湿湿冷冷的东西。它的血和湖水一样冰冷，而且不需要生火取暖。你们知道吗，女人比火焰还要温暖。”说到这里，他朝我眨眨眼，并狠狠看了一眼入迷的听众。

“在水底的新家里，水怪的妻子不爱吃那些蜗牛、水草，因此又饿又冷又悲伤。于是体贴的水怪探出湖面，去往湖边一个以建造闻名的人的房子。那人走近水边时，看见一匹戴着银色辔头的金色骏马在阳光下闪耀着，就忍不住抓了缰绳骑上去。

“当然啦，马载着他直往水里去，潜到那充满游鱼的冰冷的家。到了那里，它告诉建造师，如果想得到自由，就必须建造一座壁炉，还得有烟囱，这样水怪的妻子才能暖手、煎鱼。”

我的头一直靠着詹米的肩膀，渐渐陷入疲倦，很想上床睡觉，虽然所谓的床不过是在花岗岩上铺条毯子。突然间，我感觉他的身体绷紧了，他一手搭在我脖子上，让我别动。我四处张望，看不出周遭有什么问题，但我感到紧张的气氛好像通过无线电波传给了每一个人。

我望向鲁珀特，他和杜格尔对视时微微点头，不过还是沉着地讲着故事。

“建造师别无选择，只能照做。而水怪也信守承诺，把那人送回靠近他家的岸边。于是水怪的妻子温暖了，也开心了，而且还有吃不完的鱼。加夫湖东端的水面从此不冻结，因为从烟囱里冒出来的热气把冰融化了。”

鲁珀特坐在一块石头上，右侧对着我。他说话时缓缓弯身，好像在随意挠腿，流畅的动作中没有一点波折，迅速把放在脚边的刀子拿到膝上，藏进了裙褶里。

我扭动身体靠向詹米，拉低他的头，装出调情的样子。“怎么了？”我轻声在他耳边问。

他抓住我的耳垂靠在唇边，低声回答：“马儿烦躁不安，附近有人。”

有人起身踱到岩石边小解，回来后换了新的位子，在一个马夫旁边坐下。另一人起身瞧瞧锅底，自己添了鹿肉。营区中一直有类似的小动作，鲁珀特则继续讲故事。

我仔细观察他们，詹米的手臂一直紧紧环抱着我，最后我才发现这些人是在移近武器。他们全都是带着短剑睡觉的，但通常会把剑、枪和一种叫作圆盾的皮制盾牌，在营区边堆成整齐的小丘。詹米的双枪和宝剑就摆在几英尺外。

我看见火光在镶饰的刀面上跳动着。他的手枪和其他多数人的牛角柄手枪没什么区别，但他的阔剑和斩剑就很特别了。在我们停马歇脚的时候，他曾得意地向我展示，把明晃晃的剑耍得手下生风。

斩剑包在他的背包里，看得出巨大的丁字剑柄用砂纸仔细磨过。我拿过那把剑，结果险些掉到地上，詹米告诉我，它重约十五磅。

如果说斩剑冷酷且杀伤力巨大，阔剑则很优美。阔剑闪亮又致命，重量只有斩剑的三分之二，伊斯兰风格的纹饰沿着蓝色的钢刀面蜿蜒，直到装饰着红蓝釉色的旋绕笼手。我见过詹米用阔剑和别人过招，他先是用右手和一个全副武装的对手比试，接着又用左手和杜格尔对打。在这种情况下，他看来非常耀眼，迅速而准确，以他的高大身形来说，动作之优雅更是令人难忘。但是想到他要来真的，我还是感到口舌发干。

他低下头，在我下巴旁边温柔一吻，并趁机轻轻转过我的身体，于是我的脸便朝向了一堆乱石。

“快了，我想。”他喃喃说，殷切地吻我，“你看见石头上那道小开口了吗？”我看见了，两块巨大的板石靠在一起，形成一个不到三英尺高的空间。

他抱住我的脸，疼爱地磨蹭我的鼻头：“我说跑的时候，你就躲进去，在那里藏好。你有短剑吗？”

他之前坚持要我带着那晚他在旅店丢给我的短剑，虽然我一再坚持我不会用，也不想用，但还是无法说动他。说到坚持，杜格尔说得没错，詹米非常顽固。最后，短剑进了我裙子里的深口袋。短剑靠在大腿上不舒服，但是经过一天的适应，我几乎已忘记它的存在。他的手调皮地滑过我的腿——短剑确实还在。

他抬起头，像猫一样嗅闻拂过的微风。我看见他朝默塔瞥了一眼，接着又低头看我。那个矮小的男人没有露出什么明显信号，只是站起来，把身体完全舒展开来。当他再度坐下的时候，已经靠近我好几英尺了。

一匹马不安地在我们身后嘶鸣。这像是一个信号，一群人尖声大叫着从石头后面冲出来。跟我原本担心的不同，他们不是英国人，也不是土匪，而是女妖一样叫喊着的高地人。格兰特家的人，我猜，或者坎贝尔家的。

我匍匐在地，朝乱石前进，我撞了头，膝盖也磨破了，最后终于钻进了那道裂缝。我心脏狂跳，在口袋中摸索短剑，还差点戳到自己。一点也不知道该拿这邪恶的刀子怎么办，但是拿着它确实让我稍稍安心了。刀柄上镶着一颗月长石，手掌感觉着那个小小突起的形状，让我放心。黑暗中，我至少没握着刀刃。

打斗十分混乱，起初我完全搞不清状况。小小的空地上尽是叫喊的人，跳啊，滚啊，跑啊的。我的藏身之处显然在主战场的另一侧，所以暂时不会有危险。

我四处张望，一个蜷缩的小小人影向我逼近，在阴影中靠紧我藏身的石头。我握紧短剑，不过马上认出那人是默塔。这就是詹米朝他瞥眼的原因——要他保护我。我怎么也看不见詹米。

打斗主要发生在运货马车附近的乱石和阴影之间。显而易见，那就是袭击的目的：马车和马匹。在忽明忽灭的光影间，我看不太清楚，但还是看得出袭击者有组织且武器齐全，而且个个身材壮硕。若真是格兰特的人马，那么可能是为了几天前鲁珀特等人偷牛的事，要抢回战利品并加以报复。面对鲁珀特等人的即兴掠劫，杜格尔有点不高兴——不是因为劫掠本身，而只是担心偷来的牛群会拖慢我们的行进速度。不过，他几乎立刻就把牛群处理了——在某个村庄的小市集卖掉了。

情况很明显，袭击者并不想造成人员伤亡，只想接近马匹和马车。一两个人成功了，一匹没上鞍的马跃过营火窜入沼地暗处时，我正蹲低着身子，看见一名男子哀叫着紧抓那匹马的鬃毛。

又有两三个人跑着离开，手里抓着装了科拉姆谷物的袋子，麦肯锡家的人在后面追赶，用盖尔语叫骂着。从声音判断，袭击即将结束。接着，一大群人摇摇晃晃走入营火照耀的范围，打斗再度火热起来。

打斗似乎十分惨烈，我之所以有这个印象，是因为看见的是刀光剑影，听见的是哀号一片，而非呐喊。最后我终于弄清楚了，詹米和杜格尔站在打斗的中心，背靠着背应战。他们各自左手握阔剑，右手握短剑，四条手臂挥舞着，在我看来是这样。

围住他俩的是四个或五个人，我在暗影中无法数清。他们都拿着短剑，其中一人腰上还挂着一把阔剑，另外至少有两人带了枪却没拔出来。

他们要的一定是杜格尔，或者詹米，不然就是两个都要，活捉最好。为了赎金，我猜。所以，他们刻意选用只会让对方受伤的短剑，而不是更易致命的阔剑或手枪。

杜格尔和詹米没有这层顾忌，对付敌人相当快准狠。他们背靠背，形成一个具有威胁性的圆圈，彼此防守对方较弱的一面。不过当看到杜格尔用力挥舞短剑时，我觉得“较弱”这个说法不太精确。

这团旋转、呼号、咒骂的混乱正慢慢朝我这个方向移动。我尽可能向后靠，但裂缝几乎不到两英尺深。我眼角的余光发现一个移动的身影——默塔决定主动攻击了。

我惊吓的目光几乎无法从詹米身上移开，却看见小个子拔出手枪。他尚未开火，神态自若，仔细检查了射击装置，用袖口擦擦武器，固定在前臂上，然后等着。

继续等着。我担心得直发抖，詹米已抛开优雅的姿态，蛮横地左右攻击，眼前则是两个完全杀红了眼的敌人。该死的默塔怎么还不开火？我狂乱思索，接着就明白了。詹米和杜格尔都与营火在同一直线上，我想起燧发枪有时射不太准。

我的猜测很快得到证实，杜格尔的一个敌手突然出乎意料地冲向前面，抓住他的手腕。刀刃长长地划开他的前臂，他跪倒在地。詹米看到舅舅倒地，收回自己的刀，迅速后退两步。如此一来，詹米的背靠向一块岩石，杜格尔只消向一侧蹲伏，詹米便能以单手保护他。这也使袭击者的侧面朝向我的藏身处，以及默塔的手枪。

枪声响起时，因为近在身旁，简直震耳欲聋。袭击者受到惊吓，被击中的那人尤其惊慌。那人站着不动，然后摇摇头，一副难以置信的样子，接着以极慢的速度坐下，向后瘫软，微微朝火堆的灰烬滚下去。

趁对方受惊之际，詹米击飞了一个敌人的剑。杜格尔再度起身，詹米移向一旁，让他有空间挥剑。一个敌人放弃打斗，跑下坡去把受伤的同伴从热烫的灰烬中拉出来。剩下的三名袭击者，还有杜格尔，都受伤了，他挥剑的时候，我看到深色血滴溅上石面。

他们现在靠得很近了，我看见詹米脸上表情沉稳而专注，洋溢着战役即将获胜的喜悦。突然间，杜格尔朝他大喊。詹米在一瞬间迅速看向敌人，然后又向下看。他回过眼神的时候，正好来得及避开穿刺的攻击，躲向一旁，丢开宝剑。

他的敌人难以置信地望着插在自己腿上的剑，然后困惑地碰触刀面，接着握住拔起。从他轻而易举的拔刀动作来看，伤口并不深。那人仍然疑惑着，抬眼看看，似乎在询问为何会有这种不正派的行为。接着他放声尖叫，丢下宝剑，颠簸着跑开。

另外两个被尖叫声吓得回过头来，接着转身逃跑。詹米在后面追赶，像雪崩一样快，顺利从背后抽出巨大的斩剑，挥出两道杀气腾腾的弧形。默塔上前帮忙，一面以不雅的盖尔语咒骂着，一面挥舞着剑和上了膛的手枪。

战斗很快结束。过了大约一刻钟，麦肯锡家的人集合起来，开始评估损失。

损失不重：两匹马和三袋谷物被抢走了。睡在货物旁边的马夫成功避免了更多损失，配有武器的族人也成功赶跑了偷马贼。最大的损失看来是某个人。

他一开始就不见了，一定是受了重伤或被杀害了，可是四处搜索之后还是没找到他。

“他被抓走了。妈的，赎回他要花掉我一个月的收入。”杜格尔冷酷地说。

“不算太糟，杜格尔。”詹米说，拿袖子抹着脸，“你想想科拉姆会怎么说，如果被抓走的人是你！”

“如果他们抓走的是你，哥们儿，我会让他们留着你，你可以改姓格兰特。”杜格尔反唇相讥，不过大家心情明显轻松多了。

我拿出包好的医疗小箱，把伤患依严重程度排成一列。我很高兴没人受重伤，杜格尔手臂上的伤口可能就是最严重的了。

奈德·高恩眼神炯炯，活力充沛地发出嘶声，显然还沉浸在打斗的兴奋中，差点没发现自己的牙齿被剑柄误击打落了。不过，他保持了相当的沉着，一直小心把牙齿压在舌下。

“就算机会极小，也要准备好，你懂吧。”他解释着，把牙齿吐到掌上。牙根没断，牙槽微微出血，所以我把握机会，稳稳地把牙齿压回原位。这个矮小的男人脸色陡然发白，却没有哼一声。他感激地将防止感染的威士忌吸进口中，节省地一点一点吞下。

我已经在第一时间以压迫包扎法帮杜格尔包好伤口，当我拆开绷带时，很高兴血已经差不多止住了。划开的伤口很利落，但也很深。绽开的边缘露出一圈黄色脂肪，伤口至少有一英寸深。谢天谢地，主要血管都没伤得太重，不过需要缝几针。

结果，唯一找到的针是细锥子似的坚硬物品，是马夫用来修马具的。我怀疑地端详那东西，杜格尔只是伸出手臂，眼睛看向一旁。

“一般来说，我不怕见血，但有点不想看见自己的血。”他解释道。他坐在一块石头上，紧咬着牙，下巴肌肉都颤抖了。夜里的气温渐渐转凉，但是汗珠仍从他高高的额头上冒出来。中间他曾礼貌地请我暂停一下，身体转向一旁，利落地往石头后方呕吐，接着又转回身体，把手臂再度固定在膝上。

运气很好，一位酒馆老板曾拿来一小桶威士忌，作为这一季的租金，来得正是时候。我用威士忌给外伤消毒，然后让病患随自己喜好各自服药。诊疗结束之际，我自己也来了一杯。我愉快地灌下威士忌，然后感恩地在毯子上睡下。月亮渐渐西沉，而我浑身发抖，一方面是心理反应，另一方面则是因为天气很冷。詹米躺在身边紧拥着我，靠着他庞大温暖的身躯，感觉很好。

“你觉得他们会回来吗？”

他摇摇头：“不会，那是马尔科姆·格兰特和他的两个儿子。腿上被我插了一刀的那个，是年纪最大的，现在应该已经到家，躺在自己床上了。”

他摸着我的头发说话，语调变得更温柔：“你今晚干得很漂亮，姑娘。我很骄傲。”

我翻过身，手臂圈住他脖子：“我更骄傲。你很厉害，詹米。我从没见过这么厉害的人。”

他发出反对的哼声，但我想他还是很高兴：“只是一场突袭而已，外乡人。我从十四岁就开始应付这种事了。这只是玩玩，你懂吧。面对真要杀你的人，就不是这么回事了。”

“玩玩。”我说，感到有点晕眩，“是啊，还真像玩玩。”

他抱着我的手臂收紧，抚摸我的手向下探去，开始慢慢掀开裙子。显然打斗带来的刺激，正转变为另一种兴奋。

“詹米！这里不行！”我说，扭开身体，并把裙子向下拉。

“你累了吗，外乡人？”他担忧地问，“别担心，不会太久的。”现在他双手齐下，厚重的布料从前面卷起。

“不行！”我脑子里尽是那二十几个躺在几英尺外的男人，“我好累，实在是……”我倒吸一口气，摸索的手已探入我两腿之间。

“天啊，已经像水草一样湿了。”他轻声道。

“詹米！二十个人就睡在旁边呢！”我用气音大喊。

“他们很快就醒了，如果你继续说话。”他翻身到上面，把我压在石头上。膝盖撬开我大腿，开始温柔地前后律动。尽管我不愿意，但双腿却逐渐松开。二十七年的礼节训练，敌不过几十万年的生物本性。虽然我的理智抗拒在光溜溜的石头上这样做，而且还有那么多睡着的战士在一旁，但我的身体显然自认为是战利品，渴望完成臣服的仪式。他吻我，又深又长，甜甜的舌头在我嘴里不停搅动。

“詹米。”我喘着气。他掀开隔在中间的苏格兰裙，手和我紧紧相抵。

“天杀的。”我说，连我自己听了都感到惊讶。我的节操又向下沉沦了一节。

“打斗能让人变得特别硬。你想要我，对不对？”他说，身体稍微退开看着我。否认毫无意义，毕竟证据已经历历在目：他硬得像根钢棒，抵着我赤裸的大腿。

“呃……想……可是……”

他两手紧紧握住我肩膀。“安静，外乡人，不会太久。”他威严地说。

确实不久。第一波强烈冲刺后，我开始高潮，身体剧烈痉挛了很久，我的指头用力掐入他背部，我靠着他，咬着他上衣以免发出声音。动了不到十下，我感到他阴囊收缩，身体一紧，接着温热的液体释放出来。他慢慢往旁边低下身体，躺着颤抖。

我耳边的热血还在猛烈冲击，呼应着两腿之间渐弱的激动。他的手放在我胸口，又软又重。我转过头，站岗人的微弱身影靠在营火那头的石头上。他很聪明地背对我们。我有点吃惊地发现自己竟然不觉得尴尬，我还想会不会一到早上就尴尬了，但接着我就不想去理会了。

* * *

第二天早上，除了打斗和露宿石头造成的身体僵硬之外，大伙和平常一样。每个人都心情愉悦，即便是那些受了伤的人。

当杜格尔宣布行程说，我们只要抵达从石台望出去看到的那丛树林即可时，大家心情更好了。我们可以在那里饮水，放马吃草，自己也可以休息一下。我在想计划变更会不会影响詹米和神秘的霍罗克斯的约会，不过他听到这消息时似乎未受影响。

天气有点阴，但没有飘雨，也很温暖。新营区扎好，马匹照料好，所有伤者也检查完毕后，大家就自由活动了。有人睡在草地上，有人打猎捕鱼，也有人因为骑行太久而伸展着双腿。

我坐在一棵树下，和詹米、奈德·高恩说着话，一名士兵走来，把一个东西丢到詹米腿上——是那把剑柄镶有月长石的短剑。

“老兄，这是你的吗？”他问，“今早在乱石间找到的。”

“一定是我激动的时候弄掉了。我还是不知道怎么使用它，很可能戳到自己。”我说。

奈德从半月形眼镜上方严厉地看着詹米：“你给她刀子，却没教她怎么用？”

“那种情况下，没时间教。”詹米辩驳道，“不过奈德说得没错，外乡人，你该学学怎么使用武器。这一路上不知道还会发生什么事，你昨晚也见识到了。”

于是我走出去，到了一块空地中间，然后课程开始了。几个麦肯锡家的人看见有人活动，走过来围观，接着就留下来在旁边提意见。不一会儿，我就有了半打师父，他们互相争论怎样的技巧才好。热烈讨论后，大家一致认为鲁珀特可能是最擅长用短剑的人，于是就改由他来授课。

他找到一处颇为平坦的地方，地上没有石头或松果，在那里展示挥舞短剑的艺术。“你看，姑娘。”他让短剑横放在中指上，平衡点就在剑柄下方寸许。“平衡点，这就是该握的地方，这样才能舒适地将短剑握在手里。”我用我的短剑尝试着。握好后，他向我展示向上攻击和向下攻击的差异。

“一般来说，你要向上攻击，向下攻击只适用于你要从上方猛击某人的时候。”他看着我思索着，然后摇头，“不，以女人来说你算高的，但就算你高出别人一个头，也不会有刺穿对方的力道，除非那人坐着。最好还是向上攻击。”他拉开上衣，露出毛发浓密的肚子，上面已经闪烁着汗水。

“好，这里。”他说，指着身体中间，胸骨正下方，“如果正面对决，这就是攻击的目标。对准刺进去，用尽吃奶的力气。从这里下手会刺进心脏，对方一两分钟内就会死掉。唯一的问题是要避开胸骨。胸骨位置比你想的还要靠下，要是刀子卡在胸骨顶端的柔软部分，你几乎伤不到对手，反而会丢了刀子，那他就会要你的命。默塔！你的背窄，过来，我们来教这位姑娘怎么从背后攻击。”

默塔很不情愿地走了过来，鲁珀特让他转身，一把拉起肮脏的上衣，露出突出的脊椎骨和肋骨。鲁珀特用粗食指戳向右边肋骨的下方，默塔受到惊吓而叫出声来。

“这是背部的攻击点——两边都一样。看，背部有肋骨之类的，要伤到重要器官非常困难。但如果可以把刀插进肋骨之间，那就不一样了，只是这比想象的困难。位置就在这里，最后一根肋骨的下方，往上刺可以戳进肾脏。直直刺进去，敌人就会像石头一样倒下。”

鲁珀特让我用不同位置和姿势练习戳刺。他开始喘气的时候，就让其他人轮流扮演我的对手，而显然他们都觉得我努力的样子很滑稽。他们顺从地躺在地上或背对着我让我袭击，或从后面跳到我身上，或假装要掐我，让我试着刺他们的肚子。

旁观的人对我大喊加油，鲁珀特则坚定地指示，最后一刻不能后退。“要真刺，姑娘。”他说，“玩真的你就不能后退。要是这些笨蛋无法及时躲开，那也是活该。”

起初我很胆怯，而且极度笨拙，但鲁珀特很会教，耐心而巧妙地一遍遍示范。他翻了翻白眼，模拟猥亵的动作，从身后一把环住我的腰，但还是挺正经地抓住我的手腕，指导我划刺敌人的眼睛。

杜格尔坐在树下，检视着受伤的手臂，并不时对我的练习给予冷嘲热讽。不过，正是他提出了用假人的点子。

“给她可以真刺的东西。”他说。那时我已经表现出一点戳刺的能力了。“第一次刺中会很吓人。”

“的确。”詹米同意道，“休息一下，外乡人，我来安排。”

他和两名士兵走到马车旁，我看到他们一边计划着什么，一边挥舞手势，最后从篷车下面拉出一些东西。

我累得半死，瘫软在树下的杜格尔身旁。

他点点头，脸上一抹微笑。和大部分人一样，他在舟车劳顿之际没空刮胡子，深褐色的浓密胡须围住嘴巴，凸显出饱满的下唇。

“那么，怎么样？”他问，指的不是我运用武器的技术。

“还不错。”我谨慎地答道，指的也不是短剑。杜格尔睨视着詹米，后者正在马车那边忙着。

“婚姻似乎很适合这家伙。”他说。

“对他而言还挺好的——就目前来说。”我同意道，语气有点冷。

他弯起嘴角说：“对你而言也是，姑娘。这安排看来对大家都好。”

“尤其是对你和你的哥哥。既然提到了他，你认为科拉姆听到了这件事会怎么说？”

他的笑容加深了：“科拉姆？啊，这个啊。我想，有这样一个外甥媳加入家族，他一定非常欢迎。”

假人做好了。我继续接受训练，发现那是一大袋羊毛，跟人的躯干差不多大，用鞣制过的牛皮包裹着，再用绳子绑好。我就用这东西练习戳刺，他们先是把它绑在树上跟人等高之处，后来又把它朝我丢过来或滚过来。

然而有件事詹米没提，就是他们在羊毛和牛皮之间塞进了好几块木板。他后来才向我解释说，那是用来模拟骨头的。

最初几下都没什么，虽然我试了好几次才刺穿牛皮。牛皮比想象的硬，他们告诉我人的肚皮也一样。接下来，我试着直接向下攻击，结果刺中了其中一块木板。

我一度觉得自己的手臂突然掉下来了。冲击力道一路震到我的肩膀，短剑从失去知觉的指尖滑落。手肘以下完全麻木，但一阵刺痛让我知道麻木不会持续太久。

“老天爷！”我叫道。我站在那儿抓紧手肘时，他们一阵欢笑。后来詹米抓住我的肩膀帮我按摩，手臂才稍微恢复知觉。他按压手肘后方的肌腱，大拇指戳进手腕上的凹处。

“好了。”我咬着牙说，小心弯起刺痛的右手，“要是你刺中骨头、丢了刀子，怎么办？有一套标准的应对流程吗？”

“噢，有啊。”鲁珀特笑着说，“左手拔出手枪，射死那个浑蛋。”这引来一阵大笑，但我不予理会。

“好吧。”我多少镇静下来，指向詹米挂在左臀上的长柄手枪问：“你要教我怎么上膛、射击吗？”

“不要。”他很坚决。

这个回答让我有点恼怒：“为什么？”

“因为你是女人，外乡人。”

我面颊发红。“哦？”我讽刺地说，“你觉得女人不够聪明，无法学会用枪？”

他平视着我，嘴角微微抽动，想着该怎么回答。最后他说：“我想过让你试试，你应该做得到。”

鲁珀特烦躁地对我们发出连声啧啧：“不要胡闹，詹米。还有你，姑娘。”他转身面对我：“不是因为女人笨——虽然有些女人确实笨，而是因为女人很娇小。”

“呃？”我一时傻傻地朝他张开嘴巴。詹米咕哝着，然后拔出手枪。就近俯看，那枪确实很大，这镀银武器从枪托到枪口足有十八英寸。

“拿着。”他说，把枪拿到我眼前，“握住这里，固定在前臂，然后视线对准这里。当你扣扳机的时候，枪会像骡子踢腿一样向后反弹。我比你高将近一英尺，比你重四英石，我也知道自己在做什么。开枪后，我身上会严重瘀青；至于你，可能会被震倒，如果没有震到你的脸的话。”枪在他手上转了一圈，重新滑进套环。

“我愿意让你试试，但我更愿意你的牙齿完整。你笑容很美，外乡人，虽然有点好辩。”他挑起一边眉毛说道。

这段话使我稍稍克制住了想学的欲望。我顺从地接受了男人的说法，因为即便是较轻巧的短剑，我都已经很难顺利挥舞。小巧的苏格兰短刀（sgian dhu），也就是藏在袜子里的刀，看来比较可行。于是他们拿了一把给我，那刀看来很具杀伤力，犀利的黑铁大约长三英寸，嵌在短短的柄上。我一遍遍练习拔刀，男人们则挑剔地看着，最后我终于成功地以流畅动作挥开裙摆，从袜中拔出短刀，完成了正确蹲伏的动作，并以握刀向上的姿势结尾，准备挥向敌人的喉咙。

我通过了初级用刀考验，可以坐下用餐。席间许多人不断恭喜我，只有一个例外。默塔质疑地摇着头说：“我坚持认为唯一适合女人的武器是毒药。”

“大概是吧，但毒药在面对面的战斗中没什么用。”杜格尔答道。

第十九章　水怪

第二天晚上，我们在尼斯湖畔扎营。再度来到此地，我有种奇异的感觉：这里几乎没改变过。或者该说，这里几乎不会改变。落叶松和赤杨木的叶子颜色变深了，因为现在是仲夏，而非晚春。盛开的花朵从浅粉嫩白的山楂花和紫罗兰，换成温暖金黄的各种金雀花。头上的天空是更深的蓝色，不过湖水颜色倒是没变。平滑的蓝黑水面，紧紧扣着湖岸的倒影，烟熏色的长草下，水色柔和。

甚至还有几艘小船，在远远的湖面上。等其中一艘靠过来，我才发现是小圆舟，鞣过的皮革粗略地半覆在船框上，和我惯常所见的那种形状圆滑的木船不相同。

一样刺鼻的气味流布在各个水道，那是青草辛烈的气味和着烂叶、清水、死鱼、湿泥的强烈味道。更重要的是，周遭依旧潜伏着一股诡异的氛围。人和马似乎都感到了，因此营区的气氛有些沉闷。

我找到一个舒适的地点放置我和詹米的铺盖卷，接着向湖边游荡，想在用餐前洗脸、洗手。

湖岸陡峭地向下倾斜，最后是一堆巨大石板，有点像不规则的防波堤。湖岸下方很宁静，看不见也听不到营区的动静。我坐在一棵树下，享受私人时光。自从仓促嫁给詹米之后，就没人一直跟着我了，这倒是很大的进步。

我随意摘下低树枝上的具翅种子丢进湖里，接着注意到石边细微的水波越来越大，好像被一阵吹来的风推开似的。

一颗又大又扁的头，从十英尺外的水面冒了出来。我看见长满鳞片的弯曲颈脊，湖水从龙骨状的鳞片上流泻下来。远处的水面一阵翻搅，湖面下方有又黑又大的物体在移动，然而那颗头却维持着静止。

我站在那里，无法动弹。奇怪的是，我并不是真的害怕。我觉得和它有某种连接，这个生物来自更久远的时代，比我距离自己的时代更远。那平平的双眼和始新世的海水一样古老，藏身于逐渐缩小的幽暗深处，越来越模糊。一种亲切感，混杂在不真实当中。它光滑的皮肤是优雅的深蓝色，下巴下方有一道闪耀着明亮的虹彩的鲜明绿色。而那对没有瞳孔的陌生眼睛，则是发光的深琥珀色。美丽非凡。

它和我记忆中，装饰在大英博物馆五楼的实景模型中的那个土色小复制品如此迥异，但那身形是不会错的。生物在气绝后，身上的颜色会褪去，轻柔有弹性的肌肤和柔顺的肌肉几周内就会腐烂，可是骨架有时会保存下来，忠实呈现原来的形状，微弱地传递着旧日风采。

它鼻孔的瓣膜突然打开，发出惊人的吸气声。动作稍停一会儿之后，再度潜回水里，只有一道搅动的水流证明它游过。

我在它出现时站了起来，而且一定是下意识地靠了过去，想看得更清楚。因为我发现自己正站在伸向水里的一块石板上，看着水波渐平，恢复成平滑的湖面。

我在那里站了好一会儿，凝望深不可测的湖水。“再见。”我终于对空荡的湖面说道。然后振作精神，转身走回岸上。

有个人正站在斜坡顶端。我先是吓了一跳，接着认出他是我们的一位马夫。他叫彼得，我记得，而他手里的桶子解释了他来这里的原因。我正要问他是否也看见了水怪，但当我靠近时，他脸上的表情说明了一切。他的脸比脚下的雏菊还白，细小的汗珠滑进胡子里；眼睛就像受惊的马一样，整个瞪大发白；他的手不停地抖，桶子直碰撞着他的腿。

“没事了，它走了。”我说，爬上坡来。

这句话本意是要安抚他，却反而像是拉起了警报。被扔下的桶子从他腿边滚落到我们两人之间。

“求……求求您了，夫人。”他结结巴巴地说，接着扑倒在地，紧抓我的裙摆，让我非常尴尬。

“你干什么呢！起来。”我有点严厉地说，脚趾轻轻推开他，但他只是抖了一下，身体仍紧挨着地面，像是被踩扁的蘑菇。“起来！”我又说一遍，“蠢蛋，那只不过是……”我顿了一下，努力思考。向他说出那东西的拉丁名字，可能不太有用。

“不过是只小怪物而已。”最后我说，然后握住他的手，用力拉起他。我必须去打水，因为很显然，他无法再走近水边。他和我小心保持距离，跟我回到营区，然后立刻冲去照料骡子，走的时候还担忧地不断回头看我。

他看来并不想对别人提起那只动物，我想我大概也最好别提。虽然杜格尔、詹米和奈德都受过教育，剩下的人却大多是来自麦肯锡家族领地上偏远的悬崖幽谷、不识大字的高地人。他们打起仗来勇悍无畏，但其迷信的程度也跟非洲和中东的原始民族相差无几。

于是我静静用完晚餐，上床睡觉，一直想着马夫彼得戒慎恐惧的眼神。

第二十章　荒林空地

遇袭后两日，我们再度转向北方。越来越接近和霍罗克斯的约会，詹米看起来常常心不在焉，大概是在思考这个英国逃兵的消息会有多重要。

我没再见过休·门罗，可是在约会当日的前夜，我在黑暗中醒来，发现詹米已从身旁消失。我试着保持清醒，等他回来，但却在月亮开始西沉时又睡着了。到了早上，他在我身旁香甜睡着，而我的毯子上则放着一个小包裹，用薄纸包起来，以啄木鸟的尾羽穿过纸面封好。我小心翼翼地打开，发现里面是一大块琥珀原矿，矿石的一面已经磨得十分平滑。从这面看进去，可以看见一只小蜻蜓优美的深色形体，永远定格在逃跑的姿态。

我抚平包装纸。脏污的白色纸面上写着一条信息。字迹很小，但出乎意料地优美。

“上面写了些什么？”我问詹米，眯眼瞧着奇怪的字母和标记，“我想是盖尔语。”

他挑起一边眉毛，瞧着那张纸：“不是盖尔语，是拉丁文。门罗在被土耳其人带走之前，曾在学校教过书。这段话出自罗马诗人卡图卢斯。”

……da mi basin mille, diende centum,

dein mille altera, dein secunda centum……

他翻译的时候，耳垂开始泛红：

那就让爱情之吻停留，
在我们唇上开始诉说，
一千零一百条旋律，
一百又一千道有余。

“哇，这比幸运饼干中的诗签优雅多了。”我觉得很有趣，做出了这样的评论。

“幸运饼干是什么？”詹米表情惊讶。

“没什么。门罗帮你找到霍罗克斯了吗？”我匆匆说。

“噢，是啊，安排好了。我会在附近的山间找个熟悉的小地方跟他会面，可能距拉格库依姆一两英里。应该是四天后，如果不出什么岔子的话。”

提到出岔子，我有点紧张。“你觉得安全吗？我的意思是，你信任霍罗克斯吗？”

他坐起身来，揉揉惺忪睡眼，又眨了眨眼：“信任一个英国逃兵？天哪，不信。我想他只要有机会，就会立刻把我出卖给兰德尔，只是他不太可能自己去英国人那里。他们会吊死逃兵。不，我不信任他。所以我才跟杜格尔同行，而不是单独寻找霍罗克斯。要是那人打什么主意，起码我有同伴。”

“噢。”想到詹米和两个诡计多端的舅舅之间那种显而易见的状态，我不太肯定杜格尔在场会那么令人安心。“嗯，你觉得好就好，我想，至少杜格尔不会趁机射杀你。”我怀疑地说。

“他射杀过我。”詹米愉悦地说，扣上扣子，“你知道啊，伤口是你包扎的。”

正在用的梳子从我手上滑掉：“是杜格尔下的手！我还以为是英

国人！”

“这个嘛，英国人是对我开了枪，”他更正道，“而且我不该说是杜格尔射杀我，其实，可能是鲁珀特才对，他是杜格尔手下最厉害的神射手。从英国人那里逃出来时，我发现我们已在弗雷泽家族领地附近，我想到那里比较有机会活下来。所以我加速，然后切到左边，靠近杜格尔他们。那时枪声此起彼落，可是注意，射中我的子弹是从后面来的。杜格尔、鲁珀特和默塔那时都在我后面，而英国人都在我前面。事实上，落马后我滚下山坡，几乎是滚到了他们脚下才停住。”他朝我提来的那桶水弯下身，把冷冽的水拍到脸上，然后摇摇头，视线清楚后，对我眨着眼，露齿而笑。闪亮的水滴挂在他浓密的睫毛和眉毛上。

“接着，是杜格尔打了场硬仗才把我抢回来的。我躺在地上很不舒服，他站着俯视我，一手抓住腰带拉我起身，一手握着剑，和一个以为可以治好我的龙骑兵近身搏斗。杜格尔杀了那人，带我上了他的马。”他摇摇头，“那时的一切对我来说都有点模糊，我唯一想到的就是那匹马很辛苦，得扛着四百磅上坡。”

我向后靠坐，有点吃惊。

“可是……如果杜格尔愿意的话，那时就可以取你性命啊。”

詹米摇头，拿出他跟杜格尔借来的一把笔直刀片。他微微移过水桶，这样水面就可以映照他的脸。他露出男人刮胡子时的扭曲表情，开始刮脸：“不，他不会在这些人面前杀我。而且，杜格尔和科拉姆并没有非要我死不可——尤其是杜格尔。”

“可是……”我的脑子又开始打结，好像每次碰到苏格兰家族复杂的人际关系就会如此。

詹米伸出下巴，歪着头刮下面的胡楂儿，因此声音有点含混不清。“是为了拉里堡，”他解释，用另一只手去摸没刮到的胡楂儿，“那里除了土地肥沃，庄园就坐落在山间隘口，你懂吧。不管从哪个方向过来，那都是最佳通道，唯一走十英里就可以进入高地的通道。假如又发生叛乱，控制那块土地会很有用。而我要是在结婚前就死了，土地有可能会回到弗雷泽家族手里。”

他笑着抚摸后颈：“当然，我对麦肯锡兄弟来说确实是个问题。一来，要是我对年轻的哈米什取得族长地位产生威胁，他们会希望可以不惊动任何人就让我死掉。二来，如果我没有产生威胁，那他们会希望我，还有我的财产——如果发生战争的话，会完好如初地落在他们那边，而不是弗雷泽家这边。所以他们才愿意帮我和霍罗克斯牵线，懂吗？既然现在我被通缉了，拉里堡的事我也管不了太多，虽然土地还是我的。”

我卷起毯子，疑惑地摇头，无法相信事情这么复杂、这么危险，詹米怎能还是一副淡然处之的模样。接着我突然明白过来，现在身陷其中的已不再只是詹米。我抬头说道：“你刚刚说要是结婚前就死了，土地会回到弗雷泽家族手里。但是你现在结婚了，所以会……”

“没错。”他说，撇嘴笑着对我点头。早晨的阳光照在他的头发上，散发出金色和铜色的火光，“如今要是我被杀了，外乡人，拉里堡就是你的了。”

* * *

薄雾一散，就是阳光普照的美丽清晨。小鸟在石楠间忙活，路面到这里也变宽了，马蹄下是轻柔的尘土。

登上一座小丘时，詹米赶上来紧挨在我身边，下巴朝右方指了指：“看到那边的林间小空地了吗？”

“看到了。”那里有松树、橡树和白杨，离道路有点距离。

“那边树林下有清泉，还有一片柔软的草地。非常棒的地方。”

我疑惑地看着他：“现在吃午餐有点太早，不是吗？”

“我想的不完全是那个。”

几天前我意外发现，詹米不太擅长只眨一只眼睛，他眨起来反而显得很严肃，像只红色大猫头鹰。“那你想的到底是什么？”我怀疑的眼光，对上那双清纯无辜的蓝色眼睛。

“我在想，不知道你看起来会怎么样……在草上……树荫下……水边……然后裙子掀到脸上。”

“呃……”

“我会对杜格尔说我们要去打水。”他策马向前，很快从其他马匹那里拿了几个水瓶回来。下坡时，我听见鲁珀特用盖尔语在我们身后大喊，但听不清楚说了什么。

我率先抵达林间空地。滑下马后，我在草地上放松一下，闭上眼睛抵挡艳阳。过了一会儿，詹米在我身边勒马，从马鞍上跳下。他拍拍马背，让它在一边垂着缰绳和我的马一起吃草，然后他跪在草地上。我伸手把他往下拉近。

天气和暖，满是青草和野花的香气。詹米闻起来就像刚拔下来的草叶，辛辣香甜。“我们得快点，他们会怀疑打水怎么这么久。”我说。

“他们不会怀疑，他们知道。”他熟练地解开我的衣服。

“什么意思？”

“你没听见我们走的时候鲁珀特说的话吗？”

“我听到了，但没听懂。”我的盖尔语已经进步到可以听懂常见词汇，但离对话还差得远。

“很好。没污染到你耳朵。”他把我的乳房露出来后，脸埋进去，轻柔地又亲又咬，直到我忍不住了，从他身下滑开，向上掀开裙子。先前在石头上承受那强烈的原始冲击，我感觉很难为情；而后在营区附近做爱，又觉得害羞，但当时林木太密，我们无法安全前往太远的地方。我们原本都忍着欲望，感到轻微而愉悦的紧绷，现在离开那些好奇的眼睛和耳朵之后，共同获得的快感，强烈得让我的嘴唇和指尖都因充血而微微刺痛。

即将达到高潮之际，詹米身体突然一僵。我睁开眼，看见他逆光的脸上笼罩着阴影，表情完全无法描述。有个黑色物体抵着他的头。我的眼睛终于适应了强光，那是一把火绳枪的枪杆。

“发春的浑蛋，站起来。”枪杆突然移动，改成抵着詹米太阳穴。他站起身，动作非常缓慢。枪口摩擦使一颗血滴冒了出来，深红色衬在他发白的脸上。

他们有两个人，从褴褛的制服来看，是英国逃兵。他们都配有火绳枪和手枪，因为天上掉下来的这个机会，心情颇为愉快。詹米举着双手站起来，枪杆抵着他的胸膛，他脸上小心保持着面无表情。

“你该让他们做完，阿里。”其中一人说，咧嘴笑着，露出了一口烂牙，“这样做到一半停下来，对男人身体不好。”

他的同伙拿枪推了詹米胸膛一下。“他身体好不好，我懒得管，而且也没时间管了。我打算也来尝一口。”他头朝我的方向一点，“我不在乎在别的男人后面来，更别说是这个苏格兰杂种了。”

满嘴烂牙笑了开来：“我也没那么在乎。杀了他，占有她。”

阿里是个长着斜眼、矮小结实的男人，眼光在我身上打量着，思考了一下。我还坐在地上，缩起膝盖，裙摆紧紧压在脚踝边。我很努力地收紧上衣，但身体还是露出很多。矮小的男人最后大笑起来，唤来他的同伙。

“不，让他在旁边看着。过来，阿诺德，拿枪抵着他。”阿诺德照做，还是张嘴笑着。阿里把枪放到地上，枪带一并丢在旁边，准备动手。

我紧紧压着裙摆，然后察觉到右口袋里的硬物。那是詹米交给我的匕首。我敢鼓起勇气用吗？敢，我决定了，看着阿里坑坑洼洼的猥琐脸，我绝对敢。

不过，我得尽可能等到最后一秒，可我担心詹米是不是可以忍耐那么久。我看得出他脸上明显有想杀人的表情，过不了多久，他就无法顾忌后果了。

我脸上不敢显露太多表情，只是一直瞪着他，希望他别轻举妄动。他脖子上青筋暴露，脸涨红成猪肝色，但我看见他接收到我的信息，微微点了点头。

阿里把我压在地上，试图掀开裙子，我奋力挣扎，倒不是真的为了抵抗，而是为了握好剑柄。他大力甩我一个耳光，命令我别动。我脸颊发烫，眼睛泛泪，不过，匕首已经在手中了，就藏在我裙摆里。

我往后躺，用力喘气，专心面对目标，努力挥去脑中的其他想法。一定要从背部下手——距离太近，无法攻击喉咙。

他的脏手已经探进腿间，扳开我的大腿。我脑中看见鲁珀特粗大的手指戳进默塔肋骨之间，听见他的声音说："这里，姑娘，最下面这根肋骨下，靠近脊椎的地方。用力戳进去，往上刺进肾脏，然后他就会像石头一样倒下了。"

差不多是时候了，阿里嘴里的臭气热烘烘地扑上我的脸，手在我赤裸的双腿上摸索，急不可耐。

"好好看着，小兄弟，看看我是怎么做的，"他喘着气，"我会让这个小荡妇叫得比刚才更大……"

我挥过左手臂，扣住他脖子，高高握着刀子，用力刺下去。撞击的反弹力蹿上我的手臂，我几乎快握不住匕首。阿里扭动尖叫，想要挣脱。我因为看不见，刚刚刺高了，刀子擦过一根肋骨。

现在不能放手了。还好，我的双腿没有被裙摆缠住，紧紧钳住阿里发汗的屁股，把他身体往下拉，寻求再试一次的宝贵机会。我用尽所有力气，又刺了一下，这次找对点了。

鲁珀特说得没错。阿里弓起背，跟做爱的动作很像，只是丑多了，接着他一声不响地瘫倒在我身上，鲜血从背上的伤口喷出，越喷越少。

阿诺德一时间被地上的这幅景象岔开了注意，短短一瞬对他手里的那个怒气勃发却无法反抗的苏格兰人来说已经足够。等我恢复神志，从阿里尸体下面挣脱出来，阿诺德已经和他的同伴共赴黄泉，脖子干净利落地被藏在詹米袜中的苏格兰短刀从左耳一路划到右耳。

詹米在我身旁跪下，把我从尸体下拉出。我们都因为紧张和惊吓而发抖，紧紧相拥，好一会儿无法言语。他还是没开口，拉我起身离开这两具尸体，走向一排白杨后面的草地。

他让我坐下，接着在我身旁坐下，姿势很怪，好像双膝突然没力一样跌坐下来。我感到一阵冰凉的空洞，仿佛冬天的风灌入我的骨头，于是我向他伸手。他原本低垂的头抬了起来，面容憔悴，凝视着我，仿佛从来没见过我。当我把手搭上他的肩膀，他用力把我拉近，我撞到他的胸膛，发出有点介于哀号和啜泣的声音。

接着我们再度拥有彼此，在狂野而紧凑的沉默中，剧烈冲刺，然后很快结束。一种冲动驱使着我们，我不明白那是什么，但一定得屈从，否则就会永远失去对方。那不是做爱，而是一种需要，因为我们知道不管是谁被单独抛下，都将无法承受。我们唯一的力气混合在一起，在一波波感官刺激中，沉溺于死亡和差点儿被强奸的记忆里。

于是我们在草地上彼此交缠，阳光下，头发凌乱、血迹斑斑，以及不住颤抖。詹米咕哝了几句话，声音很低，我唯一听见的只有“对不起”。

“不是你的错。没事，我们都没事了。”我抚摸着他的头发喃喃地说道。我觉得恍惚，好像四周没有一样东西是真实的，隐约之中我认出这是迟发性休克的症状。

“不对，不对，是我的错……怎么会蠢到来这里，却没有好好留心周遭。还让你……不过，我没想到会这样。我本来想……对不起，刚刚还那样跟你做爱。才刚发生事情，就那样做爱……像动物一样。对不起，克莱尔……我不知道……我忍不住，可是……天哪，你身体好冷，褐发美人，你手好冰。过来，我来温暖你。”

我模糊地思考着，他也一样受到惊吓。很有趣，有的人因为惊吓而不停说话，有的人只是静静发抖，像我。我肩膀抵住他的嘴，让他安静下来。“没事了，没事了。”我一遍又一遍地说着。

突然一道阴影覆在我们上方，两人都跳了起来。杜格尔双手交叉，怒气冲冲地俯视我们。他礼貌地移开眼睛，让我穿好衣服，只对着詹米皱眉。

“瞧瞧你，小子，和老婆一起快活很好，可是丢下我们，在那边等你们一个多小时。还有，你们这样完全只注意彼此，连我走来都没发现，是会出事的，小子。为什么呢，因为别人可以从你身后靠近，一枪射穿你脑门儿，你都不知道……”

他停下长篇大论，疑惑地盯着我，看着我歇斯底里地在草地上打滚。詹米脸红得像甜菜根，带着杜格尔去白杨的另一侧，低声解释事发经过。我无法自制地不断又叫又笑，只好塞一块手帕到嘴里。心情突然松懈，加上杜格尔的话，使我想到詹米被抓住时的脸，而在我精神错乱的此刻，竟觉得特别滑稽。我又笑又叫，身体两侧都痛起来。最后，我坐起身，拿头巾擦擦眼睛，然后看见杜格尔和詹米站着看我，一模一样不置可否的表情。当詹米拉我起来，带我离开，一起回去和等候中的大伙会合时，我还是不时发出打嗝和喷气的声音。

除了很容易莫名其妙大笑不止以外，和逃兵相遇的这一段，好像没在我心中留下什么负面影响，只是让我变得不太敢离开营区。杜格尔跟我保证，土匪在高地的路上其实并不猖獗，原因就是这里没什么旅客好抢，但我发现只要林间有异声，我便会不安。若是进行捡柴打水之类的例行工作，则会赶紧回来，急切地要看见、听见麦肯锡家族的人。我还发现，他们夜里在我四周打呼噜的声音，是令我安心的一个新原因，至于在毯子下“办事”，我也把原本的羞耻全丢到一边了。

几天后，和霍罗克斯会面的日子来临了，但我还是有点害怕单独行动。

“我留在这里？不，我要跟你去。”我不敢置信地说。

“不行。”詹米耐心地又重复了一遍，“整队人马会继续和奈德前往拉格库依姆收租。杜格尔和其他几个人跟我去会面，以免霍罗克斯背信。不过，你不能被人看见出现在拉格库依姆附近的空地上，兰德尔的人可能在附近，如果他硬把你劫走，也不令人意外。至于和霍罗克斯会面，我完全不知道会发生什么。不行，你不能去。转弯的地方有小灌木丛，那里草很多，很隐秘，附近也有水源。你在那里会很好，可以躲到我来找你。”

“不，我要跟你走。”我顽固地说。出于某种骄傲，我不愿意对他坦承我很害怕离开他，但是我愿意告诉他，我害怕是因为担心他。

“你说不知道跟霍罗克斯见面会发生什么，所以我不想在这里整天胡思乱想你怎么了。”我继续争辩。“让我跟你去，我保证你们会面的时候我不会出现。我不想自己留在这里整天担心。”我这么劝着他。

他不耐烦地叹口气，不再跟我争辩。可是，当我们抵达灌木丛时，他弯身过来抓住我的缰绳，逼我离开道路骑进一旁的草丛。他滑下马，把两副缰绳固定在一棵灌木上，不理会我的大声嚷嚷，独自消失在树林间。我顽固地不肯下马。他不能逼我留下来，我想。

其他人都先走了，可是由于詹米还挂念着上回在荒林中发生的事，因此他要先彻底搜索这片林地。他有系统地在林间查看，拿树枝扫开长得太高的野草。最后终于回到路旁的这片草丛，解开两副缰绳，跳上他的马鞍。

“安全了。小心骑进灌木丛，克莱尔，把马和自己好好藏起来。事情一办完，我就回来找你。我不知道会多久，但肯定会在日落之前。”

“不，我要跟你去。”想到要闷在森林里，不知道外面发生了什么事，我就无法忍受。我宁可身处险境，也不愿留在这里，度过焦虑的时光，胡思乱想地等着，而且还是自己一人。

詹米忍下必须赶快离开的压力，伸手握住我的肩膀。“你不是答应听我的话吗？”他问，轻轻摇我。

“对，可是……”可是我一定要去。我正准备说出口，他已将我的马头转向灌木丛。

“真的非常危险，我不会让你去的，克莱尔。我会很忙，要是真有什么，我无法同时打斗和保护你。”看到我反抗的表情，他把手伸进鞍袋里摸索着。

“你找什么？”

“绳子。要是你不照我的话做，我就得把你绑在树上，一直到我回来。”

“你不能这么做！”

“可以，我会这么做的！”显然他是认真的。我勉强屈从，不情不愿地拉起缰绳。詹米低头在我颊上迅速轻吻一下，转身已经要走："自己小心，外乡人。短剑在吗？很好。我会尽快回来。噢，还有——"

"什么？"我不高兴地说。

"在我回来之前，要是你离开灌木丛的话，我会用剑带抽你屁股。你不会愿意一路走去巴格伦南的。"他说，轻轻捏我脸颊，"记住，我说到做到。"他的确如此。我慢慢骑进树林，回头看他策马离开，压低身体靠着马鞍，和马成为一体，彩格披肩在身后飞扬。

树下很凉。一进到树荫下，我和马儿双双放松地吐了一口气。这天是苏格兰难得一见的热天，阳光四射，天空被晒得像褪色的棉布，清晨的山岚在八点钟前就已散去。灌木丛里鸟鸣嘈杂，一群山雀在左边的橡树丛中觅食，附近还有我本来以为是发自褐嘲鸫的声音。

一直以来我都是热爱赏鸟的业余人士。要是我必须困在这里，才能让我那傲慢跋扈顽固愚蠢的丈夫顺利去冒掉脑袋的危险，那我会趁这个机会，看看有什么鸟可观赏。

我牵着那匹阉马慢慢走着，接着放它去吃灌木丛边茂盛的青草，我知道它不会跑远。野草在离树丛几英尺的地方突然停止生长，空间被逐渐侵入的石楠占去。

那是一片混杂着松柏和橡树苗的林间空地，是个完美的赏鸟地点。我在其中晃荡，心里还有点生詹米的气，但已渐渐冷静下来，听着捕蝇草独特的"吱"声和槲鸫刺耳的鸣叫。

这块空地到了遥远的另一边突然消失，碰上一个小悬崖的边缘。我穿过树苗，啁啾鸟声被淙淙水声淹没。我站在小溪边缘，那是一处陡峭的岩谷，瀑布冲下交错的峭壁，在下方的水池里溅出褐色和银色的水花。我坐在岸边垂着双脚，享受阳光晒在脸上。

一只乌鸦从头上倏地冲过，后面紧紧追着一对红尾鸲。乌鸦那庞大的黑色身躯在空中蜿蜒前行，想要甩开那两只小小的俯冲攻击机。我笑了，看着那对愤怒的小夫妻来来回回追赶乌鸦，心里想着，乌鸦要是没被追赶的话，是否就真的能直线飞行。如果可以的话，它要是保持直线飞行，就会直接飞向……

我停下思绪，呆住。

我太专心和詹米争论了，直到现在我才明白，过去两个月来我一直努力寻求而不可得的机会终于来了。我现在一个人，而且知道自己在哪儿。

我朝小溪望去，早晨的阳光照在对岸的红色腊树上，亮得我睁不开眼。所以那边是东方。我的心跳开始加速。东方在那里，拉格库依姆就在我正后方。拉格库依姆在威廉要塞北方四英里处，而威廉要塞就在纳敦巨岩山坡正西方不到三英里处。

所以，自从遇到默塔之后，这是我第一次大概知道自己的位置——距离那个该死的山丘和可恨的巨石圈，只有不到七英里。只要七英里，可能，就可以回家，可以见到弗兰克了。

我开始走回灌木丛，但又改变了主意。我不敢走那条路。离威廉要塞和周围几个小村庄这么近，很可能会遇上别人。而我也无法牵马涉过这条陡峭的小溪。事实上，我怀疑这条溪是否真能步行涉过。几面岩壁十分险峭，陡直垂入溪流的水花之中，除了零散的石头从奔流的溪水中凸出，没有落脚之地。

可是，这是目前通往我要去方向的最短的路。我不敢绕太远，因为很可能会在野地中迷路，或者在詹米和杜格尔回来后被迎头赶上。

想到詹米时，我心中突然一紧。天哪，我要怎么做？没有一句话、一个解释或一声道歉，就离他而去？在他为我做了这么多之后，消失得无影无踪？

想到这里，我终于决定把马留下。至少他会认为，离开他非我所愿。他可能会以为我被野兽吃掉了——我摸了一下口袋里的匕首——或者被亡命之徒绑走了。他找不到我，最后就会忘了我，然后再娶别人。可能会回理士城堡，娶那位年轻貌美的莱里。

很奇怪，我发现自己想到詹米和莱里同床共枕，跟我想到要离开他，感觉一样烦躁。我咒骂自己愚蠢，但我忍不住想象她那甜美圆润的脸蛋，因为渴望激情而泛着红润，他的大手则陷入那如同月光般美丽的秀发里……

我松开紧咬的牙，坚决地抹掉脸上的泪水。我没时间和体力想这些没有意义的事了。我一定要走，而且就是现在，趁我还能走的时候。这可能就是我最好的机会。我希望詹米会忘掉我。我知道我永远没有办法忘掉他。可是现在，我必须不再想他，否则我无法专心进行眼前的事，而这件事可难了。

我小心翼翼地选择要从哪里爬下这陡峭的溪岸。奔流的水声盖过灌木丛上方的鸟鸣。很难，但至少水边还有空间可走。溪岸相当泥泞，而且石头遍布，但还走得过去。再往下，我看真的得走进水里了，我可以摇摇晃晃从一颗石头踩上另一颗，在水流上方保持平衡，一直这样走到溪岸够宽的地方，然后回到岸上。

我艰难地一边挑着前进的道路，一边估算可能剩余的时间。詹米只说他们会在日落前回来。这里离拉格库依姆有三四英里，但我对前面的路一无所知，也不知道和霍罗克斯见面的事会处理多久，要是他真的去见了面的话。不过他会去的，我和自己争辩。休·门罗这样说过，他的荒诞身形虽然古怪，但詹米显然认为他是可靠的消息来源。

我的脚在溪中第一颗石头上滑了一下，接着落入冰冷的水中，水淹到膝盖，湿透裙子。我退到岸边，尽力拉高裙摆塞好，并脱掉鞋袜。我把鞋袜放进裙摆塞起所形成的口袋中，再度踩上石头。

我发现用脚趾抓住石面便可以成功踩过而不滑跤。不过成团的裙摆，让我看不清该从哪里落脚，好几次都差点掉入水中。我的腿受寒了，随着脚掌逐渐冻僵，抓住石面也就越来越难。

还好溪岸再度变宽，我感激地踏上岸，踩进温暖湿黏的泥地中。我时而较舒服地踩过树枝，时而在冰寒的急流间跃过石头。我放心地发现自己太忙碌了，没有太多空闲想到詹米。

过了一会儿，我想出一套标准步骤。踩，抓，顿，张望，找下一步；踩，抓，顿……这样一直继续下去。一定是因为不自量力，或纯粹因为累了，我踩了个空。我的脚无助地滑向布满烂泥的石头旁，手臂胡乱挥舞着，努力回到刚刚站立的石头，但重心已经太偏，整个人连同裙子、衬裙、匕首，一起掉落水里。

我就这样持续向下掉落。虽然溪水整体而言只有一两英尺深，但其间交错着几个较深的水池，那是水流冲刷之下在石面挖出的深深凹槽。我一脚踩空之处，就在其中一个深池边上，所以当我跌进水里时，便像石头一样沉了下去。

冰冷的溪水灌入我的鼻子和嘴巴，我受到惊吓，竟没叫出声来。银色泡沫从长裙的上衣中窜出，冲过面前浮出水面。棉质衣料几乎立刻湿透，我被冻得无力呼吸。

我立即奋力浮上水面，可是衣服的重量却一直把我往下拉。我狂乱拉开上衣系带，但要在溺死之前脱掉所有衣物是不可能的。我暗暗连续咒骂刻薄难听的词汇，批评裁缝师、女人的时尚和愚蠢的长裙，同时激动地踢着双脚，想挣脱裙摆的纠缠。

水很清澈。我的手指刷过石面，滑过青萍和藻类漂荡的黑滑叶片。像水草一样湿，詹米这样说过我的……

这个念头把我从慌张中震醒。我突然想到，可以不必一直踢腿把自己累个半死。水池不可能深过八九英尺，我该做的是放轻松，沉到水底，脚底有支撑后再向上反弹。幸运的话，我的头可以探出水面吸一口气。即便又下沉，也可以继续从水底反弹上来，一直到我成功靠近水池边缘并稳稳抓住一块石头为止。

下沉的速度出奇地慢。因为我已经不向上挣扎，裙子漂了起来，在四周翻腾，盖到脸上。我拍开裙摆，脸可不能被盖住。等脚碰到滑溜的池底时，肺已经快要撑破，眼睛后面也出现了黑点。我微微弯曲双膝，把裙子压下来包着身体，接着用尽全力向上冲。

成功了，但是只有一下子。这一跃，我的脸探出了水面，但只够深吸一口气救急，水又淹没了我。但这就够了，我知道可以再做一次。我双臂紧贴，让自己形成一道流线，以便加速下沉。再来一次，比彻姆，我心中想着。屈膝，准备，跳！

我向上射出，双臂伸到头顶。上次冲破水面时，我看到头顶有一道红光——一定是一棵垂在水面的山梨，或许我可以抓住一根树枝。

当我的脸探出水面时，伸出去的手被抓住了。那东西又暖又硬，坚实得令人安心。那是一只手。

我边咳嗽边吐水，另一只手则盲目乱抓。能够获救我高兴万分，根本无暇难过自己的逃跑计划因此中断。我很高兴，直到我拨开眼前的头发，看见年轻下士霍金斯那属于兰开夏郡人的结实不安的脸。

第二十一章　接踵而至的艰难时刻

我从袖子上优雅地取下一条湿漉漉的水草，放在吸墨纸正中央。看到墨水瓶在一旁，便拿起水草沾了沾墨水，然后在厚厚的吸墨纸上画出有趣的图案。我完全沉醉其中，最后以一个粗俗的字完成这幅杰作，仔细撒上沙子把墨吸干，才把纸塞入格架柜中。

我后退欣赏我的成果，接着四处张望，寻找其他消遣好让我忘记兰德尔队长即将到来。

以一个队长的私人办公室来说，这里不算太差。我边想边瞧着墙上的画，银色的书桌配件，还有地上厚厚的地毯。我移回地毯上，好把更多的水滴在上面。在骑马前往威廉要塞的路上，外衣已干得差不多了，不过内层衬裙还是全湿的。

我打开书桌后面的一个小橱柜，发现兰德尔的一顶假发整齐地放在两具锻铁架中的一个之上，此外还有相称的银背镜座，一把军用梳子，以及一把玳瑁扁梳，这些东西有条不紊地摆在假发架前。我把假发架拿到书桌上，轻轻撒上撒沙器里剩下的沙子，然后放回橱柜。

兰德尔队长进来的时候，我正坐在书桌后方，拿着扁梳揽镜自照。他一进门，就见到衣冠不整的我、翻得乱七八糟的橱柜，以及惨遭毁损的吸墨纸。

他眼睛眨也没眨，便拉过一张椅子在我对面坐下，懒懒地跷起穿了靴子的脚。一条短马鞭挂在优美高贵的手上，我看着黑红线交织而成的鞭头来回缓缓拂过地毯。

他见我的视线跟着鞭子扫动，便说："这个点子的确挺吸引人的，但只要再给我一点时间，我大概可以想出更好的法子。"

"我想也是。可是你并未获得拷打女人的许可，是吧？"我挑开眼前厚厚一束头发说。

"在某些特定情况下可以，而你的情况还不符合。何况，鞭刑有点太公开，我想过我们应该先私下好好认识一下。"他彬彬有礼地答道，并伸手从身后的餐柜里拿了瓶酒。

我们静静啜饮红酒，边喝边盯着彼此。

"我忘了祝你新婚愉快，请原谅我的失礼。"他突然说。

"没关系，我相信我夫家会很感激你对我的热情款待。"我优雅地说。

"噢，这点我很怀疑。所以，我想我不会告诉他们你在这里。"他露出迷人的微笑。

"你怎么会以为他们不知道呢？"我决定虚张声势一下，但话一说完就觉得心虚。我迅速看了一眼窗户，因为方位不对看不到太阳，不过光线有点昏黄，下午大概过一半了？詹米要多久才会找到我丢下的马？找到马后，又要多久才会跟着我的足迹走进溪里——然后立刻失去线索？不留痕迹地消失的确有其缺点。事实上，除非兰德尔把我的下落告诉杜格尔，否则那些苏格兰人绝对没有办法知道我身在何处。

兰德尔弯起一边形状优雅的眉毛说："他们要是知道，早就来拜访我了。根据杜格尔·麦肯锡在我们上次会面时用在我身上的字眼儿，我不认为他会觉得我适合陪伴他族中的女性。看来麦肯锡家族认为你很有价值，宁愿把你接纳为一分子，也不愿让你落入我手中。很难想象他们会任凭你在此受苦。"

他不以为然地打量着我，衣服浸水，头发凌乱，整个人狼狈万分，一切细节尽收他眼底。

"要是我知道他们为何要你就好了。不过，倘若你对他们来说如此珍贵，他们怎会让你独自在野外游荡？我认为野蛮人都比他们会照顾自己的女人。”说到这里，他突然眼底一闪。“或者你决定要离开他们？”他向后靠坐，新的臆测使他好奇起来，“难不成新婚之夜比你预期的还糟？我得说，听见你宁可和那些毛茸茸的半裸野人上床，也不愿与我做进一步的讨论，我有点生气。这表示你真的非常尽忠职守，夫人，而我必须恭喜那个雇用你的人，竟能让你做到这种程度。”他继续向后靠，酒杯平放在膝盖上，“可是，我恐怕还是得问出你雇主的名字。如果你的确是要离开麦肯锡家族，那么最合理的推测，就是你是法国间谍。但又是谁派来的？”

他专注地凝视我，就像蛇要把鸟迷住一样。不过，我已喝了不少红酒，酒精填补了心中的部分心虚，所以回瞪着他。

“噢，我该跟你对话吗？我想你自己讲得很好，请继续。”我刻意表现出有礼貌的样子。

他嘴唇优雅的弧线一紧，嘴角的纹路也陷得更深，但他什么话也没说。他把眼镜搁置一旁，起身，拿掉假发，走向橱柜，把假发安放在空的假发架上。他看见另一顶假发上的深色沙砾后，顿了一下，不过表情看不出显著的变化。他拿下假发后，露出一头深色的头发，浓密、滑顺，闪闪发亮，看起来熟悉到十分恼人，差别只在于这是及肩长发，并以蓝色缎带绑在后头。他拉开缎带，从书桌上拿起扁梳，梳开被假发压扁的头发，再重新绑好。我好心帮他举起镜子，好让他看看成果。他用夸张的动作拿过镜子，放回原位，然后以几近摔门的力道关上橱门。

我无法判断他为什么这么晚才发作，是希望让我不安——如果是的话，的确产生效果了，或者只是因为他不知道接下来要做什么。

此时一个勤务兵走了进来，手上拿着装着茶具的托盘，稍稍缓和了紧张的气氛。兰德尔还是没说话，倒了一杯茶给我。我们再度相对啜饮。

最后我说：“别告诉我……嗯，让我猜一下。这是你新发明的拷问法：虐待膀胱。你不断给我喝东西，逼我把事情全盘托出之后，才能换到五分钟的膀胱解放时间。”

我这样一猜，他竟笑了出来。大笑使他的面容变化不少，于是我很快就了解到，为何书桌左下角的抽屉里有那么多女性化字迹的香水信封。他既然不小心笑了，索性开怀大笑。笑完以后，他又盯着我，嘴角还是微微挂着笑意。“不管你是什么人，夫人，至少你很有趣。”他边说边拉了一下门边的铃，召来勤务兵，指示他带我去使用必要的设施。他帮我开门，嘲弄地鞠了个躬，然后补充说：“不过要小心，别半路让她跑了，汤普森。”

我虚弱地倚着厕所的门。没有他在旁边，整个人放松不少，只可惜不能太久。其实，从我听说过的事迹，再加上个人经验，足以让我判断出兰德尔的真实性格。可恨的是，在某些瞬间，弗兰克的身影会重叠在他那美丽而残酷的外表上。逗他笑真是错了，我心里想。

我坐下来，不去理会那股恶臭，专心思考眼前的问题。逃跑看来不太可能。汤普森在旁边戒备着，兰德尔的办公室又位于建筑物的中央。虽然城堡不过是石头砌成的围栏，这堵墙却有十英尺高，城门也有内外两道，且守备森严。

我想过假借身体不舒服，一直躲在厕所里，但很快就放弃了。原因不只是这里环境太差，重点是采用拖延战术意义根本不大。除非拖延可以带来什么效益，但事实并非如此。没人知道我在这里，兰德尔也没打算告诉任何人。我在他手上，他高兴玩多久就玩多久。我再度后悔逗他笑了，因为有幽默感的虐待狂尤其危险。

我疯狂思考着，想从我对他所知的事情当中找出一些有用的信息。我隐约想起一个名字。我只是隐约有点印象，而且对他所知不多，但我希望那方向是对的。这张牌小得可怜，却是我手上唯一的牌。我深吸一口气，匆匆再解决一次，然后走出庇护所。

回到兰德尔的办公室后，我把糖加入茶里，然后小心搅拌，接着又加奶精，尽可能拉长这些仪式的时间，最后还是不得不看向兰德尔。他用最舒服的姿势向后靠坐，茶杯优雅地悬在空中，可以清楚地看着我。

“怎么了？你不必担心会坏了我的胃口，因为我根本没胃口。你到底想对我做什么？”我说。

他微笑着，小心翼翼地啜了一口热茶才回答：“什么都不做。”

“真的吗？想不出新把戏了吗？”我惊讶地抬起眉毛。

“我不在乎你这样想。”他的口气跟平常一样礼貌，但目光又在我身上游走一遍，一点都不礼貌。

“不。”他说，目光停留在我的上衣领口边缘。我把头巾塞在那里，使乳房上半缘露了出来。“你非常需要上点礼节课，我虽然很愿意教你，但恐怕不知何时才能办到了。我下次发送邮件时，会送你去爱丁堡。就算你抵达时身上带着明显的损伤，我也不在意，而我的长官只会以为是我太粗心。”

“爱丁堡？”我无法掩饰惊讶。

“对。我想你应该听说过托博瑟吧？”

我听说过。那是当时最恶名昭彰的监狱，因为脏乱、犯罪、疾病和黑暗而远近驰名。很多关在那里的囚犯，等不到审判就死了。我艰难地咽咽口水，硬是压下喉咙后方冒上来的苦涩胆汁，混着甜茶吞下。

兰德尔啜着他的茶，神情颇为享受。“你在那里应该会觉得很舒适。毕竟，你好像喜欢潮湿脏乱的环境。”他对我从裙子下摆露出的湿答答衬裙投以嫌弃的眼神，“既然你去过理士城堡，应该会觉得托博瑟就像家一样舒适。”

托博瑟的膳食可以和科拉姆那里的一样好，这点我挺怀疑的。而且，姑且不论托博瑟问题重重的整体设施，我不能——绝对不能——让他送我去爱丁堡。一旦被监禁在托博瑟，我就永远回不去巨石阵了。

该我出牌了，错过就没机会，我举起杯子。“你高兴就好。你觉得桑德林汉姆公爵对这事会有什么看法？”我冷静地说。

他手上的热茶翻了，泼洒到仿鹿皮的裤子上，发出令人愉悦的声音。

“啧！”我表示责备。

他镇定下来，怒视着我。茶杯倒在一旁，褐色液体染上浅绿色的地毯，但他没去拉铃扣。脖子侧边一条小肌肉抽了一下。

我在书桌左上角的抽屉里找到一叠浆过的手帕，旁边还有一个珐琅制的鼻烟盒。我拿出一条手帕递给他，亲切地说：“希望不会留下污渍。”

他没接过手帕，直直盯着我：“不，不可能。”

“为何不可能？”我刻意表现淡然，心里想着是哪件事不可能。

“应该会有人提前告诉我。而且如果你是替桑德林汉姆工作，为何会有这么可恨的荒谬行径？”

“也许公爵要测试你的忠诚吧。”我随便推测，并准备好在必要的时刻立即跳开。他的拳头在身侧握紧，刚放手的短马鞭就搁在一旁，随手可以拿到。

他对这个推测哼了一声：“你在测试我有多好骗，或者我有多容易被激怒。不管原因为何，夫人，你的做法都太低劣。”他眯起眼睛审视我，而我也准备冲刺了。

他扑了过来，我往一旁急冲，并抓住茶壶丢向他。他闪开了，茶壶打到门上，摔了个粉碎。刚才那个勤务兵应该是一直留守在门外的，他探头进来，表情颇为惊讶。

兰德尔喘着气，不耐烦地挥挥手要他进房。“抓住她。”他越过书桌，粗声粗气地下达指令。我开始深呼吸，一方面想冷静下来，一方面又知道一时之间大概冷静不下来。

不过他没打我，只是拉开右下角那个我还没来得及检查的抽屉，拉出一条长长的细绳。

“什么人会在书桌里藏着绳子？”我愤怒地问。

“准备好的人，夫人。”他缓慢说道，并把我的手腕牢牢固定在身后。

“去。不管听到什么声音，都不要进来。”他对勤务兵不耐烦地说，头朝门撇了撇。

这话听起来特别恐怖。而当他又把手伸进抽屉，我的预感果然得到了证实。

刀子很能令人惊慌失措，就算是不怕近身肉搏的人，看到白晃晃的刀刃也会瑟缩。我向后退，退到被缚的双手撞上刷白的墙面。邪恶发亮的刀尖下移，抵在我双乳之间。

他和蔼地说："现在，告诉我你对桑德林汉姆公爵所知的一切。"刀尖用力压了一下，我的衣料向下凹陷。"亲爱的，要说多久随你高兴，反正我不急。"轻轻啪的一声！刀尖刺穿衣料。我感到细小的刀尖正抵着我的心脏，刀身冰冷，让人恐惧入骨。

兰德尔将刀子贴紧我的胸部慢慢绕了半圈，最终停留在我乳房下方。布衣松了开来，连同白色连身内衣一起落到腰间，我的双乳随之弹出。兰德尔一直屏着一口气，现在缓缓吐了出来，眼睛紧盯着我的眼睛。

我微微挨向一旁，但可以躲的空间不多。最后我背抵书桌，被缚的手紧抓桌缘。要是他靠得够近，我想，或许可以双手撑着桌面向后摆，踢开他手里的刀。我想他不会杀我，在问出我对他和公爵的关系知道多少之前，绝对不会。不过这个结论没起什么安慰作用。

他微微笑着，恼人的是，这笑容和弗兰克相像到让人束手无策。我亲眼见过那个美丽笑容如何迷倒学生，又是如何使最顽固的大学行政人员态度软化。或许在其他场合中，我会觉得这个男人很迷人，可是以眼前这种情况来说……一点也不。

他的身子快速向我逼近，膝盖猛然插入我的两腿之间，并把我肩膀向后推。我失去平衡，向后重重撞上桌子，被缚的双手被狠狠压上桌面，我大叫出声。他压在我两腿之间，一手摸索着拉开裙子，另一只手则紧抓着我袒露的乳房，又揉又捏。我疯狂踢着，但裙子绊住我的脚。他抓住我一只脚并高高举起，把潮湿的衬裙、裙子和连身内衣往上推到我的腰间。他的手伸向自己的裤子。

跟逃兵阿里如出一辙，我愤怒地想。英国士兵都是什么德行？可真是光荣的传统，一群混账东西。

身陷英国堡垒，尖叫不太可能引来帮助，但我还是吸饱气试了一下，算是形式上的抗议。我以为会因此被赏耳光或被命令闭嘴，但并没有。出乎意料的是，他看起来很喜欢。

“继续叫吧，小甜心，你越叫我越兴奋。”他喃喃说着，忙着拉开裤头。

我直直看着他的眼睛，大骂“滚开”，意思非常清楚，但表达得不是很熟练。

他的一束头发松开，落在前额，呈现略微放荡的凌乱。他看起来很像他的六世孙，我因此有股可怕的冲动，想要张开双腿回应他。但当他粗鲁地扭揉我的乳房，那股冲动便立刻消失。我感到万分愤怒、恶心、屈辱又厌恶，但很奇怪，我并不觉得害怕。我感到大腿承受着猛烈的撞击，而突然间我明白了。他不打算进去，除非我尖叫出声——而且即便我叫出声，他也可能不进去。

“哦，你喜欢这样？”我说，脸上立刻被狠狠扇了一个耳光。我冷冷闭上嘴，头转向一边，以免忍不住说出更多不理智的话。我明白，不管会不会遭到强奸，他阴晴不定的脾气都非常危险。我把视线从他身上移开，发现窗边突然闪过一道阴影。

“劳驾，”一个冷静沉着的声音说道，“不要碰我妻子。”兰德尔身体一僵，一只手还放在我胸部。詹米蹲伏在窗框上，一把黄铜柄的巨型手枪撑在前臂。

兰德尔愣了片刻，似乎无法相信自己的耳朵。他把头慢慢转向窗户，右手则放开我的胸部，以詹米看不到的角度偷偷滑向桌上的刀子，就在我的头部旁边。

“你刚刚说什么？”他以难以置信的语气说，握紧刀子后，转头看清了说话的人。他再度停顿一会儿，瞧着对方，接着大笑：“谢谢老天，是你这只苏格兰小野猫！我还以为已经把你解决了！背伤终于好了，是吗？你刚刚说，这位是你妻子？嗯，是个可人的乡下小姑娘，跟你姐姐真像。”

兰德尔转过一半的身体依然遮着刀，接着手一转，刀刃指着我的喉咙。我可以越过兰德尔的肩膀看到詹米，他蹲在窗台上，像一只准备跃起的猫。枪管没动，他的表情也没有变化。唯一泄露他情绪的，是爬上他喉间的暗红色伤疤。他领子没扣，脖子上那道小疤燃烧得特别醒目。

兰德尔以看似十分随意的姿态，缓缓举起刀子让詹米看到，刀尖几乎抵住我的喉咙。他微微转过身来面对詹米："或许你最好把那把手枪丢过来，除非你已经对婚姻生活厌烦了。当然，要是你想当鳏夫，那就……"他们两人的目光如情人般紧紧交缠，动也不动地盯着彼此。最后，詹米准备跃起而绷紧的身体一松，吐出一声顺从的长叹，把手枪丢进房内。枪身落到地面，发出当啷一声，几乎滑到兰德尔脚边。

兰德尔以迅雷不及掩耳的速度弯身抄起手枪。刀子一远离我的喉咙，我便试着坐起身，但他一手放在我胸前，把我又推回去。他一手把我压低，另一只手拿着枪对着詹米。丢到地板上的刀子就在我的脚附近。我想，要是我的脚趾能像猴子一样抓物就好了……我口袋里的短刀也像远在天边一样够不着。

兰德尔脸上的笑容从詹米出现后就没有消失。他的笑容现在更大了，大到突出的犬齿都露了出来。"嗯，这样更好。"他松开压住我胸膛的手，回去探了探大大鼓起的裤头，"你到的时候我正忙着，小兄弟。请原谅我，我得继续忙完，才能招呼你。"

詹米的脸涨红，但站着没动，手枪正指向他的身体中央。兰德尔的手一忙完，詹米就跳到枪口前面。我想尖叫阻止他，但嘴巴因过于恐惧而干涩。兰德尔扣下扳机的指节是发白的。

当击锤敲上空空如也的膛室，詹米的拳头也挥向兰德尔的腹部。他的手挥过兰德尔的鼻子时，发出一阵沉闷的碎裂声，一道鲜血溅到我裙子上。兰德尔的眼睛往上一翻，然后石头一般倒在地上。

詹米到我身后，拉我起来，割开缠住我手腕的绳子。

"你就这样拿着一把空枪摇摇摆摆走进来？"我歇斯底里地哑着声音说。

"如果是上膛的，我一开始就会射他，不是吗？"詹米细声说。

走廊外有朝办公室走来的脚步声。绳子松开后，詹米拉我到窗户边。这里离地面有八英尺高，但脚步声已经快到门口。我们一起纵身跃下。

落地时，我的骨头都快震碎了，全身包在裙子和衬裙中滚了好几圈。詹米拉着我站起，扶我抵住墙面站着。有脚步声从建筑物的转角传来，出现六个士兵，但他们没往我们这里看。

确定他们离开之后，詹米拉着我的手，指向另一个转角。我们贴着墙面前进，在接近转角处停下来。我知道我们在哪里了。前方大约二十英尺处，一架梯子向上连接着一条通向堡垒外墙内部的小道。他的下巴朝那边指了指，那就是我们的目标。

他把头靠向我，低声说："听到爆炸声后，就死命往前跑，爬上梯子。我会跟在你后面。"

我点头表示明白，心跳得像敲鼓。我向下看，那只乳房仍露在外头，但目前也做不了什么。我拉起裙摆，准备奔跑。

建筑物的另一头发出巨大的轰隆声，像迫击炮的声音。詹米向我用力一推，我便开始狂奔，以最快的速度冲刺。我跳上梯子，抓住向上爬。詹米在我后头跳上梯子时，我感觉木梯猛烈摇晃了一下。

我在梯顶转头，堡垒的景观一览无遗。黑烟从后墙旁边的一个小型建筑里翻涌而出，所有人都从各个方向往那里跑去。

詹米跳上来站在我旁边："往这边走。"他蹲低身体沿着通道跑，我跟着他。我们在墙上的旗杆座附近停下。旗子在我们头顶大力飘动，绳索有节奏地敲着柱子。詹米从墙上向外望，像在搜寻什么东西。

我往后望向营区。好多人齐聚在那栋小型建筑旁，又忙又叫。而在另一头，我看见一个三四英尺高的木制平台，还有可以攀登而上的阶梯。一根沉重的木头直立在中间，上面有一根形成十字的横杆，两端还悬着绳索。

突然间詹米吹了声口哨，只见墙外鲁珀特骑着马，带着詹米的马前来。他抬头寻找口哨声的来源，然后引导那匹马在我们下方的墙脚停下。

詹米割断旗杆上的绳索。深红和蓝色交错的旗帜滑落而下，在我旁边重重落地。詹米利落地把绳索一端绑在支柱上，然后把剩下的部分抛出墙外。

他说："来吧！双手握紧，双脚撑好墙面！走！"我照做，双脚撑着墙，双手放开绳子。细绳滑过，我感觉掌心灼痛。我在马的旁边落地，迅速爬上马背。不一会儿，詹米跳上马鞍坐在我身后，我们疾驰而去。

离开营区一两英里后，看来后方没有追兵，我们便慢了下来。大伙儿短暂讨论过后，杜格尔认为我们最好前往麦金托什领地的边界，那里是安全的宗族领地中最近的一个。

"今晚就可以骑到杜恩斯比利，那里应该足够安全。明天就会有追缉我们的消息传出，但那时我们已经越过边界了。"当时下午已经过了一半，大伙儿以稳定的速度前进。我跟詹米的马因为载了两个人，稍微落后于其他人。至于我的马，我猜，还在灌木丛里愉快地吃着草，等着被幸运找到它的人带回家去。

* * *

"你是怎么找到我的？"我问。我因反应过度而开始发抖，于是交叠双臂好让自己别再发抖。我的衣服已全干，但是我还是感到一阵渗入骨髓的寒气。

"我细想之后觉得把你一人丢在那里并不妥当，便派了一个人回去陪你。他没看见你离开，但看到了涉过浅滩的英国士兵，还带着你。"詹米语气很冰冷，我想这不能怪他。

我的牙齿开始打战："我很惊……惊讶，你没有因此认为我是英国间谍，而把我留……留在兰德尔那里。"

"杜格尔想这么做，但是看到你被带走的人说你一直在挣扎。至少，我得去看看。”他低头看我，表情没什么变化，“你运气很好，外乡人，我看到了房里发生的事。至少杜格尔得承认，你和英国人不是同一阵线的。”

“杜格尔，哦？那你呢？你怎……怎么认为？”

他没回答，只是短短哼了一声。最后他终于对我产生一点同情，拉下彩格披肩盖在我肩上，但他不抱我，也不肯碰我。他严肃而沉默地骑着马，焦躁愤怒地执着缰绳，跟平常优雅流畅的模样判若两人。

我自己也烦扰不安，没有心情忍受他的情绪。“所以，现在你想怎么样？你有什么不满？”我不耐烦地问，“拜托，别生闷气！”我的声音比自己想象的还尖锐，而我感到他的身体更僵硬了。突然他把马头掉往一旁，策马骑向路边。我还没反应过来，他就下了马，并把我从马鞍上拉下。我笨拙地落地，踉跄了好几步才稳住身体。

杜格尔和其他人也跟着停了下来，詹米比出一个迅速利落的手势，要他们继续前进。杜格尔挥手表示信息收到，大声说：“别耽搁太久。”然后他们继续前进。

等他们全部离开，听不到声音了，詹米才把我扯过去面对他。他显然在盛怒之中，濒临爆发边缘。我感到自己的怒气也在上升，他有什么资格这样对我？

“别生闷气？你说我生闷气？我已经很努力地控制自己，才没把你摇到骨头散架，结果你叫我不要生闷气！”他说。

“你到底有什么不满啊？”我生气地问，试图挣脱他的手，但他的指头像捕兽夹的利齿，深深掐入我的上臂。

“我有什么不满？既然你那么想知道，我就告诉你我有什么不满！”他咬牙切齿，“我受够了必须一遍又一遍证明你不是英国间谍，也受够了必须一直看着你，以免你又做出什么蠢事。我更受够了被迫看别人强暴你！我一点都不喜欢！”

“那你觉得我喜欢吗？所以你认为这都是我的错？！”我大吼。

这一次，他真的开始摇晃我的身体了：“这就是你的错！要是你早上好好待在原地，根本就不会发生这种事！但是，没有，你没听我的话！我只不过是你的丈夫，你何必理我？你他妈的爱怎样就怎样，接下来我知道的事，就是你裙子撩起来平躺着，然后世上最烂的人渣在你胯下，差点儿就在我眼前强暴你！”他通常只有些微的苏格兰腔，现在却变得越来越明显。我不需要更多线索，就知道他已经气炸了。

我们几乎鼻子对鼻子，朝彼此的脸大吼大叫。詹米气得满脸通红，我也感到热血冲上脑门儿：“是你自己的错，你不断忽视我、怀疑我！我告诉过你我是谁！也说过跟你去不会有危险，但你听我的话了吗？没有！我只是个女人，何必费神管我说了什么？女人就是人家说什么就做什么，服从命令，双手交叠双腿并拢乖乖坐好，等着男人回来告诉她该做什么！”

他无法自制，再度摇晃着我：“要是你照着做，我们现在就不必逃跑，也不会有上百个英国兵追着！天啊，你这女人，我不知道应该勒死你，还是把你丢到地上敲昏。但是，可恶，我就想对你做一件事。”

我用力踢向他的胯下，他躲开，并把膝盖塞进我两腿之间，成功阻止了我的后续攻击。

“你再试一次，我就甩你耳光，打到你脑袋发昏！”他咆哮道。

“你这个残忍的浑蛋！”我喘着气，努力挣脱紧握住我肩膀的手，“你以为我是故意跑出去给英国人抓走的吗？”

“我的确觉得你是故意的，为的是报复在林中空地发生的事！”

我惊讶得大张着嘴。

“林中空地的事？你是说那两个英国逃兵？”

“没错。你认为我应该保护你，你是对的。但我没有办法，结果你必须自己出手，所以现在你想让我付出代价，故意让自己，我的妻子，掉入我最痛恨的人的手里！”

“你的妻子！你的妻子！你一点也不关心我！我只是你的财产。我之所以重要，是因为你认为我属于你，而你无法忍受有人拿走属于你的东西！”

“你是属于我没错！”他咆哮着，手指如钉子般陷入我的肩膀，“你就是我的妻子，不管你喜不喜欢！”

“我不喜欢！我一点也不喜欢！但那也不重要，是吗？只要我替你暖床就好了，你才不在乎我的想法或我的感受！妻子对你的意义就是——只要你愿意，随时可以把老二插进去！”

听到这句话，他的脸一片死白，猛烈摇晃着我。我的头剧烈晃动，牙齿撞在一起，咬到舌头，很痛。

我大叫：“放开我！放开，你这个……发春的浑蛋！”我故意用逃兵阿里的字眼，想要让他受伤。他真的放开手，并向后退了一步，眼中燃着怒火。

“贱女人！你的嘴真脏，不准跟我说这种话！”

“我爱说什么就说什么，你管不着！”

“我是管不着！你就爱一意孤行，就算伤到他人也在所不惜，是吗？你这自私、任性的……”

“是你该死的自尊心受伤罢了！”我大叫，“我在林中空地救了我们两个，而你无法接受，是吗？你只能站在那里！要不是我手中有刀，我们早就死了！”

在我说这些话之前，我完全不觉得自己是因为他没有保护我而生气。在理智的情况下，我根本不会想到这些。我会说，那不是他的错；我会说，我只是很幸运，刚好手上有一把刀。但是现在我才发现，不管公不公平、理不理性，我确实有点觉得保护我是他的责任，但是他没做到。或许他也清楚地觉察到了这一点。

他站着怒视我，激动地喘着气。当他再度开口的时候，声音很低，而且因为盛怒而有点粗哑。

“你看到要塞庭院里的那根柱子了吧？”我简短点一下头。

“我曾被绑在那根柱子上，像动物一样被绑着，被鞭子抽到流血！我至死身上都会留着那些疤痕。今天下午我他妈的要不是走运，叫我再经历一次那种凌虐，都还是小事。他们可能会狠狠鞭打我，然后把我活活吊死。”他艰难地咽下口水，继续说道。

“即便如此，我还是毫不迟疑地冲进去找你，即便知道杜格尔有可能是对的！你知道我是从哪里拿到那把枪的吗？”我麻木地摇头，怒气开始消退。“我杀了墙边的一个守卫。他朝我开了一枪，所以里面是空的。他射偏了，我用短刀杀了他。听到你尖叫的时候，我刚丢下插进他肋骨里的短刀。克莱尔，即便要杀十个人才能找到你，我也会去做。”他声音嘶哑地说着。

“当你尖叫的时候，我跑去找你，什么武器都没有，除了一把空枪和两只手。”他现在稍微冷静点了，但眼里仍充满痛苦和愤怒。我没说话。遇到兰德尔的恐惧令我不安，我竟完全没有感激他义无反顾地来找我。

他突然把头转开，垂下肩膀。

“你说对了，”他轻轻说，“是的，你说得没错。”突然间，他语气中的愤怒消失，换成一种我从未听过的语调，即使在他身体受伤、极度疼痛时也没听到过。

“我的自尊心受伤了。而我的自尊心，差不多是我唯一的东西了。”他手臂靠向松树粗糙的树干，头倚在上面，一副精疲力竭的模样。他声音很低，我几乎听不清楚他说的话。

“你把我的心撕碎了，克莱尔。”

我内心也涌起类似的感受，试探地走到他身后，他没有动，即使我双臂滑上他的腰际，他也没动。我脸颊靠上他弯起的背，上衣湿了，因为过于激动而流了太多汗，身体还在发抖。

我非常简短地说：“对不起。请原谅我。”接着他转过身，紧紧抱住我。我感到他发抖的身体渐渐缓和。

“原谅你了，姑娘。”最后他对着我的头发喃喃地说。他放开我，低头看我，表情严肃而正式：“我也很对不起。请原谅我说了那些话，我的心很痛，说了很多不该说的话。你也可以原谅我吗？”

听完他最后那番话，我几乎不觉得他有什么需要我原谅的，但还是点点头，紧紧握住他的手："原谅你了。"

我们在缓和的沉默中再度上马。从这里看过去，这是一条笔直的长路，前方远处有一小片扬尘，想必就是杜格尔他们。

詹米又回来了，他一手抱着我骑马，我觉得安心多了。不过，还是微微有种受伤和局促的气氛，我们还没有完全和好。我们原谅了彼此，但说过的话都还在记忆之中，没有遗忘。

第二十二章　大清算

天黑好一会儿之后，我们才抵达杜恩斯比利。那是一个较大驿站，而且幸运的是还有一间旅店。杜格尔付钱给旅店主人时，痛苦地闭了一下眼。要确保旅店对我们的出现三缄其口，还得花更多银币。

不过，这些银币也带来了一顿丰盛晚餐，还有大量麦酒。尽管食物不错，晚餐气氛却很严肃，多半在沉默中进行。我穿着被扯烂的长裙坐在那里，只用詹米多出来的上衣稍微遮掩，显然非常狼狈。除了詹米，其他人都一副完全无视我的模样，而詹米也不过是偶尔把面包和肉推给我而已。好不容易可以上楼回房，虽然里面又小又挤，但总算松了一口气。

我叹口气倒在床中，完全不顾床单干不干净："我累坏了，今天好难熬。"

"嗯，的确。"詹米松开领口和袖口，解开剑带，但没有继续脱其他衣服。他拉出剑鞘上的带子对折，一面沉思一面弯起那条腰带。

"詹米，来睡觉吧。你还在等什么？"

他走过来站在床边，来回轻轻甩动腰带："嗯，姑娘，恐怕睡觉前，我们之间还有点事情要解决。"

我突然感到一阵恐惧："什么事？"

他没有立即回答，刻意不在床边坐下，反而拉过一张凳子，坐着看我。

"你知道吗？克莱尔，今天下午，我们所有人都差点儿送了命。"

他静静地说。

我低头看着被子，一脸羞愧："是的，我知道。是我的错。对不起。"

"好，所以你知道。那你知不知道，我们之中如果有人做了这种事，让其他人身陷危险，他就算没直接被处死，也很可能要削掉耳朵，或者接受鞭刑？"

"不，我不知道。"我的脸色立刻一阵惨白。

"嗯，我知道你还不熟悉我们的规矩，这确实是个理由。不过，我也告诉过你，要在树林中躲好，而且也逼你躲好了，所以这件事本来是不会发生的。现在英国人一定到处在找我们，如今我们白天得躲着，晚上才能赶路了。"

他停顿一下："至于兰德尔队长……嗯，那又是另一件事了。"

"他会特别留心找你。欸，你的意思是，现在他知道你在这里了？"

他心不在焉地点了点头，望向炉火："没错。他……我跟他之间，是私人恩怨，你懂吗？"

"我真的很对不起，詹米。"

詹米挥手表示不必。

"如果为你受伤的人只有我，我不会多说什么。"他严厉地看我一眼，"说到这里，我得告诉你，看见那禽兽的脏手放在你身上，我感觉都快死了。"他望向炉火，一脸严肃，下午的情景仿佛历历在目。

我想过要告诉他兰德尔的……困难，但担心反而会造成更多伤害。我极度渴望握住詹米的手，恳求他原谅我，但我不敢碰他。沉默良久，他叹口气站了起来，腰带轻轻拍过大腿。

"好，所以，最好开始动手吧。因为你违反我的命令，造成了难以弥补的损害，所以我要处罚你，克莱尔。你记得今天早上我跟你说的话吧？"

这下我记起来了，立刻从床上跳起，背紧紧贴着墙壁："你什么意思？”

“你很清楚我什么意思，”他坚定地说，“姑娘，在床边跪好，裙子掀起来。”

“我不干这种事！”我双手紧紧抓住一根床柱，慢慢靠向角落。

他眯眼盯着我好一会儿，盘算接下来该怎么做。我明白过来，我是无法阻止他做这件事的，他比我重了足足五英石。不过，最后他决定讲道理，不用武力。他小心地放下腰带，然后爬过床罩，坐到我身旁。

“好，克莱尔……”

“我都说对不起了！”我大声吼叫，“真的对不起。我不会再犯了！”

“嗯，你说到重点了，”他缓缓说，“你有可能再犯。因为你把事情看得不够严重。我想，你原来所在的地方事情比较简单吧。你违反命令，或者自行其是，不会牵扯到性命攸关的事。最坏的状况，就是你可能让某人觉得不痛快，或者讨人厌，但不太会造成别人丧命。”我看着他的手指一边绕着苏格兰裙的褐色格子，一边组织着思绪。

“虽然你很难接受，但实际上，小小一个行为，在这样的时间和地点，有可能造成严重后果——尤其是对我这样的人来说。”他见我快哭了，便拍拍我肩膀。

“我知道你不会故意造成我或其他人的危险，但你还是可能在不经意的状况下给他人带来危险，就像你今天的行为一样。这是因为你并不真正相信我说的话，认为那些事情没那么危险。”他转过头看着我，“我知道你习惯自己思考，不习惯由男人告诉你该做什么。但是你一定要学着这样做，这是为大家好。”

“好吧，我懂了。你说得对，当然都对。好吧，今后即使我不同意，我也会服从你的命令。”我缓缓说。

“好。”他站起来，拿起腰带，“那么现在，过来，我们速战速决。”

我愤怒地张大嘴巴。“什么！我都说了我会服从你的命令了！”

他恼怒地叹了口气，接着又在凳子上坐下，平视我的眼睛。

“好，听着。你说你懂了，我相信你。但是理智上懂，跟内心深处真正知道，是不一样的。”我不情愿地点点头。

“好。现在我得处罚你，原因有二：第一，这样你就会真正知道，”他突然露出微笑，“我可以用个人经验告诉你，挨一顿好打，会让你更严肃地考虑事情。”我把床柱抓得更紧。

他继续说：“另一个原因，是为了其他人。你也注意到他们今晚的样子了吧？”没错，晚餐时我感觉很不舒服，所以很高兴可以逃到房里来。

“克莱尔，这件事关乎正义。你对不起大家，所以必须受罚。”他深吸一口气，“我是你丈夫，处理这件事是我的责任，而且我也打算这么做。”

从很多层面来看，我都强烈反对这项提议。不管这种情况下的正义为何，虽然我必须承认，至少有部分正义是在他那边，想到要被打，我的自尊心就深深受创，不管是由谁来打，或者是为了什么原因。

我深深觉得受到背叛。这个我当作朋友、保护者和情人来仰赖的男人，竟想对我做这种事。而我对于自己的防卫本能也暗暗感到惊骇，我竟然会有屈服并恳求他人的想法，因为这个人能把十五磅重的斩剑像鸡毛掸子般挥舞。

“我不会让你打我。”我紧紧抓着床柱，坚定地说。

“哦，是吗？”他挑起淡淡的眉毛，“姑娘，我得告诉你，我想你没有太多置喙的空间。不管你愿不愿意，你是我妻子。我可以折断你的手臂，也可以只给你面包和水，甚至可以把你锁在柜子里。别以为我不敢，只要我想，这些事我都可以做，更别说教训一下你的屁股了。”

“我会尖叫！”

“你会的。就算刚开始不叫，中间也一定会叫。我预计隔壁农庄的人也会听到，你肺活量很好。”他露出可憎的笑容，走过来抓我。

他有点艰难地撬开我的手指，坚定地往外拉开，把我扔到床的另一边。我踢了他的胫骨，但没什么效果，因为我没穿鞋。他轻声咕哝几声，想把我的脸向下压，扭过我的手固定在床上。

“我要打你，克莱尔！现在要是你配合，打十二下就好。”

“要是我不配合呢？”我声音颤抖地说。

他捡起腰带，朝腿上一拍，发出讨厌的飕飕声：“那我就会用膝盖抵住你的背，打到我累了才停，而我得警告你，你一定会比我更早觉得累。”

我从床上跳开，转身面对他，双拳紧握。

“你这个野蛮人！你……虐待狂！”我狂乱地嘶吼，“你打我，就只是为了自己开心！我永远都不会原谅你的！”

他停下来，扭转着腰带，平静地答道：“我不知道虐待狂是什么。要是我都能原谅你今天下午的事，我想等你屁股又可以坐下的时候，你也会原谅我的。”

“至于为了自己开心……”他嘴唇扭曲，“我说的是我会处罚你，并没说我喜欢打你。”他朝我弯起一根手指，“过来。”

* * *

隔天清晨，我百般不愿离开房间，东摸西摸，把头上的缎带绑好又拆开，不停梳着头发。昨晚之后我就没再开口跟詹米说话，但他注意到我拖延的态度，便催促我一起出去吃早餐。“你不用怕见到其他人，克莱尔。他们顶多开一些无伤大雅的玩笑。下巴抬起来。”他拍拍我下巴，我咬了他的手，动作很快，但咬得不深。

“噢！”他迅速缩回指头，“小心，姑娘，你不知道这些手指刚刚摸过什么东西呢。”他笑着走开，过去吃早餐。

他心情当然好了，我恨恨地想。如果那就是他昨晚要的报复，他可称心如意了。

那是最不愉快的一夜。起初我不情愿地默许他打我，但是当腰带抽到我的皮肤时，我就开始反抗。接着是一阵短暂激烈的挣扎，他因此鼻子流了血，一边脸颊留下三条漂亮的抓痕，手腕上也有很深的咬痕。不意外，我也因此几乎被闷死在油腻的被子里，他一只膝盖压在我背上，把我打得只剩半条命。

詹米这个残忍的苏格兰人，有件事倒是说对了。大家虽然不太跟我打招呼，但也算够友善了，昨晚的敌意和轻蔑一扫而空。我从餐柜盛蛋的时候，杜格尔走了过来，慈爱地把手环在我肩上，以极机密的口吻对我低声说话，下巴胡子搔得我耳朵痒："希望詹米昨晚下手没有太狠，姑娘。你听起来好像被谋杀了。"

我满面通红，别过头不让他看见。詹米发表完那段可恨的话之后，我下定决心在整个鞭打过程中都闭紧嘴巴。然而，真的被打的时候，我怀疑在詹米·弗雷泽的鞭子下，谁还有本事不出声音。

杜格尔转身对正在桌边吃面包和乳酪的詹米说："好啦，詹米，没必要把小姑娘打个半死。稍稍提醒一下就够了。"他用力拍拍我的臀部以示强调，我痛得缩了一下身体，怒目瞪他。

"水疱不会造成什么永久伤害。"默塔满嘴面包地说。

"的确不会。过来坐，姑娘。"奈德笑着说。

"我站着就好，谢谢。"我严肃地说。他们哄堂大笑。詹米小心避开我的眼神，仔细切下一块乳酪。

整天下来，还有很多善意的玩笑，每个人都找到理由来拍我屁股，表示一下嘲讽的同情。不过，整体说来还能忍受，我不情愿地开始觉得詹米可能是对的，虽然我还是想掐死他。

既然完全不可能坐下，我就让自己整个早上不停忙着杂事，比如缝缝扣子，这件事可以在窗边做，就说需要光线。午餐我站着吃，之后我们全都回房休息。杜格尔决定等到天色全黑后，再起程前往巴格伦南，那是我们的下一站。詹米跟着我回房，但我在他面前用力把门关上，让他再去睡地板。

昨晚他考虑得很周到，一打完我就扣好腰带，默默地离开房间。一小时后他回来时，我已熄灯上床，但算他聪明，没有试图跟我一起睡。他在黑暗中偷偷看着动也不动的我，深深叹了一口气，拿彩格披肩包住自己，睡在门边地板上。

我很生气，心情不好，而且身体很不舒服，所以睡不着。我大半个夜晚都醒着，不时一遍遍想起詹米说过的话，想要起来踹他下身。

如果我客观一点的话——虽然我没有心情客观，我或许会承认他说得对，我没有严肃看待事情。不过有件事情他错了，他说我原来的地方，且不论是哪里，事情比较不危险。其实，我想可能正好相反。

这个时代，很多地方对我来说都还不真实，更像是一场话剧，或者装扮华美的盛会。我在原先的时代见过机械化的大规模战役后，在这里看到的小型激战——少数人以刀剑和火绳枪为武器的战斗，与其说是威胁，还不如说是景观。

我对事物的规模还不适应。被火绳枪射中的人，跟被迫击炮击中的人，一样都会死。只是迫击炮杀人没有区别，一下子就能毁灭数十人，而扣下火绳枪的人，却可以看见被害者的眼睛。就我看来，这样应该算是谋杀，而非战争。要多少人才算得上战争？或许要多到彼此不会真的看见彼此？可是，这显然就是战争，不然至少也算是严肃的事，对杜格尔、詹米、鲁珀特和奈德来说，都是如此。即便是獐头鼠目、身材矮小的默塔，都有不顾自己本意而行使暴力的理由。

那理由又是什么？选这人当国王，而不是那人？汉诺威王朝还是斯图亚特王朝？对我而言，这些不过是教室墙上图表里的名字。比起希特勒的德意志帝国犯下的滔天恶行，他们算得了什么？我想，对生活在这些国王统治下的人而言，差别很大，而对我来说这些差别可能没多大意义。然而，一个人如其所愿活下去的权利，从何时开始被视为微不足道了？比起阻止巨大恶行，努力选择自己的命运会更不重要吗？我烦躁地扭动身体，轻揉发疼的臀部。我瞪着詹米，他在门边蜷成一团。他呼吸平顺，不过很浅。大概他也睡不着，希望是这样。

起初我想把整个离奇的不幸遭遇当作一场闹剧，真实人生中不可能发生这种事。自我从那堆石头中走出来后，我已经受到太多惊吓，然而到目前为止，最吓人的就是这天下午的事。

杰克·兰德尔，和弗兰克如此相像，又如此惊人地不同。他触到我乳房的时刻，我过去和现在的人生瞬间连接在一起，两个分隔的现实仿如在轰然雷动中碰撞。然后还有詹米，他的脸，在兰德尔房间的窗上因恐惧而发白，在路边因愤怒而扭曲，又在我的辱骂中因痛苦而紧绷。

詹米，詹米是真的。好吧，他比我经历过的一切都要真实，甚至比弗兰克、比我在一九四五年的人生更真实。詹米，温柔的情人，背叛我的无赖。

或许这就是部分问题之所在。我的意识完全被詹米占满，以至周遭一切几乎都不重要，但我不能再忽视他们了。由于我的轻率，我差点儿害死他，而一想到可能会失去他，我的胃就开始翻搅。我突然坐起身来，想过去叫醒他，叫他来跟我睡。但我的身体一压到他在我身上留下的杰作之后，我便突然打消了这念头，生气地趴回床上。

由于前一夜就是这样在震怒和思考中折腾，我今天睡了一整个下午。鲁珀特在天黑前叫醒我，要我下楼用餐时，我还是迷迷糊糊、步履蹒跚的模样。

杜格尔显然为失掉一匹马而痛惜，但他还是帮我找来了另一匹马。这匹马很健壮，虽然体态不甚优雅，但它有着温和的眼神和粗短的鬃毛。我立刻为它起了“小蓟”的名字。

我先前没想过，遭受毒打后在马背上长途旅行会如何。我怀疑地瞧着小蓟硬实的鞍座，突然明白有的受了。一件厚重的斗篷扑通落在鞍座上，默塔明亮的黑色鼠目从另一头神秘地对我眨眼。我决定至少要在静默中带着尊严受苦，于是把心一横，咬紧牙关爬上马背。

大伙儿似乎有种心照不宣的绅士风度，频繁地轮流停下来小解，这样我可以有几分钟下马偷偷搓揉发疼的臀部，还不时有人提议停下来喝水，而由于小蓟载着全部的水瓶，我也得跟着停下马来。

就这样颠簸了好几个钟头，但疼痛还是逐渐加剧，我只能不停在马鞍上变换姿势。最后我决定不管什么尊严了，我一定要发泄一下。

“吁！”我对小蓟说，接着跳下马来。其他马都过来绕着我们停下时，我假装检查它的左前脚。

“马蹄里刚刚进了颗石子。我弄出来了，但我最好牵着它走一会儿，我不希望它跛脚。”我撒谎。

“对，我们不能让它跛脚。”杜格尔说，“好吧，那就走一会儿吧，不过得有人陪你。虽然这条路人烟稀少，但我不能让你自己走。”

“我陪她走。”詹米立刻跳下马来，轻声说道。

“好，但别耽搁太久，我们天亮之前一定要到达巴格伦南。招牌是‘红猪’，店主是个朋友。”杜格尔一挥手，集合其他人轻快跑开，留下一堆扬尘。

* * *

我连续数小时遭受马鞍虐待，脾气并未因此变好。就让他这样陪我走，绝对不会跟他说话，这个虐待狂、暴力分子。

半轮月亮照耀之下，他一点也不像暴力分子，但我铁了心蹒跚向前，刻意不去看他。

起初这些饱受凌虐的肌肉还不太适应行走，但过了半小时左右，我可以比较轻松地移动了。

“明天就会好很多，”詹米不经意地说，“但后天才能好好坐下。”

“你怎么这么专业啊？”我突然对他暴怒，“你经常打人吗？”

“嗯，没有。这是我第一次打人。”他并未受我态度的影响，平静地说着，“不过，我自己倒是有很多被打的经验。”

“你被打？”我目瞪口呆地看着他。有人拿腰带抽打眼前这个高大的肌肉组合体，这画面简直难以想象。

他看到我的表情笑了出来："是我小的时候，外乡人。在我八到十三岁的时候，屁股被抽的次数多到数不清。之后我长得比我父亲还高，他要打我的话还得让我弯腰靠在围栏上，非常不方便。"

"你父亲打你？"

"对，多半是他打的，学校老师当然也有，偶尔还有杜格尔或其他叔伯，那要看我人在哪里，还有做了什么事情。"

我越听越感兴趣，虽然本来决定不理他的："你做了什么？"

他又笑了，在宁静的夜里，他声音虽轻，却很有感染力："这个嘛，我记不得每一件事，只能说大致上都是罪有应得。至少，我不觉得父亲曾误打我。"他安静了一会儿，边走边想着。

"有一次，我拿石头扔向鸡群；有一次是骑牛，把它们搞得太兴奋了，以致挤不出奶；还有一次是吃掉蛋糕上的全部果酱，却剩下蛋糕。啊，还有把马放出马厩却没闩上门，还有放火烧掉鸽房的茅屋——那是意外，我不是故意的；还有弄丢了学校的课本——这个是故意的；还有……"他停了下来，耸耸肩，而我笑得停不下来，"都是一些平常的事情。不过，大多时候是因为我在该闭嘴的时候却多嘴了。"

他回忆起一些事来，哼了一声："有一次，我姐姐詹妮打破了一个水罐，那是因为我嘲笑她，惹她生气，她一气之下就拿水罐丢我。我父亲进来质问是谁弄破的，她太害怕，不敢承认，只是看着我，眼睛张得很大，很害怕的样子。她眼睛是蓝色的，跟我一样，但比我漂亮，长了密密的黑色睫毛。"他又耸耸肩，"反正，我就跟父亲说是我弄破的。"

"你真伟大，你姐姐一定很感激你。"我讽刺地说。

"嗯，本来她会很感激我的。只是我父亲在门外站很久了，他看见了事发经过，所以詹妮因为发脾气和打破水罐被抽了鞭子。而我也被打了两下，一下是因为嘲笑她，还有一下是因为说谎。"

"不公平！"我义愤填膺地说。

"我父亲虽然不是一个很温和的人，但他通常很公平。"詹米平静地说，“他说的的确是事实，而且人应该为自己的行为负责任，这点他是对的。”他朝旁边看我。

“不过他说我心地很好，愿意承受责难，所以虽然他得处罚我，但我可以选择被鞭子抽或不吃晚餐去睡觉。”他悲伤地笑着摇头，“父亲很懂我。毫无疑问，我选了被鞭子抽。”

“你的胃根本是无底洞，詹米。”我说。

“是啊，我一直都这样。”他直言不讳地承认，接着对他的坐骑说，“你也是，贪吃鬼。再等一下，休息才能吃草。”他扯一下缰绳，掉开马头，不让它探闻路旁诱人的草丛。

他继续说：“我父亲很公平，而且深思熟虑，虽然当时我完全不感谢他。他不会延迟处罚的时间，要是我做错事，立刻就会被打，或者一旦他发现就会打。他总是要确定我知道自己被揍的原因，如果我想辩白，也可以辩白。”

噢，所以这就是你的诡计，我想，你这个心计鬼。我不认为他有办法迷惑我，让我打消将他碎尸万段的念头，不过很欢迎他继续试试。

“你曾辩白成功吗？”我问。

“没有。通常事情都很明显，犯错的人因为自己的话而受到惩罚。但有时候我会让惩罚稍微减轻一些。”他揉揉鼻子，“有一次我告诉他，我觉得打儿子是逼迫人听话的最不文明的做法。他答道，我这话的见识就跟旁边那根柱子没两样，甚至更糟。他说尊敬长辈是文明的标志，在我理解这点以前，我最好习惯盯着自己的脚趾，让某个野蛮的长辈把我的屁股打到烂。”

这次我跟他一起笑了。路上很静，是那种和其他人离了好几英里、绝对的安静。这种安静，在我来的那个拥挤年代是很难体验得到的。在那个世界里，机器对人类的影响增加了，即使是一个人，也能制造出一群人的噪声，而这里唯一的声音，就是植物沙沙、夜鸟偶鸣，还有马的嗒嗒蹄声。

抽筋的肌肉经过走路伸展开来，现在走路对我来说轻松多了。听着詹米的故事，那么有趣且充满自我解嘲，我暴躁的心情也开始稍微放松。

“我一点也不喜欢被打，这是当然的，但如果有得选，我宁愿打我的是父亲，而不是老师。在学校里，我们大多是被鞭子打手心，而不是屁股。父亲说，要是他抽我的手，我就没法干活了，而打我的屁股，至少我不会想坐下来偷懒。通常，我们每年都有不同的老师。他们一般待不久，或是改当农夫，或是搬到比较富裕的地区。老师薪水很低，总是又瘦又饿。曾经有个胖老师，我不敢相信他真的是老师，看起来很像是牧师假扮的。”我想起矮小圆润的贝恩神父，同意地微笑。

“有一个老师，我印象特别深刻。他会叫你站到教室前面，手伸出来，接着长篇大论说你错在哪里，然后才开始打，打的时候还继续训话。我曾经站在那里伸着手，手很痛，只希望他别再废话，赶快打完。后来我就失去勇气，开始大哭。”

“我猜他就是希望你哭。”我略带同情地说。

“噢，没错。不过，我过了好久之后才明白过来。而我一旦明白了，又跟平常一样，很难闭上嘴。”他叹气。

“怎么了？”此时我几乎忘记自己原先的怒气了。

“嗯，有一次，他叫我站起来——我常被叫起来，因为我用右手写字写不好，一直用左手写。他打了我三次，几乎打了有五分钟，真是浑蛋，然后骂我是又蠢又懒又顽固的小笨蛋，接着继续打。我的手痛得像要烧起来，因为这已经是当天第二次挨打了。我很害怕，因为我知道回家后还会被痛打一顿，那是规矩。如果我在学校被打了，回家会直接再被打一顿，因为我父亲很重视教育。总之，我生气了。”他的左手不自觉地握紧缰绳，好像要保护敏感的手掌。

他停顿一下，看我一眼。“我很少发脾气，外乡人，而且通常发完都会很后悔。”我想，这句话大概是我能得到的最接近道歉的一句。

“那次你后悔了吗？”

“嗯，我握起拳头，抬头瞪着他。他是个高瘦的家伙，大概二十岁吧，虽然我觉得他看起来蛮老的。然后我说：‘我不怕你，不管你多用力，你都无法让我哭！’”他深吸一口气，然后缓缓吐出，“我想，在他还握着腰带时这么说，实在有点误判形势。”

“让我猜，他试图证明你错了？”我说。

“没错，他的确试了。”詹米点头，在发亮的云层下方，他的头顶显得很暗。在说出“试了”时，声音里有种严肃的满足。

“所以，他没成功？”

他蓬乱的头来回摇动：“没有，至少没让我哭。不过，他确实让我后悔自己的多话了。”

他停顿一会儿，脸转向我。云层分开了一会儿，月光勾勒出他下巴和脸颊的棱角，仿佛镀了金边，像是多纳泰罗的一座大天使雕像。

“我们结婚前，杜格尔跟你描述我的个性时，是否提到我有时有点顽固？”他斜挑的眼睛闪烁光芒，比较像魔鬼，而不是天使。

我笑了。“他可没这么客气。我记得他说的是——弗雷泽家的人都很顽固，而你又是最顽固的一个。其实，我自己早就注意到了。”我淡淡地说。

他笑着牵马绕过路上的一个水坑，抓住小蓟的缰绳，引导它跟着走。

“嗯，好吧，我不会说杜格尔是错的。”他绕过水坑后说，“不过我的顽固也其来有自。我跟我父亲一样，我们常常争吵，不用武力没法解决，通常最后都是我弯在围篱上。”

突然间，小蓟后仰喷气，他伸手抓住它的缰绳：“嘿，小心！吁！停，小蓟！”他自己的马没怎么受惊，只是抖了一下，不安地甩头。

“怎么了？”除了月光在路上和田野形成的斑斓光块之外，我什么也没看见。高处有松树林，而这两匹马好像不愿意靠近。

“我不知道。你留在这里，保持安静。你骑上马，也牵好我的马。我要是叫你，就放掉缰绳跑过来。”詹米声音低沉平静，安抚着我和马。他喃喃地对他的马喊“停下”，并拍拍它脖子，催它靠向我，接着手握短刀，消失在石楠丛中。

我张大眼睛、竖起耳朵，以确认马是否依旧感到不安。它们不断移动踏步，耳朵和尾巴也激烈地挥动着。云层现在已经被晚风吹散，只在明亮的半月前方留下零星痕迹。月色虽然明亮，却看不见前方的路，也看不见树丛里有何危险。

现在应该已是深夜，这条路也不像会有劫匪，何况拦路抢劫在高地上一向很少见，因为旅客很少，没什么好抢的。

树丛里很暗，但并不平静。成群松树轻吼着，成千上万的松叶在风中摩挲。松树，非常古老的树，在黑夜里也特别恐怖。裸子植物、针叶植物、具翅种子植物，比起叶片柔软、枝丫纤弱的橡树和白杨，似乎更为古老、严峻，很适合当鲁珀特故事里那些妖魔鬼怪的居所。

只有你会这样，有办法让自己害怕一堆树木。我开始对自己生起气来。不过，詹米去哪儿了？

一只手抓住我的大腿，我像受惊的蝙蝠一样发出短促的尖叫。人一紧张，自然会尖叫。出于非理性的恐惧，我毫无理由地生起气来，出脚攻击，踢中他的胸口。

“别这样偷袭我！”

“嘘，跟我走。”他说。他唐突地扯着马鞍，拉我下马，并迅速拴好马，留下它们在我们身后不安地嘶鸣，带我走入高高的草丛。

“怎么了？”我用气声问。我看不见路，屡屡绊到草根和石头。

“安静，别说话。往下面看着我的步伐，我的脚踩在哪里，你就跟着踩哪里，我碰你的时候就停下来。”

我们走得很慢，而且几乎悄无声息，最后抵达松树林的边缘。树下很暗，只有一点点月光穿过针叶洒到下方。詹米也无法走路不发出声音，不过干枯的针叶发出的唰唰声，被头顶青绿的针叶覆盖了。

林中有一处裂缝，一大块花岗岩拔地而起。这段路詹米让我走前面，指导我如何手脚并用地爬上布满破碎岩块的坡面。到了坡顶，那里有足够空间让我们肩并肩趴着。詹米嘴巴凑到我耳边，屏着气说：“前方三十英尺处，右边，空地那里。看到了吗？”

我一看到，耳朵也跟着听见了声音。是狼，一小群，八匹或十匹。那声音并非狼嚎。被杀的猎物躺在阴影中，呈现为一个小黑点，一条骨瘦如柴的腿被向上抬起，在牙齿拉扯尸体时晃动着。只有幼狼从大狼嘴边叼走食物时，间或传来轻轻的咆哮和吠叫，还有满足的用食声、碎裂声，以及骨头碎裂的声音。

我的眼睛习惯了月色斑斓下的这个景象后，我清楚看见树下好几个毛茸茸的身影在一片祥和中狼吞虎咽着。月光下，四处可见灰毛闪耀，围聚在猎物周围的狼则挖掘着尸体中先前被忽略的嫩肉。

一颗有着黄色眼睛的宽大头颅突然抬起，望向一个光点，竖起耳朵。那匹狼发出轻柔、急促的声音，有点介于哀鸣和咆哮之间，而树下的那些身影也在瞬间停了下来。

那橙黄的眼睛似乎对上了我的眼睛。那头野兽的姿势没有恐惧，也没有好奇，只有警觉。詹米把手放在我背上，警告我别动，不过我也没有想逃跑。我想，我原本是可以和那匹狼紧紧对望好几个小时的，可是她——我确定那只是母的，虽然我不知道是怎么知道的——弹了一下耳朵，好像打发了我，再度弯身用餐。

星光下这幅平静的画面，我们观看了好几分钟。最后，詹米碰碰我的手臂，表示该走了。

我们穿过树林走回路面时，他一直扶着我的手臂。这是他从威廉要塞救我出来之后，我第一次心甘情愿让他碰我。我们还没从那种狼群的景象中回过神来，所以没说太多话，但我又开始感到彼此相伴是一件很舒服的事。

走着走着，我想到他告诉我的故事，忍不住佩服他。没有一个字直接解释或道歉，但他已经把信息传递给我了。信息内容是：我秉公行义惩罚你，因为我也是这样被教大的；而我也尽我所能对你宽容了，虽然无法让你免于疼痛和羞辱，但我把自己的疼痛和羞辱说给你听，好让你别那么难受。

“你很介意吗？”我突然说，“我是指被打的事。你很容易就可以忘了吗？”

他轻轻捏我的手，然后放开：“多数情况下，我不痛了也就忘了。除了最后一次，花了一些时间才忘记。”

“为什么？”

“嗯，一方面，那时我十六岁，算大人了……当时我这么认为；另一方面，那次我痛到快死了。”

“你如果不想，可以不告诉我。”我感到他的迟疑，“是很痛苦的故事吗？”

“没有那么痛，”他笑着说，“我可以告诉你，不过这故事很长。”

“我们距离巴格伦南还很远。”

“的确。嗯，好吧。你记得我说过，我十六岁时在理士城堡住过一年吗？那是我父亲和科拉姆的协议，这样我才能和母亲的族人熟稔一点。杜格尔养育了我两年，接着我在城堡待了一年，学习礼节、拉丁文等。”

“哦，难怪你的拉丁文这么好。”

“是的，都是这样培养出来的。以当时的年纪来说，我长得很大，至少很高。那时候剑已经使得很好了，骑术也很厉害。”

“而且很谦虚。”我说。

“算不上。我自大得很，话说得比现在还快。”

“难以想象。”我嘲笑他。

“嗯，可能吧，外乡人。我发现我说话能使人发笑，于是我就更常说，却没注意自己说了什么，以及是对谁说。有时候话会很伤人，但我不是故意的，只是嘴快，一想到自以为聪明的话，就忍不住说出来。”

他抬头看天空，估计时间。夜色更深了，现在月亮已经落下。我认出猎户座在地平线上浮动，看到这熟悉的景象，我感到莫名安慰。

“结果，有一天我做过头了。我和其他几个人在一起，下楼的时候，看见菲茨太太在另一头。她提着一个大篮子，篮子几乎跟她一样大，走路的时候左右碰撞。你知道她现在的样子，那时候也没有更瘦小。”他揉揉鼻子，有点不好意思。

“嗯，我针对她的外表说了些没礼貌的话。很有趣，但非常没礼貌。这些话把我的同伴逗得东倒西歪，但我没想到她也听见了我的话。”

我想起理士城堡那位身形庞大的女士。虽然我没见过她心情不好，但她也不像个好欺负的人。

“所以她怎么做？”

“她当下什么也没做。我不知道她听见了，直到隔天她出现在大厅的集会上，告诉科拉姆全部的事，我才知道。”

“噢，天哪。”我知道科拉姆有多尊重菲茨太太，我想他应该无法忍受别人对她无礼，“后来呢？”

“跟莱里发生的事一样，几乎一样。”他笑出声来。

“不过我很勇敢，我站出来说，我选择被拳头揍。我试着表现得非常冷静成熟，但我的心跳得跟铁匠的锤子一样又重又快，而且待我看见安格斯的手，便开始觉得想吐。他的手像石头一样，而且是颗大石头。大厅里的人群中出现了一些笑声。那时我还没有现在这么高，也不及现在一半重。小安格斯一拳就能把我的头打飞。总之，科拉姆和杜格尔都对我皱眉，虽然我觉得他们其实蛮高兴我敢如此要求。然后科拉姆说不行，既然我的行为像个孩子，就要接受孩子的处罚。他点一下头，我还没移动，安格斯就把我的身体弯在他腿上，掀开我的苏格兰裙，在全厅的人面前用腰带猛抽我。”

“噢，詹米！”

“嗯哼。你应该注意到安格斯在他负责的领域非常专业了吧？他打了十五下，到今天我都还能准确地告诉你每一鞭落在哪里。那些痕迹在我身上留了一个星期。”他回想着，耸耸肩。

他伸手从最近的树上摘下一丛松针，拇指和食指把松针分开，让松针像扇子一样散开。一股松汁的味道突然袭来。

“嗯，而且我还无法静静走开，去处理伤口。安格斯打完以后，杜格尔抓着我的后领，逼我走到大厅另一头，然后跪在石地板上爬回来。我得到科拉姆座位面前跪着，乞求菲茨太太原谅，也乞求科拉姆原谅，然后再为我的鲁莽向全厅的人道歉。最后，我还得谢谢安格斯打我，我几乎哭出来，但是他很亲切，伸手拉我起来。然后我被迫在科拉姆旁边的位子上坐下，而且要一直坐到厅里的人散光才行。”

他自我保护地拱起肩膀：“那是我最难堪的时刻。我的脸颊好烫，屁股也是，膝盖还破了皮。除了自己的脚，我哪里也不敢看，最糟的是我快要尿出来了。我快死了。在经历所有这些丢脸的事之后，如果又在大家面前尿裤子，那我会死掉。但是我快忍不住了，整件上衣都湿透了。”

我压下想笑的冲动。“你不能跟科拉姆说要那个吗？”我问。

“他全都知道，厅里的所有人都知道。他们看我在凳子上蠕动的样子就知道了，很多人在打赌我能不能忍。”他耸耸肩，“如果我提出请求，科拉姆会让我去的。可是，嗯，我很顽固。”他有点害羞地笑，黑暗中的脸庞露出洁白的牙齿。“我想我宁愿死也不要求他，结果我差点儿死了。等科拉姆终于说我可以去了，我一出大厅就尿了出来，仅过了最近的一道门。我冲到墙壁后面大爆发，还以为永远也停不下来了。所以，现在你知道我的最难堪的事了。”他丢下松针，不以为意地摊开双手。

我忍不住了，笑到必须在路边坐下。詹米耐心等了一会儿，接着跪了下来。“你笑什么？”他质问，“这一点也不好笑。”但他自己脸上也挂着微笑。

我摇摇头，仍然笑着：“对，不好笑。这件事很糟糕。只是……我可以想象你坐在那里顽固的样子，紧咬牙根，蒸气不断从你耳朵里冒出来。”

詹米哼了一声，但也笑了一下：“是啊。十六岁可真难熬，不是吗？”

我恢复冷静之后，说：“所以你真的帮了那个叫莱里的女孩，因为你觉得她很可怜。你知道那是什么感觉。”

他很惊讶：“对，我是这么认为的。二十三岁时脸被人揍一拳，比起十六岁时在众人面前被打屁股，容易多了。自尊受伤比什么都痛，而那个年纪又特别容易受伤。”

“我挺讶异，从没见过有人知道脸要被揍还会笑。”

“揍了以后就笑不出来了。”

“嗯。”我点头同意。“我以为……”我说，接着尴尬地住口。

“你以为什么？噢，你是说，我跟莱里。”他猜到我的想法，“换成是你，或亚历克，或包括莱里在内的其他人，也一样。就算她长相平凡，我也会这么做，”他轻推我的肋骨，“虽然我不期望你会相信。”

“嗯，那天我的确看到你们在凹室里，而且一定有人教过你如何接吻。”我为自己辩护。

詹米踢了踢脚下的沙土，露出不好意思的模样，害羞地低下头说：“好吧，外乡人，我没比其他男人好。有时候我会努力超越其他人，但并非每次都成功。你知道《圣经》里圣保罗那段话吗？他说与其欲火中烧，倒不如结婚为妙。嗯，那时欲火烧得蛮旺的。”

我又笑了，觉得自己像十六岁一样无忧无虑：“所以你和我结婚，以免犯罪？”我取笑他。

“是啊。这就是婚姻的好处。这档事在婚姻中是圣事，在其他时候就成了要告解的事了。”

我又笑弯了腰：“哦，詹米，我好爱你！”

这次换成他笑坏了。他抱着肚子，在路边坐下，笑到喘不过气来。他慢慢往后倒，躺在长长的草丛中，又咳又喘。

“你到底是怎么了啊？”我瞪着他问。过了好久，他终于坐起身来，擦擦流泪的眼睛。

他摇着头喘着气说：“默塔对女人的看法很对。外乡人，我为你冒生命危险，犯下偷窃、纵火和伤害罪，再加上谋杀罪，结果你却臭骂我，侮辱我不像男人，踢我老二，还抓伤我的脸。然后我把你打个半死，告诉你我这辈子最难堪的事，结果你说你爱我。”他把头靠在膝上，又笑了一会儿。最后他站起来，朝我伸出一只手，用另一只手擦擦眼睛。

“外乡人，你不是很理性，但我还是很喜欢你。走吧。”

* * *

时间很晚了——或者应该说很早了，看你从哪个角度来说。想在破晓前赶到巴格伦南，我们得上马。虽然我的屁股还是很痛，但已经好多了，可以忍受骑马。

默默骑了一段路，我陷入自己的思绪当中。此时我第一次有空思考，要是真的成功回到巨石阵，会发生什么事。我虽然迫于现实必须嫁给詹米，但我也的确越来越喜欢他了。

更明确地说，或许，是因为他对我的感情。刚开始我们是在特殊形势下产生连接，接着是友情，最后是肉体上惊人的、深深的狂野激情，不过他还是没有随便透露对我的感情。然而，他却为我冒生命危险，他为他立下的婚姻誓言做到了这种程度。他说就算流光最后一滴血，也会保护我，而我相信他会说到做到。

过去这二十四小时的事，更让我感动，他突然对我坦承他的情绪，他的私生活、不堪的过往等一切。倘若他对我的感情真的如我所想，如果我突然消失，他会怎么想？我深陷于这些不快的思绪时，身体的不适感也渐渐退去。

在我们距离巴格伦南不到三英里的时候，詹米突然打破沉默：“我还没跟你说我父亲是怎么死的。”

“杜格尔说他脑溢血——我是说，中风。”我惊讶地说。我想詹米也因我们先前的谈话而陷入自己的思绪当中。他发现自己头脑里一直萦绕着父亲的事，但我无法想象个中原因。

“没错，但那……他……”他停顿一下，思考着要怎么说，接着耸耸肩，放弃慎选措辞。他深吸一口气，然后吐气：“你应该知道，那跟……一些事情有关。”这里的路足够宽，我们可以并驾齐驱，不过仍要留意凸出路面的石头。我先前那个马蹄借口，并非随意乱编的。

“他是在那个要塞中死的，”詹米绕过一处不平的路面，“就是昨天我们去的那里，就是兰德尔和他的手下把我从拉里堡抓去的地方，就是他们鞭打我的地方。下第一场霜的两天之后，兰德尔派了两个士兵，把我从牢房带上楼去他的房间，就是你去过的那个房间，所以我才知道怎么走。”

“我们经过庭院的时候，见到我父亲也在那里。他知道我被带到威廉要塞之后，便过来想把我弄出去，或者至少亲眼确定我没事。”

詹米脚跟轻踢马肚，舌头轻啧，催它前行。虽然晨光尚未出现，但是夜色已经变淡了。离破晓不会超过一个小时。

“看到父亲，我才发现自己在那里多么孤单，或者多么害怕。那些士兵不让我们独处，不过至少让我跟他打招呼。”他吞吞口水继续说，“我跟他说对不起……就是，詹妮的事，还有一堆道歉的话。但他叫我别说了，紧紧抱住了我。他问我是不是伤得很重，他知道鞭刑是怎么回事，我说会没事的。然后士兵就说我得走了，所以他用力捏捏我的手臂，让我记得祈祷，他说他会与我同在，不管发生什么事，一定要抬起头来，不要为他担心。他吻了我的脸颊，他们将我带走。这是我最后一次见他。”

他声音很稳，可是鼻音有点浓。我的喉咙很紧，可以的话，我很想握握他的手，但是我们正经过一道小峡谷，路变窄了，我不得不稍微走在他身后。等我又骑到他旁边时，他已经镇定下来。

他深吸一口气，说：“所以，我就进去见兰德尔。他遣走士兵，然后给我一张凳子。他说我父亲提出要付担保金，保我出狱，可是案情严重，必须有领主阿盖尔公爵签核的书面证明才能保释。所以，我想我父亲之所以出现在这里，就是为了去见阿盖尔。然后，兰德尔又谈到我即将被处第二次鞭刑的事。”他停了一下，好像不确定要不要说下去，“他……态度很奇怪。非常热心，但我不懂他究竟在打什么主意。他一直看我，好像希望我做什么，但我只是一直坐着。他略略对我道歉，说很抱歉眼前我们关系变得这么糟，他希望情况不是这样，等等。”

詹米摇摇头：“我不懂他在说什么，两天前，他才使尽全力把我打得剩下半条命。不过一旦他下了决定，还真是直截了当。”

“那他到底要什么？”我问。詹米看我一眼，又移开视线。黑暗掩盖了他的表情，但我觉得他好像有点不好意思。

“要我。”他直接说。

我吓了一大跳，连马都甩头嘶鸣表示责备。

詹米再度耸耸肩：“他说得很明白。要是我……呃，让他自由享用我的身体，他就取消第二次鞭刑。如果我不愿意，那我会生不如死。”

我觉得很恶心。

“我早就生不如死了，”他有点幽默地说，“感觉好像吞了碎玻璃，要不是我坐着的话，膝盖一定会发抖。”

“可是……”我声音沙哑，于是清清喉咙，重说一遍，“可是你怎么做？”

他叹气：“嗯，我不骗你，外乡人，我考虑过。第一次鞭刑的伤痕还在我背上，我几乎无法忍受穿着衣服，只要一站起来，就觉得晕眩。想到要再经历一次，被绑在那里，无助地等待鞭子落下……”他不自觉地耸了耸肩。

“我没什么概念，”他苦笑道，“但我想，被鸡奸至少不那么痛。外乡人，有的人会被鞭子打死，而从他的表情来看，如果我选择鞭刑，他会让我成为其中之一。”

他又叹了一口气：“可是……嗯，我感到父亲的吻还在我脸上，一想到他会怎么说，以及……嗯，总之我做不到。我不断思考着，我的死会对父亲造成什么影响。”他闷哼一声，好像觉得这件事有点好笑，“然后，我也想过，这人已经强暴我姐，他妈的绝对不能让他也占有我。”

我不觉得这有什么好笑，此时我对杰克・兰德尔更添了一层厌恶。

詹米揉揉后颈，接着手落在鞍桥上：“所以，我鼓起当时仅存的勇气，说我不要，我不但说得很大声，还加上所有想得到的难听字眼放声大骂。”他露出轻蔑的表情，“我怕我继续想下去就会改变主意，我得完全断绝自己的后路。”他若有所思地补充道，“而且，我不认为有什么巧妙拒绝这种提议的方法。”

“确实没有，”我冷冷附和，“不管你用什么方式回绝，他都会不爽。”

“他是不爽。反手甩我一巴掌，叫我闭嘴。我跌下椅子，那时我还有点虚弱，他站在我身体上方俯视我。我连爬都爬不起来，所以只是躺在那里，一直躺到他叫士兵来把我带回牢房。”他摇摇头，“他表情完全没变，只在我离开的时候说星期五见，好像我们约好要谈生意。”

他们没把他送回和另外三人共用的牢房，而是送进一个单独的小房间，在那里等待星期五的行刑。在那里没有其他事，只有驻防医生每日固定探望，照料他背部的伤口。

“他其实不是什么医生，但还算和气。隔天他来的时候，带了药用鹅油膏和木炭，还给我一本小本《圣经》，那是原属于一名死刑犯的。他说知道我是天主教徒，不管我是否觉得上帝的话有安慰作用，至少可以把自己的遭遇和约伯比较一下。很奇怪，《圣经》确实起了作用。耶稣也受过鞭刑，至少我可以说，我在遭受鞭刑之后，并未被拖去钉在十字架上。不过从另一方面来看，彼拉多并未向他提出下流建议。”他就事论事地说。

詹米留下了那本《圣经》，他从鞍袋中找出来，递给我看。那是一本磨损的皮封书，约五英寸长，内页纸张很薄，字迹都透到背面。扉页上写着亚历山大・威廉・罗德里克・麦格雷戈，一七三三年。墨水已经褪色模糊，封面翘起，看来不止遇过一次水。我好奇地翻着小书。书真的很小，这四年来历经这么多旅行和冒险，他一定费尽心思才能留着它。

“我没见过你读它。”我把书还给他。

“没错，因为那不是我留着它的原因。”他以拇指抚顺破损的书封边缘，将书塞入鞍袋，然后心不在焉地拍了拍，“有人欠了亚历山大·麦格雷戈东西，我打算帮他讨回来。”

接着他又回到自己的故事：“反正，星期五终于到了。我不知道是开心还是难过，等待和恐惧几乎大过我想象的疼痛。而当这一刻来临时……”他又做了他特有的半耸肩的动作，松松背上的衣服，“嗯，你见过那些疤痕，知道那是怎么回事。”

“我只听杜格尔说过，他说他当时在场。”

詹米点点头：“对，他在场。我父亲也在场，虽然当时我不知道。当时，我的心思全在自己的问题上。”

“噢，而你父亲……”我缓缓说。

“嗯，就是那时发生的。有些人告诉我，鞭刑结束时他们以为我要死了，而我猜我父亲也是这样认为的。”他停了一下，再开口时鼻音又浓了，“杜格尔跟我说，我倒下时我父亲一手扶着头，发出了一点声音，接着就像石头一样倒下，再也没站起来。”

小鸟在石楠间移动，在仍旧阴暗的树叶间啁啾。詹米低着头，我看不见他的脸。

“我不知道他死了，”他轻声说，“一个月后他们才告诉我，那时他们觉得我可以承受噩耗了。所以我没有参加他的丧礼，没有尽到儿子的本分，也没见过他的坟墓，因为我不敢回家。”

“噢，詹米，亲爱的。”我说。

沉默了很长时间之后，我说：“可是你……你不能把这件事情的责任扛在自己肩上。詹米，当时你什么也不能做，不能改变什么。”

“我不能吗？没错，或许我不能做什么，不过我想，要是我做了另一个选择，结果是否会不同。但是知道这些，并不能让我觉得好过一点。我觉得，好像是我亲手送他去死的。”

“詹米……”我想再说点什么，但是我停了下来，感觉很无奈。

他静静地骑了一会儿，接着又再直起腰杆，挺起胸膛，突然开口：“我还没跟任何人说过这些，但我觉得现在你该知道……我是说，你该知道兰德尔这个人。你有权利知道横亘在我跟他之间的东西是什么。”

横亘在我跟他之间的东西是什么？一个好人的生命、一个女孩的名誉，还有一个借由鲜血和恐惧发泄而出的猥亵欲望。还有，我想着，接着心里一沉，现在又有东西加重了天平的重量：我。第一次，我开始明白，詹米蹲在兰德尔房间的窗户上，手里拿着空枪，心里是什么感受。我开始原谅他对我做的事。

他好像猜到了我的想法，眼睛望着别处说：“你知道……我是说……或许，你能明白，为何我觉得该打你了吧？”

我沉默了好一会儿。好吧，我明白，但那不是全部。“我明白。以目前的情况来说，我原谅你，”我说，接着音调无法克制地略为提高，“但我不能原谅的是你竟然喜欢打我！”

他在马鞍上笑弯了腰，手握着鞍桥，笑了很久。他释放完压力，终于把头转过来看着我。天空现在明显亮了些，我看到他脸上交织着疲惫、紧张和愉悦。他脸颊上的抓痕，在微光中呈现黑色。

“我喜欢！”他喘着气说，“外乡人，你不知道我有多喜欢打你。你太……天哪，你看起来那么美。我当时很愤怒，而你又那样激烈反抗。我不想伤到你，但同时又想打你……”他停下来揉揉鼻子，“天哪，对。对，我喜欢打你。”

“不过说到这儿，你应该肯定我的自我节制。”他说。

我的怒气又逐渐上升。我可以感到，我的脸颊在冷风中又开始发烫了。“自我节制？我记得，你是用有力的左手打我的吧。你把我打得都快残废了，你这个苏格兰自大狂！”

“我没想害你残废，外乡人，你知道的，”他平静地回答，“我指的是后来，如果你记得，我睡在地上。”

我眯眼看他，鼻子喷着气：“噢，那就是所谓的自我节制，是吗？”

“嗯，我觉得在那种状态下搞你是不对的，无论我有多想……我真的很想，”他又笑起来，“这是我天生的缺点。”

“搞我？”这个用语转移了我的注意力。

“那种情况下，你不会称之为‘做爱’吧？”

“不管你怎么说，幸好你没那么做，否则你身上已经少了珍贵部位了。”我镇定地说。

“我想也是。”

“要是你觉得在犯下伤害罪后，没再犯下强奸罪是高贵得值得嘉奖的行为……”我气得说不出话来。

我们沉默着骑了大约半英里，然后他叹了一口气：“我知道不应该开启这个话题，我本来想问，等我们抵达巴格伦南后，可不可以跟你一起睡，”他害羞地停顿，“地上有点冷。”

我足足骑了五分钟，没有回答他。等我决定要说什么了，便放慢速度，掉转马头挡住去路，迫使他也停下马来。巴格伦南已在视线可及的范围内，曙光中出现了房舍屋顶。

我让我的马和他的马齐头并进，如此一来，我们之间的距离只有不到一英尺。我盯着他的眼睛看了一分钟，然后开口：“敬爱的主人，您能否赏光和小女子同床共枕？”我礼貌地问。

他显然有点迟疑，考虑一会儿之后，点了点头，态度和我一样正式：“可以。谢谢。”

接着他便拉起缰绳要走，但我制止住他。“还有一事，主人。”我还是很有礼貌地说。

“哦？”

我的手从裙子的暗袋里挥出，曙光照在抵住他胸膛的匕首上，刀面熠熠生辉。

我咬着牙说："如果，你敢再碰我一根寒毛，詹米·弗雷泽，我会挖出你的心脏，煎来当早餐！"

沉默良久，只有马匹移动和马具碰撞的声音。接着他伸出手，掌心向上："给我。"他见我迟疑，不耐烦地说："我不会拿来对付你，给我！"

他双手握着刀刃，刀柄直直向上，月长石在升起的阳光下闪闪发光。他仿佛握着十字架，诵了一段盖尔语。我听出那是科拉姆大厅宣誓典礼上的一段话，他为了让我听懂，接着用英语翻译道："我向耶稣基督的十字架发誓，以我手上握着的神圣铁器为证，我给予你我的忠贞，许诺你我的忠诚。如果我因背叛或愤怒而对你出手，那就恳请这神圣的铁器刺穿我的心脏。"他在刀柄接合处落下一吻，把刀递给我。

"我不随意威胁别人，外乡人，"他挑起一边眉毛，"也不轻易发誓。现在，可以上床了吗？"

第二十三章 回理士城堡

杜格尔在“红猪”招牌前等我们，正不耐烦地来回踱步。

“你办到了，姑娘。”他赞许地看着我自行下马，无须旁人协助，不过脚步有点踉跄，“英勇的姑娘，十英里路，没一声抱怨。赶快上床去吧，你有资格睡个好觉。我和詹米会把马牵去马房。”他非常轻柔地拍了拍我的臀部，示意我离开。我十分乐于接受他的建议，头一碰到枕头就睡着了。

詹米爬上床来时，我没有被吵醒，却在午后将尽时突然醒来，我确定自己忘了一件很重要的事。“霍罗克斯！”我惊呼着，直挺挺从床上坐起。

“什么？”詹米从睡梦中被惊醒，倏地从床上跃起，手压着放在衣物上的短刀，蹲伏在地。他四处张望着，大声问：“发生什么事了？”

我见他全身赤裸蹲伏在地，红发如羽毛般竖立，忍住笑道：“你就像一头被激怒的豪猪。”

他白我一眼站起来，把短刀放回摆着衣服的凳子上。“你就不能等我醒来再跟我说话吗？你以为在我耳边大叫‘哈啰’，把我从梦中吵醒，效果会比较好吗？”

“不是‘哈啰’，是霍罗克斯。我突然想起忘了问他的事。你找到他了吗？”

他坐到床上，头埋进手里，用力搓脸，好像要恢复血液循环。“噢，找到了，”他的声音从指缝中透出，“是的，我找到他了。”

从他的语调判断，那逃兵给的信息并不令人乐观。

“他还是什么都不肯说吗？”我同情地问。詹米早就准备在必要时自己掏钱，甚至还要加上杜格尔和科拉姆提供的部分，万不得已时，连他父亲的戒指都得交出来。

他躺回我旁边，瞪着天花板：“不，他都说了。价钱也很合理。”

我用一只手肘撑起身子，俯看他的脸：“嗯，然后呢？是谁射杀了士官？”

他看着我，微微一笑，表情略严肃。“兰德尔。”他说，然后闭上眼睛。

“兰德尔？这是为什么？”我茫然。

“我不知道，或许我可以猜出来，但猜出来也没多大意义。该死，证明清白的希望全没了。”他仍闭着眼。

我得同意这是真的。我在他旁边躺下，盯着低矮的天花板上的黑色橡木横梁。“你能怎么办？去法国？或者……”一个念头闪过，“……可以去美国？你在新世界应该能过得不错。”

“横越大西洋？”他全身略微抖了一下，“不，不行，我不能去美国。”

“好，那怎么办？”我转头看着他。

他睁开一只眼，眼神已露出不耐烦：“我本想还可以睡一个小时，但显然不可以。”他坐起身来，靠着墙壁。我就寝前太累了，没有拉掉床套，现在他膝盖旁边的被子上有个可疑的黑点。他说话的时候，我则小心地盯着那个黑点。

“你说得对，我们可以去法国。”他同意道。我吓一跳，一度竟忘了现在他所做的任何决定都包括我在内。

他随手抓抓大腿，说：“但那里没什么我能做的事。我只能从军，但那种生活不适合你。或者可以去罗马，加入詹姆斯一世的阵营。这有可能成功，那阵营里有几个弗雷泽家的亲戚，他们会帮我。我不太喜欢政治，更不喜欢王子，不过，那的确是一条出路。只是，我想先在苏格兰洗刷罪名。在这种情况下，我最糟会变成弗雷泽领地上的一个小佃农，最好则可能回到拉里堡。”此时，他脸色一沉，我知道他想起了姐姐。他轻声说：“若只有我自己一人，我是不会回去的，但现在不再只有我自己了。”他低头看我，微微笑着，手轻轻抚过我的头发，“有时我会忘了，现在我有你，外乡人。”

我心里觉得非常不舒服。事实上，我觉得自己像个叛徒。他所做的计划将会完全改变他的人生，但他在乎的却是我的舒适和安全。至于我，却一直想尽办法彻底摆脱他，而且把他扯入险境。虽然我不是故意的，但结果就是这样。即便是现在，我都还在想着应该努力劝他别去法国，因为那会使我远离自己的目标：巨石阵。

“不过，有没有什么办法可以留在苏格兰呢？”我别过头去，死命盯着被子上的那个黑点。我想那个黑点应该已经不在了，但我不确定。

詹米的手移到我头发下，开始随意抚摸我的后颈。“欸，可能有。所以杜格尔等着我赶上来，他得到了一些消息。”他若有所思地说。

“真的吗？什么消息？”我又转头抬眼看他。这一转使我的耳朵靠向他的手指，于是他开始轻轻抚摸我的耳垂。我不禁弯起颈子，像猫一样呼噜呼噜。不过，我压下那股冲动，我得继续听他的计划。

“是科拉姆派来的信差，他没料到会在这里碰上我们，在路上和杜格尔意外巧遇了。杜格尔要立刻回理士城堡，让奈德·高恩去处理剩下的租金。杜格尔得到指示，要我们跟他一起走。”

“回理士城堡？”那里虽然不是法国，但也没好到哪里去，“为什么？”

“有个人即将来访，是曾和科拉姆有生意往来的英国贵族。他权力很大，或许他会帮我的忙。我虽被控谋杀，却未受审或定刑，他或许可以把案子撤掉，或者打点一下，让我得到赦免。”他苦笑，“赦免我没犯过的罪，有点违背我的意愿，不过总比绞刑好。”

“是啊，没错。”那个黑点动了。我眯起眼睛，努力要看清楚。“是哪个英国贵族？”

“桑德林汉姆公爵。”

我惊呼一声，跳了起来。

“怎么了，外乡人？”詹米警觉地问。

我颤抖地指着那个黑点，它正抬起脚来，缓慢而坚定地前进。“那是什么？”我说。

他看了一眼，轻松地用指尖一弹：“噢，那个啊？不过是只臭虫，外乡人。没什么好……”

他的话还没讲完，我就冲下床。听见“臭虫”二字，我立刻钻出被子，紧紧贴墙站着，尽可能远离床铺，现在床在我眼里等同于害虫的温床。

詹米激赏地看着我。“被激怒的豪猪，是吗？”他问道，并且偏着头，好奇地审视我，“嗯……”他一手摸过自己的头顶，抚平头发，“至少，确实被激怒了。你清醒的时候，就是个剑拔弩张的丫头，这是肯定的。”他朝我翻过身来，伸出一只手，“过来吧，小家伙儿。日落前我们不会离开，要是我们不打算睡觉……”

最后，我们又睡了，平静地交缠在地上，睡在由我的斗篷和詹米的苏格兰裙铺成的床上。虽然很硬，但没有虫。

* * *

还好我们把握机会好好睡了一觉。杜格尔为了赶在桑德林汉姆公爵前抵达理士城堡，全程疾驰，十分累人。没了马车，即便路面颠簸，我们的行进速度也很快。杜格尔一直催赶，沿途只能停下来稍事休息。

我们再度穿越理士城堡的大门时，几乎和第一次抵达时一样狼狈，而且也绝对一样疲惫。

我在庭院中下马，及时踩上马镫才没跌倒。詹米接住我的手肘，发现我站不稳，便一把抱住我，带我穿越拱道，把马留给仆人和马夫。

“你饿了吗，外乡人？”他在走廊停下来问。厨房和通往卧室的楼梯在相反的方向。我呻吟一声，努力睁开双眼。我的确饿了，但我知道如果先用餐再睡觉，我的脸一定会掉进汤里。

传来一阵骚动，我无力地睁开眼，菲茨太太的庞大身躯从旁边怀疑地逼近。“咦，这可怜的孩子怎么了？发生什么意外了吗？”她质问詹米。

“没有，只是嫁给我了。如果这叫意外，倒也是没错。”他往旁边移动，试图穿越渐渐群聚而来的人。厨房女佣、仆人、厨师、园丁、士兵和城堡里的各样居民，都被菲茨太太探询的声音吸引过来。

詹米决定从右边挤出去，朝楼梯前进，同时断断续续回答从四面八方涌来的疑问。我在他怀中眨着眼，像猫头鹰一样只能盯着前方，除了向周围的人点头致意外，做不了别的，那些脸孔大多友善而好奇。

我们在走廊上转过一个弯，我看到一张脸，比其他人友善太多，是莱里，她听见詹米的声音，脸都亮了起来。但当她看见他怀中的人时，眼睛睁得老大，花蕾般的小嘴也不得体地张了开来。

不过，没时间让她发问，围着我们的喧闹突然停止，詹米也停下脚步。我抬起头，科拉姆那惊讶的脸出现在与我的脸相同的水平线上。

“怎么……”他开口问。

菲茨太太愉快地说：“他们结婚了。多棒的事啊！你可以好好祝福他们，先生，我去准备房间。”她转身努力走向楼梯，在人群中留下一道鸿沟，从鸿沟这头看过去，我见到莱里惨白的脸。

科拉姆和詹米正在对话，彼此快速地一问一答。我逐渐清醒，但是距完全清醒还有一段距离。

“嗯……”科拉姆以不完全认同的语气说着，“结了就结了。我得和杜格尔，以及奈德·高恩谈谈，会有些法律上的事务要处理。根据你母亲嫁妆合约里的条文，你结婚时有些东西要给你。”

我感觉詹米微微直了身体。“既然你说了，那我就相信是当真的。”他若无其事地说，“其中一项要归我的东西，就是麦肯锡领地一部分的季度租金。杜格尔已经把他目前收到的租金带回来了。可以请你告诉他，算账时把我的那份拨出来吗？现在，不好意思，舅舅，我妻子累了。”然后他把我抱得更高，转身走向楼梯。

* * *

我的脚步依然不稳，蹒跚地穿过房间，心怀感激地倒进四柱带篷的大床里。显然是因为我们还在新婚，才得以享用这张大床。床又软又诱人，而且很干净，感谢菲茨太太总是这么细心。我想着是否应该先洗把脸，然后再屈从于睡觉的渴望。

我刚决定要起来放个响屁，好好轻松一下，就看见詹米不仅洗好了脸和手，还从头到脚打点好了，正要往门外去。

“你不睡吗？”我喊道。我以为，就算他没像我一样因骑马而酸痛僵硬，至少也跟我一样累。

“等一下再睡，外乡人。我得先去处理一点小事。”他出去了，我瞪着那扇橡木门，心底涌起一阵不快。我想起莱里听见詹米的声音时脸上那欢喜期盼的神情，以及看见我在他怀中时，立刻转为愤怒和惊吓的那一幕。我又想起他看见她时关节突然一僵，真希望当时能看到他脸上的表情。我认为他尚未休息就梳洗整齐、离开房间，很可能是去找那女孩，告知她结婚的消息。要是我当时能看到他的表情，至少可以大概猜出他想对她说什么。

我太专注于过去一个月的事件，完全忘记了这个女孩，也忘了她对詹米的意义，以及詹米对她的意义。我们突然结婚的时候，我的确曾想到她，但从詹米当时的态度来看，她似乎并不构成什么问题。

不过，当然，要是她父亲不让她嫁给通缉犯，而詹米又需要一个妻子，以便收取麦肯锡土地的那份租金……嗯，那么，谁当妻子都一样。这种情况下，他当然会选择娶得到的人。我想我现在对詹米的认识也够充分了，可以明白他心里对现实的考虑很深，而对一个历经好几年流亡生活的人来说，现实非常重要。我想，他不会为了玫瑰花瓣般的脸颊和流金般的秀发，让做出的决定受到情感和魅力的左右。但这并不表示情感和魅力不存在。

情感和魅力是存在的，毕竟，我见到了凹室里的那个画面，詹米抱着那个女孩，热烈地吻她。我回想起他的声音：我之前抱过女人……我心脏狂跳、呼吸急促……

我发现自己拳头紧握，绿黄相间的被子隆起一块。我松开手，抚平裙摆，这时才发现裙子有多脏。连骑了两天的马，途中没有休息或梳洗，裙子上满是尘土。

我起身走向水盆，渐渐忘记疲惫。我有点惊讶地发现，我很不喜欢詹米亲吻莱里的这段记忆。我也记得他对这件事的说法：与其欲火中烧，倒不如结婚为妙，嗯，那时欲火烧得蛮旺的。

我觉得自己的身体也要烧起来，想起詹米吻我时的感觉，我脸红得厉害。烧了起来，真的。我把水拍到脸上，溅出水花，试着驱走这种感觉。我坚定地提醒自己，我不能要求詹米对我付出感情。我跟他结婚，是不得不然。而他娶我，也有他的理由，其中之一便是他坦承过的愿望：改变他的处子状态。另一个原因，显然是他只有娶妻才能获得那份收入，而他又不能诱使同族女子嫁给他。比起第一个理由，这理由让人更不舒服。

现在我已经完全清醒了。我慢慢换下脏污的旅行装扮，换上干净衣服，跟水盆水罐一样，衣服也是菲茨太太手下的人准备的。从詹米突然对科拉姆宣布接收租金到我们上楼，她如何利用这短短的时间布置出这一间新房，实在是陈年谜团。我暗自想，菲茨太太如果经营华尔道夫酒店或伦敦丽兹酒店，一定也能轻松胜任。

想到这里，比起过去几天的劳累，我突然更觉得孤单。我在这里做什么？这个问题我问过自己千百遍。这个陌生的地方，无法触及一切我所熟悉的事物，无法碰触我的家、我的丈夫和我的朋友，我就这样孤身游荡在蛮荒之中？过去两周和詹米在一起，我开始感到安全，甚至偶尔觉得幸福。但现在我发现，安全或许是真的，幸福却可能只是幻觉。

他会负起他所认为的责任，继续保护我，不让我受到任何伤害，这点我不怀疑。不过回到这里，离开乡野山丘和漫天尘土的道路，离开肮脏的旅店和芬芳的稻草堆，离开这些远离尘世、如梦似幻的生活，他必定会感受到旧事物对他的吸引，正如我所感到的。结婚这一个月来，我们变得非常亲密，但这份亲密感在过去几天紧绷的气氛里已经出现裂痕，而我也觉得回归理士城堡的现实生活，有可能让亲密感彻底粉碎。

我的头靠在窗框的石头上，望向庭院。我看见亚历克·麦克马洪和手下的两个马夫，在另一头刷洗我们骑的那几匹马。这些马是两天来第一次接受喂食和清洁，马夫用手刷拭光滑的马背，又用几撮稻草清掉马蹄周围的尘土，此时它们露出心满意足的样子。一个马夫牵走我的胖马，小蓟快乐地跟着他，走向马厩去享受应得的休息。

我立即逃走、回到未来的希望，也就这样一起被拴进了马厩。噢，弗兰克。我闭上眼，一滴泪珠顺着鼻翼滑下。接着我又睁大眼睛看向庭院，眨眨眼睛再紧紧闭上，努力回想弗兰克的模样。当我闭上眼，有一会儿，我看见的不是心爱的丈夫，而是他的祖先杰克·兰德尔，他整个嘴唇弯成一道嘲讽的弧线。那个形象使我受到惊吓，脑中立刻唤出詹米的脸，他又惧又怒，和在兰德尔办公室窗户上的时候一样。但不管我怎么努力，都无法再次清楚唤出记忆中弗兰克的模样。

我突然因惊慌而发冷，紧紧抱住自己的手臂。要是我成功脱逃并回到巨石阵，又会怎么样？我希望，詹米会很快找到安慰——或许从莱里那里。我之前曾担心他发现我不见后怎么办。至于我，除了在溪边短短难过一阵之外，倒是不曾想过离开他后会有什么感觉。

我随意把玩着衣服颈部缩口的缎带，拉开又绑上。倘若我真要离开，而我也确实试过了，那么，进一步加强我们之间的联结并没有什么好处。我不该让他爱上我，如果他娶我只是因为需要一个妻子。此时我又想起了莱里，想起了他与科拉姆的对话。要是他和我结婚，就像表面看来那样不涉感情，那么，或许我的离去对他比对我更没有受伤之虞。

混杂着疲惫、饥饿、失落和不确定感，我已成功让自己的心情低落到迷惑又痛苦的地步。所以，我既睡不着，也无法好好坐着，反而在房里不快地打转，不断随手拿起物品又放下。

门开了，灌入一阵风，巧妙立在我手上的梳子失去平衡、立时倒下，詹米回来了。他看起来脸有点红，而且非常兴奋。

“噢，你醒着啊！”他见我没睡，显然既吃惊又困惑。

“对。你是希望我睡着，自己可以回她那里去吗？”我不悦地说。

他眉头微微蹙起，带着探询之意扬了起来。“她是谁？你是说莱里吗？”他用轻松的苏格兰腔说出她的名字，这让我彻底失去理智。

“噢，所以你刚刚和她在一起！”我抢白。

他看起来疑惑而小心，还掺杂着一丝不快。“对，我出去的时候在楼梯遇到她。你还好吗？你整个人看起来有点恼怒。”他边说边打量着我。

我拿起镜子，发现我头发竖起来了，在头上乱成一团，眼睛下方也有黑眼圈。我砰的一声放下镜子。“没事，我非常好。”我努力控制自己。“莱里好吗？”我故作轻松地问。

“噢，挺好。”他背靠着门，双臂交叠，怀疑地看着我，“我想，她听见我们结婚了有点惊讶。”

“挺好。”我说，接着深吸一口气。我抬起眼睛，发现他笑着看我。

“你不是在担心那个姑娘吧，外乡人？是吗？”他机灵问道，“她对你没什么——对我也是。”

“噢，没什么？她不会——或者说不能——嫁给你。你必须娶妻，所以机会出现时你娶了我。这件事我不怪你。”我真的没怪他，“可是我……”

他跨两步穿过房间，抓起我的手，打断我的话。他用手抬起我的下巴，迫使我抬起眼睛。“克莱尔，”他温和地说，“我该自己告诉你，我为何娶你，否则我以后就没机会说了。我要求你诚实，而我也要诚实。所以现在我就对你诚实。那女孩除了对我保持礼貌之外，没资格和我有什么关系。”他轻捏我下巴，“但表示礼貌，她是有资格的，我也会予以尊重。”他松开我下巴，并从下方轻拍一下，“听见了吗，外乡人？”

“噢，听见了！”我甩开他，愤恨地揉揉下巴，“我肯定你会对她非常有礼貌。不过下次请把凹室的拉帘拉上，我不想看到。”

他铜色的眉毛倏地挑起，脸微微涨红。“你是在暗示我玩弄你吗？”他不可置信地说，“我们回到城堡还不到一个小时，我全身都是汗水和灰尘，累到膝盖发抖，你却以为我立即去引诱一个十六岁少女？”他摇着头，一脸震惊，“我不知道你是要称赞我精力无穷，还是要侮辱我的道德操守。不管怎样，我都不太喜欢。默塔说过女人不理性，不过，天哪！”他一只大手伸进头发里，短短的发梢狂乱地竖起。

“当然，我不是说你刚刚在引诱她，”我试图在语调中加进冷静的态度，“我的意思是……”回想起来，当初弗兰克对这种事的处理可比我现在优雅多了，即便如此，我当时仍十分生气。对自己的伴侣暗示这种可能性，可能也没有好的办法。

“我的意思是……我明白你娶我有你的理由。那些理由是你自己的事，而我完全没有资格要求你什么。”我匆匆补充，“你有按自己意愿行动的自由，要是你……要是哪里有什么吸引你的……我是说……我不会妨碍你的。”无力的结尾。我感到双颊发热，耳朵发烫。

我抬眼看，发现詹米的耳朵也在发烫，而且颈部以上都在发烫，就连那双因睡眠不足而充血的眼睛，看起来也要着火似的。“没有资格要求我？”他大叫，“那你把结婚誓言当作什么了，姑娘？只是在教堂里随便说说？”他的大拳砰的一声落在柜子上，瓷制水罐震了一下。“什么没资格，”他喃喃地自言自语，“按自己意愿行动的自由，然后你不会妨碍我？！”

他弯腰脱掉靴子，接着捡起来丢出去，一只丢完丢另一只，用力扔向墙壁。两只靴子分别砰的一声从石墙弹到地板，我身体缩了一下。他扯下苏格兰披肩，粗鲁地丢在身后，接着怒气冲冲地朝我走来。“你没有资格要求我，外乡人？你会让我随便去自由享乐，是吗？”他质问。

“呃，嗯，对。”我说，不由得后退一步，“我是这个意思。”他抓住我的手臂，我发现怒气已经扩散到他的手上，粗糙的手掌烫到我的皮肤，我不自觉地抽开手。

“好，你没资格要求我，外乡人。”他说，“我倒是有资格要求你！过来。”他捧住我的脸，吻上我的嘴。这吻一点也不温柔平和，我挣扎着，努力挣脱。

他弯下腰，从膝盖下一把抱起我来，无视我的挣扎。我现在才发现他到底有多壮。“放开我！你以为你在做什么？”我大叫。

“嗯，我以为我表现得还挺明显的，外乡人。”他咬着牙说。他低下头，清澈的眼神像烧红的铁一样望穿我：“既然你要我说出来，我就告诉你：我要和你上床，现在就要。而且除非你搞懂我对你有什么资格，否则别想下床。”他又吻了我，而且故意吻得很激烈，打断我的抗议。

“我不想和你睡！”等他终于离开我的嘴巴，我说。

“我并不打算睡觉，外乡人，”他平静地回答，“没到睡觉的时候。”他走到床边，小心地把我放在绣着玫瑰图案的被子上。

“我的意思你很清楚！”我翻过身，想从另一边逃走，但他却稳稳抓住我的肩膀，把我翻回去面对他，“我也不想跟你做爱！”

他的蓝眼冒着火焰，贴近盯着我，我的呼吸在喉间浓浊起来。

“我没问你想怎样，外乡人，”他回答，低沉的声音透着威胁，“你是我妻子，我已经告诉你很多遍了。就算你不想嫁给我，你也还是做了这个选择。或许你刚好没注意到，你的角色包含着‘服从’两个字。你是我妻子，要是我想要你，我就可以要你，即使做到该死的程度都可以！”他的声音整个提高，几乎成了吼叫。

我起身跪着，拳头在两侧握紧，朝他吼回去。过去一小时闷着的痛苦达到燃点，我直接对准他爆发：“我要你的话才真的该死，恶霸！你以为你可以命令我上你的床？可以像上妓女一样上我？告诉你，不可以，干他妈的浑蛋！你比你亲爱的兰德尔队长没好到哪里去！”

他瞪着我看了一会儿，接着突然站向一边，说：“那你走吧。”接着头朝门一甩，“如果你是这样看我的，走吧！我不拦你。”

我迟疑了一会儿，看着他。他的下巴因生气而绷紧，像罗德岛太阳神铜像一样矗立在我上方。他现在和在杜恩斯比利路边时一样生气，不过这次他的脾气还在控制之中。但他是认真的，要是我离开，他不会阻止。

我抬起下巴，我的下巴一样绷紧：“不，不。我不逃避，而且我不怕你。”

他盯着我的喉咙，我的脉搏跳得飞快。“好，我懂了。”他说，脸上线条渐渐放松，变成勉强默许的表情。他郑重其事地在床边坐下，刻意与我保持适当距离，而我则小心翼翼地向后坐。

他深吸了好几口气，待脸色稍微褪回原来的红铜色才开口。“我也不逃避，外乡人，”他硬邦邦地说，“那么，好。‘干’是什么意思？”

我惊讶的表情一定很明显，因为他急躁地说：“你一定要骂我的话，可以。不过我不喜欢我无法回应的字眼儿。从你骂人的方式，我知道那是一个很脏的字，是什么意思？”

我瞬间卸下防备，笑了出来，笑到身体颤抖：“是……意思是……你打算对我做的事。”

他挑起一边眉毛，似乎觉得又气又好笑：“噢，性交？那我对了，真是很脏的字。那什么是虐待狂？上次你骂我的。”

我压下想笑的冲动。“是，呃，是一种人……他们，呃，能够从伤害别人中获得快感。”我的脸红透了，却无法控制嘴角微微上扬。

詹米哼了一声：“嗯，这不算是过度吹捧我，而我也不能说你的观察有错。”他深吸一口气，向后靠，松开拳头。他刻意伸展手指，接着手掌在膝上摊平，直直盯着我：“所以，你是怎么了？为什么生气？为了那个女孩吗？我已经把事实告诉你了，很平常。但整件事情跟证据无关，跟信任有关。你相信我吗？”

“好，我相信你。”我不情愿地承认，“但我不是因为她……不全是因为她，”我努力做到诚实，“是……我想是因为我觉得你娶我，是为了得到钱。”我低下头，手指沿着被子的图样画着，“我知道我没资格抱怨。我嫁给你，也是为了自己，不过……”我咬咬嘴唇，咽下口水，稳住我的声音，“不过我还有点自尊心，你知道的。”

我偷看他一眼，发现他目瞪口呆地看着我。“钱？”他茫然地说。

“对，钱！”我爆发了，他假装无辜，“我们回来的时候，你立刻告诉科拉姆你结婚了，要收你的那份麦肯锡租金！”

他盯着我很久，缓缓张开嘴巴，好像要说什么。但他没说，开始慢慢摇头，接着放声大笑。事实上，他根本是在摇头喊叫，接着把头埋进手里，笑声还是停不下来。我愤慨地倒在枕头上。很好笑吗？

他还是摇着头，断断续续喘着气。他站起来，把手放到腰带扣环上。他做这个动作时，我身体不自觉地向后退缩了一下，而他也看见了。

他因为生气和大笑，脸还红着，低头看我，一脸恼怒。“不。”他没有表情地说，“我不是要打你，我答应过不再打你。虽然当时没想到我会这么快就后悔。”他把腰带放到一边，往腰带上挂着的皮袋子里摸索。

“我的那份麦肯锡租金，大概每季度二十镑，外乡人。”他边说边在袋里的杂物中翻找，“而且是苏格兰镑，不是英镑。差不多就是半头牛的价钱。”

“就……就这样？”我傻傻地问，“可是……”

“就这样，”他笃定地说，“而且我能从麦肯锡家得到的永远只有这些。你应该已经发现，杜格尔是节俭的人，而科拉姆比他更舍不得花钱。”他讽刺地看着我补充道，“不过，就算是二十镑这么‘充裕’的一笔钱，也很难让人拿结婚去换。我直接跟他要钱，是因为我有东西要买，那就是我去办事的原因。遇到莱里只是意外。”他拿出一个用纸包住的小包裹。

“那你这么想买的东西是什么？”我怀疑地问。

他叹口气，迟疑了一会儿，接着把小包裹轻轻丢到我腿上：“结婚戒指，外乡人。我跟兵器工匠尤恩买的，他制作这些东西很有一套。”

“噢。”我小声说。

过了一会儿，他说：“快，打开吧。那是你的。”

指尖下小包裹的轮廓模糊起来。我眨眨眼，吸着鼻子，但没有打开。“对不起。”我说。

“嗯，你是该道歉，外乡人。”他说，但声音不再有怒气。他把包裹从我腿上拿起，撕开包装，露出一个宽宽的银带，那是高地的编织风格，每个交织处的中心，都刻着一朵小巧精致的蓟花，詹姆斯一世时代的风格。

看见这些东西，我的视线更模糊了。我手里被塞入一条手帕，便拿着手帕努力拭泪。“这……很美。”我说，清清喉咙，擦擦眼睛。

“戴上吧，克莱尔？”他声音很轻，而且还呼唤我的名字。他通常只在正式和温柔的时候这样叫我，我的眼泪几乎又夺眶而出。

“也不是非戴不可，”他透过弯曲的手掌严肃地看着我，“我们之间的婚约已经成立，是具有法律效力的。你很安全，只要你在理士城堡，没有东西能伤害你，甚至逮捕令也不能。只要你愿意，我们也可以分居——如果你说那段有关莱里的废话，目的就是这个的话。如果这是你真心的选择，你可以不必理会我。”他坐着没动，小戒指握在心脏旁，等着我回应。

所以这是我刚刚的选择，而他给了我。他在刚刚的形势之下逼迫了我，现在如果我拒绝他，他会逼自己不再逼我。当然，我还有另一个选择：接受戒指，还有戒指所代表的一切。

太阳正在下山。最后的光线穿过桌上一个蓝色玻璃酒壶，在墙上留下一条条闪亮的琉璃色彩。我觉得自己如玻璃般脆弱和闪亮，一碰就会掉到地上，变成闪闪发光的碎片。我想挽救自己和詹米的感情，不要再陷下去，但似乎已经来不及了。

我无法开口，只能颤抖地朝他伸出右手。闪亮的戒指冰冷地滑过我的指节，稳稳停驻在手指底部，很合适。詹米握着我的手看了好一会儿，接着突然抓着我的指节，用力压上嘴唇。他抬起头，我看见他的脸上瞬间闪现了热切而急迫的表情，然后粗暴地把我拉过去坐在他腿上。

他紧紧抱着我，没有说话，我可以感到他喉咙的脉搏跳动得跟我的一样快。他的手探向我裸露的肩头，把我稍微向后推开，使我抬头能看到他的脸。他的手很大，非常温暖，而我有点晕眩。

“我想要你，克莱尔。”他说，听起来有点呼吸困难。他停顿一下，好像不确定接着要说什么。“我好想要你，几乎无法呼吸。你可以……”他咽咽口水，接着清清喉咙，“你可以要我吗？”

这时我的声音终于回来了，有点尖锐和颤抖，但回来了。“可以，”我说，“我可以要你。”

“我想……”他开口，接着停下。他松开苏格兰裙的带扣，但接着抬头看我，双手在两侧握起。他抑制着某种强烈情绪，双手因为努力压抑而发抖，艰难地开口：“我不会……我不能……克莱尔，我不能温柔地做。”

我刚点了一下头，他就迅速把我推倒，一扑而上，将我压在他身体下方。

他就穿着那身衣服。我闻到他上衣的尘土味，尝到他皮肤上旅途劳顿的阳光和汗水味。他抱着我，我手腕被扣住，手臂被拉得直直的。

一只手刷过墙面，戒指轻微碰到石头发出当的声音。两只手各有一只戒指，一只银的，一只金的。薄薄的金属突然变得像婚约一样沉重，仿佛小小的镣铐，把我的两只胳膊呈一字形固定在床上，在两根床柱间永远伸开双臂，就像普罗米修斯孤独地被绑在石头上，被爱的秃鹰穿肠破肚，撕裂心肺。

他的膝盖分开我的大腿，一下子插到底，让我忍不住倒抽一口气。他发出呻吟，把我抓得更紧。

“你是我的，褐发美人。”他轻声说，用力推向深处，“我一个人的，从现在到永远，都是我的。不管你愿不愿意。”我微微抵抗着他，他则推得更深，我忍不住吸了一口气，发出微弱的一声“啊”。

“对，我想用力上你，我的外乡人。”他低声说，“我想得到你，拥有你，身体和灵魂都要。”我微微挣扎，但他压住我、撞击我，每一下都结实而无情地撞向子宫。“我要让你叫我‘主人’，外乡人。”他温柔的声音，威胁着要为之前的折磨复仇，“我要把你变成我的。”

我颤抖呻吟，肌肉因为他的侵入和撞击而痉挛。尽管如此，他仍继续着，一下又一下，持续了好几分钟，一遍一遍袭击我，把我撞向欢愉和疼痛的边缘。我觉得自己融化了，仿佛仅仅存在于被撞击的那个点上，被逼到完全投降的边缘。

“不要！”我喘气，“停，拜托，你弄痛我了！”汗珠滑下他的脸庞，落到枕头和我的乳房上。我们的肉体，经过一阵拍击，迅速跨过疼痛边缘。我的大腿在不断撞击之下擦伤，手腕也似乎要断了，但他仍不为所动，不屈不挠地袭击我。

“对，求我，外乡人。不过，你还没到，还不行。”他的呼吸又热又急促，但他没有疲累的迹象。我全身抽搐，双腿举起来环绕他，想要容纳这种感觉。

我感到他每一下在我腹中震荡，我想退缩，但我的身体背叛我，臀部高高抬起迎向他。他感到我的回应，再次加重攻击。现在他压住我的肩膀，把我固定在他身体下。

我的回应没有开始也没有结束，只有不断颤抖，每一下都升到顶峰。撞击是疑问，一遍遍在我的身体里重复，质问我的答案。他再度压平我的腿，带领我超越疼痛，进入纯粹的欢愉，跨过投降的界线。

“好棒！”我喊道，“噢，天哪，詹米，好棒！”他抓住我的头发，逼我转头迎向他的双眼，他的眼睛因狂暴的胜利而发亮。

“好，外乡人。”他喃喃说，回应我的动作，而不是我的话语，“我会上你！”他双手落在我的乳房上，挤压抚摸，接着滑下身侧。他身体的重量现在全倾注在我身上，而他扣着我，抬起来，以便插得更深。我放声尖叫，但他用嘴堵住我的声音，那不是吻，而是另一种攻击，逼我张开嘴巴，弄痛我的双唇，胡楂儿摩擦我的脸颊。他更快更大力地冲刺，仿佛在逼迫我的灵魂，如同他逼迫着我的身体。不知道是在我身体里还是灵魂里，他点燃一丝火花，使我从投降的灰烬中弹出回应激情和需求的愤怒。我向上拱起身体迎向他，一下对一下。我咬他的唇，尝到鲜血的味道。

接着我感到他的牙齿在我的脖子上，于是便把指甲插进他背里，从他的后颈一路耙向屁股，刺激他拱起身体，让他尖叫。我们疯狂需索，粗暴对待彼此，又咬又抓，弄到流血，努力要让对方成为自己的，在想要合为一体的强烈渴望中，撕裂彼此的肉体。我的喊叫混着他的喊叫，在最后融化和完成的那一刻，终于在彼此怀中失去自己。

＊＊＊

我只能慢慢恢复，半躺在詹米的胸膛上，汗湿的身体还黏在一起，大腿贴着大腿。他呼吸沉重，闭着眼睛。我可以听见他的心脏在高潮后敲着异常缓慢而有力的节奏。

他发现我醒着，把我拉近，好像要让我们危险结合的最后几秒再延长一阵子。我在他身边蜷起身体，横过手臂抱着他。

他睁开眼睛，叹了一口气，眼神对上我，长长的嘴唇弯出微笑。我扬起眉毛，发出无声的疑问。

“噢，对，外乡人，”他可怜兮兮地回答，“我是你的主人……而你也是我的主人。看来我无法拥有你的灵魂，同时又保有自己的灵魂。”他把我侧过身来，蜷起身体包住我。晚风从窗户吹进来，房内渐渐变凉，他拉过被子盖住我们。你实在太快了，老兄，我昏昏欲睡地暗自想着。这是弗兰克不曾闯入的境地。我睡着了，他的手臂紧紧抱着我，温暖的呼吸在我耳边环绕。

* * *

隔天早上醒来时，我的每一寸肌肉都酸痛无力。我拖着身体走到厕所，接着走向水盆。内里感觉像是搅拌过的奶油，似乎遭了钝物的袭击，我想这也很接近事实。我走回床边，钝物就在眼前，现在看起来比较无害。我在钝物拥有者旁边坐下时，他醒了过来，带着某种男性的骄傲审视着我。

“旅程似乎很艰辛啊，外乡人，”他轻触我大腿内侧的一块蓝色瘀青，“马鞍擦伤的吧？”

我眯起眼睛，指尖摸过他肩上的一道深深咬痕：“你看起来也没好到哪里去啊，兄弟。”

“啊，这个啊，”他用粗犷的苏格兰腔说，“你要是跟泼妇上床，受点伤也是意料中事啊。”他往上伸出手，从后颈抓住我，把我拉下，“过来，泼妇。再来咬我。”

“噢，不，不行，”我说，向后退开，“我不行，太痛了。”

詹米·弗雷泽不是能接受人家说不的男人。“我会非常温柔。”他哄着，不容反抗地把我拉进被子。他很温柔，那是一个大男人温柔的极限，他把我像鹌鹑蛋一样抱着，用卑微的耐心向我求爱。我认出那是一种补偿，而且是一种温柔的坚持，我知道那是从昨晚的粗暴中所得到的教训。他可以温柔，但不容否定。

他自己结束的时候，在我怀中摇晃，为了努力维持不动而颤抖着，不想因插入而伤到我，于是就让自己在那一刻粉碎了。

我们仍相互交缠着，他的手指沿着我肩上渐淡的瘀青摸索，那是两天前他的手指在路边留下的。“对不起，让你受这些伤，褐发美人，”他边说边轻吻每道瘀青，“我很少发这样大的脾气，但这不是借口。伤害女人很可耻，不管有没有生气。我不会再这样。”

我讽刺地笑出声来：“你在道歉，为了这些伤痕道歉？那其他伤痕呢？我身上一堆瘀青，从头到脚！”

“哦？”他向后退，审慎地打量我，“嗯，这些我道过歉了，”他摸摸我的肩膀，“这些，是你该打，我不会道歉，因为我不觉得抱歉。”他轻拍我的臀部，“至于这些，”他摸过我的大腿，“我也不会道歉，因为你已经还我了。”他揉揉自己的肩膀，苦着一张脸，“你至少害我两个地方流血，外乡人，我的背痛得要命。”

“嗯，你要和泼妇上床嘛……”我说，露出笑容，“这件事你得不到道歉。”

他笑了，把我拉到他身上：“我可没说我要道歉，对吧？没记错的话，我说的是‘再来咬我’。”

铁葫芦

铁肩担道义　葫芦藏好书